Amour(s) à Taïwan

—

2 – L'été des secrets

ABIGAIL
HING WEN

Amour(s) à Taiwan

2 – L'ÉTÉ DES SECRETS

Traduit de l'anglais
par June Silinski

ellipsis

Ceci est une œuvre de fiction.
Toute ressemblance avec des personnages, lieux, organisations
ou évènements existant ou ayant existé ne serait que purement fortuite.

AVERTISSEMENT DE CONTENU

ABUS PARENTAL, AGRESSION PHYSIQUE, CYBERHARCÈLEMENT,
DÉTRESSE PSYCHOLOGIQUE, DEUIL, DISCRIMINATION, HARCÈLEMENT,
MISOGYNIE, MORT D'UN PROCHE, SEXE

Amour(s) à Taïwan — L'été des secrets
par Abigail Hing Wen

Loveboat Reunion

Illustration de couverture : © 2020 par Janice Sung and Jennet Liaw

Couverture française / Conception graphique : Eilean Books

Composition et mise en pages
PCA

Le papier intérieur de cet ouvrage est composé de fibres naturelles, renouvelables, recyclables et fabriquées à partir de bois issu de forêts plantées expressément pour la fabrication de pâte à papier.

ISBN : 978-2-38562-029-5 (broché)
ISBN : 978-2-38562-030-1 (e-book)

Loi 49-956 du 16 juillet 1949 sur les publications destinées à la jeunesse.

Dépôt légal : décembre 2024

1re édition
10 9 8 7 6 5 4 3 2 1

Achevé d'imprimer en République tchèque par FINIDR en novembre 2024,
sur du papier issu de forêts gérées durablement.

Amour(s) à Taiwan

XAVIER

SPECTACLE DE TALENTS ET VENTE AUX ENCHÈRES
DE LA CROISIÈRE DE L'AMOUR, THÉÂTRE NATIONAL, TAIPEI
8 AOÛT

Quand vous avez passé votre vie à tout foirer, vous avez du mal à croire que quelque chose puisse tourner en votre faveur. Mais à présent, je suis dans les coulisses, derrière les rideaux en velours, et j'observe Sophie essayant de vendre ma murale aux enchères à deux mille personnes, et un espoir étrange palpite dans ma poitrine.

« Et maintenant, la dernière pièce de la soirée… »

Sophie désigne le dragon que j'ai peint, accroché en toile de fond sur toute la longueur de la scène. Un ventilateur électrique le fait onduler et voler comme s'il avait pris vie. Il est peint uniquement dans des nuances de vert : herbe humide, plumes de paon, vert océan et menthe. Comme les montagnes de Taïwan et la fraîcheur sous un arbre feuillu.

Du moins, c'est ce que j'ai ressenti quand je l'ai créé.

« Ce dragon est l'œuvre d'un élève anonyme de Chien Tan. »

Le micro porte la voix de Sophie par-dessus les visages flous du public. Elle lisse une mèche rebelle sur son chignon de cheveux noirs, maintenu avec une pince argentée.

« Remarquez toutes les nuances de couleur dans ses écailles. La puissance de ses ailes… »

Curieusement, elle parvient à donner l'impression que c'est réel. Pourtant, Ba m'a répété toute ma vie de ne pas perdre mon temps avec l'art. Un jour, il a fait fondre mes pastels et les a laissés durcir sur mon bureau. Mais cet été, j'ai pris mon courage à deux mains et j'ai dessiné de nouveau. Ce dragon, c'est la peinture la plus importante que j'ai jamais faite. Je ne me suis jamais senti aussi exposé aux regards des autres. C'est encore pire que si je courais nu sur la scène.

« Est-ce que j'entends trois mille dollars taïwanais ? » demande Sophie.

À ma grande surprise, plusieurs cartes blanches s'élèvent dans la nuit.

Cent dollars américains pour quelques taches de pastels vertes, bleues et dorées.

« Six mille ? propose Sophie. Douze mille ? Imaginez ce dragon impressionnant en train de surveiller les couloirs de votre bureau ! »

Sophie est née pour attirer l'attention du public. Les chiffres grimpent à une vitesse qui me donne le vertige. Je n'arrivais pas à croire que quelqu'un accepte d'allonger plus de cent dollars américains pour ça. Maintenant, plusieurs personnes sont prêtes à payer sept cents dollars.

Huit cents. Neuf cents.

À mille dollars américains, Sophie n'a plus que trois enchérisseurs. Je tends le cou pour les voir. L'obscurité cache le visage d'une femme qui est debout sur le balcon, d'un homme dans le fond et d'un autre sur le côté. Aussi incroyable que cela puisse paraître, ils n'ont pas encore baissé leurs cartes.

À cinq mille dollars américains, celui qui se trouve sur le côté se retire.

« Vendu, à deux cent mille dollars taïwanais ! s'écrie Sophie. À l'homme avec la veste blanche. Merci, monsieur, et félicitations ! Vous pourrez me retrouver près de la scène juste après le spectacle pour récupérer votre murale. »

Les applaudissements font vibrer les planches sous mes pieds. Je suis sur le point de me précipiter sur scène pour suivre le projecteur cherchant le visage de l'individu qui a déboursé sept mille dollars américains pour mon dragon anonyme. C'est presque l'équivalent de ce qui a été récolté grâce à tout le reste de la vente aux enchères ce soir. Un défenseur des arts ? Ou juste quelqu'un à qui la peinture a plu ?

Le projecteur s'arrête sur un homme vêtu d'une veste et d'un pantalon blancs comme neige. Sa tête et ses épaules sont droites, il a une posture militaire qui m'est familière. Il se rassoit, levant une main d'un geste modeste afin de remercier le public pour ses applaudissements.

Un instant… Je le connais !

C'est Ba.

LISTE DE PERSONNAGES

La « croisière de l'amour »

Campus de Chien Tan

Xavier Yeh (Xiang-Ping)
Sophie Ha (Bao-Feng)
Ever Wong (Ai-Mei)
Rick Woo (Guang-Ming)
Marc Bell-Leong
Spencer Hsu
Debra Lee

Campus d'Ocean

Emma Shin
Bert Lanier
Priscilla Chi
Joella Chew
Jasmine Chew

La famille Yeh

Chao-Xiang Yeh (Ye-Ye) : Grand-père de Xavier
Ako Yeh : Grand-tante Une
Yumiko Yeh : Grand-tante Deux

Jasper Yeh (Ja-Ben) (Ba) : Père de Xavier
Lynn Noel Yeh (Chun-Hwa) (Ma) : Mère de Xavier
Edward Yeh : Petit frère de Jasper, oncle de Xavier
Rose Chan : Tante Trois
Lily Yeh-Abebe : Tante Quatre
Lulu Chan : Cousine
Lin-Bian Yeh : Cousine
Gloria Yeh-Abebe : Cousine
Xiang-Ping « Xavier » Yeh

La famille Woo/Ha
Sophie Ha
Rick Woo
Camilla : Mère de Sophie
Frères de Sophie : Kevin, Steve, Dave, Kai
Tante Claire
Oncle Ted
Leurs enfants : Fannie, Felix, Finn

1

SOPHIE

AÉROPORT INTERNATIONAL TAÏWAN-TAOYUAN 9 AOÛT

Tu es plus intelligente que quatre-vingt-dix-neuf pour cent de la planète. D'après ce que je sais, ça inclut la plupart des mecs en vie. Alors pourquoi est-ce que tu ne gagnes pas ton propre million de dollars ?

J'entends la voix d'Ever dans ma tête tout en la regardant donner le baiser du siècle à mon cousin Rick pour lui dire au revoir. Ils portent des vêtements bleus assortis et sont debout devant un panneau publicitaire annonçant l'arrivée de bébés pandas poilus au zoo de Taipei la semaine prochaine. Dommage, on va les rater.

Debra, Laura et quelques garçons portant des vêtements chics et confortables échangent leurs coordonnées et se promettent de s'appeler toutes les semaines. Ils jurent que ce voyage estival d'immersion culturelle signifie que nous serons amis pour toujours. Tout le monde se précipite pour planter les dernières graines qu'ils espèrent voir fleurir et se transformer en histoire d'amour.

Pas moi. Je renonce aux garçons pour les quatre prochaines années que je vais passer à Dartmouth. Peut-être même pour toujours.

Et pour une bonne raison.

Pour moi, la « croisière de l'amour » a été un désastre absolu.

Je me suis jetée dans les bras de Xavier Yeh, fils de Jasper Yeh, le PDG de Dragon Leaf, parce que j'étais censée épouser un homme riche et subvenir aux besoins de ma mère et de mes quatre frères. Mais finalement, j'ai eu le cœur brisé, ma réputation a été pulvérisée, un salaud m'a collé un œil au beurre noir, et j'ai fait des choses terribles que je ne pourrai jamais me pardonner. Le moins qu'on puisse dire, c'est que j'ai touché le fond.

Et puis Ever a mis mon monde sens dessus dessous.

Alors pourquoi est-ce que tu ne gagnes pas ton propre *million ?*

Maintenant, je vais à Dartmouth. Je peux créer mon propre avenir ! Peut-être que toutes les autres filles savent déjà qu'elles peuvent le faire, mais ce n'était pas mon cas. Cependant, j'ai une seconde chance pour atteindre la stratosphère.

J'espère juste ne pas tout saboter. Comme je l'ai fait avec Xavier.

« Embarquement pour les voyageurs en première classe du vol à destination de Los Angeles », annonce une voix de femme au micro.

Je m'assois dans la salle d'embarquement et allume mon téléphone afin de consulter les e-mails de l'université pour la première fois de l'été. J'ai mis ma photo préférée en écran d'accueil. Je l'ai achetée ici, à Taipei, il y a des années : des lanternes chinoises qui flottent dans la nuit. Je fouille dans un tas d'e-mails de mes amis et du lycée pour la fin de l'année scolaire… Puis un message de Dartmouth me saute aux yeux. Il date du mois dernier.

RE : ACTION REQUISE – DEUXIÈME RELANCE

Mon cœur manque un battement.

« Eh, Xavier. Tu nous accompagnes pour te mêler au bas peuple ? » demande Marc Bell-Leong.

Je lève les yeux. Bien entendu. Xavier Yeh en personne avance vers nous, les épaules voûtées dans sa chemise noire finement tissée avec des fils argentés. Une élégance discrète sans le moindre effort ni la moindre attention : je vous présente Xavier. Ses cheveux noirs et ondulés lui tombent dans les yeux. Il remonte son sac à dos Osprey et coince son carnet à croquis sous son bras.

« Qu'est-ce qui est arrivé à ton jet privé ? » demande Marc.

J'ignorais que Xavier en avait un, et suis ravie de ne pas l'avoir su. *Oooh, Xavier, envolons-nous pour Paris !* J'aurais été encore plus ridicule.

Heureusement, Xavier n'est pas du genre moralisateur. Nous avons fait la paix. Et je suis passée à autre chose.

Son sourire est sombre.

« Mon père a insisté pour que j'aille dans une école dans le Massachusetts. Alors je vais prendre le prochain vol pour LA. Quelqu'un m'a offert de bosser pour les décors d'une pièce de théâtre. »

Il s'affale sur le siège à côté de moi.

« Salut, Sophie.

— Salut, Xavier. »

Les articulations de ses doigts sont blanches, serrées sur son carnet à croquis, sur ses genoux. Elles sont tachées de pastel bleu. Je fronce les sourcils.

« Ça va ?

— Ouais. C'est juste que... Je n'arrive pas à croire que l'été touche à sa fin. »

Il sort des bonbons White Rabbit de sa poche et m'en offre un, puis désigne mon téléphone d'un geste de la tête.

« Je ne veux pas t'interrompre. »

Je mâche le bonbon au lait sucré en parcourant rapidement l'e-mail de Dartmouth.

Bonjour,

La date limite d'inscription au cours d'introduction à l'intelligence artificielle est passée et nous n'avons pas encore reçu votre paiement…

Un poids se loge dans le creux de mon estomac et je déglutis difficilement.

« Merde.

— Qu'est-ce qui ne va pas ? demande Xavier.

— J'ai raté une date limite. Je ne savais pas qu'il y avait des frais et maintenant, je suis sur la liste d'attente pour mon cours le plus important. »

J'aurais dû être à l'affût de toutes les informations venant de Dartmouth, mais au lieu de cela, j'ai tout fait pour essayer d'impressionner Xavier.

« Ça craint. Mais ce n'est qu'un seul cours, pas vrai ?

— Je ne sais pas ! J'ai une bourse spéciale pour les filles qui étudient dans le secteur de la technologie. Il y a beaucoup de conditions. Sans cette bourse, ma mère ne peut pas se permettre de m'envoyer à Dartmouth. »

Il faudrait que je parte… Et que se passera-t-il ensuite ? Je dois m'occuper de tout ça. Je ne peux plus me permettre de commettre des erreurs et de laisser mon avenir partir en fumée.

Mes doigts tremblent lorsque je m'inscris sur la liste d'attente.

« J'ai le numéro 231 ! Il faut que je trouve un moyen d'être prise.

— J'aurais voulu pouvoir t'aider », dit Xavier.

Ever scrute son billet devant la porte d'embarquement. Rick n'est plus là.

« Il faut que j'embarque. »

Je me lève et prends mon sac.

« Fais attention à toi à LA. Et bonne chance !

— Attends, Sophie. »

La main de Xavier se referme sur mon poignet.

Il me regarde de ses yeux marron foncé qui voient tout et tout le monde, à tel point que mes entrailles se resserrent quelque peu. C'est terrifiant de savoir qu'une personne lit au fond de vous sans savoir ce qu'elle y découvre. En ce qui concerne Xavier, il a vu ce qu'il y a de pire en moi.

« Est-ce que… Est-ce qu'on se reverra ? »

Il me lâche, mais sa question me torpille. Tant de choses se sont mal passées entre nous. Pourquoi nous revoir ?

Je ne suis jamais allée à Los Angeles. Tante Claire a payé mon billet d'avion pour me rendre à Taïwan.

« Je ne pense pas me promener à Los Angeles bientôt.

— Eh bien, quand je recevrai enfin mon fonds fiduciaire, peut-être que je pourrais te rendre visite. Et aux autres aussi. La Nouvelle-Angleterre est superbe en automne. Toutes les feuilles changent de couleur. Peut-être que je pourrais aller à Dartmouth un week-end ? »

Alors comme ça, il veut venir me voir ?

Un infime espoir bête s'agite en moi, un désir que je ne peux pas me permettre. Je dois investir toute mon énergie émotionnelle dans l'université.

Et le pauvre petit riche doit attendre son fonds fiduciaire pour prendre son jet et aller voir ses amis ? Pouah. Un problème à la Dom Pérignon.

Au moins, si je le range dans cette case, je peux construire un mur de protection nécessaire autour de mon cœur.

« Embarquement pour tous les passagers du vol à destination de Los Angeles, annonce la femme au micro.

— Tu dois y aller. »

Xavier passe un bras autour de moi et me serre contre lui. Ce petit espoir traître hoquette en moi. Je me libère et me retourne pour partir.

Mais je marque une pause en voyant un homme que je reconnais foncer vers nous. Il est flanqué de deux individus portant des uniformes bleu marine. Il a des cheveux gris argentés et une veste sport chic de la même couleur que ses compagnons.

C'est l'homme qui a acheté la murale de Xavier hier soir.

« Oh, merde, Xavier. Ton père est là. »

2

XAVIER

Ba se précipite vers moi comme une tornade, flanqué de deux énormes gardes du corps. Sa coupe est tellement nette qu'il pourrait râper du fromage sur les bords crantés. Cela va bien avec son caractère quand j'en suis la cible.

Des amis de la croisière de l'amour se retournent sur son passage. Je sais que c'est quelqu'un d'important. Il a fait la couverture de *Forbes Asia* trois fois depuis qu'il a repris Dragon Leaf, l'entreprise que mon arrière-grand-père a montée il y a plus de cent ans. Le logo est même brodé sur les poches de chemise des gardes : un caractère aux traits raides ressemblant à un arbre qui signifie *feuille*, mon nom de famille, 葉, le tout entouré d'une couronne formée par un long dragon. J'ai entendu dire que c'est une grande fierté pour les gardes, les chauffeurs et toutes les autres personnes qui reçoivent ce badge du royaume des Yeh.

Mais pas pour moi.

Je me lève avec méfiance, serrant mon carnet à dessin contre ma poitrine comme un bouclier. J'ai passé la matinée sur la pelouse de Chien Tan avec ce carnet et mes pastels usés, dans une dernière tentative pour m'accrocher à ce que j'ai ressenti là-bas. Mes esquisses changent. Le visage qui a hanté mes pages pendant la plus grande partie de l'été n'est plus le même. Pour la première fois, je ne dessine pas Ever Wong. Elle a choisi Rick, pas moi, et je l'ai laissée partir. Et je vois les choses différemment maintenant, mais ces sentiments ont été durement gagnés et sont aussi fragiles que des fils de soie.

Je ne veux pas que Ba y touche.

« Où est-ce que tu crois aller ? »

Ba agrippe mon bras comme une tenaille.

« Tu es censé aller à Boston pour tes cours. »

Tout le monde se tait et je grimace.

« Je te l'ai déjà dit, rétorqué-je. Je vais à Los Angeles. »

Ba m'arrache le carnet à dessin des mains à une vitesse épatante. Un instant plus tard, il l'utilise pour me frapper au visage.

« Arrêtez ! crie Sophie. Qu'est-ce que vous faites ? »

Des lumières blanches nagent devant mes yeux. Quelque chose sonne dans ma tête. Tout le monde recule, détourne le regard, se dépêche de prendre son avion. Au cas où ma vie foireuse serait contagieuse.

Ba hausse brusquement les épaules en déchirant mon carnet en deux. Il le donne à son garde du corps, qui le jette à la poubelle. Un livre rempli de tout ce que j'ai vu cet été, transféré de mon âme à mes doigts et sur le papier.

Anéanti.

Le regard de Ba est sombre. Des respirations courtes et pleines de colère soulèvent ma poitrine. J'ai envie de lui faire du mal aussi. J'ai imaginé, fantasmé, ce qui serait le plus douloureux pour lui. La perte de tout son argent. La réputation de la famille ruinée. L'attacher à une chaise en métal, sans défense et impuissant, pendant que je le frappe au ventre sans arrêt.

Mais je n'arriverais jamais à esquiver ses gardes pour lui donner le premier coup. J'aperçois de la soie couleur mandarine du coin de l'œil. Les doigts de Sophie effleurent mon coude, un geste de soutien réconfortant. Elle est encore là. Je suis surpris, honnêtement. Elle était l'ex tout droit venue de l'enfer après notre rupture, même si elle a dû affronter ses propres difficultés. Je ne suis pas certain de lui faire confiance. En tout cas, je n'ai pas confiance en elle et moi, et le couple merdique que l'on formait ensemble. Mais nous sommes en bons termes maintenant. Cela dit, je ne suis pas sûr de vouloir qu'elle soit là à ce moment précis.

« Qu'est-ce que tu attends de moi ? demandé-je à Ba.

— Je t'ai envoyé dans un programme avec des étudiants qui vont à Yale, Harvard, Berkeley, Oxford. Tu étais censé passer l'été à apprendre le mandarin avec eux. Et c'est ça que tu as fait à la place ? »

Il désigne la poubelle.

« Tu as vraiment envie d'aller à Los Angeles ? Très bien. Tu vas prendre le jet avec Bernard, puis Ken-Tek et Ken-Wei ici présents vont t'emmener directement au lycée auprès duquel j'ai dû faire des pieds et des mains pour que tu sois inscrit. Harvard-Westlake. Je t'ai acheté un appartement pour que tu finisses ta terminale. »

Qu'est-ce qu'il raconte ? Il veut que je retourne au lycée ?

« Ta cousine Lulu est en terminale là-bas aussi. Elle est très studieuse. Tu vas suivre son exemple. Plus de filles, plus de fêtes. Et tu vas avoir ton *bac.* »

Encore le lycée ?

« Je préfère encore me prostituer, grondé-je.

— Tu dois apprendre à *lire.* »

Il ne réagit pas à ce que je dis. Jamais.

« Quand j'avais ton âge, j'organisais mes propres réunions sur trois continents. Je dirigeais une unité d'affaire pour Dragon Leaf. Ton cousin est l'apprenti de ton oncle Edward depuis qu'il a treize ans. »

Il claque des doigts et ses gorilles avancent vers moi. Je sais ce qui va se passer. Je recule. Mon poing frappe le nez de l'un d'eux. Mon pied fait grogner l'autre de douleur. Mais la bagarre se termine en un instant. Je suis ceinture noire de taekwondo, mais Ba a participé aux championnats du monde trois fois, tout comme ses gardes du corps. Ils agrippent mes bras dans leurs poings qui sont aussi forts que des menottes en fer, un de chaque côté.

Je fusille Ba du regard.

« Tu ramènes deux gardes pour t'en prendre à un seul fils ?

— Xavier, tu veux que j'appelle quelqu'un ? »

Le visage de Sophie trahit sa peur. Elle a son téléphone à la main.

« Merci de t'inquiéter, mais c'est inutile, dit sèchement Ba.

— Xavier ? »

Elle me fixe. La salle d'attente est déserte. Il n'y a que l'agent de passage à la porte, et elle détourne le regard. Ce qui signifie qu'ils l'ont briefée. Mais Sophie est restée.

La suite se joue dans ma tête : nous appelons les agents de sécurité de l'aéroport, Ba agite son poignet et les renvoie. Qu'ils portent le blason de la famille Yeh ou pas, il a toute l'île dans sa poche.

« Tout va bien, Sophie. »

Je m'oblige à parler d'une voix stable. On peut dire qu'elle est courageuse. Personne ne tient tête à Ba. Tout le monde lui lèche les bottes jusqu'à ce qu'elles brillent. Mais je ne veux pas qu'elle soit témoin de choses que personne ne devrait voir.

« Tu dois prendre ton avion. »

L'inquiétude assombrit son regard.

« Je... Je t'appelle quand l'avion aura atterri. »

Les gardes m'emmènent avant qu'elle ne finisse sa phrase. Les poings coupent la circulation du sang dans mes bras. Ils me font traverser le couloir. De l'extérieur, la situation n'a pas l'air si grave. On dirait que je me suis foulé la cheville et qu'ils m'aident. Mais j'aurai un bleu demain matin. Ça m'aidera à me rappeler qui commande.

Pour le moment.

Car dans deux jours, je recevrai mon fonds fiduciaire. Je contrôlerai mon propre destin et ensuite, j'engagerai mes propres gardes du corps pour repousser les siens.

Encore deux jours, et Ba ne pourra plus jamais me toucher.

Il tourne au coin et les Ken me traînent derrière lui. Je me retourne vers la porte du vol à destination de Los Angeles. Sophie est encore en train de me regarder, son téléphone portable à la main. Si seulement elle pouvait oublier tout ce qu'elle vient de voir. Je dois avoir l'air tellement faible et bête à ses yeux.

Puis un café se dresse entre nous et je la perds de vue.

Les chaussures de Ba cliquettent vivement sur le sol.

« Qu'est-ce que tu pourrais bien faire sans ton bac, Xiang-Ping ?

— De l'art. »

Il se moque.

« L'art, ça ne te fera pas gagner d'argent. Même Shakespeare se faisait payer ses scones et sa confiture par la reine. »

Il sait tout, bien évidemment. Si je mettais tout ce que je sais dans un cercle, il en dessinerait dix autres concentriques tout autour. Mais il a tort. Et son erreur s'élève à sept mille dollars.

« On *peut* gagner de l'argent grâce à l'art. »

Ma voix est aussi calme que la sienne, même si tout mon être a envie de fanfaronner en révélant la vérité ironique au micro.

« La murale représentant un dragon pour laquelle tu as donné autant d'argent ? C'est moi qui l'ai peinte. »

Je siffle pour imiter le bruit d'un missile qui tombe et s'écrase par terre. Qui a le dernier mot, cette fois, P'pa ? Je lève le menton et croise son regard, attendant que la vérité le frappe plus fort que mes poings ne le pourraient.

« Xiang-Ping, tu es tellement naïf. Si je n'étais pas intervenu, tes piètres petits gribouillis se seraient vendus pour de la camelote. Je savais que c'était de toi. C'est le dragon qui se trouve à la proue du bateau de ton grand-père. La photo était déjà dans notre salon avant ta naissance. Je l'ai acheté pour nous épargner la honte. »

La vérité a bien éclaté. Dans mon estomac.

« Et j'ai bloqué ton fonds fiduciaire jusqu'à ce que tu aies ton bac.

— Quoi ?

— Oui, Xiang-Ping. »

Il sourit.

« Tu mens ! Tu mens ! »

Cet argent est à moi.

« Tu ne peux pas faire ça !

— Je l'ai fait.

— Ma m'a légué ce fonds avant sa *mort*. »

Je me jette sur lui pour effacer cet air suffisant de son visage. Mais les menottes en fer autour de mes bras se resserrent. Mes poings se referment dans le vide, impuissants. Soudain, je transpire. De l'air froid provenant d'un conduit me frappe, ce qui me rappelle que je ne peux même pas l'empêcher d'ébouriffer mes cheveux.

« C'était son dernier souhait ! C'est *toi* qui dis toujours qu'il faut respecter sa mémoire. Elle a demandé aux avocats de préparer toute la paperasse alors qu'elle était à *l'hôpital* !

— Et si elle était encore parmi nous, elle serait aussi déçue que moi. Alors, mes avocats ont modifié la documentation. »

Ba est milliardaire pour beaucoup de raisons, mais je suis sûr que c'est en partie parce que chaque cellule rigoureusement protégée de son corps est orientée vers un seul objectif : *échec et mat*.

« Obtiens ton bac, Xiang-Ping, dit calmement Ba, comme s'il ne savait pas qu'il venait de faire exploser une bombe dans ma vie. Finis le lycée, comme le reste du monde. *Essaie* de te rendre utile. Alors, et seulement si tu y arrives, tu auras ton argent. »

3

SOPHIE

Je m'inquiète pour Xavier pendant tout le vol de retour aux États-Unis. Une tache rouge se formait sur sa pommette. Son père l'a pour ainsi dire kidnappé ! Et surtout, on pouvait lire cette rage sur les traits de son visage... Comment ai-je pu le juger pour ses problèmes à la Dom Pérignon ? Je ne voudrais pas avoir son père même pour tout le champagne du monde.

Dès que mon avion atterrit à Los Angeles et que j'ai du réseau, j'appelle Xavier. Le téléphone sonne, puis je tombe sur la boîte vocale.

Je serre mon téléphone contre mon oreille tandis que l'avion ralentit.

« Salut, c'est moi. Je voulais juste m'assurer que tout va bien. J'espère que tu es en sécurité. Dis-moi si je peux t'aider ou si tu as envie de parler. »

Je raccroche lentement. Est-ce que son père pourrait lui faire du mal ? L'obliger à couper les ponts avec ses amis ? Si Xavier vient ici, est-ce que je devrai signaler ce qui s'est passé ?

Je lui écris :

Je voulais juste savoir si tu vas bien.
Dis-moi si tu veux parler.

Une minute plus tard, mon téléphone sonne. Il me tombe des mains et je dois le chercher sous le siège devant moi avant de lire la réponse de Xavier.

Ça va merci

J'ai l'impression que quelqu'un a saisi mes rênes et m'a tirée en arrière.

Doucement, ma jolie !

Un souvenir me revient à l'esprit : une nuit en boîte. Je m'accroche à son dos, mes bras autour de son cou, mes genoux autour de sa taille, essayant désespérément de le garder près de moi. Jusqu'à ce que Rick me tire en arrière et que Xavier parte en courant… Et je l'ai suivi…

Ça va merci

Cette dynamique me semble trop familière. Je le poursuis, il me repousse.

Mes joues rougissent. Je me sens un peu bête en rangeant mon téléphone. À l'aéroport de Taipei, je voulais être là pour lui. Mais il ne décroche pas, il ne me rappelle pas, il m'écrit : *Ça va merci*. Traduction : ce ne sont pas tes affaires. Mais comme d'habitude, j'envahis son espace personnel.

Je prends mon sac dans le compartiment situé au-dessus des sièges et me dirige vers la porte d'embarquement pour ma correspondance vers le New Jersey. Je dois arrêter de penser à lui et je ne veux certainement pas qu'il me rende visite, même si la proposition tient encore. J'ai de grands projets : entrer dans le cours sur l'intelligence artificielle à Dartmouth, me spécialiser dans ce domaine, travailler pendant deux ans à un poste qui déchire, entrer en école de commerce, gagner mes propres millions, et prouver à ma famille et à moi-même que je ne suis pas la pauvre petite Sophie pathétique qui cherche un mari, comme nous l'avons tous pensé un jour.

Dartmouth.

De l'air frais. De la verdure. Des bâtiments en brique historiques, du cidre chaud, et des occasions dont je ne rêvais même pas. Je plonge la tête la première dans une semaine remplie d'informations sur les activités, les clubs universitaires, les cours et les spécialisations. Je rencontre tous les étudiants de Lord Hall. J'envoie trente candidatures pour des emplois sur le campus et surtout, je vais au bureau du secrétaire d'administration scolaire et universitaire, où une femme me dit que je dois assister au premier cours d'introduction à l'intelligence artificielle pour résoudre le problème de la liste d'attente. Je suis une machine en mode « Résolution », et je remets tout sur les rails.

En route pour la visite de la bibliothèque, je croise la doyenne de Dartmouth, resplendissante dans un costume d'un blanc immaculé : un blazer avec un effet cascade sur un pantalon tout en jambes et évasé à partir des genoux. Elle passe devant Dartmouth Hall, un bâtiment en brique blanc, et l'effet est majestueux dans le style de l'université : inspirant et intimidant.

Je prends une photo et la publie sur Instagram. Je n'ai que quelques douzaines d'abonnés, mais mon compte m'a plutôt servi à classer mes clichés préférés de cet été : Taipei 101, le marché nocturne, et environ cinq cents autres tenues splendides comme la sienne.

À ma grande surprise, j'ai un nouvel abonné : @XavierYeh.

Mon cœur a un raté. Sa photo de profil représente un dragon violet dessiné à l'encre, en forme de S, dont les ailes puissantes sont déployées de chaque côté. Son nom chinois, Yeh Xiang-Ping, est écrit par-dessus avec des coups de pinceau artistiques. C'est merveilleux : la signature qu'il a gravée dans la pierre pendant l'été à Chien Tan et qu'il a utilisée pour tamponner ses dessins.

Et il me suit ?

J'examine son compte : il s'est inscrit sur Instagram il y a quelques jours seulement. Il suit trois personnes et a huit abonnés. Son unique photo représente de l'eau qui dégouline sous un pont, tout en nuances de gris : l'eau, le béton, le ciel… L'image a une dimension magique. Elle déborde de solitude. Est-ce que c'est ce qu'il ressent ? Il est capable de saisir tellement d'émotions dans un seul cadre, qu'il s'agisse d'une peinture ou d'un cliché. C'est un génie.

J'agrandis sa photo. Le ciel était du même gris à Taipei le matin où je me suis réveillée à ses côtés après avoir passé la nuit au Club KISS, savourant la chaleur de son corps blotti contre mon dos, sa main sur ma taille, le souvenir de ses lèvres douces sur ma peau…

Arrête !

Je le suis aussi sur Instagram et lui envoie un mot gentil, mais pas trop familier. « Bienvenue sur IG. J'espère que ça va. »

Samedi, je me lance dans une douzaine d'entretiens pour des emplois à mi-temps avec entre autres un propriétaire de boutique de chocolat, un documentaliste, une fille dans une librairie. Deux d'entre eux annulent avant que j'arrive. Trois m'envoient un refus rapide : *Désolé, nous avons retenu un autre candidat*. Et finalement, un emploi administratif m'échappe pour un homme qui perd ses cheveux et qui porte des vêtements mal assortis de couleur orange brûlée. Le responsable se tord les mains et dit : *Vous êtes une très jolie jeune fille. Mais je ne sais pas si nous avons quelque chose pour vous ici.*

« Je ne comprends pas. Qu'est-ce qu'il a voulu dire ? demandé-je à Ever au téléphone ce soir-là. Je suis belle, alors je ne lui conviens pas ? Je ne lui conviens pas, mais je devrais me consoler en sachant que je suis belle ?

— Il regrette de ne pas pouvoir t'embaucher parce que tu es jolie ?

— Je n'espère pas. »

Je frémis, mais soudain, je crains qu'elle ait raison.

« Si c'est le cas, heureusement qu'il a refusé. J'aurais passé tout le trimestre à le repousser. Et je pensais que nous avions eu une conversation agréable et professionnelle, déploré-je. C'est plutôt humiliant.

— C'est *insultant*. Voilà ce que c'est. »

Dieu merci, j'ai Ever Wong dans ma vie. Avec une autre fille, j'aurai fini l'été en étant sa belle-sœur diabolique. Mais c'est la personne la plus bienveillante que je connaisse. Elle bat Cendrillon à plate couture.

« J'ai besoin de ton aide, dit-elle. J'essaie d'apprendre à me maquiller les yeux.

— Tu as un rendez-vous virtuel avec Rick ? » dis-je pour la taquiner.

Je suis ravie que ma meilleure amie sorte avec mon cousin préféré.

« Si seulement ! Je vais participer à une audition pour une bourse de danse internationale demain. Elle prendrait en charge tous les frais pour l'école de mon choix, alors c'est important.

— C'est génial ! »

À la fin de l'été, Ever a pris la décision courageuse de se retirer d'un programme de médecine de sept ans pour se lancer dans la danse et la chorégraphie. Nous la soutenons tous.

« Je vais te faire une vidéo pour t'aider à te maquiller quand nous aurons raccroché, d'accord ?

— Merci beaucoup. Et ne t'inquiète pas pour ce mec. Tu as des choses plus importantes à faire ! »

Mais je m'inquiète quand même. Je n'ai que ma mère célibataire avec mes quatre frères à la maison. Elle arrive à peine à payer les factures. Sans cette bourse, je ne pourrais pas être là. Il me faut vraiment un emploi pour pouvoir rester.

Si les problèmes de Xavier sont du champagne millésimé, les miens sont du Coca Light.

Tandis que je me dirige vers la salle de classe de mon premier cours, je repense sans arrêt à ce qui s'est mal passé au cours de mes entretiens. Étais-je trop énergique ? Est-ce que j'ai dépassé des limites invisibles ?

C'est vrai que je peux parfois avoir l'énergie d'une tornade.

En CE2, mon institutrice s'est plainte à ma mère parce que j'avais du mal à contrôler mes impulsions. Un jour, elle m'a dit d'attendre sur ma chaise jusqu'à ce qu'elle me donne la permission de me lever. Elle a emmené les autres élèves déjeuner, a éteint les lumières, et m'a laissée seule dans le noir. Je me souviens encore que je m'accrochais à mon bureau, essayant de contrôler mon besoin de sortir de la pièce et de me précipiter vers les autres. Quand elle est revenue, vingt minutes plus tard, j'étais tellement soulagée et honteuse que j'ai éclaté en sanglots et lui ai promis que je ne me lèverais plus jamais de ma chaise sans son autorisation. J'ai tenu ma promesse toute l'année.

Mais je crains que la tornade menace encore. Comme quand j'ai terriblement humilié Ever cet été parce que j'étais jalouse que Xavier veuille être avec elle. C'est la pire chose que j'ai jamais faite sans réfléchir. Mais la tornade est toujours en moi. Prête à éclater et à détruire tout ce que j'essaie de construire. Les amitiés, les relations, les emplois, un nouvel objectif. Un plan.

Quelqu'un se heurte à moi en se précipitant vers les portes de l'auditorium juste devant. Il est suivi par une horde d'étudiants. Certains portent des pyjamas en flanelle, d'autres des jeans, quelques-uns ont des tee-shirts Star Wars. Il n'y a pas une seule touche de couleur, et je baisse les yeux vers mon haut bleu ciel. Est-ce que je suis trop habillée ?

Je les suis vers la salle de cours d'introduction à l'intelligence artificielle. La pièce est plus remplie que le métro de New York à l'heure de pointe. La quantité d'étudiants est terrifiante : ils remplissent les rangs des quatre sections et des douzaines d'entre eux se précipitent dans les allées à la recherche d'une place. Ce sont principalement des garçons. Combien d'entre eux essaient de sortir de la liste d'attente aussi ?

« Le théorème d'incomplétude de Gödel n'est rien de plus qu'une formalisation de *Cet énoncé est faux*, dit un garçon roux à un autre en me dépassant.

— C'est plus compliqué qu'un paradoxe du menteur, rétorque son ami. Si tu prends en compte... »

Oh, à l'aide ! Dans quelle langue est-ce qu'ils parlent ? Une partie de moi veut faire demi-tour et s'enfuir avant que quelqu'un me demande ce que je fais là. Mais ce cours est la clé de mon avenir.

Je prends une profonde inspiration et plonge dans l'allée.

Devant le tableau, le professeur Michael Horvath écrit son nom en script. Il est jeune, une petite trentaine d'années. Il est beau comme une statue grecque, avec un nez défini et d'épais cheveux bruns dans le style de Beethoven. Il est bien habillé : sous sa veste sport à carreaux bleue, il porte un gilet imprimé orange vif formidable. Ma couleur préférée.

Je suis soulagée et aperçois quelques sièges vides à l'avant. Je n'ai pas pour habitude de m'asseoir au premier rang, mais c'est une nouvelle version de moi qui entre dans cette salle !

« Excusez-moi. Excusez-moi. »

Je dépasse quelques étudiants et m'assois sur un siège en velours bleu en face de l'estrade. Je prends une photo de la tenue sensationnelle du professeur et me sens déjà un peu plus optimiste.

« Salut, comment ça va ? »

Un garçon s'assoit à côté de moi et me fait sursauter.

« Oh, désolé. Je ne voulais pas te faire peur.

— Oh, non. Salut. »

Les manches de sa chemise bleue sont enroulées jusqu'à ses coudes et l'ourlet est enfoncé dans son jean noir moulant. Ses cheveux noirs sont coupés court. Son style est légèrement plus asiatique qu'asio-américain. Il pose un sac à dos en cuir noir et brillant à ses pieds. C'est un Canali. Il coûte au moins mille dollars.

« Je m'appelle Victor. »

Il me décoche un sourire sympathique et je reconnais l'intérêt qu'il y a derrière. Après des années à poursuivre des garçons, j'ai un radar pour ces choses-là.

Instinctivement, j'ai envie de fuir. Mais je ne peux aller nulle part. Tous les sièges à l'avant sont pris.

« Je m'appelle Sophie.

— Enchanté. Est-ce que tu te fais appeler Sophie ? Ou est-ce que tu as un surnom ?

— Juste Sophie. »

Il penche la tête sur le côté.

« Il te faut un surnom.

— Je n'en ai jamais eu. »

Je souris et joue le jeu.

« Enfin, mon père m'appelait son petit Cha Siu-Bao quand j'étais enfant. Je ne sais pas si ça compte. »

Il rit.

« Son petit pain au porc. Ça me plaît. »

Je ne l'ai jamais dit à personne, mais il y a quelque chose chez lui qui m'invite à être sincère. J'aimais l'idée de représenter quelque chose de chaud et de délicieux aux yeux de mon père. Mais ensuite, il est parti. Je crois que je n'y ai pas vraiment pensé depuis.

« Salut, Victor. On peut se voir à la fin du cours ? »

Deux garçons portant des maillots de sport s'arrêtent devant nous et m'empêchent de voir le professeur Horvath.

« On veut savoir ce que tu penses de ce qu'on va présenter au concours de Kaggle.

— Oui, pas de problème. »

Ils lui font un signe du pouce et s'éloignent. Il se retourne vers moi.

« Tu dois être en première année. »

J'affiche un sourire désenchanté.

« Ça se voit tant que ça ?

— Non. Mais on ne s'est jamais rencontrés.

— Et tu connais les trois mille étudiants en fin de cycle ?

— Je me souviendrais de toi si je t'avais déjà aperçue. »

Radar enclenché ! *Ding, ding, ding !* Mais c'est une nouvelle version de moi qui lui parle. Il est donc temps de détourner la conversation.

« Tu es en deuxième année ? En troisième ? demandé-je.

— En dernière année. Je suis un des ATER pour ce cours. Si tu as besoin d'aide, je suis là.

— Oh ! »

Un attaché temporaire d'enseignement et de recherche ! Pas étonnant que ces garçons voulaient lui parler.

« Comment s'est passé ton été ? s'intéresse-t-il. Tu as étudié ? Voyagé ?

— Les deux. En quelque sorte. Je suis allée à Taipei pour participer à un programme linguistique.

— Sérieusement ? La « croisière de l'amour » ?

— Oui. Tu y es allé ?

— Ma famille est de Taipei. Mes cousins y ont participé, mais j'ai raté l'occasion. C'est pour ça que je suis encore célibataire. »

Il me décoche un clin d'œil dramatique.

« Alors, je suppose que tu es revenue avec un petit ami ?

— Mieux. »

C'est l'occasion parfaite de lui dire où j'en suis.

« J'ai arrêté de penser aux garçons. Pour toujours. »

Il penche la tête sur le côté.

« Comment ça ?

— Je suis sortie avec le mauvais mec et j'ai appris ma leçon. Maintenant, je suis concentrée et prête à tout donner pour ma carrière. Ce cours, c'est la première étape. »

Et voilà, c'est annoncé. Même si je me sens un peu coupable : ce n'est pas très juste de dire que Xavier était le mauvais mec, alors que j'ai largement contribué à nos erreurs. Mais Victor hausse les sourcils. Je l'ai peut-être impressionné.

« Asseyez-vous, s'il vous plaît », dit Horvath au micro.

Les voix commencent à se taire.

« Eh bien, tu as raison en ce qui concerne ce cours, murmure Victor. Horvath est une étoile montante. Il est le plus jeune à avoir sa titularisation à Dartmouth. Il connaît les directeurs du service d'intelligence artificielle de Facebook, Apple, Netflix, et plus encore. Tous ceux qui sortent de son laboratoire trouvent des stages dans le domaine de l'intelligence artificielle dans la Silicon Valley. L'ATER principal est en stage chez Google AI. Son avenir est assuré. »

Un stage chez Google ? Je me redresse. Le professeur branche un câble de l'estrade à son ordinateur portable.

« C'est pour ça que tu es là ? demandé-je.

— Non. Je travaille pour ma famille, dit-il. Mais c'est pour ça que cette salle est remplie d'étudiants en fin de cycle. C'est sa dernière année d'enseignement à Dartmouth. »

Je fronce les sourcils.

« Qu'est-ce que tu veux dire ?

— Yale l'a débauché. Avec un grand laboratoire neuf et tout ça. C'est la dernière occasion d'avoir cours avec lui. Tu as de la chance d'avoir été prise. La plupart des étudiants de première année n'y arrivent pas.

— Oh, non. En fait, je suis sur liste d'attente.

— Désolé, ce rang est réservé aux ATER. »

Un homme tenant une mallette à la main, avec des cheveux blond roux grisonnant prématurément, me jette un regard noir. Une certaine autorité émane de lui.

Je regarde Victor, qui hausse les épaules d'un air confus.

« Je crois qu'il n'y a plus de place. »

Tous les garçons du premier rang, qui ressemblent à des professeurs, se tournent vers moi lorsque je me lève. Quelqu'un assis derrière nous ricane et je rougis. *Réservé aux ATER*. J'aurais dû le savoir. Cela dit, je n'ai jamais été en compétition dans un endroit comme celui-là auparavant. Je ne peux pas me permettre de mettre en péril la possibilité d'assister à ce cours. En particulier si c'est la dernière année de ce professeur.

De la musique s'élève dans la salle. Deux écrans géants affichent une image rotative d'un cerveau gris et les mots *Introduction à l'intelligence artificielle*.

« Baisse-toi, devant », crie quelqu'un d'un air agacé.

Je serre mon sac à dos contre moi et m'écarte de la ligne de mire. Dans les allées, des étudiants se sont assis sur les marches et je dois me frayer un chemin entre les sacs et les mains, récoltant au passage des regards noirs de quelques garçons qui tendent le cou. Quand je rejoins la foule debout dans le fond, mon visage est rouge et humide.

Je serre un peu plus fort mon sac contre ma poitrine. Je dois contrôler la tornade. Mon téléphone sonne et je le sors brusquement pour le mettre en mode silencieux. Heureusement, le professeur est occupé à parler à ses ATER. Le cours n'a pas commencé, alors pourquoi tout le monde est-il aussi nerveux ?

Une notification s'est affichée sur mon écran. C'est un message d'Ever sur le groupe de discussion des anciens élèves de Chien Tan que j'ai créé pour que nous restions en contact.

Ever : Salut ! Je suis en finale pour la bourse de danse ! Je retourne à Taipei le week-end prochain pour la dernière audition !

Sophie : Félicitations ! C'est génial !

Ever : @Sophie j'avais l'air super pro grâce à ta vidéo de maquillage

Sophie : C'est ça, c'est moi qui ai tout fait. J'ai pratiquement dansé à ta place

Rick : J'aurais voulu pouvoir y aller aussi

Debra : Je peux voir la vidéo de maquillage ? J'en ai besoin

Laura : moi aussi ?

Sophie : ok, je vais la mettre sur TikTok

Marc : J'irais bien à Taipei si
je pouvais me payer les billets

Sophie : comme tout le monde !
Décroche cette bourse, Ever !

Tandis que le professeur Horvath retourne sur l'estrade, je publie la vidéo de maquillage pour les yeux que Debra et Laura veulent voir et range mon téléphone. Je suis tellement fière d'Ever que je pourrais me mettre à chanter au fond de l'auditorium. Elle suit ses rêves.

Et je suis là pour en faire de même.

Une vidéo de Harrison Ford s'affiche sur les écrans. Han Solo ! Ses cheveux gris pendent à la perfection devant son visage ridé. Il lève une tasse Yeti bleue comme pour nous porter un toast.

« Bienvenue au cours d'introduction à l'intelligence artificielle, dit-il. Vous êtes sur le point d'embarquer pour l'aventure de votre vie avec mon ami, le professeur Horvath. Je tiens à vous souhaiter bonne chance en ce début d'année scolaire. Oh, et je ne suis pas vraiment Harrison Ford. Je suis un *deepfake*. Mais je vous souhaite bonne chance quand même. »

Je ris avec les autres étudiants tandis que le professeur Horvath se place au centre de l'estrade et met un pouce dans la poche de son pantalon.

« Bienvenue, comme l'a dit mon cher ami Harrison Ford. Tout d'abord, un mot pour ceux qui sont sur la liste d'attente, car je sais que plusieurs centaines d'étudiants attendent avec impatience. Je suis désolé de vous apprendre que nous sommes limités par la capacité de l'auditorium. Je vous encourage à choisir d'autres cours, mais si vous espérez quand même faire l'expérience de la méthode Horvath, vous pouvez assister au cours en tant qu'auditeurs libres pour le moment et rendre vos propositions de projet pour le premier devoir, dont je vais vous parler dans un instant. Si des places se libèrent au cours des deux prochaines semaines, j'accepterai des étudiants de la liste d'attente en fonction de la qualité des propositions. »

Quelques grognements s'élèvent. Un garçon assis devant moi se dirige vers les portes.

Le garçon à côté de moi me montre le siège vide. Je suis sur le point de refuser par principe, mais j'arrive mieux à me concentrer quand je prends des notes, alors je m'assois. En réalité, c'est une bonne nouvelle pour moi. Si je parviens à remonter dans la liste d'attente avec une proposition qui déchire, j'aurai une chance.

« Continuons. L'intelligence artificielle révolutionne tous les secteurs : la robotique, l'énergie, la santé, et tout le reste. Vous apprendrez les bases de l'intelligence artificielle et la manière de construire des algorithmes qui changent le monde. Des *chatbots* qui parlent aux gens. Des outils pour aider les médecins… »

Il se lance dans un monde que j'avais uniquement associé aux joueurs jusqu'ici. Je tape avec acharnement, prenant des notes comme jamais. Je cherche sur Google (Google !) un mot sur deux et utilise Wikipédia pour avoir plus de contexte : apprentissage profond, *deepfake, chatbots*. Je vais apprendre les secrets qui ouvrent les portes de l'univers. Je vais apprendre à faire de la magie. Horvath nous présente ses dix ATER. Il s'avère que Victor est le seul à ne pas être un étudiant diplômé. Impressionnant. L'homme dont j'avais pris la place est l'ATER principal. Pouah ! Avec un peu de chance, il ne se souviendra pas de moi. Je suis pendue aux lèvres du professeur tandis qu'il explique les attentes du cours. Ça m'a l'air très différent du lycée. Notre note est basée entièrement sur un grand projet : construire un programme d'intelligence artificielle qui sera évalué en trois parties.

La nervosité s'empare à nouveau de mes entrailles. Ce cours est plus difficile que tout ce que j'ai fait auparavant. Un garçon devant moi est déjà en train de programmer. Son écran noir est couvert de lignes de code blanches. Je ne sais rien du tout sur le théorème de… de qui déjà ? Godiva ? Godel ? Mon cousin Rick est toujours en train de parler sur des applications de messagerie ultra-sécurisées et joue à des jeux de rôle générés par l'intelligence artificielle. Et moi…

Tu es plus intelligente que quatre-vingt-dix-neuf pour cent de la planète, me réprimande la voix d'Ever.

« Ces projets sont une occasion pour nous tous d'apprendre, y compris pour moi, conclut Horvath. Alors, pas de duplication. J'autoriserai les projets en fonction de la règle : premier arrivé, premier servi. Remettez-moi vos propositions avant vendredi pour que mes ATER les passent en revue. Des questions ? »

L'auditorium est aussi silencieux qu'une tombe. Je sens que tout le monde est intimidé. Ce professeur est gigantesque.

« D'accord… »

Je lève ma main.

« Oui ? »

Trois cents paires d'yeux se tournent vers moi. Je m'enfonce un peu dans ma chaise, mais il est trop tard pour faire marche arrière.

« Est-ce que vous voulez des projets centrés sur l'apprentissage profond, ou est-ce que nous pouvons explorer l'apprentissage par renforcement ?

— Excellente question. »

Il pose sa main au-dessus de ses yeux pour mieux me voir.

« Ton nom ?

— Euh, Sophie. Sophie Ha.

— Bien, Sophie. Je vais en parler lors des prochains cours. Mais, en quelques mots, l'apprentissage profond apprend grâce à des ensembles de données d'entraînement, alors que l'apprentissage par renforcement apprend de manière dynamique par tâtonnement. Vous pouvez utiliser les deux, même si je pense personnellement que de nombreux développements intéressants se trouvent entre les deux, comme avec AlphaGo de DeepMind. »

Il me sourit et peut-être que je l'ai impressionné.

« D'autres questions ? »

Une main se lève à l'avant.

« Est-ce que c'est vrai que c'est votre dernière année à Dartmouth ?

— J'en ai bien peur. »

Le professeur Horvath frotte tristement le dossier de sa chaise.

« C'est effectivement votre dernière chance de vous joindre à la conspiration Horvath avant que je parte à Yale. »

D'autres étudiants grommellent. Un garçon qui porte un chapeau blanc sale quelques rangs devant moi enfonce un câble de son ordinateur dans un récepteur.

« Mâle et femelle. T'as compris ? » dit-il en ricanant à l'intention de son voisin.

Je serre le poing pour ne pas lui jeter mon téléphone portable au visage.

« J'ai dit quelque chose d'amusant ? » demande Horvath.

Ouah. Il a une sacrée ouïe. Le garçon se redresse.

« Non, monsieur.

— Quel est ton nom ?

— Jake Boneh.

— Sors, s'il te plaît. »

L'étudiant écarquille les yeux.

« Comment ?

— Sors de la classe. »

Un silence stupéfait s'ensuit.

« Ton siège sera donné à quelqu'un qui respecte cette matière et qui a envie de travailler.

— Merde alors, murmure mon voisin blond.

— Il a le droit de faire ça ? chuchoté-je.

— Je suppose.

— Mais... Mais j'ai été pris grâce au tirage au sort, balbutie Jake. Je veux en savoir plus sur l'intelligence artificielle.

— Victor, mets la liste à jour, s'il te plaît. Bonne nouvelle pour ceux qui sont sur la liste d'attente : voici la première place qui se libère. »

Au premier rang, la tête noire de Victor acquiesce. Alors, il y a une chance. Mais mon voisin a raison, un tout petit faux pas... et BAM ! Avec un tel système, les tornades n'ont pas beaucoup de chance de réussir. Un autre petit frisson passe à travers moi et je me redresse.

« Tous, apprenez à vous connaître, poursuit Horvath. Vous devrez compter les uns sur les autres, non seulement dans cette classe, mais au cours de vos carrières. Vous êtes l'avenir de ce secteur. »

Il sourit.

« Merci. »

Les étudiants commencent à rassembler leurs affaires. Mon téléphone vibre dans mon sac, indiquant que j'ai reçu un message.

C'est Victor. Bien joué, Sophie.

Oh. Il doit avoir accès à mon numéro de téléphone parce que c'est un ATER. Comment ça, *bien joué* ?

« Ouah. C'est le premier jour et Horvath connaît ton nom », dit le garçon à côté de moi.

Il porte un tee-shirt à l'effigie de Yoda.

« Comment est-ce que tu connais ce truc, le renforcement ?

— L'apprentissage par renforcement. J'ai lu à ce sujet pendant son cours.

— Tu as intégré tout ça sur le moment ? *Pendant* son cours ?

— J'essayais de me mettre au niveau. Je n'ai jamais rien fait de tel, mais je suis enthousiaste en ce qui concerne le projet. J'ai vraiment envie d'être prise.

— Je vais peut-être me retirer de la liste d'attente. Il est exigeant.

— Oui, je vois ça. »

Est-ce que je peux y arriver ? Ce ne sera pas facile, mais j'en ai envie. Si je peux réussir ce cours, je peux tout réussir.

« Regarde ce qu'il nous enseigne, dis-je. On dirait de la magie !

— J'ai compris un quart de ce qu'il a dit. »

Je fronce les sourcils. Est-ce qu'il exagère ?

« Et puis, c'est une perte de temps d'envoyer une proposition pour un cours dans lequel tu ne vas peut-être pas être prise. Sans parler du fait que c'est risqué de miser toute sa note sur un seul projet.

— Oh, mais j'ai beaucoup d'idées.

— Comme quoi ?

— Comme un assistant-styliste qui te dit quelles sont les meilleures tenues en fonction de la forme de ton corps. Les tendances changent tellement vite. Et tout le monde n'a pas la patience ou l'œil pour les vêtements, comme mes frères par exemple. »

Lorsque je pense à mes quatre petits frères chez moi, ma gorge se serre.

« Comme c'est utile ! »

Il range son ordinateur portable dans son sac et se prépare à partir.

« On dirait plus de la magie que de la science. Ma moyenne ne peut pas baisser. Ce cours est trop exigeant. Bonne chance, Sophie Ha. »

Je fronce les sourcils lorsqu'il s'éloigne. Suis-je trop peu réaliste ?

« Excuse-moi. Tu es Sophie ? »

Je me retourne. Une fille asio-américaine avec des yeux incroyablement bleus est debout dans l'allée. Est-ce que ce sont des lentilles ? Ses cheveux noirs coupés au niveau du menton entourent son visage ovale. Son sweat-shirt vert de Dartmouth a l'air neuf, orné d'un petit logo élégant.

« Oui. On se connaît ? »

Je la rejoins dans l'allée.

Elle tend une main svelte. Un bracelet splendide pend autour de son poignet. Il est composé de brins de fleurs de cerisier tressés. Chacune d'elles est faite avec de petites perles sur une fleur en or rose.

« Non, mais je m'appelle Emma Shin.

— J'adore ton bracelet. »

Je lui serre la main.

« Et tes yeux. »

C'est bizarre de le dire à voix haute, mais je suis curieuse.

« Le bracelet est un cadeau. Il va avec mes boucles d'oreille. »

Elle touche une fleur identique sur son lobe.

« Et les yeux... »

Elle pose ses doigts sur sa tempe.

« Quelqu'un dans ma famille a fait une indiscrétion. »

Je ris avec elle. Elle me plaît déjà.

« Je suis en première année aussi, dit-elle. Victor m'a conseillé de venir te voir. Il s'est dit que nous pourrions étudier ensemble. »

Elle désigne l'ATER, qui est en train de discuter avec le professeur.

« C'est très gentil de sa part. Mais en fait, je suis sur la liste d'attente.

— Tu as sans doute tes chances. Ils ont besoin de plus de filles. Il faut juste que tu envoies une excellente proposition.

— C'est ce que j'espère ! »

Je ne veux pas que mon genre soit un inconvénient.

« Sur quoi porte ton projet ?

— Quelque chose en lien avec l'imagerie satellite. L'environnement. Je fais un peu de programmation, mais je n'ai pas vraiment suivi de cours. Mon père s'est spécialisé en informatique ici. Le professeur Horvath et lui avaient le même conseiller.

— Ouah, sans blague ? Alors, tu le connais déjà ?

— J'en ai l'impression. »

Elle sourit.

« Victor a dit que tu avais participé à la croisière de l'amour cet été. J'étais sur le campus d'Ocean.

— Oh, Ocean ! »

La croisière de l'amour avait deux campus qui ne se mélangeaient pas. Étant donné que des milliers d'étudiants s'inscrivent, je ne suis pas étonnée de tomber sur une autre fille en première année à Dartmouth.

« Désolée que tu sois passée à côté de toute l'aventure. »

Je souris. Le campus d'Ocean était isolé sur la côte nord, loin des marchés nocturnes bourdonnants et de la culture de Taipei.

« Sans déconner, tout ce qu'on pouvait faire, c'était boire dans nos chambres et chanter de mauvaises chansons de karaoké.

— J'espère que tu t'es quand même attiré quelques ennuis, dis-je pour la taquiner.

— Notre exploit, c'est que dix garçons se sont introduits dans un magasin d'antiquités.

— Un coup de rock star ! »

Elle rit.

« C'était Ocean. Super glamour ! Mais nous avons entendu parler de votre incroyable spectacle de talents.

— Vraiment ? On s'est bien amusés. »

Je lui montre mon téléphone.

« J'ai créé un groupe d'anciens élèves de la croisière de l'amour. Je vais t'ajouter. C'est quoi, ton pseudo ? Nous sommes quarante-quatre maintenant. Il y a beaucoup de fils de discussion amusants et ça devient chaotique. N'hésite pas à inviter des amis. Plus on est de fous, plus on rit. »

J'ajoute @Emma tandis que quelques garçons se précipitent vers le professeur. Une fermeture Éclair égratigne mon épaule et un autre corps me pousse sur Emma. Elle me rattrape, étonnamment stable.

« Je n'aurais pas dû mettre des talons. »

Je frotte mon épaule douloureuse d'un air mécontent.

« Je ne savais que c'était le Far West ici. »

Je pense à ce que le professeur Horvath a dit. Il me faudra des amis pour réussir cette matière et mes études à Dartmouth, et l'énergie entre nous est déjà bonne. Je passe mon sac sur mon épaule.

« J'ai apporté des gâteaux de lune de chez moi. Tu veux passer plus tard ? »

Elle sourit.

« Oui ! J'adore les gâteaux de lune. Je vais me présenter au professeur Horvath, maintenant. Mon père lui a envoyé un e-mail pour lui parler de moi. »

D'un geste de la tête, elle désigne la foule qui encercle le professeur. Les élèves sont si nombreux que je ne vois que ses cheveux blonds.

« Tu veux venir ? »

Emma passe son sac sur son épaule.

« C'est une bonne chose de créer une connexion personnelle si tu essaies de sortir de la liste d'attente.

— Oh, euh... »

J'ai l'impression que parler à Horvath est un grand pas. Mais apparemment, tout le monde le fait. Elle a raison. Avec autant de compétition, je dois lui montrer que je suis déterminée à suivre ce cours. Je dois renforcer la bonne première impression que je lui ai faite.

« D'accord. »

Je descends l'allée tandis qu'une autre vidéo charge sur le double écran.

« Peut-être que je peux lui parler de mon idée de projet...

— ... et n'oublie pas d'appliquer de nouveau ton rouge à lèvres juste avant. Ça relèvera le tout. »

Ma voix enregistrée retentit dans l'auditorium. Tout le monde se tait et, sous mes yeux effarés, mon visage apparaît sur les écrans. Je suis agrandie cent fois, révélant tous les pores et le bouton au-dessus de mon sourcil. Sur la vidéo, ma main lève un tube de rouge à lèvres vers ma bouche.

« Oh, mon Dieu ! »

Ma vidéo de maquillage. Pour Ever. Elle n'était pas destinée à qui que ce soit d'autre, et certainement pas à ces trois cents élèves et au professeur Horvath.

Mais sous l'écran, le professeur se penche en arrière pour regarder, tout comme le reste de l'auditorium.

« Qu'est-ce que c'est que ça ? »

Quelques personnes rient. Quelqu'un siffle et quelques têtes se tournent vers moi.

Emma écarquille les yeux d'un air stupéfait.

« C'est toi !

— Éteignez ça ! » crié-je.

Je comprends tout de suite ce qui s'est passé : dans cette pièce remplie de hackers, quelqu'un a cherché Sophie Ha sur Internet.

Mais on ne peut pas l'éteindre. Et je sais exactement ce qui suit.

Sur l'écran, mes lèvres sont couvertes d'une couleur rouge vif et se pressent l'une contre l'autre d'un geste horriblement lent.

« Ils ne pourront pas te résister. »

Je roule mes R en imitant un accent.

Puis, la Sophie sur l'écran envoie un baiser au professeur Horvath et à tout l'avenir du secteur.

4

XAVIER

LOS ANGELES

Sophie est restée à l'aéroport de Taipei alors que tout le monde est parti. Elle a téléphoné pour savoir si j'allais bien. C'est son instinct : elle fait ce qu'elle dit. Sous toutes ses couches, c'est quelqu'un de bien. Il s'avère que notre rupture est une des rares bonnes décisions que nous avons prises pendant la croisière de l'amour. Maintenant, tout est beaucoup moins compliqué.

Je dicte un message pour lui répondre et lui dire que je vais bien. Mais ce n'est pas le cas.

Je suis emprisonné dans le royaume des Yeh.

Ba m'a trouvé un studio au troisième étage d'un bâtiment avec une piscine d'eau bleue et cristalline qui appartient aux Yeh. Le portier porte le blason doré de la famille sur sa casquette violette. Ken-Tek et Ken-Wei, qui portent aussi le blason, se relaient pour monter la garde devant ma porte. Le service de chambre dépose une barre de flocons d'avoine pour le petit déjeuner et une soupe de nouilles au bœuf gastronomique pour le dîner.

C'est l'enfer.

Cela dit, Sophie a peur de perdre sa bourse et de devoir quitter Dartmouth. Elle serait en droit de me dire : *Il y a pire que d'être obligé de vivre dans un appartement chic et d'aller dans une école privée de luxe. Alors, arrête de t'apitoyer sur ton sort.*

Et elle aurait tout à fait raison.

Je passe une pièce sur les articulations de mes doigts et jette un coup d'œil aux Ken. Est-ce qu'il vaudrait la peine d'essayer de m'enfuir ? J'ai encore des bleus sur les bras, là où ils m'ont agrippé. La porte s'ouvre et les Ken laissent entrer un traiteur qui apporte un cupcake dans lequel une bougie est enfoncée. Il pourrait tout aussi bien porter la marque des Yeh.

Car toutes les chaises longues en teck de Los Angeles ne peuvent pas compenser le fait que je suis prisonnier pour mon dix-huitième anniversaire.

Lors du premier jour de lycée, début septembre, les Ken m'escortent dans la rue jusqu'au campus d'Harvard-Westlake. Les toits sont en argile orange et les murs en stuc blanc, l'architecture est espagnole et il y a un millier d'élèves : des enfants de stars du cinéma, des apprenants qui lisent aussi facilement qu'ils passent leurs doigts dans du sable. La brise est chaude. Elle sent l'eucalyptus, ce qui me plaît. Mais je frissonne en montant les marches derrière Ken-Tek. Je ne connais personne, mis à part ma cousine Lulu, une élève de terminale studieuse. Je me souviens du jour où elle a été acceptée, et des difficultés qu'elle a rencontrées. Ba n'a pas manqué de me le dire. Maintenant, je suis censé la trouver et suivre son exemple. Mais quand cela a-t-il fonctionné ?

Dans le bureau, une réceptionniste déplace sa tasse d'herbes à la menthe. Elle m'adresse un grand sourire.

« Tu dois être Xavier.

— Ouais. C'est moi. »

Je me prépare à ce qui va suivre, quand on parle aux figures d'autorité. Derrière moi, Ken-Tek et Ken-Wei font semblant de se fondre dans le papier peint orné de fleurs de lys.

« Nous avons eu un problème d'organisation hier. Ton père et toi avez raté votre réunion avec le spécialiste en éducation. Nous avions préparé une conférence téléphonique. »

Effectivement. Mon père ne s'est pas donné la peine d'y assister non plus ? Sympa. Cela dit, les réunions liées à mon éducation n'ont jamais été son truc.

« Je n'ai pas besoin d'avoir quelqu'un sur le dos. »

Son sourire s'estompe.

« Nous sommes là pour t'aider. »

Je garde le silence. Le marché, c'était que j'aille dans cette école, pas que j'assiste à des réunions supplémentaires.

Hier soir, j'ai acheté un nouveau carnet à dessin. J'ai dessiné une série de cases horizontales, l'une dans l'autre, de plus en plus petites, jusqu'à ce qu'il n'y ait plus qu'un point au centre, mais je sais qu'elles ne s'arrêtent pas là. Du vide dans du vide. C'est ce que je ressens en retournant au lycée. Si je dois redoubler ma terminale pour me libérer du goulot d'étranglement de Ba, je le ferai, mais ce qui reste de ma fierté ne le laissera pas m'aplatir complètement.

Elle se lève.

« Bon, viens. Le doyen a hâte de te rencontrer. »

Je la suis et passe devant quelques élèves qui sont assis et me regardent d'un air curieux. Ils ont remarqué les gardes du corps. Je me tasse un peu, souhaitant être invisible.

Le bureau du doyen est une version occidentale du bureau à domicile de Ba, avec des murs en lambris sombres et une table de la taille d'un bus. Des plantes en pot feuillues égayent la pièce, mais monsieur Ramchandran est aussi terne qu'une fenêtre brumeuse. Il est tout gris : ses cheveux, sa chemise boutonnée et la monture de ses lunettes, qu'il pose sur son nez pour me regarder.

« Xavier, nous sommes ravis de te compter parmi nous. Je t'en prie. Assois-toi. »

Je me glisse sur la chaise en face de lui.

« Nous sommes là pour nous assurer que tu passeras une année formidable. »

Le siège en cuir de Ramchandran crisse lorsqu'il s'appuie sur le dossier.

« Je sais que tu en as vu de toutes les couleurs dans ton ancienne école. »

De toutes les couleurs. C'est l'œuvre de l'expert en relations publiques de Dragon Leaf. J'ai tout simplement échoué. Mais les victimes s'attirent plus de sympathie que les fainéants, alors me voilà : le garçon incompris, mal servi par son ancienne institution.

« Mais j'ai promis à ton père que nous t'aiderions à passer la ligne d'arrivée.

— Laissez-moi deviner. »

Je m'appuie contre le dossier de ma chaise, comme lui.

« Vous ne recevrez pas votre gros virement si je n'ai pas mon bac. »

Ramchandran remue sur sa chaise, mal à l'aise.

« Ton père est très généreux…

— *Mon père* ne se laisse jamais mener en bateau, dis-je. Si vous ne tenez pas votre promesse, il ne le fera pas non plus. »

Le doyen tire sur son col, puis poursuit comme si je n'avais rien dit.

« Nos spécialistes seraient ravis de te rencontrer. Ils effectueront des évaluations cet après-midi. Nous passerons en revue ton plan d'apprentissage, en fonction de ce que ton père nous a envoyé. Nous nous adaptons complètement. La charge de travail est réduite. Nous avons éliminé l'exigence d'une langue étrangère, étant donné que tu n'as pas besoin de cette complexité supplémentaire. Des livres audio. Deux fois plus de temps pour les dissertations. Ton casier, dans l'aile des sciences, à côté de l'extincteur jaune, a été mis en place spécialement pour toi. Nous allons travailler ensemble pour que tu réussisses ton année. »

Il pousse une petite boîte en papier et une enveloppe vers moi.

« C'est un stylo de lecture et…

— J'ai compris. »

Je ne sais pas ce qu'est un stylo de lecture et je ne comprends pas la moitié de ce qu'il dit, mais je n'en ai pas besoin. Je fourre la boîte et l'enveloppe dans mon sac à dos.

« Je dois redoubler ma terminale comme si j'étais coincé dans une faille temporelle. J'aurai un million de responsables sur le dos. Et il faudra que ça me plaise. »

Je me lève et passe mon sac sur mon épaule. Toutes les personnes que je rencontre pensent qu'elles peuvent régler mon problème, puis se rendent compte que ce n'est pas possible.

« Je ne vais pas revenir pour les évaluations. »

Monsieur Ramchandran se lève, l'air alarmé. Je suis arrivé au lycée il y a une heure, et j'ai déjà mis ses grands projets en péril.

Il tend une main fine à la peau bronzée. Je l'ignore et il laisse tomber son bras le long de son corps.

« J'espère que tu comprendras que nous tenons à toi, Xavier. Pourquoi ne pas prendre un peu de temps pour t'adapter ? Nous pourrons parler plus tard.

— On ne peut pas payer quelqu'un pour qu'il tienne à vous », dis-je en sortant.

Pourquoi est-ce que je dois revivre tout ça ?

Je traverse le couloir à la recherche de mon casier.

Quand j'étais petit, à Taipei, j'étudiais avec des professeurs particuliers et non pas à l'école. Après trois ans au cours desquels mon premier enseignant me mettait des feuilles de caractères sous le nez, il a fini par dire à Ba que je ne pouvais pas apprendre. Je me suis pris une sacrée raclée et j'ai eu un nouveau professeur, qui a affirmé la même chose à Ba. Oncle Edward a déclaré que je devrais être lobotomisé. Ma m'a défendu, et Ba s'en est pris à elle aussi.

J'avais douze ans quand Ma est décédée. Ba m'a déposé à Manhattan et m'a inscrit dans une école privée bilingue chinois-anglais. Je vivais dans un appartement avec notre femme de ménage. J'avais un conseiller pédagogique de Hong Kong. Mes professeurs supposaient que je ne pouvais pas lire en anglais parce que c'était nouveau, et que je ne pouvais pas lire le chinois parce que je m'y refusais. Quand je suis entré au lycée, j'avais trouvé un moyen d'engager des élèves pour écrire mes dissertations, lire pour moi et me préparer pour les cours. Je suis doué pour parler. Et je n'avais pas besoin d'être brillant. J'avais besoin de survivre.

Mais ce ne sera pas suffisant pour Ba. Pas cette fois.

Le couloir se vide et les élèves disparaissent dans les salles de classe lumineuses. J'aperçois un signe noir représentant un atome : un noyau avec des points en orbite. L'aile de la science. *À côté de l'extincteur jaune*. Je ne pouvais pas l'admettre face au doyen, mais le fait qu'il m'ait décrit son emplacement au lieu de me donner un numéro signifie que je pourrais bien réussir à le trouver dans ce rang infini de casiers beiges.

Mais il y a un autre problème : tous les casiers ont une molette me narguant pour entrer la combinaison du cadenas. Ma poitrine se serre lorsque je passe devant les rangées. D'un côté puis de l'autre. Je n'ai jamais été capable de les utiliser.

Un jour, mon cousin, le Roi des abrutis, m'a enfermé dans un cabanon avec un cadenas à combinaison, et m'a donné le code. J'avais neuf ans et je pouvais atteindre le cadenas, mais j'avais beau le faire tourner dans tous les sens, je n'arrivais pas à l'ouvrir. Je me suis souillé avant que notre pilote n'enfonce la porte, plusieurs heures plus tard.

Je ne comprends toujours pas bien la dyslexie. Je sais juste que c'est comme ça que ma tête fonctionne.

Les cadenas ont l'air de plus en plus narquois tandis que je cherche l'extincteur, comme si j'avais envie d'être torturé. Inutile de trouver ce casier qui restera fermé toute l'année, mais mes pieds me mènent vers lui quand même.

Puis l'extincteur me saute aux yeux. Il n'est pas juste jaune. Il a la couleur alarmante des bananes, des mangues et du soleil. Même moi, je ne peux pas le rater. Est-ce que c'est le but ? Le casier qui se trouve à côté, le mien, est orné d'une feuille bleue avec des lettres écrites au marqueur noir.

Et au lieu d'un cadenas à combinaison, celui qui pend sur le fermoir est en acier.

C'est un signe amical dans un rang d'ennemis sans visage. Et la clé ?

Je prends l'enveloppe du doyen dans mon sac et une clé argentée tombe dans ma paume. J'ouvre le cadenas avec la même facilité que si j'enfonçais un couteau dans du beurre. C'est beaucoup trop facile. Je me suis tapé la tête contre des portes fermées toute ma vie et maintenant, je vois une ouverture.

Mon casier est vide, mis à part un cadenas à combinaison avec le code encore étiqueté derrière. Je fais tourner la molette. Je n'ai pas à l'utiliser, mais mon besoin de torture me pousse à le mettre dans ma poche. Je ferme le casier et remets le cadenas en acier en place. Qu'est-ce que le doyen a dit d'autre ? Deux fois plus de temps pour les dissertations ? Sérieusement ?

Peut-être que cette année ne sera pas si terrible, après tout.

Le mot sur la porte, est-ce qu'il est pour moi ? Ou est-ce un prospectus ? Je suis sur le point de le prendre, mais une petite main le décroche avant moi.

Je me tourne vers un visage que je n'ai pas vu depuis longtemps. Lulu Chan, ma cousine. Nous n'avons jamais été proches, mais après toute cette histoire avec Ba, je ressens une vague de soulagement en découvrant un visage familier.

« Salut, Lulu. »

Elle est encore minuscule, elle m'arrive à peine aux épaules, mais ses joues de bébé ont disparu. À la place de son tee-shirt de princesse Disney, elle porte un sweat-shirt en cachemire. Ses oreilles sont ornées de perles. Deux couettes noires tombent sur ses épaules. Avant, je les lui tirais pour l'agacer.

Mais elle fronce les sourcils avec une telle force que je n'oserais pas le faire maintenant. Elle chiffonne la feuille pour en faire une grosse boule.

« Tu étais censé être là il y a une heure. Tu es en retard pour les cours. »

Ses sourcils se froncent davantage. Elle n'a pas du tout l'air chaleureuse. Seuls des pics de hérisson émanent d'elle. Cela dit, mon père doit certainement de l'argent à sa mère, ou vice-versa.

« Merci de me faire visiter.

— Tu fais partie de ma famille. »

Le mot tombe comme un éclat de glace. Ce n'est pas étonnant. Chez les Yeh, le mot famille ne veut pas dire la même chose que pour les autres.

« Qu'est-ce que ça dit ? »

Je tapote la boule de papier dans sa main.

« Je n'ai pas eu l'occasion de le lire », dis-je.

Lulu ignore que je suis dyslexique. Personne ne le sait dans la famille, sauf Ba. J'ai un petit cousin qui est sur le spectre et qui a été interné quand son père s'est présenté aux élections il y a quinze ans. Ainsi, il s'est débarrassé de lui. C'est comme ça, chez les Yeh. Si la vérité à mon sujet avait été divulguée, oncle Edward m'aurait lobotomisé lui-même.

Je sais que Ba préférerait que je règle le problème par la force de ma volonté. Une professeure en première lui a dit que je devrais être testé et d'après mon école, il l'a ignorée. Mais il m'a fait tester, puis a doublé le nombre de professeurs particuliers. Je suppose qu'il en a parlé à Harvard-Westlake uniquement parce qu'il n'avait pas le choix, et qu'il leur a fait promettre de garder le secret. Et ça me convient. Je ne veux pas que d'autres personnes le sachent.

« On devrait y aller. »

Lulu s'engage dans le couloir d'un pas vif et caractéristique des Yeh. Elle resserre la boule de papier dans sa main. Je me dépêche pour suivre le rythme. Personne ne penserait que nous sommes de la même famille s'ils nous voyaient de loin. Quelques têtes se tournent et peut-être que Lulu le remarque, car elle ralentit légèrement et dit :

« Tu rentres chez toi pour la fête de la mi-automne le week-end prochain ?

— Ha. Non. »

Tous les ans, Ba essaie de m'obliger à aller au pavillon de gâteaux de lune que ma famille parraine dans le cadre d'un festival international à Taipei. Je résiste tous les ans. Le vol n'est pas mal : une nuit dans le jet. Le festival en soi est génial : la lueur orangée des lumières brille sur le toit de tous les stands, il y a de la musique sur la pelouse et plus de types de gâteaux de lune et de thé qu'on pourrait en goûter en une semaine.

Mais les *discours*… Être assis sur scène avec Ba, oncle Edward et Ye-Ye. Faire semblant d'écouter. Plutôt crever.

« Il y a une réception spéciale pour les quatre-vingt-huit ans de notre grand-père. C'est chez toi. Vendredi, à midi.

— Super. »

Raison de plus pour ne pas y aller. Certes, les quatre-vingt-huit ans, c'est un moment important. C'est un double chiffre de la chance. Mais je ne suis pas proche de Ye-Ye. Mon cousin, le Roi des abrutis, a passé son enfance à lécher les bottes du patriarche et peut-être que c'est pour cette raison que je suis parti en courant dans la direction opposée.

Lulu fouille dans son sac.

« Mince.

— Quoi ?

— J'ai oublié mon crayon à papier. J'ai une interro de maths aujourd'hui. »

J'ouvre mon sac et lui en donne un neuf, bien taillé. Elle fait la moue et a envie de refuser. Elle ne veut pas s'endetter auprès de moi. Je comprends. Même les petites faveurs ont parfois un prix, mais je ne suis pas comme ça. Elle le prend. Elle marche encore assez vite pour passer le mur du son, mais lorsqu'elle s'arrête brusquement devant une porte fermée, je lui rentre dedans par-derrière.

« Désolé…

— Ton cours d'anglais, m'interrompt-elle. Le prof déteste les petits malins et les boucles d'oreille. Je dis ça pour toi. »

Est-ce qu'elle a toujours été aussi à cran ? Les vieilles habitudes ont la vie dure et je passe mes cheveux derrière mon oreille pour dévoiler ma boucle.

Lulu me donne un coup de poing dans le ventre et une partie du porridge que j'ai mangé pour le petit déjeuner remonte dans ma gorge.

« Pourquoi t'as fait ça ? »

Je masse l'endroit qui me fait mal. Elle est ceinture noire aussi. Troisième dan. J'aurais dû m'en souvenir.

« J'ai une bonne réputation ici. Ne gâche pas tout pour moi. »

Et voilà. L'obsession des Yeh pour la réputation. C'est pour ça qu'ils ont une machine des relations publiques qui enfouit la mauvaise presse six pieds sous terre. Même s'ils doivent enterrer une personne tout entière. Ça ne devrait plus me déranger, même de la part de Lulu.

Mais ça me dérange.

« Désolé que tu doives traîner avec un pauvre type comme moi », dis-je.

Elle tend le prospectus chiffonné sous mon nez.

« Tu voulais savoir ce que ça dit ? Parce qu'il ne faut pas longtemps pour le lire. »

Elle me le met dans les mains.

« Ces mots sont trop durs à lire, débile ? »

Oh, bon sang. Je ne peux pas recommencer. Il doit y avoir un chemin vers la liberté plus facile et qui ne me pousse pas à exposer mes fesses à des coups de tous les côtés.

« Personne n'était censé le savoir, dis-je, bêtement.

— Le fait que ton père a acheté un billet dans une autre école pour son flemmard de fils ? »

Elle s'en va. Sa voix me frappe avec mépris.

« Même la responsable des relations publiques de Dragon Leaf ne peut pas cacher une chose pareille. »

5

SOPHIE

Ils ne pourront pas te résister. Ils ne pourront pas te résister ! Cette vidéo était pour Ever ! Pour donner à *Ever* la confiance en elle dont elle avait besoin pour épater les *juges* et remporter une *bourse*. Et maintenant, le professeur Horvath pense que je suis une écervelée obsédée par les garçons.

Je m'affale sur la chaise de ma chambre. Je suis cachée là depuis que je suis sortie de l'auditorium sans un mot, pas même à l'intention d'Emma, qui ne me parlera sans doute plus jamais. J'ai passé trois heures sur mon ordinateur portable pour écrire ma proposition d'assistant-styliste, car maintenant, il faut vraiment que j'impressionne *mon* juge.

Il s'avère que ma bourse n'est *pas* en péril. C'est un soulagement, même si mon inquiétude prouve que j'en sais dangereusement peu. Mais à présent, le problème, c'est qu'il s'agit de la dernière année d'Horvath à Dartmouth. C'est ma seule chance de lui prouver ce que je peux faire, rejoindre la conspiration Horvath et peut-être obtenir un stage dans la Silicon Valley. Cela changerait tout pour moi. J'en ai besoin. Je dois donc effacer tous les doutes que cette vidéo a plantés dans ma tête.

Mon téléphone sonne lorsque je reçois un message. À ma grande surprise, c'est Xavier.

Salut Sophie comment ça va à Dartmouth

Est-ce que tu es encore sur la liste d'attente

Je prends mon téléphone et m'assois sur mon lit. Je mets un oreiller derrière moi, dos au mur. Mon cœur gonfle quelque peu. Je sais que ce n'est pas une bonne chose, que je ne devrais pas avoir autant besoin de cette infime connexion, mais c'est le cas. Je réponds.

Oui. Le professeur est brillant et si mon projet lui plaît, je pourrai peut-être être prise. Je veux créer une application sur le thème de la mode.

Ça a l'air cool

Comment ça va, à LA ? Comment tu te sens ?

Je nage dans les devoirs

J'entends trois coups sur ma porte en bois. Elle s'ouvre en grinçant et les yeux bleus d'Emma apparaissent. Ses boucles d'oreille en forme de fleurs de cerisier se balancent dans ses cheveux noirs. Elle s'est changée et porte maintenant un chemisier bleu ciel et une jupe imprimée. Elle est venue, finalement.

Une sensation de chaleur s'empare de moi, comme si j'avais posé mes mains sur une tasse de thé chaud.

« Désolée, je suis en avance. »

Elle éternue.

« *Gesundheit*. Entre. Jolie tenue. Donne-moi une seconde. »

J'écris à Xavier.

Je dois te laisser. Si tu as besoin d'aide… de conseils, je serai ravie de t'aider si je peux.

Pause. Puis…

Ouais à plus

Emma pose un petit sac à roulettes sur ma commode tandis que je me dirige vers mon bureau.

« Je t'ai promis des gâteaux de lune ! »

J'allume ma bouilloire Zojirushi et retire l'emballage en plastique d'un gâteau de lune doré avec des graines de lotus. Je suis tellement contente qu'elle soit là. J'ai besoin d'amies. En personne. Des amies sur lesquelles je peux compter et une compagne de révision pour le cours d'informatique. En particulier maintenant.

« Celui-là est joli. »

Emma me rejoint. Le gâteau de lune est rond et la partie supérieure friable représente une rose.

« Et délicieux. »

Je le pose dans une assiette et sors deux tasses.

« Du thé vert, ça te va ?

— Oui, j'adore. Je suis vraiment désolée pour cette histoire de vidéo, aujourd'hui. »

Elle éternue de nouveau.

« Désolée, je suis allergique au pollen. »

Elle prend un cachet.

« C'était probablement la faute de quelqu'un qui est sur la liste d'attente et qui essaie d'être retenu. Du sabotage.

— J'aurais dû crier : *C'est un* deepfake ! »

Elle rit.

« Ça aurait été une très bonne répartie.

— Je pense toujours aux bonnes réparties trop tard. »

Avec un petit couteau aiguisé, je coupe la croûte du gâteau de lune et révèle le fourrage de pâte de lotus sucré, le globe de jaune d'œuf de canard salé. D'habitude, je le fais pour mes frères, qui mangent plus vite que je ne peux partager. Une vague de nostalgie s'empare de moi tandis que je coupe en quatre, puis en huit parts, avant de tendre l'assiette à Emma.

« Je finis par tout manger de toute façon, avoué-je. C'est une obsession. »

Elle prend une part tandis que je verse l'eau chaude.

« Il y a pire, comme obsession.

— Les pires, je les ai aussi, dis-je tristement en mettant un morceau de gâteau sucré-salé dans ma bouche. Miam, délicieux. »

Je ferme les yeux et avale.

« Maintenant, il faut vraiment que je réussisse cette proposition.

— Oui, vas-y. Rends une proposition incroyable et Horvath ne se souviendra même plus de cette vidéo. »

Mon téléphone sonne, indiquant que j'ai reçu un autre message.

« Vas-y », dit Emma, et je prends l'appareil.

Victor : Je vais découvrir qui a fait ça et faire virer ce pauvre type du cours.

Un sourire effleure mes lèvres. Ce serait agréable qu'on me rende justice. Mais j'aurai plus de détracteurs à Dartmouth et, d'après Horvath, ils me poursuivront pendant tout le reste de ma carrière.

Sophie : Ça n'a pas d'importance. Laisse tomber.

Victor : Désolé, ça ne dépend pas de toi. C'est du harcèlement. Et du piratage du système de l'école. Horvath tient à ce qu'on enquête.

Je fronce les sourcils. Je n'ai aucun contrôle sur tout cela. Mais cela signifie-t-il qu'Horvath ne m'en veut pas ?

Sophie : Il faut juste que je me concentre sur ma proposition.

Victor : Bien sûr. Dis-moi si tu as envie de parler, ok ?

C'est gentil de sa part, mais je ne souhaite pas l'encourager. J'ai déjà dû rejeter des mecs dans le passé, et ça s'est mal passé. Je préfère ne pas me retrouver dans une situation qui me forcerait à faire marche arrière.

Sophie : Merci ! A+

Je pose mon téléphone. Emma est en train de regarder la collection de photos que j'ai accrochées sur le tableau en liège au-dessus de mon lit.

« Ce sont tes frères ?

— Oui. »

Je prends une autre part de gâteau de lune et la rejoins.

« Je leur ai acheté ces tee-shirts à Taïwan. Ils viennent de m'envoyer un autre cliché où ils les portent.

— Adorable. »

Elle touche la photo accrochée à côté.

« Oh, trop marrant ! Celles-là, ce sont celles de la croisière de l'amour.

— C'est ma camarade de chambre, Ever. Elle sort avec mon cousin, Rick. »

Ever est en rouge et Rick en noir. Ils croisent leurs *bō* sur la scène du Théâtre national.

« Ils ont de la chance. Certains couples se sont créés de notre côté aussi. Toi, tu es sortie avec quelqu'un ? »

Je grimace. La photo de Xavier est à côté de la leur ; c'est une photo de groupe pendant une soirée en discothèque. Tout le monde est sur son trente et un : Ever, Rick, Marc, Spencer, moi. Xavier, vêtu de noir, est sur le côté et ne sourit pas.

« Rien de sérieux. »

Elle touche le torse de Xavier du doigt.

« Il est mignon.

— Ouais. »

Un petit rire m'échappe.

« Toutes les filles lui couraient après. C'est Xavier.

— Xavier ? »

Elle se penche vers lui et plisse les yeux.

« Xavier Yeh ? Né à Taipei ? Dragon Leaf Corporation ?

— Euh, oui.

— Mais oui, c'est lui ! »

Emma retire la punaise et prend la photo.

« Il a tellement grandi !

— Tu le connais ?

— J'ai grandi avec lui !

— Oh, ouah. »

Il y a environ un degré de séparation parmi les Taïwanais qui ont immigré aux États-Unis, mais elle, elle a grandi avec Xavier. Elle est à un meilleur niveau.

« C'était mon petit copain. On faisait semblant d'être promis l'un à l'autre.

— Promis l'un à l'autre ? »

Je m'étrangle sur un œuf salé. Elle est dans une stratosphère supérieure.

« Je n'arrive pas à l'imaginer fiancé. Il est tellement... grincheux.

— Vraiment ? Nous étions juste des enfants en train de faire des bêtises. »

Son sourire s'élargit.

« Nos mères auraient été folles de joie si nous nous étions vraiment mariés. Mais j'ai complètement perdu le contact avec lui quand j'ai déménagé aux États-Unis. »

Emma est radieuse comme une lanterne en papier.

« J'ai une photo quelque part. »

Elle cherche dans son téléphone.

« La voilà. Tu vois ? »

Elle me montre deux enfants de six ans avec des coupes de cheveux assorties. Ils sont penchés sur un papillon noir et bleu qui est posé sur le doigt tendu de Xavier. Les yeux d'Emma sont aussi bleus que le papillon. Sa robe jaune citron flotte dans la brise et Xavier est plus petit de trois centimètres.

J'examine le visage jeune de Xavier. J'y vois une certaine innocence. Des yeux doux émerveillés. Rien à voir avec le charmeur sarcastique qui me faisait baver pendant la croisière de l'amour. Ou avec le mec agacé qui a été enlevé par son père à l'aéroport.

« Quelle coïncidence que tu le connaisses aussi ! dit Emma.

— Euh, en fait... »

J'ouvre la bouche pour lui apprendre que nous sommes sortis ensemble pendant l'été. Mais cette relation a duré si peu et a été un tel désastre déchirant qu'elle ne compte presque pas.

« Il y avait beaucoup de gens géniaux sur la croisière de l'amour, tu sais ?

— Comment il est maintenant ? »

Elle remet son téléphone dans sa poche et je résiste à l'envie de le lui reprendre pour examiner Xavier plus en détail.

« La dernière fois que je l'ai vu, on avait sept ans.

— C'est un artiste. Il a peint ça. »

Je lui montre la peinture d'Ever et moi assises sur le bord du lac du Soleil et de la Lune. Ma robe orange crépusculaire se démarque de l'eau bleue et des arbres vert foncé. J'ai horreur d'admettre que j'ai examiné la représentation qu'il a faite de moi : ma jupe voletant au-dessus de mes jambes pliées, mon porte-bloc sur mes cuisses. Mes cheveux noirs qui tombent en cascade de chaque côté de mon visage. Ma main tient un stylo, mon coude est sur le côté, plié à un angle bizarre, comme quand j'écris vite. Il m'a vue si clairement, et le plus dur a été d'accepter que cela ne voulait rien dire pour lui. Il a peint cette image pour Ever, pas moi, et elle me l'a donnée. Et le dernier jour, il a esquissé des portraits pour les autres élèves qui faisaient la queue dans la cour. Il est comme ça.

« Un artiste ! Et il est super doué ! Qui l'aurait imaginé ? C'était un vrai pitre. Est-ce qu'il est en école d'art ?

— Non, il est à Harvard-Westlake, il finit sa terminale. »

Elle fronce les sourcils.

« Je croyais qu'il était dans la même année que nous.

— Une année en dessous.

— Non, je suis sûre qu'il est dans la même classe.

— Je crois qu'il a pris une année en plus quand il a déménagé aux États-Unis », dis-je, sachant que ce n'est pas vrai.

Puis je lui renvoie la balle.

« Il était comment quand il était petit ?

— Oh, il était adorable ! »

Elle s'assoit sur mon lit.

« Toutes ses cousines avaient un faible pour lui aussi, mais comme c'était dégueu, c'est moi qui l'ai eu. »

Elle sourit.

« Sa mère et lui étaient tout le temps en train de se tenir par la main et de rire. C'était ça, la vraie histoire d'amour, honnêtement. »

Encore une scène de Xavier que je ne peux pas imaginer... Mais en réalité, si. Il est aussi renfermé pour une raison.

« Elle est décédée quand il avait douze ans, dis-je. Il a vécu plus de choses que la plupart des gens de notre âge. »

Et on dirait que c'est encore le cas.

« Oh, c'est vraiment triste. Je me souviens que j'en ai entendu parler. Le pauvre. »

Elle épingle la photo sur mon tableau.

« Je peux rester un moment pour travailler, si ça ne te dérange pas.

— Je serais ravie d'avoir de la compagnie. »

En particulier après le désastre d'aujourd'hui.

« J'étais en train de travailler sur ma proposition pour le cours d'informatique et je n'ai pas fini de défaire mes bagages. Ma camarade de chambre n'est jamais là et je me sens un peu seule, tu vois ce que je veux dire ?

— Ouais. Moi, je suis dans une chambre individuelle. »

Elle pose son ordinateur portable sur mon lit pendant que je range mes vêtements en cinq sections : les robes, les hauts, les pantalons, les jupes et les vestes. J'aligne mes tennis, mes ballerines et mes sandales. C'est comme ça que je fais chez moi. Ainsi, je peux prendre n'importe quel ensemble quand j'en ai besoin. Comme le pull-over auburn léopard osé que je peux mettre avec mon pantalon en velours bleu, ou ma robe fluide dorée avec un imprimé assorti, ou une jupe en crêpe avec mes bottes noires de dure à cuire. J'adore me mettre devant mon armoire et créer ma tenue de la journée en fonction de mon humeur : lumineuse, sombre, osée, amusante.

Sur mon lit, Emma colle une étiquette colorée sur une page de son gros manuel. Il y en a d'autres sur tout le long du bord.

« Qu'est-ce que tu fais ? demandé-je.

— Je regarde les chapitres clés pour savoir de quoi le cours va parler, dit-elle. Ça m'aide à avoir une vue d'ensemble. Je jette aussi un œil au calendrier, pour que les partiels et les devoirs ne s'accumulent pas la même semaine. »

Je suis impressionnée.

« Je suis plutôt organisée, mais je ne réfléchis pas autant à l'avance.

— Mon père m'a dit que la gestion du temps, c'est le plus important. Nous avons souvent trop de choses à faire, alors il faut bien utiliser son temps. »

Encore une preuve qu'elle a le soutien d'un ancien élève. Comme quand elle a eu le courage de parler au professeur Horvath après les cours. Si j'étais plus comme elle, bien brillante comme une perle, si je m'exprimais bien et que je ne faisais pas de vidéos ridicules... tout ceci serait beaucoup plus facile.

« Je suis la première personne de la famille à aller à l'université aux États-Unis, dis-je. Alors si tu as des conseils, je t'en serai reconnaissante.

— Bien sûr, tu peux me poser toutes les questions que tu veux. Quand tu veux. »

Elle se redresse et fait tourner sa boîte de post-it.

« En fait... euh... J'ai déjà quelque chose pour toi. »

L'inclinaison de ses sourcils me serre l'estomac.

« Quoi ?

— Tu viens de passer une heure à ranger ton armoire.

— Oh, vraiment ? Ça fait beaucoup de temps. »

Je referme mon armoire d'un coup sec.

« Ce n'est pas une mauvaise chose, mais ton projet d'informatique... Et j'ai pensé à la gestion du temps... »

Elle fronce les sourcils.

« Désolée, c'est agaçant, non ? Mon père donne toujours des conseils aux gens. Il leur dit comment gérer leurs affaires. C'est super agaçant. Tu n'as pas besoin de m'entendre te le dire.

— Mais si ! »

Un père qui a été un ancien élève de Dartmouth et qui dirige ses propres entreprises. Et de toute évidence, une des familles de Taïwan les plus importantes, étant donné ses fiançailles arrangées quand elle était enfant. Je veux bien recevoir tous les conseils possibles.

« Je suis vraiment gênée d'avoir passé autant de temps dessus. J'arrête tout de suite. »

Une feuille tombe de mon tableau en liège et je me dépêche de la ramasser. C'est le lac du Soleil et de la Lune de Xavier. Comme s'il était d'accord avec elle : *Il faut t'y mettre, Sophie.* Lorsque je l'épingle de nouveau, Emma dit :

« Tu peux en dire long sur lui en regardant son art. Il est coriace, mais sensible. Intelligent.

— Il est incroyable, dis-je à voix basse. Il m'a protégée quand un salaud s'en est pris à moi. »

Le mec qui m'a collé l'œil au beurre noir, celui qui ne comptait pas pour moi parce qu'il n'était pas Xavier.

« Pendant l'été, il a peint une image de trois vieux hommes à Taipei, assis au soleil. Ce n'étaient pas des gens que qui que ce soit d'autre remarquerait. »

Elle m'adresse un regard inquisiteur.

« S'il est aussi génial, pourquoi tu n'as pas essayé de l'avoir ? Je ne peux pas l'imaginer te résister. »

Si seulement. Aucun de nous n'est timide dans l'art de se peloter, et aucun de nous n'est vierge. Mais même si j'en attendais toujours plus, que j'en avais envie, nous ne sommes jamais allés aussi loin. Il nous a toujours arrêtés. Le souvenir de Xavier en train de me prendre la main, de me rejeter, me fait encore rougir de honte.

« Honnêtement, je ne lui plaisais pas et vice-versa, dis-je. Pas de cette manière. »

Je descends du lit.

« Et puis, j'ai décidé d'arrêter de sortir avec des mecs.

— Vraiment ? »

Elle fronce les sourcils ; je suis surprise de voir qu'elle est aussi inquiète.

« Pourquoi ?

— Je suis une catastrophe ambulante. Je finis dans de mauvaises relations. Ou je deviens... possessive ? »

Je ne suis pas sûre que ce soit le bon mot.

« Mais surtout, je ne peux pas me permettre d'être distraite. Mon arme secrète a toujours été ma capacité à foncer dans tout ce que je fais et... d'aller jusqu'au bout. J'ai raté la date d'inscription pour Horvath parce que j'étais distraite pendant la croisière de l'amour. »

Par Xavier.

« Alors, il faut que je me concentre.

— Je comprends. Moi aussi, j'ai décidé de ne plus sortir avec des garçons l'an dernier.

— Pour la même raison ? »

Elle baisse les yeux vers ses pouces. L'un d'eux frotte la base de l'autre.

« Plus ou moins. »

Un désastre comme le mien ? Je n'arrive pas à imaginer la moindre vague dans son océan. J'ai envie d'en savoir plus, mais elle dit :

« Mais peut-être que tu peux nous aider à nous retrouver, Xavier et moi. »

Elle sourit.

« Si je parle de lui à mes parents, ils vont me dire qu'il est sur leur liste. »

Leur *liste*. Celle des prétendants acceptables. Le petit cercle de filles et de fils riches et taïwanais du même âge, comme les stars de cinéma qui se connaissent toutes les unes les autres.

« Bien sûr. Si vous êtes tous les deux à Los Angeles, dis-je. Ou à Taipei en même temps.

— Nous avons sans doute beaucoup changé tous les deux.

— Je suis sûre qu'il t'adorerait », dis-je sincèrement.

Elle est belle et intelligente, et elle est tout à fait à sa place dans ce monde, comme une pièce de puzzle en platine. Et elle est tellement stable. Xavier est une épave, au même titre que moi. J'ai toujours pensé qu'il avait besoin d'une fille assez forte pour lui tenir tête. Peut-être qu'en réalité, il a besoin d'une fille assez solide pour l'aider à se stabiliser. Comme Emma.

« Tu veux aller à Collis pour le dîner ? demande-t-elle.

— Ça marche », réponds-je.

Emma rassemble ses affaires et se dirige vers la porte.

Mon téléphone vibre, indiquant que j'ai reçu un message de Xavier.

Est-ce que tu as une minute pour parler

Je saisis l'appareil. Oh, oui ! *Tu étais promis en mariage ?* C'est ce que j'ai envie de lui envoyer. Je veux lui dire que j'ai examiné sa peinture et que je me suis souvenue que j'étais reconnaissante qu'il m'ait remarquée cet été. J'ai envie qu'il me raconte sa vie à Los Angeles et qu'il me dise si son père s'est calmé.

Mais qu'est-ce que je suis en train de faire ?

J'ai passé une grande partie de ma conversation avec Emma à parler de lui sans même m'en rendre compte. Comme quand j'ai rangé mon armoire pendant une heure. Cette obsession, c'est exactement la raison pour laquelle j'ai juré d'arrêter de sortir avec des garçons, et en particulier avec Xavier. Les garçons, c'est fini. C'est l'ancre à laquelle je dois m'accrocher quand ma tornade veut m'extirper du droit chemin.

Car ma nouvelle amie m'attend et, comme me l'a montré le coup de la vidéo, je nage avec des requins.

Je laisse mon téléphone sur mon lit et sors avec elle.

6

XAVIER

Anglais, histoire, géométrie, physique… Tous mes professeurs empilent assez de travail pour faire couler le *Titanic*. Un devoir sur *Hamlet* me prend toute la nuit, même si j'écoute les fichiers audio. Je ne comprends pas la plupart des mots et je n'arrive pas à suivre tout ce qui est demandé. Je sais que je devrais être reconnaissant. Certains élèves dyslexiques n'ont sans doute jamais de seconde chance.

Mais je suis tellement paniqué qu'il me faut des heures pour m'endormir. Je finis par tourner la molette du cadenas à combinaison pour essayer de faire coïncider les chiffres avec ceux de l'autocollant à la lueur de la lune. Jusqu'à ce que je me réveille d'un cauchemar dans l'aube grise. Ma était là. Pas la Ma qui chantait pour moi ou qui faisait semblant de se doucher avec moi lors d'une averse, mais Ma sans ses cheveux, à l'hôpital, qui caressait les miens alors que j'avais la tête sur sa poitrine et que je pleurais.

Elle serait aussi déçue que moi.

Ma poitrine se serre. Est-ce que je respire ? Mon exemplaire de *Hamlet* est posé devant moi, intact. Curieusement, je me souviens de SparkNotes. Je l'utilisais dans mon ancienne école. Je sors du lit et affiche la page du site sur *Hamlet*, puis j'utilise un logiciel de dictée sur mon ordinateur portable pour lire la traduction moderne.

Ça aide un peu. J'ai dû faire ce genre de choses toute ma vie, mais trouver les réponses aux questions est quand même très lent. Je dois répéter la lecture à plusieurs reprises. Je mets de côté un bol en argile rempli de porc au taro en train de se solidifier. Le doyen m'a dit que je pouvais parler à mes professeurs pour que nous nous mettions d'accord sur des devoirs différents… Mais je ne parle pas aux professeurs si je n'y suis pas obligé.

Cela dit, si je n'arrive pas à m'en sortir avec cette montagne de travail, je n'arriverai jamais à me libérer de Ba.

Sophie m'a proposé de m'aider et je ne sais pas vers qui d'autre me tourner. Certainement pas Lulu. Mais Sophie n'a pas encore répondu à mon message, alors je lui passe un coup de fil désespéré le lendemain. Sa photo s'affiche sur mon écran : ses cheveux noirs comme l'encre entortillés tombent sur l'épaule de sa robe couleur mandarine. Elle porte des lunettes de soleil surdimensionnées sur son visage en forme de cœur. J'aime à quel point cette photo ressemble à Sophie : des couleurs profondes et lumineuses qui ne vous laissent pas les ignorer. Il y a plus d'attitude que de sourire sur ses lèvres.

Mais je tombe sur la messagerie vocale. Après une deuxième nuit sur SparkNotes, j'essaie de l'appeler de nouveau.

À mon grand soulagement, elle décroche.

« Salut, Xavier.

— Salut, Sophie. »

J'enfonce un peu plus mes écouteurs dans mes oreilles. C'est bon de la voir et d'entendre sa voix. Je n'ai pas encore entendu de voix amicale dans cet appartement. Cependant, l'expression de son visage est plus renfermée que je ne le pensais.

« Tout va bien ?

— Ouais. Ça va. Désolée d'avoir raté ton appel hier. »

Elle semble distante. Cela dit, c'est une étudiante universitaire occupée et elle n'a sans doute pas beaucoup de temps pour parler à un mec qui n'arrive même pas à finir sa terminale.

« Tu as quelques minutes ? »

Une courte pause, puis :

« Oui, qu'est-ce qu'il y a ? »

Un million de choses me viennent à l'esprit. Toute l'école sait que je suis un raté. J'essaie de me libérer de Ba. Les gardes du corps sont enfin partis aujourd'hui, parce que Ba me tient dans un étau et il le sait.

Et bien entendu, je veux lui demander comment se passent ses cours à Dartmouth, mais je ne devrais pas lui faire perdre son temps.

« Est-ce que tu as lu Hamlet ?

— *Je suis trop près du soleil,* cite-t-elle.

— Je vais prendre ça pour un oui. Ça t'ennuie si j'accepte ton offre de m'aider ?

— Non, bien sûr que non.

— D'accord. Euh, je n'arrive pas à croire que je suis en train de dire ça, mais je dois identifier dix symboles. J'en ai six. Tu te souviens de certains comme ça, sans réfléchir ?

— Facile, ses vêtements. »

Sa voix devient plus chaleureuse.

« Il porte une cape bleu foncé et du noir pour le deuil, même si sa mère n'arrête pas de lui dire d'arrêter.

— C'est vrai, ça a du sens. Et avec sept, j'ai la moyenne. Merci, Sophie. »

Je m'allonge sur mon lit, où mon carnet à dessin est ouvert. Je passe mon temps libre à dessiner. Je devrais la laisser, mais je n'arrive pas encore à raccrocher.

« Je ne sais pas comment je vais pouvoir faire ça pour tous mes cours.

— Je suis surprise que tu le fasses tout court.

— Mon père m'empêche de recevoir mon fonds fiduciaire tant que je n'ai pas mon bac.

— Quoi ? Il peut faire ça ? »

Je me surprends à tout lui expliquer : le fait que Ba savait que la murale était de moi. Le marché avec le doyen pour que je finisse le lycée.

« Ta murale était incroyable, dit-elle avec ferveur. Deux autres personnes ont misé jusqu'à la fin.

— Oui, mais il a fomenté la compétition. Il est doué pour ça. »

Elle grogne.

« Il ne les a pas obligés à lever leurs cartes. »

Elle a raison, mais pourquoi est-ce que je n'arrive pas à la croire ?

« Ça doit être dur pour toi d'arriver en terminale. Est-ce que tu connais quelqu'un ?

— Ma cousine Lulu.

— Il y a le groupe d'anciens élèves de la croisière de l'amour si tu veux être en contact avec plus de monde. Je t'ai ajouté… Je suis en train de le regarder en ce moment même et il y a presque quatre-vingts personnes maintenant. Oh, beurk !

— Quoi ? »

Je ne suis jamais dans les groupes de discussion en ligne. Ce n'est pas mon truc.

« Ce mec, Bert, vient de publier une photo de lui torse nu.

— Ce n'est pas joli ? dis-je en ricanant. C'est pour ça que j'évite les groupes de discussion. Ce ne sont jamais les bonnes personnes qui publient des photos d'eux torse nu. »

Elle rit.

« Je suppose que je pourrais quitter le groupe, mais j'ai besoin d'interactions. »

Nous sommes tellement différents. Je suppose que ça a toujours été le cas.

« Je ne veux pas avoir besoin de qui que ce soit.

— Ce n'est pas la même chose que de ne pas avoir besoin d'eux. »

Elle a raison. Sophie tout craché. Vous pensez qu'elle vit dans son propre monde, et elle vous transperce avec une remarque pénétrante. C'est pour ça que je n'arrive pas à imaginer une conversation avec elle : elle lâche tout le temps des choses auxquelles je ne pense jamais.

« Ma mère me disait toujours qu'on ne pouvait pas tout faire tout seul, dis-je. Mais pour l'instant, je m'en sors. »

Mon regard se pose sur la boîte blanche sur la table basse, celle que le doyen m'a donnée le premier jour. Je l'ouvre et en sors un gros stylo en plastique en forme de torpille.

Je ne m'attendais pas à ça.

« Oh. »

J'adore les crayons et les pastels, et ce stylo est curieusement agréable à tenir en main. Je le montre à Sophie.

« Qu'est-ce que c'est ?

— Le doyen m'a donné un stylo de lecture. Je viens de l'ouvrir. Je n'en avais jamais vu auparavant.

— À quoi ça sert ? »

Je m'assois sur le canapé, écarte le cadenas à combinaison sur lequel je me suis assis et ouvre *Hamlet* à une page au hasard. Je fais glisser le bout plat du stylo sur une phrase. Une voix robotique déchiffre mot à mot : *Vous venez très soigneusement à votre heure.*

Cela me donne beaucoup plus de liberté que mes autres astuces. Je peux signaler et relire les passages clés... Mais ce stylo est encore mieux. Je trouve ça... mal.

« Est-ce que c'est de la triche ?

— C'est le doyen qui te l'a donné. Et c'est un peu comme porter des lunettes quand tu es myope, non ?

— Ouais, mais... Je pensais que j'étais censé le *lire.* »

Tout ça... Quelqu'un d'autre qui déchiffre pour moi, les manuels audio, le double de temps pour les dissertations. Je me débrouillais pour y avoir droit dans mon autre école et je le cachais. Mais ça, c'est beaucoup mieux. Les professeurs s'attendent à ce que je rende mes dissertations en retard. Et cet énorme stylo...

Alors, est-ce que c'est réglo ? Est-ce que c'est comme ça que j'aurais dû étudier depuis le début ?

« Tu as besoin d'aide pour autre chose ? » demande Sophie.

Elle est distante de nouveau. Je pose le stylo. J'ai envie de savoir comment elle s'en sort à Dartmouth. J'espère qu'elle n'a pas à repousser des imbéciles comme pendant la croisière de l'amour. Curieusement, Sophie fait de très mauvais choix en ce qui concerne les garçons. Je souhaite juste que son prochain petit ami la traitera bien.

Et j'espère qu'elle n'a pas l'impression que j'avais juste besoin de son aide. Certes, elle a assuré pour mon devoir sur *Hamlet*. Mais ce n'est pas la seule raison pour laquelle j'avais envie de lui parler.

Cela dit, je ne sais pas comment dire tout ça.

« Non, c'est tout. »

Je fais tourner la molette du cadenas à combinaison.

« Merci, Sophie. Merci beaucoup. »

J'ai raté mon cours d'arts visuels sans le vouloir mardi. Jeudi, j'entre dans le studio et je sens ma première pointe d'espoir. La pièce est très lumineuse et il y a des couleurs partout. Des photographies encadrées de paysages rocheux. Des pots bleus remplis d'épais pinceaux sur des chevalets tachetés de peinture. Un dessin de plantes grimpantes vertes, et des mots sont peints le long de la partie supérieure des murs jaunes.

Peut-être que je vais réussir cette matière.

« Une image vaut mille mots et une vidéo en vaut un million. »

Une femme passe derrière moi et lit ces mots. Elle essuie la peinture de ses mains avec un torchon qui sent la térébenthine.

« Ça me rappelle l'importance de notre travail, alors j'ai décidé de le peindre au pochoir là-haut. »

Elle sourit. Tout chez elle est d'un marron chaleureux : ses cheveux couleur nid d'oiseau, ses yeux, son pendentif en forme de croix, son chemisier et son pantalon imprimé.

« Tu dois être Xavier. Je suis madame Popov.

— Je pouvais le lire moi-même, dis-je bien que ce ne soit pas vrai. Je ne suis pas si nul. »

Elle affiche un sourire aimable et me tend un appareil photo numérique. Le poids, comme celui d'une roche dure, est curieusement réconfortant. Mon pouce et mon index se referment autour de la base de la lentille. J'ai l'impression qu'il est à sa place dans ma main. Je le lève et prends une photo des mots.

« Nous commençons un chapitre sur la communication visuelle, pour préparer le projet final. »

Les cours viennent seulement de commencer et on parle déjà des examens ?

« Qu'est-ce que c'est ? demandé-je avec méfiance.

— Un court-métrage de six minutes. Sur un sujet de ton choix. Les autres sont déjà dehors. Et si tu les rejoignais ? Nous échangerons nos photos et en parlerons pendant la deuxième partie du cours. »

Ouah. C'est *ça*, le cours ?

Pour la première fois de la semaine, j'ai l'impression d'être moi-même en traversant la pelouse. Mon seul objectif consiste à saisir quelque chose de beau. Je vais dans la rue, pour avoir de l'air respirable. Je prends une photo de deux écureuils noirs dans un arbre. Au pied d'un autre, un groupe de champignons qui auraient pu venir d'une planète différente. Un homme endormi sur un banc. Les images remplissent mon appareil et je suis envahi d'un sentiment de puissance en capturant chaque tranche de vie, un cliché après l'autre.

« Xavier ? »

Madame Popov me fait un signe de la main et traverse la pelouse pour me rejoindre. Tout le monde a disparu et j'ai l'impression qu'elle m'appelle depuis un moment.

« Xavier, il est temps de retourner en classe. »

Les autres élèves travaillent sur des tables carrées ; ils connectent leurs appareils photo à leurs ordinateurs portables. Je prends un tabouret à trois pieds, joliment taché de peinture à l'huile et de graffitis représentant des cœurs transpercés par des flèches et les noms des personnes qui s'y sont assises avant nous.

« Je vous présente Xavier. Faites en sorte qu'il se sente bien accueilli, dit madame Popov aux élèves à ma table. Xavier, je te présente Rob, Jared et Maddy.

— Salut, dis-je tandis que notre professeure s'éloigne.

— Salut. »

Maddy sourit d'un air amical. Elle est mignonne. De longs cheveux blonds et lisses couverts d'un bandeau bleu, de la fausse fourrure blanche le long du col de sa veste légère.

« Tu es le nouveau, c'est bien ça ? »

Jared me salue, mais Rob me jette à peine un coup d'œil.

« Maddy, Damien a la voiture de son vieux vendredi. Il va nous retrouver après dîner.

— Ça marche, à quelle heure ? »

Elle m'adresse un sourire confus. Mes trois voisins de table reprennent une conversation sur le lendemain soir. Ils sont amis depuis toujours. Je suis de trop.

« Choisissez six de photos préférées pour les mettre en commun. »

Madame Popov dessine une grille sur le tableau noir.

« Mettez-les sur Google Classroom. »

Mince. J'avais réussi à oublier qu'il fallait montrer notre travail. L'art m'aide à faire sortir les formes oblongues et les ombres que j'ai en moi pour les observer. Mais je ne veux pas que ces gens regardent aussi. C'est vrai que je suis devenu courageux cet été et que j'ai montré mes dessins à Ever, et pendant le spectacle de talents, mais ensuite…

Je l'ai acheté pour nous épargner la honte.

Est-ce que c'est vrai ?

Je suis encore indécis lorsque je transfère les photos de mon appareil sur mon ordinateur portable. Maddy publie un selfie sur Instagram et j'ouvre mon propre compte, où je découvre que Sophie me suit aussi, ainsi que des membres de ma famille. La machine de relations publiques de Dragon Leaf a dû recevoir une alerte quand j'ai créé mon compte.

Je jette un œil au compte de Sophie. Il est rempli de couleurs en mouvements : un garçon avec un bonnet en forme de pieuvre qui agite ses tentacules, une jupe à plusieurs niveaux jaune citron qui se balance comme une cloche autour d'un mannequin. Elle doit rogner ses photos de plus près pour mieux les cadrer, mais les images dansent sur sa page. Avant de m'inscrire sur Instagram il y a quelques jours, je ne savais pas qu'elle voyait le monde de cette façon.

Je mets un cœur sur sa dernière publication : elle est assise sur les marches d'un bâtiment en brique rouge, appuyée sur ses mains derrière elle tandis que sa tête est penchée en arrière et que ses cheveux noirs fouettent son visage. Puis, sur un coup de tête, je publie les écureuils sur mon compte, pour elle. Ils sont énergiques et amusants. Je pense qu'ils lui plairont.

« Xavier, je n'ai pas reçu tes fichiers, dit madame Popov. Tu peux réessayer, s'il te plaît ? »

Mince. Elle y tient.

Les photos d'un camarade de classe brillent sur son grand écran : les bâtiments de Harvard-Westlake, le terrain de football américain et les mêmes écureuils. J'envoie mes images sur le drive de la classe, mais mes entrailles sont nouées par une appréhension glaciale. Peut-être que nous n'aurons pas le temps de passer les miennes en revue. C'est ce que j'espère.

« Trois d'entre nous avons pris ces écureuils en photo, dit madame Popov. Qu'est-ce qu'ils ont de spécial ?

— Ils sont inhabituels, dit un garçon à la table voisine. Je veux dire, ils sont sur le campus, mais on ne les voit pas de près. Et on en voit rarement deux ensemble.

— Nous sommes attirés par les relations, dit Maddy. Nous nous identifions à eux.

— La manière dont ils étaient assis sur cette branche au soleil, dit une autre fille. Ils ne demandaient qu'à être pris en photo. »

Je n'ai jamais été dans un tel environnement : tous les cerveaux s'efforcent de mettre des mots sur ce qui est évident pour les yeux. Je ne savais même pas qu'il y avait des mots. Si mes photos n'étaient pas sur le point d'être examinées de près, tout cela aurait pu me plaire. Je mets ma main dans ma poche et, du bout du pouce, je fais tourner la molette du cadenas que j'emporte partout avec moi sans vraiment savoir pourquoi.

« Maintenant, parlons des photos de Xavier. »

Madame Popov me frappe d'un éclair de panique. Mes photos s'affichent sur l'écran.

Le couple d'écureuils.

Une femme qui pousse un landau bleu.

Un enfant qui marche main dans la main avec sa mère et son père.

Une pile de gâteaux de lune dorés, vendus par une grand-mère et sa petite-fille.

Un père qui porte son fils sur ses épaules.

Merde.

Avant, Ba me portait comme ça aussi. Il tenait mes jambes pour que je puisse contempler le monde de haut avec lui. Je le chevauchais sans les mains, comme l'enfant de la photo, sachant qu'il ne me lâcherait pas.

Et maintenant que mes clichés sont affichés aux yeux de tous, je vois la tendance.

« Beau travail, Xavier, dit madame Popov.

— Toutes tes photos expriment de la... solitude, dit Maddy.

— Même si les sujets sont ensemble », dit le garçon au premier rang.

Je me tortille sur ma chaise. Je n'aime pas le fait que leurs yeux voient en moi.

« Est-ce que la famille compte beaucoup pour toi ? » demande madame Popov.

Carrément pas.

En réalité, je suis seul depuis que j'ai été envoyé aux États-Unis. Ce qui représente la plus grande partie de ma vie. Peut-être que ça m'a bousillé ? D'une certaine façon, j'ai saisi ça avec mon appareil photo. Et je me suis exposé comme si cela en valait la peine.

Je l'ai acheté pour nous épargner la honte.

Je croise les bras.

« Ce sont des photos. C'est tout. »

Madame Popov dit :

« Xavier...

— Écoutez, ne vous en donnez pas la peine. »

Je recule mon tabouret en éraflant le linoléum. C'était le seul cours qui aurait pu me plaire... Mais je me casse. Je hisse mon sac à dos sur mon épaule.

« J'ai fait ce que vous avez demandé. C'est tout. Je ne voulais pas une psychanalyse.

— Xavier, attends ! »

Je l'ignore et sors de la pièce.

7

SOPHIE

Je sens un soubresaut dans ma poitrine quand l'icône représentant un dragon violet de Xavier apparaît sur ma liste de notifications d'Instagram. Il a aimé ma dernière publication. Il l'a vue. Les carillons de Westminster sonnent sur le campus. Mince, je dois y aller. Je mets mon téléphone dans ma poche et accélère en direction du bâtiment d'informatique tout en croquant la pomme Gala qui me sert de petit déjeuner.

Oui, j'ai eu une panne de réveil. Je suis franchement pathétique.

Depuis que Xavier m'a appelée pour parler d'*Hamlet*, je n'ai pas pu me débarrasser de sa voix dans ma tête. Et encore moins de la manière dont il prononce mon nom. *Sophie*. Comme si j'étais la personne la plus importante de la planète à ses yeux. Mais c'est n'importe quoi. C'est pour cette raison que j'ai dû interrompre notre appel. Pour couper les liens émotionnels qui deviennent plus forts, plus épais et qui menacent de me réorienter vers Los Angeles, vers les épreuves qu'il traverse… à l'autre bout du pays. Mais une semaine s'est écoulée depuis le début officiel de mes cours, et du reste de ma vie, et je perds déjà. J'ai envie qu'il m'appelle et qu'il me pose des questions sur tout : *Macbeth, Le Songe d'une nuit d'été,* son stylo de lecture, ses camarades de classe, son salaud de père.

S'il me rappelle, je décrocherai, car je ne peux pas ne pas le faire. Mais je m'assurerai que le mur qui entoure mon cœur soit épais.

Mon téléphone sonne. Je le sors avec une certaine appréhension, la main tremblante, mais à mon grand soulagement, c'est ma mère.

« Salut, Maman ! Comment ça va ? Comment vont les garçons ?

— Salut, chérie. Tout va bien. »

Je suis pendue à ses lèvres tandis qu'elle me raconte tout : les leçons de patin gratuites pour Jerry à l'école, la programmation pour James et Kai, qui suivent mes traces. Ha !

« Et Kevin a vraiment pris à cœur son rôle de grand frère. Il est en train de laver la vaisselle.

— C'est merveilleux. »

Je parle la bouche pleine en mangeant une pomme.

« Il lui a fallu seulement treize ans. Je les ai gâtés.

— C'est vrai. »

Sa voix est taquine.

« Et comment sont les garçons à Dartmouth ? »

Non. Je déglutis avec difficulté ; la pomme descend comme une pierre froide jusqu'à mon estomac. Encore maintenant, je sens le poids de ces vieilles attentes : *Est-ce que tu as rencontré* le *garçon ? Ne donne pas du fil à retordre aux garçons ou aucun homme bien ne voudra de toi.* Elles s'agrippent à mon âme. Oui, j'ai rencontré des tas de garçons ici. Certains à Lord Hall. Certains dans mes cours. Des garçons mignons, intelligents, sexy. Il y avait beaucoup d'atomes crochus, et pas seulement avec Victor. Trois mois plus tôt, avec Ever, je me serais demandé continuellement avec lequel sortir. Mais...

« Je ne suis pas là pour les garçons. Je suis là pour un diplôme en informatique. »

Ma voix est plus cassante que je ne le voulais. Mais j'ai besoin qu'elle me croie. J'ai limité mes interactions avec Xavier. Je suis restée éveillée tard cette semaine pour écrire ma proposition pour Horvath, jusqu'à ce que mes yeux soient secs et que le ciel devienne rose au-dessus des arbres devant ma fenêtre. Je me suis même habillée comme une étudiante intelligente et discrète aujourd'hui : un pantalon beige, un chemisier en coton et une queue de cheval modeste.

« J'ai changé, Maman.

— Ça ne peut pas te faire de mal de garder un œil ouvert. »

Elle ne me croit pas. Ça a toujours été comme ça. Ce sera toujours comme ça, jusqu'à ce que je lui prouve le contraire.

Je passe devant un groupe de garçons qui se dirige vers l'auditorium. Quelqu'un fait un bruit de baiser. *Pouah*. La vidéo. Mon visage s'embrase, mais je ne me retourne pas.

« Maman, je suis presque arrivée à ma salle de classe. »

Je jette le reste de ma pomme dans une poubelle. J'ai perdu l'appétit.

« Je dois y aller. »

D. Viens me voir à la fin du cours.

Quoi ?

Mon cœur s'arrête. Je suis assise dans l'auditorium, les yeux rivés sur la note de ma proposition d'assistant-styliste. Je n'ai jamais eu une note inférieure à un B de toute ma vie.

Et un D, ce n'est vraiment pas ce qui va me permettre de sortir de la liste d'attente. Je relis ma proposition.

J'aimerais créer une application qui aide les gens à trouver de belles tenues dans le monde entier. Les gens peuvent publier des selfies et l'application leur envoie des recommandations. Ils peuvent indiquer qu'ils aiment ou qu'ils n'aiment pas les éléments présentés, pour que l'application apprenne à connaître leurs goûts avec le temps.

J'ai même conçu le prototype de l'application, avec le dessin d'une femme élégante et stylisée dans une robe portefeuille bleue. Je l'ai appelée *Miroir, Miroir*.

« Qu'est-ce que je fais, maintenant ? » demandé-je à Emma et Oliver Brooks, le garçon qui était assis à côté de moi le premier jour et qui a décidé de rester un peu plus longtemps.

Oliver écarte son paquet de popcorn sucré. Il tourne son ordinateur vers moi pour me montrer sa proposition qui consiste à entraîner un algorithme à distinguer des photos de chats de photos de chiens. Son projet a été rejeté aussi avec une remarque :

Réfère-toi aux lectures assignées. Comme tu le verras, ce problème a déjà été résolu plusieurs fois.

« Aïe, dis-je.

— J'ai appelé mon père. »

Oliver s'étrangle sur un popcorn.

« Désolé. Il m'a dit de choisir des cours pour lesquels je suis doué. C'est un élément clé de la réussite : sélectionner les cours intelligemment. Peut-être que l'informatique, ce n'est pas ton truc ? »

Il noue son paquet de popcorn.

« J'en ai assez. Je me retire de la liste d'attente. J'envisage d'aller en école de droit et je dois protéger ma moyenne. »

Je fronce les sourcils.

« Si on ne peut pas choisir les cours qui nous intéressent, pourquoi avoir autant de choix ?

Il m'adresse un regard triste.

« Je suppose que ça dépend de tes objectifs.

— Fais ce que Horvath te dit », me conseille Emma avant d'éternuer.

Sa proposition de travailler sur un projet d'imagerie satellite pour la surveillance des désastres climatiques a été approuvée et le professeur lui a proposé de la mettre en contact avec un des principaux chercheurs du secteur. Elle me montre les mots *viens me voir,* en haut de mon écran.

« Va lui parler. »

Je me joins à une longue queue d'étudiants qui veulent parler à Horvath sur son estrade. Son blazer à petits carreaux noirs sur une chemise couleur crème et un pantalon à rayures est une tenue risquée, mais il a un grand sens du style. C'est étonnant pour un professeur en informatique. Raison de plus pour espérer que mon projet soit accepté.

Le garçon devant moi croise mon regard.

« Salut, bébé, dit-il d'un air suffisant. Un petit bisou ? »

Oh, bon sang. Ça commence à devenir répétitif. Un million de répliques me viennent à l'esprit. Aucune d'elles ne peut être entendue par Horvath.

Je m'écarte de la file et me heurte à Victor, écrasant le roulé à la cannelle qu'il a à la main entre son torse et mon chemisier.

« Oh, désolé ! dis-je alors qu'il me rattrape par le coude.

— Comme ça va, petit Cha Siu-Bao ? »

Il tient délicatement son roulé écrasé entre son pouce et son index. Les manches courtes de son polo Ralph Lauren dévoilent ses bras musclés. Il hausse les sourcils en regardant l'autre garçon, et celui-ci se retourne rapidement.

J'époussette la cannelle de mon chemisier et la gratitude m'envahit malgré la trace de beurre.

« C'était une erreur de t'avouer mon surnom, dis-je d'un air peiné.

— On a attrapé le mec qui a diffusé ta vidéo, dit-il. Il était sur la liste d'attente. Il est hors-jeu maintenant. »

Étonnamment, je suis soulagée que ce garçon ne soit plus dans l'auditorium. Je suis ravie que l'école ait été plus courageuse que moi. Cela dit... Pourrait-il y avoir des représailles quand je m'y attends le moins ?

Je nage avec des requins. *Ne baisse pas ta garde,* me rappelé-je.

« Tout va bien ? demande Victor.

— Non. »

Je lui montre mon D et il grimace.

« Parle à Horvath. Tu vas trouver une solution.

— Merci. »

Les garçons devant moi descendent de l'estrade.

« Si tu as besoin d'aide, je suis là pour ça. *Happy hour* de bubble tea ?

— Oh, euh... d'accord. C'est généreux de ta part. Ce week-end peut-être ?

— Je ne serai pas en ville, j'ai un événement familial. Mais lundi ? Boba Babe ?

— Babe ? »

Je rougis.

« Boba Babe. »

Il parle tout en mâchant son roulé écrasé.

« C'est le nom du magasin de bubble tea. »

Il fait un signe par-dessus mon épaule. Je me retourne et trébuche quand le professeur Horvath dit :

« Suivant, s'il vous plaît.

— Professeur Horvath, vous vous souvenez de Sophie Ha, intervient Victor. Elle a de très bonnes idées. Je serai ravi d'aider. N'hésitez pas. »

Sa gentillesse me soutient lorsque je monte sur l'estrade. Il n'était pas obligé de faire ça pour moi. Je suis sûre qu'il a besoin d'être dans les petits papiers de Horvath autant que moi.

De près, le professeur est encore plus grand que depuis les gradins. J'imagine ses chaussettes repassées et pliées en quatre, organisées par taille et par couleur. Son regard couleur noisette est intelligent et chaleureux. Il a l'air de conseiller des reines et des nobles. J'ai tellement de choses à apprendre de lui.

« Sophie, qu'est-ce que je peux faire pour toi ? »

Je suis tellement heureuse que nous ne parlions pas de la vidéo. Je tourne mon ordinateur portable vers lui.

« Euh, bonjour. Je m'appelle Sophie. »

Exact. Comme il vient de le dire. *Pouah.* À l'aide !

« Euh... Vous m'avez demandé de venir vous voir. »

Il jette un coup d'œil à ma proposition en une seconde et demie.

« Ah, oui. Celle-ci m'a surpris. Explique-moi comment tu as eu cette idée.

— Eh bien, j'adore les vêtements. J'ai habillé mes frères pendant des années et mes amies me demandent toujours mon avis. C'est difficile de suivre les tendances, et encore plus de trouver les tenues qui... vous correspondent. Alors j'ai pensé que je pourrais créer un assistant qui fait des recommandations ? Comme Netflix avec les films.

— Tu as de bonnes idées, comme l'a dit Victor. Mais dans ce que tu m'as envoyé, il y a beaucoup de descriptions de vêtements et presque rien sur l'apprentissage profond. Tu as besoin de plus de données à analyser pour que ton algorithme puisse apprendre pourquoi un vêtement est à la mode. Ou pourquoi il mettrait en valeur un utilisateur ou un autre. Ce que tu as pour le moment, c'est… léger. »

Aïe.

« Je peux ajouter d'autres données. Des proportions de parties du corps. Les coupes, les couleurs, les formes, les styles pour différents corps. Les cols arrondis et les cols en V… J'ai déjà une énorme base de données de robes que j'adore.

— Il te faudra au moins des dizaines de milliers d'images pour entraîner l'application. Les étiqueter avec des caractéristiques et les renseignements nécessaires pour faire des suggestions utiles. Faire de ces données quelque chose d'utile pour l'apprentissage, c'est un gros effort. Mais si on effectue un pas en arrière, dans le fond, est-ce qu'il y a un moyen de remplacer l'essayage des vêtements ? »

Il passe son pouce le long du revers de son blazer.

« Amazon a essayé de se lancer dans la vente de vêtements en ligne. Les gens veulent voir le résultat de leurs propres yeux et toucher les tissus. Ils veulent découvrir. Tout le secteur du détail est configuré pour qu'on puisse faire les magasins : voir les tenues, les couleurs, et les trouver nous-mêmes. »

Je sèche. Tout ce qu'il dit est vrai. Mais je suis sûre que je peux contourner ces difficultés. Il lève un doigt en direction de la file de garçons derrière moi. *Un instant.*

« Tu ferais mieux de choisir un projet qui te permet de faire des recherches sur la manière dont les autres réussissent. »

Je fronce les sourcils.

« Donc, pas une application de mode ?

— Exactement. Les projets approuvés incluent de l'imagerie satellite ou des données d'entreprises pharmaceutiques pour prévoir les candidats pour de nouveaux traitements. Si tu veux explorer quelque chose de plus léger, envisage un sujet comme la conversion d'images de jeux vidéo en images de synthèse. »

Il tourne mon ordinateur vers moi.

« Je pense qu'une ou deux places se libéreront après la date limite d'abandon, la semaine prochaine, mais je veux avoir de la diversité parmi mes étudiants. Si tu me présentes un projet viable avant le vingt-huit, tu auras une place. »

Je tire la langue et essaie d'humidifier mes lèvres sèches.

« J'espère que mon projet sera bon parce qu'il est bon, dis-je. Je vous le rendrai avant…

— Bonne chance. Suivant, s'il vous plaît ? »

Une effluve de linge mal séché inonde mon nez tandis qu'un garçon me pousse sur le côté.

« Je suis un étudiant de dernière année sur la liste d'attente, dit-il en haletant à Horvath. Est-ce que vous nous donnez la priorité ? Parce que vous devriez. »

8

XAVIER

Vendredi soir, je suis en train de sortir de la douche dans un nuage de vapeur quand Ba m'envoie un énième message. Je sais ce qu'il veut et c'est encore un de ces messages pour me dire : *Alors, tu as ton bac ? Non ? Pourquoi pas ? Abruti !*

Je prends mon téléphone et le balance de l'autre côté de la pièce. Le léger fracas résonne dans l'appartement, mais je ne me sens pas mieux. Je suis enfermé entre quatre murs. Tout le monde se fiche de mon existence, sauf quand ils essaient d'effacer mes taches sur l'autel familial.

« Je dois me tirer d'ici », dis-je à voix haute. À mon visage humide dans le miroir. À personne.

Je ne vois pas à quoi ça servirait. Cela dit, tandis que Ba continue de faire sonner mon portable près du mur, je me sèche les cheveux avec une serviette, enfile un short et une chemise avant de me diriger vers la porte.

Je n'ai pas vraiment d'objectif. Je m'arrête devant le 7-Eleven à quelques kilomètres du campus. À Taipei, 7-Eleven est mon magasin préféré. J'y achetais des baozi tous les après-midis avec Ma. Bien entendu, les 7-Eleven aux États-Unis ne vendent pas de baozi, mais il y a quelque chose dans la disposition du magasin qui me donne l'impression d'être à la maison.

Je regarde les boissons dans le réfrigérateur et passe devant des hot-dogs gras qui roulent sur le gril, puis je décide de ne rien prendre et de ressortir.

À ma grande surprise, Lulu entre à pied sur le parking, le dos voûté, les mains dans les poches de son sweat à capuche noir de Harvard-Westlake.

« Qu'est-ce que tu fais là ? » demandé-je.

Elle fronce les sourcils en me voyant.

« Je m'éclaircis les idées.

— Tu es là pour acheter un baozi ? »

Elle hausse les sourcils. Puis, elle m'adresse une sorte de sourire triste.

« Si seulement ils en avaient ici. Nos mères nous emmenaient tout le temps en acheter.

— Je pensais à la même chose. »

Le vrombissement guttural d'un moteur retentit au bout du pâté de maisons. Nous nous retournons tous les deux. Les phares d'une Cadillac Escalade m'aveuglent tandis que la voiture remonte la rue à toute vitesse. Le lampadaire au coin de la rue illumine les jeunes qui se trouvent à l'intérieur, et la lumière scintille sur leurs colliers et les paillettes sur leurs visages et leurs vêtements. Tout le monde est prêt pour la soirée.

Lulu jure entre ses dents lorsque la voiture ralentit près de nous.

« C'est qui ? demandé-je.

— Le mec qui conduit, c'est celui qui a collé l'affiche sur ton casier. »

Merde.

« Eh bien, il sait écrire.

— Il peut faire plus que ça. C'est Damien Martin. Son père réalise des superproductions avec, genre, Bruce Willis.

— Je vois. Un gros bonnet. »

Elle se tait quand le SUV noir s'arrête près de nous. La vitre du côté passager se baisse. Une fille nous fait signe. D'énormes fausses perles se balancent au bout de ses oreilles. Le conducteur se penche vers nous. C'est un mec mince avec un tee-shirt J.Crew noir et une tignasse de cheveux couleur pisse.

« Salut, Lulu. C'est lui, ton cousin débile ? » demande Damien.

Lulu fronce les sourcils.

« C'est mon cousin, ouais. »

Il m'évalue du regard.

« Il n'a pas le regard aussi vide que je l'imaginais.

— Je suis déguisé ce soir. »

Je hausse les épaules.

Il fronce les sourcils d'un air déconcerté. Puis il sourit.

« Le débilos a le sens de l'humour. »

Lulu grimace.

« Ça a été un plaisir. À plus. »

Elle se dirige vers le 7–Eleven.

Je devrais me casser aussi. Mais ce salaud a accroché l'affiche sur mon casier. Et je veux qu'il le regrette. Je veux qu'ils découvrent tous par eux-mêmes que je ne suis pas un bon à rien.

Je regarde Damien dans les yeux.

« Où vous allez ?

— Xavier ! » siffle Lulu.

Je l'ignore.

« Au Club Pub. Ça s'épelle P-U-B.

— Je paie les boissons si vous m'y amenez. »

Je leur montre ma carte noire. Il est temps d'être *ce type*. Je sais exactement comment cette situation fonctionne et c'est la manière la plus simple de rendre le reste de mon année supportable.

« Ma cousine a besoin qu'on l'emmène aussi. »

Lulu me donne un coup de pied dans le mollet. Damien et sa petite amie discutent brièvement avec les gens qui sont assis à l'arrière.

« J'ai des trucs à faire, me siffle ma cousine.

— C'est vendredi soir, dis-je. On est en terminale. »

C'est aussi le soir où j'envoie Ba se faire voir, et comme j'ai laissé mon téléphone à la maison, il ne sait pas où je suis.

« Je ne pensais pas que tu étais du genre fêtard. »

Damien est de retour.

« Qu'est-ce que tu veux que je te dise ? »

Je hausse les épaules.

« Il y a beaucoup de choses que les gens ne comprennent pas à propos de moi. »

La portière arrière s'ouvre. Rob, de mon cours d'arts visuels, tend la main.

« Monte », dit-il.

Maddy, du même cours, sourit.

« Salut, mec. »

Alors, c'est ça, la soirée dont ils parlaient. Et maintenant, je m'impose.

« Lulu, tu es invitée aussi », dit la petite amie de Damien.

Je prends la main de Rob et il me hisse sur un tas de genoux. La climatisation fonctionne à plein régime. Lulu monte laborieusement derrière moi, alors au moins, je l'ai de mon côté. Sympa. Il y a deux fois plus de gens que de ceintures de sécurité ici, mais quelle importance ? La sensation m'est familière. J'ai l'impression de m'échapper en douce de Chien Tan cet été. J'ai l'impression d'être moi.

« Il est mignon », dit une fille derrière moi.

Voyez-vous ça. Ça ressemble vraiment à cet été.

« C'est quoi, ton vrai nom, débilos ? » demande Damien gaiement.

Il croise mon regard dans le rétroviseur. J'entends Lulu dire à quelqu'un :

« Non, merci. »

Puis une bouteille en étain froide se retrouve dans ma main.

« Xavier.

— Cool. Comme les X-men. »

Je bois une gorgée de whisky qui n'est pas mauvais. Ce surnom-là ne me dérange pas, alors j'ai déjà fait des progrès.

« Je m'appelle Damien. »

Il lève son poignet orné d'un tatouage en forme d'aigle et me fait un check. Puis son cri résonne contre le pare-brise et nous sommes propulsés en avant.

« Ça va être la fête, les gars ! »

9

SOPHIE

Je volais à toute vitesse avec mon assistant de mode, les bras tendus comme un héros de Marvel, mais j'étais dans la mauvaise voie. Toutes ces longues nuits à étudier l'apprentissage machine et à rassembler des photos de mannequins de Prabal Gurung. J'avais même commencé à travailler sur le code de l'algorithme. Et BAM ! Je me suis écrasée sur les vitres d'un gratte-ciel.

Ma vidéo avait déjà donné l'impression que j'avais de la barbe à papa à la place du cerveau. Et maintenant, Horvath trouve que mon projet est *léger*.

C'est vendredi soir et il est tard. J'engloutis un cheeseburger et passe la soirée à la bibliothèque pour écrire une dissertation pour mon cours d'Écriture 5. Puis je retourne dans ma chambre et m'affale sur mon lit. J'ai un autre entretien pour le dernier quart d'un petit boulot sur le campus. Ensuite, il faudra que je commence à travailler sur la nouvelle idée pour Horvath. Mais je n'arrive pas à me reprendre. La plupart des bonnes idées sont déjà prises maintenant. Comment est-ce que je vais pouvoir recommencer depuis le début ?

Mon téléphone vibre dans mon sac, indiquant que j'ai reçu un message. Je me retourne sur le dos et le lis.

Victor : Comment ça s'est passé avec Horvath ?

Sophie : Je dois trouver une nouvelle idée

Sophie : Il m'a dit que je serai tout en haut de la liste d'attente si j'arrive à lui présenter un vrai projet.

Victor : C'est super !

Victor : Tu vas y arriver. Dis-moi si tu as envie d'échanger des idées.

Victor : Il y a beaucoup de bon travail dans le domaine de l'apprentissage profond et de la finance, de la robotique, de la Croix Rouge.

Mes camarades de classe couvrent déjà tous ces sujets. Aucun d'eux n'attire mon attention.

Sophie : Merci ! J'y jetterai un œil !

Mon application d'Instagram est remplie de nouvelles notifications. Je passe en revue certaines publications récentes de mes amis de la croisière de l'amour. Ever donne un cours de danse à sept filles, y compris sa petite sœur, Pearl. Rick serre dans ses bras ses coéquipiers de football américain de Yale. Une photo pleine de nostalgie du Gang des Cinq de cet été à Taipei 101 de Marc Bell-Leong. *L'équipe me manque,* a-t-il écrit.

À moi aussi, dis-je en commentaire. Je fais défiler les publications et tombe sur deux écureuils noirs sur de l'herbe couleur émeraude. Le cliché a été publié par Xavier. Il n'y a pas de légende, mais ce n'est pas nécessaire. Il les a photographiés en action : leurs manteaux de fourrure brillent tandis qu'ils dansent sur leurs pattes arrière en se donnant des petits coups de patte. L'un d'eux tient une graine dans la sienne, comme s'il essayait d'empêcher son compagnon de l'attraper.

Je souris. Xavier est le seul à pouvoir rendre des écureuils aussi amusants. Il a l'air d'aller bien. Je suis ravie qu'il ne laisse pas son père l'empêcher de saisir le monde qu'il voit.

Je mets un cœur et commente : *J'avais besoin de ça. Ravie que tu ailles bien.*

Mon alarme sonne : il est temps que je me prépare pour mon entretien. C'est dans une boutique de courrier et d'impression. Je m'approche de mon armoire. Il me faut une tenue qui hurle que je suis parfaite pour ce poste… pratique, mais de bon goût. Je ne veux plus de commentaires disant que je suis belle. Je fouille dans mes hauts. Maintenant que je vois un peu plus les choses du point de vue d'Emma, je me rends compte que certains sont assez déjantés : une vareuse jaune couverte de carreaux, un pull-over à rayures violettes moulant. Le problème, c'est que tous mes vêtements habillés viennent de mon époque *Épousez-moi,* et non pas de ma période *Super-étudiante.*

Je jette un coup d'œil à l'armoire de ma camarade de chambre. Elle m'a dit que je pouvais lui emprunter tout ce que je voulais, et elle est partie diriger les Libéraux de Dartmouth.

Quelques minutes plus tard, je porte un caraco blanc sous le blazer le plus conservateur de ma garde-robe en daim bleu avec un pantalon à motif écossais bleu et vert. Je vaporise un peu d'eau sur mes cheveux pour les lisser au sèche-cheveux. J'applique du maquillage pour un effet naturel, juste assez pour me donner l'air professionnel. Lunettes ou pas ? Je vais garder mes lentilles. Et voilà ! Sérieuse et studieuse. Je peux décrocher un emploi sur le campus ! Et une fois que j'aurai remporté cette victoire et que j'aurai de l'argent pour mes livres et mes fournitures, je serai prête à affronter le reste de Dartmouth. Avec une énergie renouvelée, je sors et descends la rue. Le vent frais tire sur mes cheveux et mon blazer. Le ciel est sombre, il n'y a pas d'étoiles et il est couvert de nuages. Un hibou hulule. On dirait un avertissement.

Je suis à quatre pâtés de maisons du magasin quand le ciel s'ouvre au-dessus de moi.

La pluie s'abat.

Je fonce le long de plusieurs pâtés de maisons avec mon sac au-dessus de ma tête avant qu'une vitrine m'indique que je vais dans la mauvaise direction. Quand je rebrousse chemin jusqu'au Jones's Mail Stop, je suis trempée jusqu'aux os. Je décolle mes cheveux de mon visage et essore les pointes. Tu parles d'un brushing.

Tout en poussant la porte vitrée, j'essuie à la hâte mes joues sur mes épaules. Un homme au dos voûté portant une chemise amidonnée lève les yeux de l'argent qu'il est en train de compter dans sa caisse. Un jeune homme en tee-shirt est en train d'écraser des boîtes. Il a l'air d'avoir quatorze ans.

« Bonjour, je suis John, le responsable du recrutement. »

L'homme au dos voûté observe l'épave trempée que je suis en haussant les sourcils.

« Vous… devez être Sophie ?

— Oui. »

Je suis haletante.

« Désolée, je suis un peu en retard. »

Je jette un coup d'œil à mon reflet dans les fenêtres. Oh, mon Dieu. Je ressemble à un rat qui s'est noyé.

John fronce les sourcils.

« Les entretiens sont importants. Vous n'êtes peut-être pas prête pour un emploi comme celui-là. »

Quoi ? Mon cœur se serre.

« Non, je suis prête. Je suis désolée. J'ai été surprise par la pluie. Si vous pouviez juste me donner quelques minutes pour que je me sèche… »

Il ne bouge pas. Puis il lève son pouce.

« Les toilettes sont là-bas, mais je viens de les laver. Faites en sorte qu'elles restent propres. »

Dix minutes plus tard, je suis assise en face de lui dans un bureau exigu. Il y a de la poussière ou de la moisissure dans l'air qui me fait éternuer comme Emma. C'est un petit boulot : sortir la poubelle, nettoyer les toilettes après les clients, fermer la boutique. Les heures sont tard le soir. Ce n'est pas génial, mais elles sont compatibles avec mon emploi du temps de cours.

« Ma mère travaille dans un hôtel et je l'ai aidée avec les documents administratifs, dis-je. J'ai élevé mes quatre frères et je sais tout faire dans une maison : changer les ampoules, recoller des jouets cassés… Quoi qu'il arrive, je suis celle qu'il vous faut. »

Je bafouille. Nous avons parlé pendant environ une demi-heure. Mais je ne parviens pas à faire disparaître cet air indécis de son visage.

Finalement, John pose son stylo.

« Je crois qu'on a fini. J'ai d'autres candidats. »

Encore un entretien raté. Qu'est-ce qui s'est mal passé, cette fois ?

« Je suis qualifiée, le supplié-je. Je ferai du bon travail. »

Il se lève et se dirige vers la boutique.

« Nous ne sommes pas trop du genre tape-à-l'œil par ici.

— Tape-à-l'œil ? »

Je fronce les sourcils. Pourquoi est-ce qu'il me dit une chose pareille ?

« Vous n'avez pas... Vous n'avez pas vu ma vidéo, si ? »

John prend un air déterminé.

« Je ne veux pas vous donner de faux espoirs. Je ne pense pas que ça va le faire. »

Il a vu la vidéo.

« Mais je travaille dur ! Je suis fiable !

— Vous étiez en retard.

— Mais ce n'est pas habituel ! »

L'homme au dos voûté est bouche bée, mais je n'arrive pas à m'arrêter. Comment est-ce que je pourrais réussir quoi que ce soit à Dartmouth si je n'arrive même pas à obtenir un emploi de lycéen ? J'agrippe le bras de John. Il faut qu'il m'écoute. Il faut qu'il me croie.

« Je peux passer la serpillière après le passage des étudiants ! Il faut que vous m'engagiez ! »

John se libère. En deux pas, il traverse la boutique et ouvre la porte. Il tremble. Littéralement. Un homme de trente-cinq ans qui fait quarante-cinq kilos de plus que moi. Et d'une manière ou d'une autre, je lui ai fait peur.

« Partez maintenant, mademoiselle Ha. »

10

XAVIER

Le Club Pub investit une banque rénovée près d'Hollywood – et il est plein à craquer. De la musique assourdissante et une odeur de bière affluent sur le trottoir depuis les portes surveillées. Nous nous plaçons dans la courte file d'attente et lorsque nous arrivons à la hauteur des videurs, je leur montre ma fausse carte d'identité. Ma carte noire pointe le bout de son nez derrière.

« Sept personnes », dis-je.

Ça marche, comme toujours. Le videur tapote ma pièce d'identité et me fait signe de passer.

Je paie les frais d'entrée pour nous tous avec ma carte et nous pénétrons dans la salle principale. Des lumières stroboscopiques clignotent sur les courbes des hanches et des bras pâles qui dansent en rythme. Toute la pièce pue l'eau de Cologne, la transpiration et la liberté. C'est bien mieux que de traîner avec le doyen.

Ce soir, je fais pencher la balance d'Harvard-Westlake à mon avantage.

Je me fraie un chemin entre les danseurs jusqu'au bar derrière lequel une centaine de bouteilles de vin sont alignées. J'écarte une boîte de tranches de citron vert et tends ma carte au barman.

« Des boissons pour mes amis. »

Je me retourne vers les autres, qui font la queue derrière moi.

« Qu'est-ce que vous voulez ?

— Merci, X-Men. C'est trop cool de ta part. »

Damien serre mon épaule.

« Un mojito à la menthe pour moi, dit-il au barman.

— C'est vraiment une boisson de meuf, Damien », dit sa copine en m'adressant un clin d'œil amical.

Elle commande, suivie par Rob et les autres.

« Merci, Xavier. »

Les cheveux dorés de Maddy brillent et elle passe ses doigts fins sur mon bras.

« C'est vraiment super de ta part.

— Vous pouvez tous me rendre la pareille la prochaine fois. »

Je hausse les sourcils et détourne le regard. Évasif, mais je ne dis pas non à ce qu'elle suggère.

C'est une personnalité que je sais interpréter.

Damien se joint à moi avec son mojito en attendant sa copine.

« Tu es nouveau à l'école, alors si tu as besoin de quoi que ce soit pour te faciliter la vie, compte sur moi.

— Super, dis-je.

— Il y a des sodas dans le placard du fond dans la salle de sport. C'est pour le personnel, mais il n'y a personne le matin.

— Compris. »

Alors comme ça, Damien sait tout sur Harvard-Westlake.

Je commande une bière et signe l'addition d'un X. Puis je pose un coude sur le bar. Des rectangles de lumière colorée clignotent sur les corps qui dansent. Lulu s'approche de moi en sirotant une piña colada sans alcool qu'elle a tenu à payer elle-même. Pas de faveurs. La fierté têtue des Yeh.

« Qu'est-ce que tu essaies de prouver ? » demande-t-elle.

C'est une mini Ba aux cheveux longs.

« J'essaie juste de me faire des amis. »

Elle mord un morceau d'ananas.

« Je suppose que ça fonctionne », admet-elle à contrecœur.

Une chanson de hip-hop familière résonne ensuite. Ils l'ont passée aussi au Club KISS à Taipei, le premier soir où nous sommes allés en boîte. Curieusement, je ressens une pointe de regret. J'ai dansé avec Sophie sur cette chanson, et nous avons fini par nous embrasser là-bas. Plus tard, un mec a dit qu'on était presque en train de coucher ensemble sur la piste. Mon corps s'en souvient… Mais l'alchimie n'a jamais été le problème entre nous, et c'est là que tout notre bordel a commencé.

Quoi qu'il en soit, c'est du passé.

« Eh, Xavier. Tu danses ? »

Maddy se dandine vers moi.

« Dans un moment, peut-être. »

Elle se joint à moi. Son bras, réchauffé par la danse, effleure le mien tandis qu'elle bouge au son de la musique. Elle sirote un spritz à la pêche et me pousse en rythme. Je lui adresse un demi-sourire. Elle passe une main le long de mon dos et dans mes cheveux, où ses doigts taquinent mes boucles.

« J'aime les vaguelettes, dit-elle. Je m'appelle Maddy, au cas où tu aurais oublié.

— Je n'ai pas oublié. »

Lulu pose son verre vide sur le bar.

« C'est mon signal : je m'en vais. J'ai appelé mon chauffeur.

— Adios, cousine, dis-je tandis qu'elle se dirige vers la porte.

— Son chauffeur ? » répète Maddy.

À l'extérieur, l'employé de Lulu lui ouvre la portière arrière d'une Audi bleue.

« Sacrés vous. »

Maddy sourit.

« Vous n'aviez pas besoin qu'on vous amène ici. »

Je hausse les épaules.

« Tu es un excellent photographe. »

Je n'ai vraiment pas envie de parler de ça.

« Je prends juste en photo ce que j'aime.

— Peut-être que tu pourrais me prendre en photo un jour ?

— Bien sûr. »

Elle est probablement mannequin. Et les mannequins adorent les photographes. Je ne suis pas de ce genre-là. Mais tout prend forme.

Maintenant, peut-être qu'Harvard-Westlake ne me semblera plus si terrible, après tout.

« Monsieur ? Il y a eu une autre tournée. »

Le barman désigne Damien, qui danse avec sa copine. Ses bras tatoués sont levés en l'air comme des poteaux de but.

« Ce gars a dit que vous alliez payer. »

Je lui tends ma carte et le barman la passe sur sa machine. Une lueur bleue illumine ses pommettes.

Il fronce les sourcils.

« Un moment, s'il vous plaît. »

Il se dirige vers l'arrière-boutique avec ma carte à la main. Peu importe. Je me détends et essaie de profiter de la musique qui palpite dans mes os. Le bar est de plus en plus bondé. Maddy titube contre moi, poussée par des garçons de l'autre côté. Elle rit et passe son bras sous le mien pour ne pas tomber.

« Peut-être qu'on devrait partir tôt », propose-t-elle.

Son léger parfum chatouille mes narines. Puis ses lèvres effleurent ma mâchoire, avec tant de légèreté qu'il pourrait s'agir d'un accident.

« Mes parents sont partis pour le week-end. On pourrait aller chez moi si tu veux y passer la nuit. »

Elle m'adresse un regard que j'identifie. Je connais bien cette partie.

Pas de filles. Pas de fêtes.

C'est ça, Ba. Ce soir, je veux juste faire comme si je n'avais pas un nœud coulant en soie autour du cou.

« Bonne idée », dis-je.

Le barman revient avec ma carte de crédit à la main. Et une paire de ciseaux. Il grimace d'un air gêné. Il n'a que quelques années de plus que moi.

« Je suis désolé, mais on m'a ordonné de faire ça. »

Il met ma carte entre les ciseaux.

« Qu'est-ce que vous faites ! » crié-je en me redressant.

Mais c'est trop tard. Ma carte tombe sur le comptoir, coupée en deux d'un coup bien net.

Tout le monde me regarde en silence. Même la chanson est finie. Il me prend mon verre des mains.

« Quelqu'un du nom de Ba dit que vous devez rentrer chez vous et étudier. »

11

SOPHIE

Je frappe à la porte d'Emma, mais même si son couloir empeste la pizza au pepperoni, elle ne répond pas. Je frappe plus fort et sa fleur de cerisier imprimée tangue sur le clou. Il n'y a pas de lumière sous sa porte. Elle doit être sortie avec des amis.

Mes épaules s'affaissent lorsque je ressors dans la nuit humide. Comment en suis-je arrivée là ? Pas de cours, pas de projet, pas de travail. Je suis un désastre complet.

Je déambule dans la cour du campus, passe devant les vieux bâtiments silencieux et les chambres d'où s'échappe de la musique, jusqu'à ce que mes jambes commencent à trembler. Puis je m'assois sur un banc face à la bibliothèque Baker-Berry et lève les yeux vers le triangle bancal de la constellation du Capricorne. Les nuages se sont enfin éloignés, mais c'est trop tard. Ça n'a plus d'importance que je sois sèche.

Un creux se forme dans mon estomac quand je me rends compte que je n'ai pas une seule amie dans un rayon de cent soixante kilomètres.

Je prends mon téléphone, mais Ever doit être en train de dormir. Tout comme Rick, à Yale. Ou alors il fait la fête avec son équipe de football. Ma mère est probablement en train de payer des factures, mais je ne veux pas l'inquiéter comme elle jongle déjà avec beaucoup de choses. Sans parler du fait que si j'entends encore un commentaire de mon époque *Épousez-moi*, je mourrai.

Je commence à écrire à Xavier.

Est-ce que tu serais dispo par hasard ?

Alors que mon doigt appuie sur *Envoyer*, mon téléphone sonne pour m'indiquer un appel entrant.

Le visage de Xavier s'affiche sur mon écran.

12

XAVIER

Sophie apparaît sur mon écran. Son visage est rouge. Doux, rond. Des yeux lumineux. Elle est à l'extérieur, mais d'après ses vêtements, on dirait qu'elle est sur le point de faire un discours aux Nations Unies. Les silhouettes violettes des arbres sont floues en arrière-plan.

Au même moment, je reçois son message.

Est-ce que tu serais dispo par hasard ?

« Xavier ? »

Elle écarquille les yeux.

« Est-ce que tu viens de m'écrire ? demandé-je.

— Oui, mais ensuite, tu as appelé !

— Bizarre », dit-on en même temps.

Je l'ai appelée sur un coup de tête. Après que ma carte de crédit a été coupée en deux, tout le monde est parti. De nouveau. Ba a le chic pour provoquer cette réaction. J'avais besoin d'une amie ce soir. Une vraie amie. Le genre d'amie qui est restée à l'aéroport alors que tout le monde s'est enfui. Car même si c'était humiliant qu'elle assiste à cette scène, c'est exactement ce que signifiait le fait qu'elle reste.

« Où es-tu ? demande-t-elle.

— L'observatoire Griffith. »

Je pose mon carnet à dessin sur mon banc et tourne mon téléphone pour lui montrer le dôme du bâtiment derrière moi, d'un blanc lumineux dans la nuit. Puis je le mets de nouveau face à moi.

« J'ai dit à mon chauffeur de m'y emmener. Je suis juste en train de… contempler la constellation du Capricorne.

— Tu déconnes ? Moi aussi. »

Elle a le regard vide.

« Soirée de merde ? demandé-je.

— Ouais. Et toi ?

— Ouais. Toi d'abord. On dirait que ça a été pire pour toi. »

Elle soupire. Elle me raconte toute l'histoire : le rejet de sa proposition, puis son entretien raté avec le directeur du magasin.

« Ce n'était pas mon job de rêve ni rien, mais j'en avais besoin. Et je me suis bien habillée ! Je lui ai dit que je changerais les ampoules ! J'ai dû donner l'impression que j'étais bête. »

Elle se prend la tête dans les mains et ses cheveux noirs volent autour d'elle.

« Qu'est-ce que tu racontes, Sophie ? Pourquoi est-ce que tu accordes de l'importance à ce qu'il pense ?

— Parce que j'ai besoin d'un travail ! C'est le cas de beaucoup de gens, tu sais ? »

Elle grogne.

« C'était horrible. J'ai terrifié ce type. C'était ça, le pire. »

Elle soupire.

« J'ai placé tellement d'espoirs dans Dartmouth. Mais je n'arrête pas de me mettre des bâtons dans les roues. Je peux être… une tornade parfois.

— Qu'est-ce que tu veux dire ? » demandé-je, mais je crois savoir.

J'ai vu une partie de cette tornade cet été.

« C'est juste que je suis si… enthousiaste… à propos de tout. Et je ne me rends même pas compte de ce qui se passe autour de moi. Comme en cours. Je me suis assise au premier rang avec les ATER. Maintenant, l'ATER principal croit que j'ai les dents longues. Tu sais. Trop ambitieuse.

— Je ne m'assois pas au premier rang, mais ce n'est pas le pire.

— Ouais. Mais ensuite, il y a eu cette *vidéo*. »

Elle me raconte et je l'affiche sur mon téléphone.

« Je l'ai faite pour *Ever*. Comment est-ce qu'elle a pu être diffusée partout ? Je suis déjà une des dix seules filles qui se sont inscrites à ce cours. Il n'y a presque que des mecs ici. J'ai eu l'air tellement… peu sérieuse ! J'ai à peine réussi à retourner en cours après ça.

— Deux mille vues !

— Quoi ? Oh, non !

— Laisse-moi regarder.

— Non ! » s'écrie-t-elle, mais j'ai déjà lancé la vidéo.

Son pinceau étend un beau bleu sur sa paupière tandis qu'elle parle.

« La clé, c'est de bien étaler. Prends ton temps. Tu dois être patiente pour bien appliquer la couleur.

— Éteins ça ! » dit-elle, mais la vidéo est très bonne.

Je la regarde jusqu'au bout, avec son baiser et le clin d'œil dragueur.

« C'est super, dis-je honnêtement. Tu es très belle. Le rouge, ça te va bien.

— Je devrais la supprimer.

— Certainement pas. Publies-en d'autres.

— D'autres ?

— Ne les laisse pas gagner. Ne les laisse pas dicter ce que tu dois être. »

Elle marque une pause. Puis elle prend une inspiration tremblante.

« Je n'ai jamais vu les choses sous cet angle.

— Et en ce qui concerne le directeur de ce soir, dis-je lentement. Honnêtement ? Il a dû te trouver sexy et il a plus peur de faire un pas de travers qu'autre chose s'il t'embauche. »

Elle marque une autre pause.

« C'est horrible… et c'est prétentieux de ma part d'être d'accord… Mais tu as peut-être raison. »

Elle soupire.

« Note pour moi-même : ne pas agripper le bras d'un mec que je ne connais pas. »

Je lui adresse un sourire en coin.

« Qu'est-ce que tu vas faire, maintenant ?

— Eh bien, si j'arrivais à obtenir un stage dans la Silicon Valley grâce à Horvath, ça compenserait à fond le job sur le campus, alors… »

Elle promène ses doigts dans ses cheveux pour les écarter de son visage.

« Et toi ? Que s'est-il passé ?

— Je suis sorti avec des élèves. »

Je lui raconte toute ma soirée improvisée.

« Ça se déroulait bien. Et puis le barman a coupé ma carte de crédit en deux. Tout le monde a… disparu.

— Pouah. Ça n'a pas dû être agréable.

— J'essayais de prouver que je n'étais pas un bon à rien.

— Toi ? Franchement, tu n'as pas besoin de convaincre qui que ce soit. »

Elle marque une pause, comme si elle pensait à ce qu'elle allait dire aussi.

« Mais tu as une sorte de carapace autour de toi, tu vois ? Peut-être que tu te sens seul parce que tu ne laisses personne s'approcher de toi. De ce que tu es réellement. »

Je ricane.

« Personne ne veut savoir qui je suis vraiment. Tout le monde préfère ma carapace. Le mec qui paie les verres.

— Tu ne peux pas payer les gens pour qu'ils t'apprécient. »

Je fronce les sourcils. J'ai dit la même chose au doyen.

« Peut-être que j'essayais de me prouver à moi-même que je n'étais pas un bon à rien. »

Je me surprends moi-même en lui disant cela.

« Oh, arrête. Tu n'es pas du tout un bon à rien.

— Tu as entendu ce qu'a déclaré mon père. »

C'est peut-être pour cette raison que je le lui dis. Elle est restée. Elle est encore là.

« Toutes les personnes avec qui nous avons participé à la croisière de l'amour sont maintenant dans l'une des dix meilleures universités. Mes cousins organisent leurs propres tournois de l'Ivy League. Ils essaient d'apparaître sur la liste des *30 under 30* de *Forbes*. Et puis il y a moi. Qui n'arrive même pas à lire, putain. »

Je ne l'ai jamais dit de manière aussi directe à qui que ce soit auparavant. Mais maintenant que le doyen le sait, tout comme mes nouveaux professeurs et Ever, ça sort tout seul.

« Tu ne m'as jamais dit que c'était à ce point-là, mais je l'ai deviné. »

Elle ne me juge pas. Je ne savais pas si elle le ferait.

« C'est vrai que c'est important de savoir lire, mais quand tu y réfléchis, beaucoup de gens y arrivent. Mais peu d'entre eux sont capables de faire ce que tu fais. Ton art. C'est comme un miracle. »

Je ris sans joie. Miracle, c'est trop, mais c'est à Sophie que je parle. Puis je m'esclaffe.

« Haha, Sophie Ha.

— Ne prononce pas mon nom en vain ! Quand je marche dans la vallée de l'ombre de la mort, *Yeh* ne craint aucun mal.

— Tu es trop bizarre. »

Je ris de nouveau et m'allonge sur le dos. C'est si bon de rire.

« Tu me fais rire, Sophie. »

Elle n'était pas comme ça cet été. Mais on aurait dit qu'elle était tout le temps en train de prendre la pose et de faire un spectacle. Elle ne montrait aux gens que les parties d'elle qu'elle voulait qu'ils voient.

Un peu comme moi.

« On te l'a sans doute déjà dit, mais il y a également des personnes très célèbres qui sont dyslexiques, et qui affirment qu'elles sont aussi géniales grâce à ça.

— Ouais, on me l'a déjà dit. C'est juste que… ma famille ne considère pas les choses comme ça. »

Ma carte de crédit coupée en deux tombe de ma poche. Je saisis les morceaux et me redresse.

« Enfin, tout ça, ça ne fait que confirmer que je dois vraiment me libérer de Ba. Je vais réaliser leurs tests de diagnostic à la con. Trouver un moyen de réussir ma terminale. »

Mon chauffeur me fait signe dans l'allée. Le temps est écoulé. Je prends mon carnet à dessin et me dirige vers lui.

« Si ça se passe mal, je… je suis là, d'accord ? dit-elle. Si je peux t'aider. Comme avec les devoirs qui s'accumulent. Tu peux peut-être essayer de les combiner.

— Merci. Je n'y avais pas pensé.

— Mais je dois te poser la question… Est-ce que ton fonds fiduciaire vaut la peine que tu fasses tout ce que ton père te dit ? Peut-être que ce sont des actions ou quelque chose que tu ne peux même pas utiliser ?

— C'est de l'argent de biens immobiliers. Rien à voir avec Dragon Leaf. La famille de ma mère vit dans la région de Taipei depuis les années 1750. À l'époque, ils avaient beaucoup de terres. Ils ont fini par y construire des hôtels.

— Ça doit valoir beaucoup d'argent, alors.

— Je me fiche de la quantité. Tant que je peux me libérer de Ba.

— C'est ce que je veux dire… Ça ne te ressemble pas. Tu pourrais faire un trait sur tout ça. Être artiste à plein temps. Façonner ta vie comme tu l'entends.

— Ba enverra Ken-Tek et Ken-Wei pour me ramener par la peau du dos. Je ne peux pas y échapper. Le seul moyen de m'en sortir, c'est de passer par tout ça. »

Mon chauffeur ouvre la portière arrière et je me glisse à l'intérieur, sur le siège en cuir. Je prends un pastel et l'appuie sur mon carnet pour dessiner les cases vides et concentriques.

« Franchement, Sophie, je ne peux pas le laisser garder l'argent de ma mère. Elle voulait me le donner… Je crois. »

Mais si elle me voyait à présent, penserait-elle la même chose que lui ?

« Bien sûr que oui.

— J'aimerais pouvoir lui poser la question… Il y a tant de choses que je ne lui ai jamais demandées. Et un jour, elle a… disparu.

— Tu dois te libérer de ton père. Selon tes propres conditions. »

Elle écarquille les yeux.

« Et tu devrais faire tout ce qu'il faut pour y arriver. »

Elle comprend. Ça me fait du bien. Bon sang, nous nous entendons tellement mieux quand nous sommes amis que quand nous sommes ensemble, et je suis ravi que nous en soyons arrivés là.

« C'est l'idée », dis-je.

Puis je dessine une ligne irrégulière qui sort des cases tandis que mon chauffeur m'emmène à mon appartement.

13

SOPHIE

Cet appel… Il me semble parfait. Les yeux marron foncé de Xavier qui paraissaient hantés par quelque chose se sont illuminés. Je lui ai parlé de mes affaires et il a partagé ses difficultés avec moi. Le fait qu'il échappe à son père. Le fait que j'affronte ma tornade. Le fait qu'il comprenne ce qui s'est mal passé ce soir mieux que moi.

Et qu'il me demande de publier d'autres vidéos. En deux mots, il a transformé ma honte en quelque chose de positif. En quelque chose qui vaut la peine que je me batte.

Nous sommes amis. Des amis qui se soutiennent.

Peut-être que c'est pour cette raison que je suis prête à formuler :

« Au fait, j'ai rencontré une de tes vieilles amies. Emma Shin. C'est ma camarade de classe.

— Emma Shin ? Ouah. C'est un fantôme du passé.

— Elle m'a appris que vous étiez promis en mariage.

— Ah, oui. »

Il rit.

« Pour unir deux empires.

— C'est exactement ce qu'elle a dit. Adorable. »

Une graine d'érable en hélicoptère se pose sur ma chaussure. Je me penche en avant pour la ramasser. Emma voulait que je les réunisse... Mais si je le fais, est-ce que c'est elle qu'il appellera quand il aura besoin d'aide pour ses devoirs sur *Hamlet* ou pour parler de ses désastres avec les barmans ?

« Est-ce qu'elle aime encore tout ce qui est lié à l'espace ? demande-t-il. Avant, elle désirait être astronaute.

— Je ne sais pas. Elle fait son projet d'informatique sur l'imagerie satellite pour prédire les catastrophes naturelles.

— Elle a toujours voulu sauver le monde. Comme Lulu.

— Je vois ça. »

Emma est quelqu'un de bien. En réalité, ce serait bon pour Xavier qu'il renoue avec elle. L'ancienne Sophie aurait essayé de le garder pour elle, espérant tellement qu'il me choisisse que mon cœur n'aurait pas pu supporter une autre possibilité... mais je ne veux pas être l'ancienne Sophie.

« Je lui passerai le bonjour de ta part et je peux vous aider à reprendre contact si tu le souhaites.

— Ce serait super. C'est une fille bien.

— Et elle est brillante. Son père est allé à Dartmouth aussi.

— Ça ne m'étonne pas. Sa famille a des relations. Il est allé dîner à la Maison-Blanche et tout. »

C'est une véritable princesse des temps modernes, mais sans le diadème.

« Après l'avoir rencontrée, je n'arrivais pas à croire qu'on soit sortis ensemble cet été, toi et moi. »

Oh. Je n'avais pas voulu parler de *ça*. Pas maintenant que nous renforçons notre amitié.

« Enfin, à peine », ajouté-je rapidement. Je fais tourner la graine d'érable entre mes doigts.

« Écoute, je devrais te laisser. Ton chauffeur est sûrement en train d'arriver chez toi et...

— Ce n'était pas si terrible. On s'est bien amusés. Parfois. »

Il marque une pause.

« Mais tu as eu raison de rompre.

— Comment ça, *j'ai* rompu ? J'ai juste officialisé la rupture.

— Et c'est bien mieux pour la paix mondiale.

— Quoi ? C'était aussi terrible que ça ? »

Je me souviens de notre dispute dans la discothèque, quand Rick m'a fait descendre du dos de Xavier. J'écrase la graine dans ma main. J'aurais voulu pouvoir effacer ce moment. Sans parler de tout ce qui s'est passé ensuite.

« Bon, d'accord, c'est vrai, ça l'était. Nous essayions tous les deux de trouver une solution à nos problèmes... On ne poursuivait pas les bons objectifs. Enfin, moi pas, en tout cas.

— Moi non plus. Et je suis sans doute encore dans la même situation.

— Alors, arrête ! » dis-je.

Il rit.

« Tout ce que je sais, c'est que je ne peux plus être aussi folle. »

Il y a une pause.

« Alors, je te rends folle ? »

Je lève les yeux au ciel.

« Ouais, comme maintenant ! »

Je soupire et me dirige vers les lumières de Lord Hall.

« Bon. Je dois travailler sur ma proposition. Arrête de m'embêter. »

Il rit.

« D'accord, Sophie Ha. Haha. »

Mon nom, encore une fois. Je déteste sentir mon cœur se serrer comme si c'était un sort qu'on me lançait. Je lui rends la monnaie de sa pièce, même si nous ne sommes sans doute pas à égalité.

« Salut, Xavier Yeh. »

Je dois tomber amoureuse d'un nouveau projet. C'est tout. Le dimanche soir, Emma vient étudier avec moi et quand je lui passe le bonjour de Xavier, son visage s'illumine. Je leur écris un message à tous les deux pour les mettre en contact et Emma lui en envoie un autre en privé. Je me sens bien, comme si je nous rendais tous plus forts. Et comme si j'enterrais l'ancienne Sophie.

Pendant une heure, je mâche un gâteau de lune aux haricots rouges et cherche comment appliquer l'apprentissage profond à des coupes de tissus cancéreux. Je lis ce que Victor m'a recommandé sur les radiologues et l'Ebola. Je plonge dans le travail de la Croix Rouge, qui crée des films de réalité virtuelle pour provoquer l'empathie envers les difficultés des camps de réfugiés.

« Si j'avais des millions de dollars, je les offrirais à la Croix Rouge », dis-je à Emma, qui est affalée sur ma chaise de bureau.

Ses cheveux noirs sont attachés avec un ruban rose.

« Mais je trouve tout ça… vraiment sec. Je préférerais lire *Vogue*. Est-ce que ça fait de moi quelqu'un de superficiel ?

— Bien sûr que non. Mais tu pourrais en donner l'impression à certaines personnes. »

Super. Je soupire et affiche l'interface de mon application *Miroir, Miroir* sur mon ordinateur portable. Une douzaine d'étapes à suivre me viennent à l'esprit. Ajouter plus de catégories au questionnaire du client, saisir les données dont Horvath m'a parlé. Longueur des parties du corps : les bras, le torse, les jambes. Taille de tee-shirt, de pantalon, des hanches, de la taille, du buste. Il avait raison d'insister sur les données. Je passe en revue les robes sur mon fil d'actualité d'Instagram et les étiquette avec des caractéristiques comme le nom du designer, la couleur, le style, le type de manches, et sans m'en rendre compte, j'ai intégré cinq cents échantillons.

Je me surprends à agiter les jambes et à fredonner.

« Les recherches se passent bien ? demande Emma.

— Je travaille sur *Miroir, Miroir*, avoué-je. Honnêtement, je ne veux travailler que sur ça. J'adore jouer avec les textures qui iront avec certains motifs et certains styles. C'est comme résoudre un casse-tête.

— Tu as l'œil. »

Emma met de la crème parfumée à la poire dans sa main. « Je l'ai remarqué tout de suite. »

Elle est tellement encourageante. Nous travaillons un moment dans un silence confortable qui sent la poire. Puis je me souviens.

« Xavier a dit que tu voulais être astronaute. »

Elle écarquille les yeux.

« Oh, j'avais complètement oublié. Il s'en souvient ? »

Elle sourit et me montre son projet, qui est rempli de données de la NASA et d'autres organisations de ce genre.

« J'ai encore un intérêt pour l'espace. »

Son projet est composé de calculs intenses et de science réellement poussée. Je promène mon doigt sur mon application bleu ciel où se trouve le dessin d'une fille joviale. À côté du projet d'Emma, le mien a vraiment l'air léger et frivole. Mais plus je passe du temps dessus, plus je me rends compte qu'il pourrait fonctionner.

Peut-être que je peux l'aborder différemment pour le professeur Horvath.

Je retourne sur Internet et effectue une recherche sur la mode et l'intelligence artificielle. De beaux modèles dans des motifs éblouissants, comme des aquarelles, des peintures à l'huile, des chefs-d'œuvre. Je pourrais les étudier pendant des heures : comment cette coupe sirène s'harmonise avec ces bottes, ou comment le bon collier met en avant un dos nu… Mais maintenant, je vois les choses sous un autre jour.

« *Le secteur de la mode est l'un des plus grands du monde, représentant plus de deux mille milliards de dollars*, dis-je en lisant un article. *Des marques prestigieuses utilisent l'intelligence artificielle pour peaufiner les* chatbots *et atteindre plus de clients*. Je ne comprends pas. Rien de tout cela n'a d'importance pour Horvath ? »

Emma joue avec son bracelet en fleurs de cerisier.

« Ma mère travaille dans le domaine du capital-risque. Elle dit que les trucs de femmes doivent toujours se conformer à des normes plus élevées. »

Je fronce les sourcils.

« Alors, qu'est-ce que je dois faire pour qu'Horvath prenne ma proposition au sérieux ?

— Change de projet. »

Emma rit.

« Pouah. »

Je lui jette mon oreiller au visage et elle l'évite.

« D'accord. Je vais demander de l'aide dans la ruche aux idées. »

J'entre dans le groupe de conversation de la croisière de l'amour, qui comprend désormais plus de cent étudiants.

Sophie : Les gars, j'ai foiré ma proposition de projet en informatique. Je voulais créer un assistant de mode, mais mon prof l'a refusé. Vous avez d'autres idées d'assistants ?

Marc : un assistant d'écriture

Spencer : un assistant qui t'aide à trouver pour quel candidat voter

Pierre : Ça me serait utile d'avoir une appli qui m'aide à trouver les meilleurs rouleaux de printemps de Virginie

Rick : Je suis en train de faire une analyse des talents sportifs pour aider les directeurs à construire les équipes

Sophie : Euh... En quoi l'analyse des talents sportifs est plus réglo qu'un assistant-styliste ?

Rick : J'ai pas dit que ça l'était

Hum. Juste pour voir, je cherche la valeur du marché sportif sur Google.

Le maximum que je trouve, c'est 1,3 mille milliards de dollars.

« La moitié du secteur de la mode », dis-je à Emma.

Mon téléphone sonne.

Debra : jette un œil à Beauty Blog : « La mode numérique : la prochaine vague de style ? »

Un instant, mais c'est ce que j'essaie de faire !

Atterrée, j'ouvre le blog, qui parle d'une boutique de vêtements de Taipei que j'adore. Son logo, un miroir de poche doré et orné des mots *Magic Silk* en lettres lilas, est affiché en haut de la page. Je raffole de leurs tenues ; elles sont élégantes, avec des couleurs enjouées, des mélanges de textures qui inspirent, et même des tissus tropicaux peints à la main. Mais je ne peux pas me permettre de les acheter. Ma robe préférée orange vif vient de leur magasin. C'est un cadeau de Tante Claire et je l'ai portée tout l'été. J'ai cherché des imitations au marché nocturne, mais n'en ai pas trouvé. Je suppose que c'est une trop petite boutique pour les contrefacteurs.

Et ils ont créé un styliste numérique top secret appelé Magic Mirror.

Nous scannons votre corps pour déterminer la tenue qui vous ira le mieux. Choisissez parmi des milliers d'articles à votre taille, en un seul clic.

« J'arrive trop tard », dis-je.

Emma lève les yeux.

« Quoi ?

— *Magic Mirror est actuellement en phase de test, a déclaré Rose Chan, la directrice générale. Nous avons hâte de le présenter au monde.* »

Je montre l'article à Emma.

« Quelqu'un d'autre est déjà en train de le faire. Ils ont le même nom aussi.

— Ça signifie que c'est un bon projet. Je parie que d'autres personnes le font également. Et je préfère le nom que tu as choisi. *Miroir, Miroir.*

— Alors, ça existe pour de vrai ! »

Je fais les cent pas dans ma chambre, encouragée.

« C'est exactement ce que je veux faire !

— Et si tu montrais l'article au professeur Horvath ? »

Je marque une pause et fronce les sourcils.

« Je pourrais, mais il n'y a pas beaucoup d'informations. Il n'y a même pas de photo de l'application.

— Tu pourrais appeler. Leur demander de faire une interview. Peut-être qu'ils accepteront de parler à une étudiante de Dartmouth.

— C'est comme ça que ça marche ? »

Les possibilités bouillonnent dans mon cerveau.

« Et si j'arrivais vraiment à leur parler ? »

Je passe en revue leur site web à la recherche de leurs coordonnées, jetant des coups d'œil aux mannequins habillées de guêpières élégantes.

« C'est lundi matin à Taipei, leur boutique est sans doute ouverte. Oh, mon Dieu ! Peut-être que je peux les joindre. »

Leur numéro me redirige vers une voix robotique qui me demande de donner mon nom et la raison de mon appel. C'est probablement un système généré par intelligence artificielle. S'il est aussi bon que leur styliste, peut-être que je pourrais parler à la personne dont j'ai besoin. Mais aucune des options n'inclut : *Puis-je interviewer l'inventeur de votre robot styliste avec intelligence artificielle ?*

Je navigue dans un labyrinthe de réponses enregistrées. Je suis sur le point de raccrocher avec désespoir quand une femme dit :

« Wéi, nǐ hǎo ? »

Une vraie personne ! Je passe au mandarin.

« Bonjour, je suis une étudiante de Dartmouth. J'ai lu un article sur votre application de styliste et j'aurais voulu en parler avec quelqu'un.

— Je suis désolée, je n'ai pas d'informations sur le sujet. Ici, c'est le service client.

— Savez-vous quel service travaille dessus ?

— Non. Essayez le siège social.

— Attendez, ne raccrochez pas ! dis-je. Quel est le numéro ? »

Mais elle a raccroché. Je soupire. Le labyrinthe ne me donnait pas la possibilité de contacter le siège social.

« Pas de chance ? demande Emma.

— Nada.

— Peut-être que tu pourrais leur écrire sur Instagram. »

Elle passe son doigt sur l'écran de son téléphone.

« Ouah, ils ont 1,2 million d'abonnés ! Laisse tomber. »

Mon cœur sombre et j'affiche leur page Instagram.

« Et ils ne suivent que quatre-vingt-dix-neuf personnes. »

Je m'affale à côté d'elle.

« Ils ont un sacré succès sur les réseaux sociaux. Horvath va devoir le prendre au sérieux. »

J'envoie un message sur Instagram.

> Je suis en première année à Dartmouth et fais des recherches sur l'apprentissage profond et la mode. J'ai lu un article sur votre application de styliste et je me demande si je pourrais en parler avec quelqu'un.

« Il y a vraiment peu de chances que ça marche », avoué-je.

1,2 million d'abonnés !

Cependant, je croise les doigts en regardant Emma.

« Mais ça ne peut pas faire de mal d'essayer. »

Elle lève les pouces.

« Saisis ta chance. Vas-y, Sophie ! »

Je vérifie ma boîte de réception de manière obsessionnelle pendant vingt-quatre heures, appelle le siège social de *Magic Silk* et suis redirigée vers le service client quatre fois. Je trouve une adresse électronique et leur écris le même message, mais obtiens une réponse automatique. Xavier m'envoie quelques questions sur le test de diagnostic qu'il a passé. Je lui réponds en ajoutant :

> J'ai une piste ! Souhaite-moi bonne chance !

Bonne chance ! m'encourage-t-il.

« Je n'ai plus beaucoup de temps », dis-je à Emma. Je ne suis pas encore tout à fait désespérée, mais presque.

Elle fait tourner son stylo dans sa main.

« C'est comme appeler Google ou Facebook et les interroger sur leurs algorithmes secrets. Tu n'as pas accès aux bonnes personnes. Est-ce que tu connais quelqu'un qui pourrait connaître quelqu'un là-bas ? Il te faut un moyen d'entrer.

— J'ai envoyé un e-mail à ma tante à Taipei, mais elle vient d'accoucher. Je ne pense pas qu'elle les consulte en ce moment.

— Si tu arrives à obtenir une interview exclusive, Horvath serait enchanté. »

Une interview exclusive ? Ouah. Elle joue dans une autre ligue que moi.

« Si je pouvais obtenir une interview tout court ! »

Je consulte mon compte Instagram de nouveau. On dirait une harceleuse. Les gens suivent les célébrités et leurs amoureux, mais moi, je suis obsédée par un assistant de mode…

Je suis en train de devenir une geek !

Je clique sur la liste de comptes qu'ils suivent, au cas où je connaîtrais quelqu'un qui connaît quelqu'un qui connaît quelqu'un sur les quatre-vingt-dix-neuf utilisateurs. Je vois les comptes d'Oscar de la Renta, de Louis Vuitton et de Prabal Gurung.

Je ris.

« Impossible. Je vois le prince du Maroc et la princesse Asuka du Japon. »

Puis je repère le dessin d'un dragon violet. Je n'arrive pas à y croire.

Xavier Yeh.

14

XAVIER

« Xiang-Ping. Monsieur Ramchandran m'a appelé. »

La voix de Ba est sèche à l'autre bout de la ligne. J'écarte mes cheveux et plisse les yeux face à la lumière du matin tout en essayant de comprendre de quoi il parle et en me demandant pourquoi j'ai répondu dans mon sommeil.

« Tu as échoué… »

Un rugissement explose dans mon oreille. J'éloigne le téléphone des cris que j'entends en arrière-plan. On dirait une émeute. Non pas que je puisse en imaginer une dans les rues de Taipei. Ba pousse des jurons à l'autre bout du fil. Quelque chose ne va pas. D'habitude, rien ne le trouble.

Je suis curieux, mais pas suffisamment pour poser la question.

Il est de retour.

« Tu t'en es très mal sorti avec tes tests de diagnostic. »

Vraiment ? Mon cœur sombre.

« Je pensais avoir des résultats pas trop mauvais. »

Pour commencer, je me suis présenté samedi. C'était ma première série d'examens. Ceux que j'ai passés il y a quelques années avaient été faits dans le secret avec un psychologue qui ne connaissait même pas mon vrai nom. C'était une évaluation orale et plusieurs casse-têtes qui me donnaient l'impression que j'avais un cerveau. Et je possédais plus de réponses que je ne l'imaginais, grâce à des films et à YouTube. J'ai même confirmé une question pour laquelle je n'étais pas sûr de moi avec Sophie et j'ai trouvé la bonne solution.

« Ton niveau de lecture n'est même pas à la hauteur de celui d'un enfant de huit ans ! »

Le trou dont je viens de me sortir à la force de mes bras… s'avère être niché dans un autre.

Je me redresse et repousse mes couvertures.

« Eh bien, à quoi tu t'attendais ? dis-je sèchement.

— Je ne savais pas que c'était aussi grave !

— Maintenant, tu le sais. »

Et si personne ne savait à quel point je suis mauvais, alors est-ce que tout ce que le doyen a dit concernant ma réussite scolaire cette année était… faux ?

« Monsieur Ramchandran dit que tu as refusé d'assister à la réunion avec le spécialiste en début d'année. »

Merci, monsieur le directeur.

« Toi aussi. »

Sa voix devient plus sèche.

« J'ai envoyé Mike.

— J'ai envoyé Mike aussi. »

Ba jure. À plusieurs milliers de kilomètres d'ici, il ne peut pas m'obliger à sortir de ce lit. Peut-être que je regretterai de l'avoir poussé à bout quand je serai mieux réveillé. Il me le fera payer à un moment ou à un autre. Mais pour l'instant, je peux savourer un des rares points que j'ai gagnés contre lui.

« J'ai engagé un deuxième professeur particulier pour travailler avec toi tous les soirs.

— Je n'ai pas besoin qu'un autre professeur particulier mette le nez dans mes affaires.

— C'est le meilleur spécialiste en lecture du monde. Et ce week-end, tu ne peux pas te permettre de perdre ton temps en venant au festival de la Lune. Je signifierai à Bernard de ne pas passer te chercher. De plus, j'ai des problèmes liés à l'entreprise. Ce n'est pas le moment que tu viennes.

— Je n'avais pas l'intention d'y aller.

— Apprends à lire, Xiang-Ping ! Je sais que tu en as la capacité.

— Je ne te comprends pas, dis-je. D'abord, tu dis que je suis un abruti. Maintenant, tu dis que je suis intelligent. Tu ne peux pas avoir les deux, Ba.

— Le chinois est graphique. C'est plus facile pour les dyslexiques, mais tu n'as jamais mémorisé les caractères. Tu perds du temps. Tu manques de *ténacité*. »

Il a déjà parlé de temps et de ténacité auparavant, mais pas en ce qui concerne le chinois. Soudain, je suis terriblement certain qu'il a raison. D'autres élèves dyslexiques semblent bien s'en sortir avec les pictogrammes. Moi, il me manque des cases. Et pour écrire aussi. J'ai essayé d'utiliser un logiciel de dictée hier soir, pour rédiger ma dissertation d'anglais, et j'ai fini par fixer mon écran vide du regard pendant deux heures. C'est comme si je n'avais pas ce qu'il fallait pour faire tout ça. Composer une dissertation de trois pages me prendra des mois. Si je dois en écrire deux, je peux tout aussi bien jeter l'éponge.

« Monsieur Ramchandran va travailler avec toi, dit Ba. C'est une bonne école, Xiang-Ping. Tu as tous les avantages. Je t'ai envoyé aux États-Unis pour que tu reçoives une excellente éducation. Ça se reflète sur moi que tu t'en sortes aussi mal.

— Désolé si tu te sens mal à cause de moi. »

Bing. La photo ensoleillée de Sophie s'affiche. C'est un appel vidéo entrant. Dieu merci.

« Je dois y aller, P'pa. C'était super de te parler, comme toujours. »

Je raccroche avant qu'il ne puisse répondre et prends l'appel de Sophie.

« Salut, Sophie.

— Salut, Xavier. »

Je découvre des montagnes vertes sous un ciel bleu derrière elle. C'est un soulagement de la voir. Comme manger des bonbons à la cenelle après avoir avalé un mauvais médicament chinois.

« Désolée d'appeler si tôt.

— Non, je suis content que tu l'aies fait. »

Je pose mes pieds par terre et ouvre les volets. Je pense à elle depuis notre dernière conversation, aux motifs pour lesquels les choses n'ont pas fonctionné entre nous pendant la croisière de l'amour. Elle aimait le personnage de Xavier et ça me convenait. Mais ensuite, elle en a voulu davantage. C'était peut-être à cause de cette tornade, mais elle m'a rendu fou et je crois que j'ai paniqué. Cependant, elle a raison quand elle dit que je devrais laisser les gens me connaître.

« Qu'est-ce qu'il y a ?

— Ne te moque pas de moi, d'accord ? Mais est-ce que je peux te poser une question ?

— Pourquoi est-ce que je me moquerais de toi ?

— Je suis une entreprise de mode qui est en train de créer un assistant-styliste numérique. Ils te suivent sur Instagram. Est-ce que tu les connais ? C'est *Magic Silk*.

— Je ne crois pas. Laisse-moi regarder. »

J'ouvre mon application Instagram. Le nombre de mes abonnés a deux chiffres maintenant. Comment est-ce arrivé ? J'ai posté les écureuils et une photo d'une femme qui vend des churros, principalement pour Sophie. Je ne me suis pas donné la peine de lire les clauses de confidentialité, mais j'aurais dû le faire.

« C'est quoi, leur logo ?

— Un miroir de poche. »

Le nombre de mes abonnés et celui des personnes que je suis sont à deux chiffres à présent, alors je ne sais pas quelle liste regarder avant de fouiller dedans. Sophie et ma cousine Gloria font partie des deux listes. Mais la plupart des artistes que je suis ne me suivent pas en retour. Ce qui me convient. Je ne m'attendais pas à ce qu'ils le fassent.

Je sors d'une liste et consulte l'autre jusqu'à ce que je trouve le miroir antique en or : un ovale qui entoure un diamant incliné et dans lequel un ovale plus petit en verre est incrusté.

« Ils appartiennent à ma famille. »

Elle soupire.

« Bien entendu.

— Qu'est-ce que je peux faire pour t'aider ?

— J'ai horreur de te demander une faveur, dit-elle, mais est-ce que tu serais d'accord pour me présenter à eux ?

— À ma famille ? »

Ça n'a pas de sens à mes yeux. Il y a une zone démilitarisée entre ma famille et le reste du monde. Les deux camps ne se parlent pas.

« Tu as déjà rencontré deux Yeh à problèmes. Tu veux en connaître d'autres ?

— Je souhaite créer un assistant-styliste personnel grâce à l'intelligence artificielle pour mon projet d'informatique, explique-t-elle. J'espérais pouvoir interviewer l'inventeur de l'application Magic Mirror pour montrer une vraie idée à mon professeur. Et peut-être obtenir des informations pour concevoir mon propre projet.

— C'est ma tante qui dirige Magic Mirror, dis-je. Je, euh, je ne connais pas son nom en anglais. Je l'appelle Tante Trois et tous les autres utilisent son nom chinois.

— Est-ce que c'est Rose ? Rose Chan ? Elle est citée sur le blog.

— Oui, c'est ça. C'est la mère de ma cousine Lulu. La troisième sœur de mon père. Elle vit à Taipei. Avant, j'allais visiter leur entrepôt avec ma mère. »

Ce sont de bons souvenirs. Des tasses de thé chaud. Des rouleaux de tissu dorés et lumineux dans une pièce confortable pendant que ma mère et mes tantes parlent de la famille. Je ne connais pas bien Tante Trois moi-même, car je ne lui ai pas rendu visite depuis des années.

« Peut-être que je pourrais faire un appel vidéo avec elle ? J'ai beaucoup de questions ! Par exemple, comment est-ce que Magic Mirror réalise ses recommandations ? Comment est-ce que l'application trouve ce qui va le mieux à une personne ?

— Je comprends. »

Cela ne me dérangerait pas de présenter Sophie à ma tante. C'est tellement rare d'avoir quelque chose à offrir à quelqu'un d'autre, et je veux l'aider après tout ce qu'elle a fait pour moi.

« Laisse-moi réfléchir à la manière dont je vais m'y prendre. Lulu me déteste et ma tante déteste mon père. Mais bon, moi aussi. »

Sophie grogne.

« Désolé. Ma famille est compliquée. »

Je grimace.

« Ça pourrait être pire que mieux si je lui pose la question. Tu ferais peut-être mieux de les appeler.

— J'ai essayé. Ils ont plus d'un million d'abonnés.

— Beaucoup plus que moi. »

C'est représentatif de ma famille également, les trucs célèbres.

« L'autre problème, c'est que je suis presque sûr que ma tante ne va pas en parler au téléphone. Elle ne t'apprendra rien d'utile. C'est la politique de Dragon Leaf. Ils se réunissent en personne. C'est déjà arrivé que leurs concurrents espionnent leurs téléphones et leur connexion Internet.

— Oh, non. Je me retrouve à la case départ. Je ne peux pas aller à Taipei. »

Bernard m'emmènerait à Taipei en jet si je le lui demandais, mais je viens de dire à Ba que je n'allais pas m'y rendre.

« Attends une seconde », dis-je.

Je dicte un message pour Ba.

> J'ai changé d'avis. Je dois aller au festival de la Lune ce week-end. Je vais appeler Bernard et tout organiser pour le jet.

Sa réponse arrive instantanément.

> Ba : Reste où tu es et réussis tes examens.

> Xavier : C'est le quatre-vingt-huitième anniversaire de Ye-Ye. C'est le festival de la Lune.

> Ba : On peut voir la même lune de loin. Tu n'as jamais voulu venir. Tu te plains à Bernard tous les ans.

« Merci de m'avoir dénoncé, Bernard », marmonné-je. Mais il essayait sans doute de m'aider à ne pas y aller.

> Ba : N'oublie pas notre marché. Tu dois avoir ton bac ou tu ne toucheras pas un centime de ton fonds fiduciaire.

Cette conversation ne mène nulle part.

« Sophie ?

— Oui ?

— J'étais censé me rendre à Taipei ce week-end. Pour le festival de la mi-automne.

— Tu as de la chance ! Je suis obsédée par les gâteaux de lune.

— Mon père a annulé mon vol. Je ne sais pas si je vais pouvoir y aller. Mais si j'y arrive, tu peux venir avec moi dans le jet. On partirait jeudi.

— Quoi ? Tu ferais ça ? C'est vraiment généreux !

— Mais il faut qu'il me donne l'autorisation d'abord.

— C'est dans deux jours ! Je suis à l'autre bout du pays.

— Je peux demander à notre pilote de te prendre en chemin. Il est tout le temps en train de passer à Paris et New York pour la famille. Mes tantes et mes cousines trouvent toutes les excuses possibles pour emmener leurs amies faire du shopping. »

C'est ma famille. Comment est-ce qu'on peut être du même sang ?

« Cette partie est facile à résoudre. D'habitude, il n'y a que moi, une douzaine de sièges et Bernard. C'est du gâchis de carburant. »

Le plan est parfait à tous les niveaux. Et je pourrai la revoir. Ma peau fourmille d'impatience. Je ne crois pas aux secondes chances. Je n'ai jamais récupéré une seule de mes anciennes petites amies après avoir rompu, et je n'ai jamais réussi à rester en lien avec elles. Je ne pense pas que Sophie et moi aurons une deuxième chance. Mais nous sommes restés amis, et c'est déjà quelque chose. J'ai envie de la revoir.

« Mais comment est-ce que tu vas obtenir l'avion ? demande-t-elle.

— Mon père veut que j'aie mon bac. Il faut que je trouve le lien entre le fait d'être à Taipei et mes notes.

— Comme pour mon projet, par exemple. »

Il y a un doute dans sa voix.

Je fais tourner la molette du cadenas à combinaison sur ma table de chevet. Ba m'a mis mat à chaque fois, mais un plan prend forme dans ma tête. Un moyen de gérer ma montagne de devoirs. Un moyen de forcer la main de Ba comme il l'a fait avec moi.

« Je vais parler à mes professeurs ce matin. »

Un grand sourire se dessine sur ses lèvres.

« Tu déconnes ? »

Je souris. Mais j'ai un plan.

« J'ai un devoir qui consiste à tourner un film. Je vais le situer à Taipei.

— Un projet ? Est-ce que ce sera suffisant pour ton père ?

— Il n'aura pas le choix si ça compte aussi comme dissertation d'histoire et pour mon devoir d'anglais sur le symbolisme. Le festival de la Lune a des symboles et ma famille est historique.

— Tu vas combiner les trois ?

— C'est toi qui m'as donné l'idée. »

Je prends une chemise dans mon armoire. Je n'ai jamais tourné de film auparavant, juste des petites vidéos sur mon iPhone. Mais je peux facilement joindre des segments de vidéos, même si je ne peux pas corriger une page remplie de mots. Je sens comment assembler les images, ce qui doit suivre une scène ou une autre. Je le fais par instinct.

C'est peut-être pour cette raison que je suis certain de réussir. Je n'ai jamais été aussi sûr de moi. Je mets un short.

« J'étais censé trouver d'autres options de devoirs. Ça augmente mes chances de franchir la ligne d'arrivée. »

Elle rit.

« Lors du dernier festival de la Lune, j'ai prié pour trouver un mari. C'est une vraie amélioration. »

Je ris aussi. Sophie Ha n'a jamais peur de faire preuve d'autodérision.

« Si je peux faire quoi que ce soit pour t'aider à obtenir ta liberté… »

Elle marque une pause.

« Je le ferai.

— Je ne t'ai pas encore rendu le service, mais avec le cerveau tout-puissant de Sophie Ha derrière mes devoirs, je pourrai peut-être avoir mon bac. »

Elle ricane.

« Geek à louer. Ça me ressemble tout à fait.

— Pas vrai ?

— Je ne sais pas. Peut-être. »

Je lui ai remonté le moral, et le mien… Et maintenant, je dois y arriver pour nous deux.

« Souhaite-moi bonne chance », dis-je.

15

SOPHIE

« Emma ! »

L'image de fleurs de cerisier est de travers sur sa porte, qui est entrouverte. Je la réajuste et frappe sur le battant en bois, puis l'ouvre.

« Salut, Emma ! J'ai contacté Magic Mirror… Oh ! »

Emma se redresse sur son lit. Un album photos glisse sur son pantalon sergé en coton. Elle passe une main sur ses joues. Elles sont humides. Ses yeux bleus sont rouges. Elle n'est pas du tout aussi calme que d'habitude.

Alarmée, je m'approche d'elle.

« Qu'est-ce qui ne va pas ? »

Elle sert son oreiller contre sa poitrine. Une main joue avec son bracelet en forme de fleurs de cerisier. Puis elle pose l'album sur ses genoux et l'ouvre pour me montrer la photo d'un garçon de notre âge avec des cheveux noirs et courts. Il est debout derrière un comptoir en verre rempli de bijoux. Son sourire est doux. Ses doigts potelés tiennent le bracelet qu'Emma porte au poignet.

« C'est ton bracelet, dis-je. Est-ce que c'est lui qui te l'a donné ? Qui est-ce ?

— Tu te souviens que je t'ai dit que j'avais juré aussi de ne plus sortir avec qui que soit ?

— Oui. »

Je m'installe à côté d'elle.

« Je sais pourquoi je l'ai fait, mais je ne vois vraiment pas pourquoi tu as choisi de le faire également.

— Je sortais avec lui. »

Elle pose un doigt fin sur le garçon.

« Miles Chen. Il voulait être écrivain. »

Elle tourne les pages jusqu'à une photo d'eux assis en bord de mer sous un parasol octogonal. Sa robe jaune vole dans la brise. Sur le tee-shirt du garçon est écrit NIETZSCHE EST MORT. Ils se sourient tout en se regardant dans les yeux, leurs nez ne sont séparés que d'un ou deux centimètres.

« Tu as l'air tellement heureuse, dis-je. Que s'est-il passé ?

— Il s'est noyé. Il y a environ un an et demi. »

Elle enroule ses bras autour de ses jambes. Ses cheveux doux tombent devant son visage.

« C'était un accident de bateau. Il aurait eu dix-neuf ans aujourd'hui. C'est son anniversaire.

— Oh, Emma. »

Comment a-t-elle pu cacher tout cela ?

« Et moi qui venais pour te parler de mon projet.

— Non, je veux tout savoir. Ce genre de chose arrive tout le temps. Mais la Terre continue de tourner, pas vrai ? Ma mère est sur mon dos pour que je tourne la page et que je sorte avec d'autres garçons. Je ne sais pas... Je suis contente que tu sois passée. Ce n'est pas une bonne journée pour être seule, mais je... je n'avais pas assez d'énergie pour trouver une amie. »

Qui aurait cru qu'elle subissait une chose pareille ? Je mets un bras autour d'elle et la serre contre moi.

« Comment était-il ? »

Une larme coule le long de sa joue, mais elle sourit.

« Bizarre, mais avec du charme. Il a lu des livres sur le couple pour mieux s'en sortir avec moi. Je lui ai juré qu'il me plaisait tel qu'il était, mais il cherchait tout le temps des astuces et les utilisait avec moi. »

Je souris à mon tour.

« C'est vraiment un truc d'intello. Et le tee-shirt Nietzsche ?

— Nietzsche a déclaré : *Dieu est mort*. Miles disait que Dieu avait ri le dernier. »

Son sourire s'estompe.

« Oh, Sophie. Il n'avait que dix-sept ans.

— Je suis profondément désolée. »

Elle éternue.

« Pouah. Je suis tellement allergique au New Hampshire. »

Elle essuie ses yeux avec un mouchoir.

« Il était toujours en retard, même pour les rendez-vous. Avant, ça m'énervait. J'avais l'impression que ça ne comptait pas autant pour lui que pour moi. Comme s'il n'avait pas hâte d'être avec moi, tu sais ?

— Bien sûr qu'il en avait envie. »

Je regarde leur cliché devant le château de Cendrillon à Disney. Il la soulève dans ses bras. La bouche d'Emma est ouverte tandis qu'elle rit d'un air surpris.

« Vous étiez adorables.

— Nous avions quelque chose de sincère. »

Elle passe un doigt sur le cadre autour de la photo.

« Je sais que c'était sincère et j'en suis heureuse. »

Leurs visages radieux touchent une corde sensible dans ma poitrine. Je ne crois pas que ce genre d'amour est au programme pour moi. J'ai beau avoir évité d'être la demi-sœur malfaisante cet été, je ne suis quand même rien de plus qu'une demi-sœur. Contrairement à Ever et Emma, je ne serai jamais la fille dans le carrosse doré. Mais ce n'est pas ce que je devrais désirer non plus. J'ai des projets à présent.

Emma referme son album.

« Le jour où il s'est noyé, nous étions censés nous retrouver pour manger des dim sum. Je pensais qu'il avait pris du retard et qu'il avait oublié d'appeler, comme d'habitude. J'avais tout un tas de plaintes prêtes pour lui.

— Oh, Emma.

— Après une chose pareille, rien n'est jamais vraiment important, tu sais ? »

Elle doit être un ange incarné. Elle a été envoyée ici pour faire de moi quelqu'un de meilleur par osmose.

« Enfin, je n'arrête pas de parler…

— Non, je suis contente que tu me l'aies dit. »

Elle sourit.

« Moi aussi. Mais tu étais tellement enthousiaste quand tu es arrivée. Qu'est-ce qui se passe ? »

Un sourire se dessine sur mon visage.

« Magic Silk appartient à la famille de Xavier.

— Tu déconnes ! »

Elle secoue légèrement la tête.

« Est-ce qu'il y a encore quoi que ce soit que les Yeh ne possèdent pas ? »

Je lui explique la connexion.

« Il m'a proposé d'aller à Taipei ce week-end. Il doit encore régler certaines choses. Mais s'il y arrive, *je vais interviewer la créatrice. En personne !*

— C'est génial !

— Le timing est parfait. La date limite pour Horvath, c'est dimanche. Si je peux lui montrer un véritable projet de technologie avant ça, je devrais avoir une chance d'être acceptée dans son cours. Je pourrai apprendre à unir la mode à l'intelligence artificielle. Ça serait tellement amusant. Et peut-être qu'il pensera à moi pour son laboratoire et que tout le monde oubliera cette vidéo de maquillage débile.

— C'est incroyable que Xavier t'aide à faire tout ça. Ça en dit long sur lui. »

J'y ai réfléchi aussi. Dans l'univers de Xavier, est-ce que c'est un service normal à rendre à une amie ? Même à une bonne amie ? Non... Je ne peux pas m'autoriser à interpréter quelque chose qui n'existe pas dans tout cela. Je ne peux pas me le permettre.

« Il ferait la même chose pour n'importe quel élève de la croisière de l'amour qui se retrouverait dans ma situation. »

Je le crois vraiment.

« Il est généreux. Et ça pourrait lui être utile aussi... Enfin, ce n'est pas encore fait.

— J'espère que ça fonctionnera. Taipei pendant le festival de la Lune, c'est un délice.

— Et si tu venais avec nous ? »

Je lui prends la main.

« C'est l'occasion idéale ! Tu pourrais renouer le contact avec Xavier !

— Oh, vraiment ? »

Elle écarquille les yeux et serre ma main dans la sienne.

« Tu ne crois pas que ça va le déranger ? Est-ce que tu pourrais lui poser la question ?

— Bien sûr. Il a dit que c'était du gâchis de carburant que l'avion ne transporte qu'une ou deux personnes. »

Je sors mon téléphone et réponds à la publication d'Ever à propos de son audition :

Sophie : Salut, @Ever ! @Emma @Xavier et moi allons peut-être aller à Taipei aussi !

Sophie : Pour le festival de la Lune et un projet. On se voit là-bas !

Ever : LES RETROUVAILLES DE LA CROISIÈRE DE L'AMOUR !

Le téléphone d'Emma sonne en même temps que le mien.

« Oups. »

Je fronce les sourcils en voyant mon écran s'illuminer.

« Je ne voulais pas publier ça pour toute la communauté de la croisière de l'amour. »

Les réponses commencent à affluer.

Marc : Une réunion d'anciens ! Je veux y aller

Lena : Si seulement je pouvais ! J'ai cours vendredi

Spencer : Comment vous y allez ?

Sophie : L'avion de Xavier. S'il arrive à l'avoir

Priscilla : Preum's pour l'avion

Bert : Pareil

Ouah. Je ne connais même pas tous ces gens.

Sophie : Attendez. Je vais demander, mais c'est l'avion de la famille de Xavier

Bert : Il y a de la place pour plusieurs personnes chez mon oncle

Priscilla : Mes camarades de chambre de la croisière de l'amour sont à Taipei. Ils viendront

Priscilla : On peut dîner dans la cantine de Chien Tan ! Pour ceux qui n'ont pas trouvé leur moitié pendant la croisière de l'amour #DeuxièmeChancePourlAmour

Toute cette histoire prend vie toute seule. Je baisse mon téléphone et regarde Emma.

« Si d'autres personnes viennent, on pourrait faire une pause vendredi soir. Pourquoi pas ? »

Sophie : Taipei 101, c'est mieux que le campus…88e étage !

Priscilla : Vu que tu es tellement cool @Sophie, pourquoi tu n'organises pas les retrouvailles ?

Ever : Oooh @Sophie, tu organises des fêtes super

« Une seconde, ce n'était pas ce que j'avais en tête. Je n'ai pas le temps d'organiser une fête à Taipei, dis-je à Emma. Je dois travailler sur ma proposition. »

Priscilla : Ce ne sont que de belles paroles.

Aïe.

« C'est qui, Priscilla ? demandé-je à Emma.

— Elle était dans mon programme, dit Emma d'un air confus. Elle n'est pas méchante quand tu apprends à la connaître, mais elle lance des remarques pas très sympa et elle n'a pas de filtre.

— Ah, d'accord.

— Mais une réunion des anciens élèves ! dit Emma. On pourrait revoir tout le monde !

Faire du shopping ensemble à Taipei 101, éveiller nos cinq sens dans le marché nocturne. Je ne vais pas me faire prier !

« Ce serait vraiment super. »

Je m'imagine déjà serrer Ever et Rick dans mes bras.

« C'est exactement ce qu'il me faut. »

Emma s'assoit sur ses pieds et prend son téléphone.

« Je peux demander à ma famille de sponsoriser le dîner.

— Tu es sérieuse ?

— Oui, si je leur dis que je veux organiser une fête pour des amis, ça leur ira. Je ne le fais pas souvent, alors ils ont confiance en moi.

— Ouah, Emma. Il n'y a rien de tel que de la nourriture gratuite pour organiser une bonne fête. Je peux m'occuper de la réservation et planifier le menu. Je suis douée pour ce genre de choses. On indiquera que ta famille est le sponsor.

— Ça leur fera plaisir. »

Je me suis un peu trop avancée, mais je suis sûre que Xavier et moi pourrons y arriver.

J'écris sur le groupe de discussion pour annoncer la nouvelle.

> Sophie : Ok tout le monde. Retrouvailles de la croisière de l'amour au sommet de Taipei 101 vendredi soir, avec un dîner sponsorisé par la famille généreuse d'@Emma. Je vais réserver le restaurant. Likez ce message si vous êtes partant.

Ever, Priscilla, Marc et Bert le font. Puis six autres personnes, trois que je ne connais pas en plus de Rick, Spencer et Debra. C'est plus que ce que je croyais. Mais je peux le faire. Sophie le robot à huit bras peut s'occuper de deux projets en un week-end les yeux fermés.

« J'ai tellement hâte de revoir Xavier ! dit Emma. Je veux dire, on est adultes maintenant. Franchement, depuis que j'ai vu sa photo dans ta chambre, je n'arrête pas de penser à lui. Nous étions si proches. C'est super que tu nous aides à nous retrouver. »

Je ressens une pointe de mélancolie. Elle vient de son monde pour de vrai. Moi, j'ai passé l'été à faire semblant. Et peut-être que c'est ce qu'elle a traversé qui lui a appris à être aussi robuste. Emma serait parfaite pour lui.

Et vice-versa.

« Lui et toi êtes de très bons amis, pas vrai ? » demande-t-elle.

Vraiment ? Je me suis rendu compte que le fait de lui parler me calmait et me stimulait plus que tout. Même s'il me rend folle, comme je le lui ai dit.

« Je ne sais pas. Je crois.

— Est-ce qu'il sort avec quelqu'un ?

— Non, je suis presque sûre que non. Personne de la croisière de l'amour. Et il vient de déménager à Los Angeles.

— Est-ce que tu penses… que tu pourrais tâter le terrain pour moi ? »

Elle cache son visage.

« Je n'ai pas appris comment tout ça fonctionne. Pour être honnête, jusqu'à l'an dernier, j'ai toujours eu un petit ami. Je ne sais même pas comment on… fait un signe ? Pouah. J'ai besoin de ton aide. »

Mon sourire s'efface. *Oh, non !* C'est une chose de les aider à renouer, mais c'en est une tout autre de les pousser activement l'un vers l'autre.

Mais c'est peut-être ce qu'il me faut pour me libérer complètement et passer à autre chose. Et pour elle aussi.

« Oui, je vais faire ce que je peux. Je suis sûre qu'il va tomber amoureux de toi dès qu'il te parlera. »

Je la serre dans mes bras et caresse ses cheveux soyeux, puis je ravale une petite pointe de jalousie qui érafle mon cœur.

« Bon, alors, on va manger ces dim sum ? »

Elle sourit.

« Allons-y. »

16

XAVIER

« Je ne vais pas te laisser faire perdre du temps à ma mère pour que tu impressionnes une fille. »

Lulu referme brusquement son casier en me fusillant du regard. Elle passe sa tresse noire par-dessus son épaule.

« Tu peux faire une croix là-dessus.

— Ce n'est pas juste une fille. »

Ma voix devient plus cassante. Je m'étais attendu à ce qu'elle résiste, mais pas à ce qu'elle refuse tout net. Et je ne pensais pas qu'elle allait s'en prendre à Sophie.

« Sophie est une bonne amie. Elle veut rencontrer ta mère pour une vraie bonne raison. Elle est étudiante à Dartmouth. »

Mark m'a dit que Lulu désirait aller à Dartmouth. Elle pourrait recevoir des conseils de Sophie. Elle pourrait finir là-bas avec elle. Ma cousine fronce davantage les sourcils, comme si elle s'efforçait de deviner ce que j'essaie de faire.

« Je ne te dois rien, dit-elle. Et surtout pas après ce désastre pathétique au Club Pub. »

Elle passe sa sacoche d'ordinateur sur son épaule et descend le long du couloir à grands pas. Je me précipite derrière elle. Le Club Pub n'était pas mon heure de gloire, certes, mais c'est complètement dingue que je ne puisse même pas m'entretenir avec ma propre tante.

« Écoute, Lulu...

— Elle ne peut pas parler au téléphone de...

— Je sais. La politique de Dragon Leaf. »

Elle hausse les sourcils, mais ne ralentit pas. L'esquisse d'un sourire vacille sur son visage.

« Quand ta famille est difficile à expliquer, c'est agréable de ne pas avoir à le faire. »

Bon. On progresse.

« Nous allons aller à Taipei et nous pourrons retrouver ta mère au siège social.

— Tu es courant que Dragon Leaf a des tas d'ennuis en ce moment ?

— Pas vraiment, avoué-je.

— Tu fais vraiment l'autruche.

— Je préfère ça plutôt que d'être *la honte de neuf générations*. C'est comme ça que Ba m'a appelé quand les choses ont merdé dans mon ancien lycée.

Lulu ralentit devant sa salle de classe.

« Je dois y aller.

— Attends. »

Je lui prends le bras. Peut-être que tout serait effectivement plus facile si je lui parlais de ma dyslexie. Au moins, je pourrais effacer ma réputation de fainéant. Mais les antécédents de ma famille en ce qui concerne ce sujet ne sont pas bons et *mes* antécédents avec ma cousine ne sont pas vraiment fameux non plus.

« Qu'est-ce que tu veux de moi ? Je te jure que je ne me ferai plus remarquer à partir de maintenant et que je ne te mettrai plus mal à l'aise. »

Elle libère son bras.

« C'est le moins que tu puisses faire. Et je ne suis pas sûre que tu y arriveras. »

Je laisse échapper un soupir exaspéré.

« Lulu, Sophie est brillante. Elle a un très bon sens de la mode et elle sait ce que les jeunes portent. C'est un vrai talent que ta mère pourrait rencontrer. »

Ce n'est pas une exagération. Et les membres de ma famille disent souvent que leurs affaires consistent plus que tout à dénicher des talents.

Elle fronce les sourcils.

« Tu en fais beaucoup pour cette fille. »

Peut-être bien que oui. D'habitude, je ne suis pas le mec sur qui on peut s'appuyer. Mais je veux que les choses soient différentes cette fois.

« Ce n'est pas juste pour elle, dis-je. J'y vais pour mes devoirs. Ça compte pour mes notes. Ou du moins, ça comptera.

— Je ne veux même pas savoir ce que ça signifie. »

Elle ouvre la porte de la salle de classe.

« D'accord. Je te donnerai la réponse de ma mère. »

Oui ! Je souris. J'y suis presque.

Madame Popov est la plus facile à convaincre. J'ai à peine fini d'expliquer mon idée de film sur le festival de la Lune qu'elle se lève de sa chaise et fouille dans son placard. Elle me tend une caméra noire qui fait la taille et le poids d'un chiot.

« C'était la mienne, mais j'en ai fait don à l'école. Je n'ai pas encore trouvé d'étudiant qui veuille l'utiliser. »

Je glisse ma main dans la sangle tissée. Mon pouce se cale confortablement sur la rainure usée. Curieusement, le monde est grossi sur l'écran. Il est plus lumineux. On dirait une extension de ma propre vision.

« Je peux l'emprunter ?

— Oui. La qualité est incroyable. Je n'ai jamais retrouvé une telle caméra. Si j'étais musicienne, ce serait ma guitare fétiche. Alors pour ce projet, utilise amplement le symbolisme et notre rubrique d'évaluation, et... »

Si j'étais Sophie, je prendrais madame Popov dans mes bras sur-le-champ. Ça fait une. Il m'en manque deux.

Madame Castilla, la professeure d'anglais, est plus difficile à convaincre. Elle enfonce un crayon dans la masse de ses cheveux frisés tandis que je lui explique mon idée.

« Comment est-ce que tu penses incorporer nos devoirs ?

— Nous étudions la littérature étrangère, pas vrai ?

— Shakespeare ? »

Elle sourcille.

« C'est en anglais, mais oui, ce n'est pas américain.

— Le festival de la Lune est une grande fête familiale à Taipei. Je peux en raconter l'histoire.

— Comme dans un documentaire ? »

Ça donne l'impression que c'est très officiel.

« Oui.

— Est-ce qu'il y a des mythes à ce sujet ? Des traditions ?

— Quelques-uns. »

Comme Chang E qui a volé jusqu'à la lune, un récit dont tout le monde a entendu parler.

« Je ne les connais pas très bien. »

Son visage s'affaisse quelque peu et j'ajoute rapidement :

« Je veux dire, je sais ce que ma famille fait. Ils parrainent le pavillon des gâteaux de lune dans le cadre d'un festival international. Ils font don d'un millier de gâteaux de lune, il y a de la musique et des food trucks. »

Elle ne mord pas à l'hameçon. Je continue.

« Shakespeare a écrit *Hamlet* en partie à cause de la mort de son fils. Il s'est inspiré des légendes nordiques. »

C'est Sophie qui me l'a appris. Grâce à elle, on dirait que je sais de quoi je parle.

« Alors, je vais tourner un film inspiré de l'histoire de ma famille à Taipei.

— Oui, ça me plaît. Une histoire que tu es le seul à pouvoir raconter. Et tu pourrais couvrir deux des procédés littéraires que nous voyons en cours. L'ironie et la métaphore, peut-être ? »

Mince, est-ce que je viens de promettre que j'allais écrire mon propre *Hamlet* ?

Mais elle est partante aussi. Peut-être que Sophie pourra me prêter une partie de ses neurones pour trouver ce que nous allons filmer.

« Bien sûr, madame Castilla, dis-je. Pas de problème. »

✥

Je garde monsieur Abadi, le professeur d'histoire, pour la fin. De tous mes enseignants, c'est le moins flexible. Dans sa classe, je le trouve avec une tasse de café en métal à la main. Il est en train de visionner... un documentaire en noir et blanc sur les Rockefeller.

Une famille puissante et dynastique composée de capitaines d'industrie, qui a de la richesse et des privilèges. Je sens le sourire se former sur mon visage. Peut-être que mes ancêtres sourient aussi en me regardant, non pas que je croie à ce genre de choses.

Monsieur Abadi met la vidéo en pause et place sa tasse entre nous tandis que je lui parle de mon idée.

« Pour la dissertation sur les personnalités importantes, je veux faire un documentaire sur ma famille. »

C'est étrange : plus j'en parle, plus j'ai envie de le faire. Ce serait amusant de saisir l'énergie des vendeurs de rue, avec le poulpe grésillant et la fumée qui s'élève des grils en fonte !

« C'est un long voyage pour un projet scolaire. Et ça ne correspond pas à ce que nous faisons, dit monsieur Abadi. Nous évoquons les personnalités importantes dans l'Histoire. Pas dans la famille. »

C'est pour cette raison que je suis venu le voir en dernier. J'ai passé ma vie à utiliser des stratégies pour m'en sortir à l'école, et maintenant, je vais exploiter mon atout. Celui que je n'utilise jamais.

« Ma famille remonte loin dans l'histoire de Taïwan, des livres ont été écrits sur eux. »

Les mots ont la texture de la poussière dans ma bouche. Généralement, je ne m'enorgueillis pas de ma famille, et je ne vante certainement pas ses réussites.

« À Taïwan, ils sont sans doute aussi importants que les Rockefellers. »

Il met sa tasse de café de côté et ouvre l'espace entre nous.

« Dis-m'en plus.

— Ils vivent sur l'île depuis plus de trois cents ans. Mon arrière-grand-père a fondé une des plus anciennes entreprises de technologie de Taïwan. C'est mon père qui la dirige maintenant. Tous les ans, ils font don d'un millier de gâteaux de lune à la communauté. Je pourrais faire tout le documentaire rien que sur ça.

— L'histoire vivante. Je vois où tu veux en venir. »

Il ouvre son tiroir et me tend une carte postale de musée sur les Rockefeller.

« Si tu focalises ton documentaire sur ton grand-père et que tu fais une interview de lui et de quelques autres personnes importantes de l'entreprise, je peux te donner mon approbation. »

Je lève les yeux de la carte postale.

« Mon grand-père ?

— Et ton père. »

Mon plan s'est retourné contre moi. J'essayais d'avoir le beurre et l'argent du beurre : utiliser ma famille pour faire le devoir que je voulais, mais sans avoir à leur parler.

« Je pensais me concentrer sur le festival de la Lune.

— Le devoir est sur les personnalités importantes. La manière dont ils transmettent un héritage. La manière dont les individus ont une influence sur l'Histoire. »

Je n'arriverai jamais à supporter une interview de dix minutes avec Ba. Je m'imagine en train de lui tendre le micro.

Qu'est-ce que ça te fait d'être le patriarche d'un des plus grands empires d'Asie ?

Xiang-Ping, un jour, je mourrai et laisserai mon empire tomber en ruines entre les mains de mortels insignifiants comme toi. Comment je me sens en y pensant ? Terriblement mal.

Ba est la pilule empoisonnée dans mon plan magistral.

« Je suis désolé. »

Je me lève.

« Je ne pense pas que ça va aller avec mon devoir d'anglais. Madame Castilla veut une histoire comme celle de *Hamlet*. Des procédés littéraires. Des gâteaux de lune ; ce sont des symboles.

— Si je me souviens bien, Hamlet est une histoire sur les pères et les fils. Je vais lui parler. »

J'ai gagné, mais j'ai un arrière-goût amer dans la bouche. Un devoir pour trois cours, un voyage à Taipei et un moyen d'aider Sophie… Mais maintenant, je dois lécher les bottes de Ba. Sophie a intérêt à apprécier mon geste. Et ce que je veux dire par-là, c'est qu'elle a intérêt à faire la moitié de ce projet avec moi.

Mon portable vibre, indiquant que j'ai reçu un message de Lulu. Elle ajoute un grand pouce jaune à la fin. Alors comme ça,

Tante Trois est d'accord. Ouah. Tous les éléments se sont mis en place.

Je loge la carte postale des Rockefeller dans ma poche. Ainsi, on va vraiment le faire ! Je dois juste m'assurer que Ba ne gâche pas tout pour Sophie et moi.

« Je comprends, monsieur Abadi. Vous ne serez pas déçu. »

Xiao-Mei,

Je vais à Taipei ce week-end. J'ai besoin d'interviewer mon père pour un projet scolaire qui compte pour trois notes dans trois matières. Il peut appeler mon doyen s'il a des questions.

Est-ce que tu peux m'inscrire dans son calendrier pour vendredi, aux environs de midi ? Je serai à l'appartement pour la fête de mon grand-père.

Dix minutes, ce sera plus que suffisant.

X

Je suis tombé bien bas pour prendre rendez-vous avec Ba.

17

SOPHIE

Cher professeur Horvath,

Je vous remercie pour vos commentaires sur ma proposition. Ce week-end, je vais faire plus de recherches sur l'assistant de mode avec intelligence artificielle et je vous enverrai mon projet avant la date limite, dimanche.

Merci de m'avoir donné une seconde chance !

Cordialement,

Sophie

Sophie : SALUT, LA CROISIÈRE DE L'AMOUR !!! Voilà le programme (heure locale) :

Fête dans l'avion jeudi (il y a six places, premier arrivé, premier servi, merci @Xavier !)

Départ à 5 h du mat' dans le New Hampshire (@Sophie @Rick @Emma)

Ramassage à Cleveland jeudi à 7 h du mat' (@Ever)

Ramassage à LAX jeudi à 8 h 30 du mat' (@Xavier @Marc)

Taipei 101, 88e étage, vendredi soir (merci @Emma de sponsoriser le dîner !)

Festival international samedi soir à 18 h (pensez aux… gâteaux de lune !)

Jet de retour dimanche à 23 h

Rick : FIESTA À TAIPEI

Bert : Tout le campus d'Ocean est dans le coup !

Sophie : Sérieusement ? Combien ?

Laura : Si seulement je pouvais être là !

Lena : Tu pourrais publier en direct les bons moments ?

Sophie : Tout ! 24/7 !

Sophie : Likez ce message si vous avez un permis de Taïwan ou international

Kelly : Salut, je suis nouvelle sur ce forum. Mon groupe du troisième étage vient d'apprendre que vous organisiez tout ça. Pourquoi est-ce que vous ne nous avez rien dit ? Pourquoi est-ce qu'on n'était pas invités ?

Sophie : Ooooh ! Tout le monde est invité. Dis-moi combien et je vais modifier la réservation.

Bert : On est 23 d'Ocean

Sophie : PARDON ?

Kelly : J'aurais préféré être au courant plus tôt pour ne pas avoir à me précipiter

Priscilla : Ça m'a l'air un peu désorganisé

Sophie : Euh, je ne suis pas responsable. Je réserve le restau, c'est tout

Joella : Est-ce que @Xavier sera là ? Est-ce que quelqu'un peut faire en sorte qu'il vienne ?

Debra : x2 on se voit à Taipei !

18

XAVIER

L'ironie me frappe alors que je suis en train de faire mon sac. Je me plie en quatre pour traverser l'océan et voir ma famille. Pour le quatre-vingt-huitième anniversaire de Ye-Ye et tout le cirque.

Je prends leur jet chic, comme un sale hypocrite.

Mais en réalité, ce voyage, c'est mon adieu. Je dis adieu à tous ces détraqués de Yeh et leurs problèmes à la con.

Quand j'aurai réussi mon projet, je serai sur la bonne voie pour récupérer mon fonds fiduciaire et ensuite, Ba ne pourra plus jamais me toucher. Plus de garde du corps pour m'obliger à aller où que ce soit et me tenir en laisse. Je n'aurai plus à faire le clown et on ne coupera plus mes cartes de crédit. Je construirai ma vie où je veux et comme j'en ai envie. Je n'aurai plus jamais besoin d'y retourner et de les revoir.

Le voyage qui met fin à tous les autres voyages.

Bon, on respire. On décolle.

19

SOPHIE

AÉROPORT MUNICIPAL LEBANON, NEW HAMPSHIRE

Je vais revoir Xavier dans sept heures. Et je suis sur le point de faire mon premier vol en jet privé. Et je vais rencontrer le créateur de Magic Mirror. La réunion d'anciens élèves s'emballe un peu, mais tant que je trouve quelques divertissements, je suis sûre que la fête se déroulera sans problème.

J'ai tellement hâte que je suis sur le point d'entrer en éruption comme un volcan, alors je prends un million de photos pour mes frères jusqu'à la piste privée à l'aéroport. Le petit jet blanc est charmant : pas plus grand qu'un bus scolaire, lisse et brillant sous la lune d'automne. C'est exactement ce à quoi je m'attendais de la part des Yeh : quelque chose d'élégant, et même d'artistique… et de séduisant.

« Salut, mocheté ! »

Mon grand cousin trotte vers moi depuis l'aéroport, vêtu d'un tee-shirt des bulldogs de Yale à moitié rentré dans son pantalon. Il a coupé ses cheveux noirs très court. Le voir me donne la sensation d'être serrée dans des bras chaleureux.

« Rick ! »

Je lui fais un signe de la main, puis laisse tomber mon sac à dos et écarte les bras lorsqu'il arrive près de moi. Mais il me soulève, me passe par-dessus son épaule et se met à tourner en tenant mes cuisses d'un bras tandis que je le frappe entre les omoplates en riant.

« Repose-moi, grosse brute ! »

Il finit par m'obéir ; je retire une mèche de cheveux de ma bouche et lisse ma robe.

« Tu es fou ! »

Il a toujours été joueur, mais une nouvelle lumière brille en lui depuis qu'il sort avec Ever. J'en suis ravie.

Rick passe un bras épais autour de mon cou et m'attire contre lui tandis que nous nous dirigeons vers la piste.

« Je t'en supplie, sois prudente ce week-end, dit-il. Je ne veux pas avoir à te récupérer à la petite cuillère et te mettre dans un sac pour te renvoyer à la maison. »

Mon cousin me connaît trop bien, sans parler du fait qu'il a été au premier rang pour observer mon comportement désastreux avec Xavier.

Je reste enjouée.

« Où est-ce qu'on mettrait mes chaussures, dans ce cas ?

— Très drôle. »

Mais après m'être sentie tellement stable avec Emma, maintenant que je suis là, je suis terrifiée. Je me précipite sur une route directe vers Xavier. J'ai envie de l'aider à réussir son projet de film et à échapper à son père.

Mais j'ai aussi peur de mon propre traître de cœur. Sans parler de l'apparition possible de ma tornade.

« En parlant de valise, où est ton attirail ? »

Rick fait semblant de chercher derrière nous.

Je secoue légèrement la fermeture Éclair de mon sac à dos. Si je continue de jouer la Sophie guillerette, elle finira par prendre le dessus.

« Je suis fière de t'annoncer que j'ai réussi à ne prendre que deux tenues, un pyjama et une paire de chaussures de danse. »

Contrairement à mon voyage à Chien Tan, où j'ai apporté la plus grosse valise de la Côte Est, qui n'était toujours pas assez grande.

« Fais-moi confiance, Rick. Je suis une nouvelle Sophie Ha.

— Il faudra le voir pour le croire. »

Je lui donne un coup de hanches.

« Je vais passer tout le trajet à œuvrer sur mon projet d'informatique. Je veux finir la deuxième ébauche de proposition avant notre arrivée à Taipei. Et je dois préparer les questions pour la tante de Xavier.

— Cool. Je peux y jeter un œil si tu le souhaites.

— Fais attention à ce que tu proposes. Je vais te faire travailler tout le temps. Comment tu as vécu le fait d'être loin d'Ever ?

— Ça a été une torture. Je meurs d'envie de la voir. Je ne pensais pas que ça se passerait comme ça. Je n'ai jamais eu autant besoin d'être avec quelqu'un auparavant. J'ai toujours été tellement indépendant, tu sais ?

— Et maintenant... soliloque !

— La ferme. »

Il essaie d'attraper mon nez et je l'évite en riant. Mais ensuite, son sourire s'efface.

« Elle doit être acceptée de nouveau à Tisch, près de moi, ou je ne pourrai pas survivre aux quatre prochaines années.

— Elle y arrivera, dis-je. Personne ne le mérite plus qu'elle.

— Amen », dit-il avec ferveur.

Nous sommes arrivés au jet. *LYNN* est inscrit sur le côté en lettres dorées. Une personne ? Je prends une photo tandis qu'un homme portant une casquette violette s'avance sous les escaliers métalliques. Son visage ridé a la forme d'un carré de la chance et ses yeux marron brillent.

« Bernard ? demandé-je.

— Oui, Ha Xiao Jie. »

Il touche sa casquette.

« Ravi de rencontrer l'amie de maître Xavier. »

Maître Xavier. Rick grimace, mais Xavier est tellement peu prétentieux qu'entendre son titre officiel est plus amusant qu'autre chose.

« Je vous présente mon cousin Rick. Mon amie Emma est en chemin.

— Bel appareil. »

Au moins, Rick est poli.

« Combien de temps faut-il pour arriver à Taipei ?

— Depuis Los Angeles, huit heures. »

Rick siffle.

« Presque la moitié du temps de vol normal. »

Alors, ce n'est pas n'importe quel jet privé, c'est un avion perfectionné.

« Qui est Lynn ? demandé-je.

— La défunte femme de monsieur Yeh », répond Bernard.

La mère de Xavier.

« Oh ! C'est... adorable. »

Cependant, je ne m'étais pas du tout attendue à une chose pareille de la part de cet homme.

Nous montons les marches derrière Bernard pour entrer dans la cabine de la taille d'une chambre, avec des sièges en cuir couleur crème disposés en quatre rangs, deux de chaque côté. Les sièges ont assez de place pour pivoter les uns en face des autres autour d'une table pliante carrée. Des couvertures en laine violettes sont posées en tas sur l'assise 2A. Je descends l'allée centrale vers les deux portes situées à l'arrière. L'une d'elles, sur le côté, mène à la salle de bains avec un lavabo en marbre bleu cobalt et une douche carrelée.

« C'est plus beau que notre salle de bains à la maison. »

Mon reflet, des cheveux noirs qui tombent sur mon haut sans manches violet, se tasse un peu. Pendant la croisière de l'amour, nous dormions tous dans les mêmes lits et nous prenions les mêmes taxis. Maintenant, je vois les coulisses de la vie de Xavier Yeh, et il répond exactement à la description qu'il a faite à son professeur... un Rockefeller.

Arrête. C'est le même mec à qui tu parles depuis la croisière de l'amour.

La deuxième porte sépare la cabine principale d'une chambre ronde. À l'intérieur, l'air de la climatisation me frappe au visage. Deux fenêtres rectangulaires sont collées à deux sièges en cuir, rabaissés pour former un lit king size. De gros oreillers en plumes et un édredon violet plié en quatre sont posés dessus.

« Une chambre individuelle. Sympa. »

Je prends une photo et la publie sur le groupe de discussion de la croisière de l'amour.

« Je me demande combien de descendants des Yeh ont été conçus ici. »

Rick met un bonbon à la menthe dans sa bouche.

« Arrête. »

Je pose mes mains sur mes oreilles.

« Nous sommes à deux heures d'Ever Wong. Je ne veux pas savoir à quoi tu penses. »

Rick affiche un grand sourire.

« Désirez-vous un encas avant le décollage ? » demande Bernard, qui est debout derrière le minibar à l'avant.

Rick et moi le rejoignons et nous servons des friandises américaines et chinoises. Des prunes, que mes frères détestent, mais que j'adore. Des Sunchips, que j'aime grignoter aussi. Une boîte de barbes de dragon fraîches, encore douces. Des gâteaux à l'ananas. Ce sont mes aliments préférés, et ceux que j'ai mangés pendant la croisière de l'amour.

« Lait de soja, shaobing, du porc ou du taro dans le four, au chaud », dit Bernard.

Je prends une boîte de gâteaux de lune enveloppée dans du papier d'aluminium et du papier doré et défais le ruban violet.

« J'ai déjà goûté ceux-là. J'ai fait une heure de queue pour les acheter.

— Maître Yeh m'a demandé d'en avoir en stock spécialement pour vous, dit Bernard.

— Pour moi ? »

Je suis sûre que ça n'a pas d'importance. C'est sans doute quelque chose que Xavier a mentionné à Bernard au passage. Mais sa prévenance me fait l'effet d'une flèche dans le cœur. J'ouvre la boîte et retire l'emballage. La croûte dorée craque à merveille sous le couteau et l'intérieur contient deux lunes : le jaune d'œuf salé et une autre plus petite de graines de lotus.

Je mets un morceau sucré et savoureux dans ma bouche, et je meurs.

« Oh, mon Dieu ! Exactement comme dans mes souvenirs.

— La famille les prépare spécialement pour le festival de la Lune, dit Bernard. C'est une tradition ancestrale. »

Un instant. Mes gâteaux de lune préférés du monde, ce sont ceux que la famille de Xavier prépare ?

Une vague de panique me traverse. Comment est-ce que je vais pouvoir passer deux jours de suite avec Xavier tout en travaillant sur son projet et le mien alors que je suis entourée des anciens élèves de la croisière de l'amour, qui sont presque tous des romantiques pleins d'espoir ?

« Sophie ? Tu es là ? »

Emma entre dans l'avion, vêtue d'une robe en coton sans manches élégante et parfaite pour voyager. Elle me fait un signe de la main, à l'aise. Comme si elle avait pris des jets privés toute sa vie. Elle pose le dos de sa main contre son nez et éternue avec une délicatesse qui ne gâche pas du tout son effet.

« Les allergies », grogne-t-elle.

Emma. C'est grâce à Emma que je vais réussir à supporter ce voyage. C'est grâce à Emma que je vais me concentrer sur le plus important : mon travail.

Je la serre dans mes bras et sens son odeur de poire.

« Je te présente mon cousin, Rick. »

Ils se saluent.

« Nous faisons d'abord un saut à Cleveland, pas vrai ? demande-t-elle.

— Oui, nous allons chercher Ever. Puis nous allons à Los Angeles pour prendre Xavier et d'autres personnes, puis direction Taipei !

— En fait... Je vais devoir m'arrêter à Los Angeles, dit Emma d'un air confus. Quand j'ai dit à ma mère que je passais par-là, elle m'a intimé de rendre visite à sa vieille amie qui est dans un centre de soins palliatifs.

— Oh ! C'est très gentil de ta part, mais est-ce que ça veut dire que tu ne viens pas ?

— Je vais venir ! Je vous rejoindrai à Taipei 101 pour les retrouvailles. Et bien entendu, je vais saluer Xavier à l'aéroport de Los Angeles. »

Elle me prend le bras et m'attire hors de portée de voix de Rick. Ses yeux brillent.

« J'ai un peu discuté avec Xavier par message. Il est tellement amusant ! Tout ce que tu as dit sur lui... Je suis sûre que ce sera comme si on s'était vus hier. Merci de nous aider à nous retrouver. »

Elle rit nerveusement.

« Il n'y a rien de plus romantique que Taipei 101 sous la lune, dis-je sur le ton de la plaisanterie. J'ai des projets pour vous là-bas. »

Ce que j'ai en tête pour eux est très clair. À la fin du séjour, ils seront inséparables.

Et plus tôt je les verrai ensemble, plus tôt mon propre cœur sera libre.

À Cleveland, Rick sort de l'avion à la seconde où Bernard ouvre la porte.

« Ever ! »

Son rugissement perce presque mes tympans. Les marches en métal à l'extérieur sont bruyantes sous ses tennis ; j'éteins mon ordinateur portable et me précipite derrière lui. Ma proposition n'a pas avancé autant que je l'aurais voulu. J'ai rédigé un questionnaire pour récolter des données sur les utilisateurs, mais je n'ai fait que le quart. Il faudra juste que je continue à travailler.

De l'autre côté de la piste, Ever sort de l'aéroport. Son long chemisier gris tourterelle sur ses collants met en valeur son corps de danseuse. Ses cheveux sont attachés en queue de cheval. Rick traverse le tarmac en courant et elle se précipite vers lui aussi. Ils se serrent dans les bras l'un de l'autre avec une telle force qu'on dirait qu'ils vont se briser les os.

« Ouah. On peut dire qu'ils se sont manqués. »

Emma me rejoint en bas des escaliers.

« Il n'a jamais été comme ça auparavant. Je suis heureuse pour eux. »

Mais lorsque Rick prend son visage dans ses mains et l'embrasse, je ne peux pas m'empêcher de ressentir une petite pointe d'envie. C'est ironique. C'était moi qui étais déterminée à trouver un mec pendant la croisière de l'amour. Aucun d'eux ne cherchait une relation. Mais maintenant, ils sont ensemble. Et moi…

J'ai quelque chose de mieux : une vision claire de mon avenir.

« Salut, Sophie ! »

Maintenant, c'est vers moi qu'Ever se précipite en agitant la main.

« Tu ferais mieux de te préparer à l'impact, dit Emma en plaisantant.

— Je suis tellement contente de te revoir en chair et en os ! »

Ever me serre vivement dans ses bras et j'ai le souffle coupé. J'avais oublié qu'elle était aussi forte.

« Tu m'as manqué aussi ! »

La revoir est comme un baume au cœur. Elle me donne l'impression que la tornade n'échappera plus à mon contrôle si elle est là. Car Ever m'a connue dans les meilleurs moments et les pires, et c'est encore mon amie.

Rick lui prend la main ; toute son attention est rivée sur elle. J'enfonce un doigt dans ses côtes.

« Si Rick avait pu sortir et pousser l'avion pour qu'il aille plus vite, il l'aurait fait. »

Un garçon maigrichon portant une chemise à motif écossais trop serrée et une fille avec de longues jambes et du fard à paupières vert et brillant approchent. Bert Lanier et Priscilla Chi, les premiers à s'inscrire pour le trajet en jet gratuit. Bert a rejoint Priscilla la veille pour qu'ils puissent voyager ensemble. Ses lunettes à monture noire sont cools. Les mèches marron dans les cheveux de Priscilla scintillent et des papillons luisants volent sur sa robe de poupée noire et rétro. Elle est en première année à l'université de Pennsylvanie.

Honnêtement, elle m'a agacée dans le groupe de discussion de la croisière de l'amour. Elle n'arrêtait pas de faire des commentaires négatifs. Mais maintenant que nous nous rencontrons en personne, je suis sûre que les choses vont bien se passer.

« Salut, Priscilla. »

Emma accueille les nouveaux arrivants.

« Salut, Bertie. Comment ça va, à RISD ?

— J'ai réussi mon premier devoir. »

Il sort son téléphone et nous montre une vidéo animée en couleur et très bien faite... d'un pénis en train de durcir.

Tout le monde grogne et je me cache les yeux avec ma main.

« Tu détruis mon innocence ! »

Emma rit, mais Bert affiche un sourire narquois.

« Ce n'est pas ce que j'ai entendu dire. »

Aïe. J'ouvre la bouche pour suggérer à Bertie de fermer la sienne, mais Bernard pose une main sur son épaule.

« Mes amis, nous devons prendre place sur la piste de décollage. »

Il range le pénis. Dieu merci.

« Est-ce que je peux voir le cockpit ? » demande Bert.

Priscilla, Emma, Rick et lui montent les marches et disparaissent à l'intérieur de l'avion. Spencer Hsu, un ami de la croisière de l'amour arrive et nous serre dans ses bras aussi, puis il entre dans la cabine de pilotage avec les autres.

Ever et moi les suivons.

« Qu'est-ce que tes parents pensent de tes candidatures pour des écoles de danse ? »

Ils y ont résisté pendant des années, mais au cours de l'été, Ever a trouvé le courage d'insister pour faire ce dont elle avait vraiment envie.

« Ils ont été incroyables. Ma mère cherche des écoles de danse pour moi. Mon père a filmé quelques-uns de mes cours, au cas où il me faudrait des exemples de ce que je sais faire. Il est satisfait de son nouveau travail. »

Elle met son sac bleu pervenche dans le compartiment à bagages et je lui fais signe de s'asseoir à ma place, à côté de Rick, tout en reprenant mon ordinateur portable.

« Mais maintenant, c'est à moi de trouver un moyen pour que ça marche. Je veux dire, j'avais une bourse complète pour une faculté de médecine. Tu ne vas pas y croire, mais les écoles de danse sont tout aussi chères, et je ne serai pas aussi bien payée quand j'aurai mon diplôme.

— Tu vas trouver un moyen de t'en sortir. »

Je m'enfonce dans le siège en cuir en face d'elle. Il vibre sous moi tandis que l'avion prend vie.

Rick s'assoit à côté d'Ever et l'embrasse sur l'oreille.

« Alors, quel est le plan à Taipei, Soph ?

— Nous nous séparons pendant la journée. Je suppose que tu vas aller assister à l'audition d'Ever ? En tant que garde du corps ? Bagagiste ? Fidèle dévoué ?

— Tout ça. »

Il sourit et Ever lève les yeux au ciel.

« Je dois interviewer les créateurs de l'application Magic Mirror et Xavier va interviewer son grand-père et son père. »

J'ouvre mon ordinateur portable et affiche ma proposition pour le cours d'informatique.

« Après ça, nous allons dîner avec les autres participants de la croisière de l'amour à Taipei 101. Samedi, on se balade en ville. J'essaie d'obtenir des billets pour aller voir les bébés pandas au zoo.

— Même moi, je veux voir des bébés pandas, dit Rick.

— C'est parce que tu es un bébé panda toi-même. Les tickets sont tous vendus, alors nous sommes sur liste d'attente... C'est l'histoire de ma vie ! »

Ever rit.

« S'il y a bien quelqu'un qui peut avoir ces billets, c'est toi.

— C'est plus difficile que de trouver des laissez-passer en coulisses à un concert de Taylor Swift. Je ne vous promets rien. Et pour finir, le pavillon de gâteaux de lune des Yeh au festival, samedi soir. Je pourrai peut-être obtenir les tickets pour les pandas pour dimanche, avant qu'on parte.

— Ça va être serré, dit Rick. Je vais devoir décoller dimanche soir au plus tard. J'ai un examen lundi.

— Moi aussi, dis-je.

— Cul sec, ma jolie. »

Bert me fourre un verre froid rempli de vin doré dans les mains. Nous avons atteint l'altitude de croisière.

« Je dois travailler. »

J'essaie de le lui rendre.

« Je n'ai fait que la moitié de ce que j'espérais faire.

— Ce n'est pas tous les jours qu'on se retrouve tous ensemble dans le ciel. C'est une bouteille de vin à mille dollars.

— Mille *quoi* ? Je ne veux pas que Xavier ait des ennuis à cause de nous.

— Le pilote nous a dit de nous servir. Regarde autour de toi, Sophie. C'est vraiment de l'or sur ces lampes. Ça ne les dérangera pas. »

Je jette un coup d'œil à Rick pour savoir quoi faire, mais il hausse les épaules. Et puis zut. Ce n'est pas comme si j'allais avoir l'occasion d'être de nouveau dans un tel avion un jour. Je bois une gorgée incroyable et ferme brièvement les yeux.

« C'est… orgasmique », dis-je, haletante.

Bert pousse un cri de joie.

« Tu l'as dit ! »

Il monte le volume de la musique. Tout le monde se lève. Ever prend la main de Rick et l'attire dans l'allée. Emma coupe les gâteaux de lune au bar et discute avec Bert.

« Viens, Sophie ! dit Ever. Danse avec nous ! »

Mes doigts s'accrochent avec envie à mon clavier. Mais Ever est là. Et Rick. Nous sommes de nouveau ensemble. Je pourrai travailler quand tout le monde dormira. J'éteins mon ordinateur portable et les rejoins avec mon verre de vin, me déhanchant jusqu'à la fin de la chanson.

« J'avais vraiment besoin de faire une pause. »

Tandis qu'une chanson des années quatre-vingt résonne, je penche la tête en arrière et m'agite, laissant mes cheveux voler à leur guise. Au dernier rang de la cabine, Spencer et Priscilla sont face à face, en pleine conversation.

Je donne un coup de coude à Rick.

« Ma réunion d'anciens élèves est déjà en train de prendre forme !

— Et pourtant, Spencer a dit qu'il ne cherchait pas quelqu'un.

— C'est peut-être comme ça que l'univers fonctionne, dis-je. Tu obtiens ce que tu veux quand tu n'essaies pas de l'avoir.

— Comme nous ! »

Rick fait tourner Ever sous son bras. Adorable, mais est-ce que j'ai envie de vomir ? Carrément.

« Alors, si je ne cherche pas délibérément l'amour, il arrivera. Sauf que maintenant que j'ai pensé ça, il n'arrivera pas.

— C'est comme l'amoureux de Schrödinger, dit Rick.

— Je ne vois même pas de quoi tu parles, dis-je. Mais oui, sans doute. »

La chanson suivante est celle d'un super boys band taïwanais. Je remue mes épaules, agite mes hanches, tourne sur moi-même… et me retrouve face à un cadre représentant la famille de Xavier sur le mur.

Ses grands-parents portent des vêtements rouges et sont placés au centre, assis sur une causeuse. Mais mes yeux gravitent directement vers Xavier, qui a dix ans sur le cliché. Il est niché entre sa mère et son père, entouré de tantes, d'oncles et de cousins. Son père pose une main sur l'épaule de la mère de Xavier et celle-ci enveloppe la main de son fils.

Le sourire de l'enfant est tordu. À cette époque, il devait avoir du mal à apprendre à lire. Mais l'affection dans les yeux de sa mère est évidente. Il est un peu grand pour lui tenir la main selon les normes américaines, mais pas tellement à Taïwan. Est-ce que c'est elle qui a accroché cette photo à cet endroit ? Son père a-t-il envisagé de la retirer après son décès ? Car elle est encore là, chaque fois que quelqu'un prend cet avion et se dirige vers le minibar… et je suis perdue dans sa contemplation depuis plusieurs minutes.

Je me retourne et fais face à mes amis, dans la cabine.

Ça va… Ça ira.

Une fois que je le verrai en chair et en os, que je sentirai son eau de Cologne, je me souviendrai de tout ce que je n'aime pas chez lui. Cette habitude de se fermer comme une huître quand nous sommes en groupe. Le fait qu'il a embrassé Ever un jour avant que je rompe avec lui, comme si notre relation ne comptait pas. Le fait qu'il a dessiné Ever de manière obsessionnelle pendant tout le temps où je m'offrais à lui. *Voilà.*

C'est exactement le souvenir dont j'avais besoin. Mon cœur gèle.

Qu'est-ce que j'aurais ressenti en l'embrassant si c'était vraiment *moi* qu'il avait désirée ?

ARRÊTE ! Je ne peux pas...

« Ça va, Sophie ? »

La main d'Ever sur mon bras me fait sursauter. Je m'oblige à revenir dans le présent.

« Ouais. C'est juste que je n'ai pas vu Xav... tout le monde depuis longtemps.

— Tu as l'air tendue.

— J'ai beaucoup de choses en tête. Et nous n'avons que deux jours. »

Elle penche son visage sur le côté, puis saisit ses coudes.

« Tu te souviens quand je mettais en place la danse du spectacle de talents avec Rick ? Debra craignait qu'on rompe et qu'on gâche tout. »

Elle a compris ce que je n'ai pas dit.

« Rick m'a déjà prévenu. Trop de choses dépendent de ce week-end. Il faut que j'impressionne mon prof d'informatique. Tout le fonds fiduciaire de Xavier est en jeu. Il doit se libérer de son père. Tu aurais dû voir... »

Je m'arrête là. *Ce que son père lui a fait à l'aéroport.*

« Xavier et moi... Ce n'est plus un problème. J'essaie de le caser avec Emma. »

Au bar, Emma est tordue de rire avec Spencer et Priscilla, telle une princesse avec sa cour. Ils sont complètement sous le charme.

« J'ai un plan pour eux à Taipei 101. C'est l'endroit idéal pour les réunir. J'ai pensé à tout.

— Emma ? Elle a l'air géniale... Mais pour Xavier ?

— Tu es mal placée pour juger », dis-je sèchement avant de me taire.

Je ne voulais pas parler de leur histoire.

« Désolée. Tu as raison. Je suis trop sur les nerfs. »

Elle rougit, mais lève le menton.

« Je me suis plantée avec Xavier. Je le sais. C'est pour ça que nous ne sommes pas proches maintenant. Je n'étais même pas au courant qu'il était retourné au lycée. Je pensais qu'il travaillait sur un projet artistique pendant tout ce temps. »

Elle tend le bras et pose ses doigts sur la photo de famille, puis baisse sa main.

« Pas comme lui et toi.

— Oh, euh... Nous ne sommes pas si proches. »

Vraiment ? Comment est-ce que je peux mesurer une chose pareille ? J'aurais voulu pouvoir en parler avec elle et éclaircir toute la confusion en moi. Il rend ce voyage possible pour moi. Comment est-ce que je peux me sentir aussi bien en discutant avec lui, tout en sachant que nous ne pouvons pas être ensemble ?

Mais je ne peux pas en parler avec elle. Pas de Xavier. Pas avec Ever.

« Je ne peux pas m'empêcher de me demander si tu t'efforces autant de caser Xavier avec Emma pour gérer tes propres sentiments. »

Elle touche un peu trop au but. Je pose mon verre.

« Écoute, je ne peux plus parler de ça. »

Ou je vais devenir dingue.

« J'ai promis au groupe de la croisière de l'amour que j'allais tout publier en direct. Je crois que c'est officiellement le moment de commencer.

— D'accord, Sophie. »

Ever me frotte délicatement le dos tandis que j'entreprends d'écrire sur mon portable. Puis elle rejoint Rick.

Sophie : Salut tout le monde ! Je vais enclencher le live sur Instagram, alors suivez-nous sur mon compte !

Je mets l'écran du téléphone devant mon visage et appuie sur le bouton d'enregistrement de la vidéo en direct. Les participants commencent à arriver. Je leur fais un signe de la main. Le groupe a triplé et il y a plus de trois cents personnes. Leur énergie se répand dans la cabine. C'est génial.

« Je vais tout publier en live à partir de maintenant, dis-je. Le bon, le mauvais, le moche, comme si vous étiez là. Alors, attachez vos ceintures !

— L'avion a une caméra. »

Bert désigne un œil rond dans la paroi au-dessus de la porte fermée du cockpit.

« Je vais la connecter pour qu'ils puissent tous nous voir. »

Il se colle à moi et place son visage mince devant mon écran.

« Regardez et pleurez, les nazes ! »

Bert me tend un long câble noir pour mon téléphone et quelques minutes plus tard, les anciens élèves qui suivent la diffusion en direct sur Instagram profitent d'une vue panoramique de la cabine, jusqu'à la porte de la chambre. Cinquante-sept personnes nous suivent. Les commentaires commencent à arriver.

On aurait voulu être là !

RPZ !

On vous adore, les gars !

Est-ce qu'on peut être casés ?
Même si on n'est pas là ?

Ouais, @Sophie, j'en suis !

Moi aussi ! Je suis passé à côté cet été.

« Attendez. »

J'arrange un coup entre Emma et Xavier, mais les autres ?

« Qui a dit qu'il allait y avoir des histoires ?

— C'est la croisière de l'amour ! »

C'est exactement ce que j'aurais lancé quelques mois plus tôt.

« Je suis occupée à faire mon projet pour l'université, dis-je à la caméra. Vous allez devoir trouver votre moitié sans moi.

— Allez, ça va être marrant ! dit Bert. Surtout qu'on est très nombreux. »

Chaque fois qu'une bonne idée se plante dans ma tête, elle germe vite. C'est plutôt facile pour moi de rassembler les gens par table ou dans des salles virtuelles. Mais ce serait tout aussi facile de se tromper.

« Laisse-moi réfléchir. »

Je monte sur un tabouret et ajuste la caméra pour faire un plan panoramique de la cabine, d'un côté à l'autre. Tout le monde fait un signe de la main et lève son verre ou sa cannette de bière. Il n'y a pas de timides ici. Et avec tous ces gens qui suivent la diffusion… L'énergie est enivrante. Je peux y arriver si je fais simple.

« D'accord. »

Je place la caméra devant mon visage, qui remplit l'écran.

« Je vais mettre les gens qui viennent à Taipei 101 par deux. Ceux d'entre vous qui êtes chez vous, si vous voulez que je vous arrange un coup avec quelqu'un, envoyez-moi un message en privé avant demain matin et je positionnerai tout le monde dans des groupes virtuels. »

Je suis partante !

C'est parti !

Bert prend deux cannettes de bière et perce un trou sous l'une d'elles. De la mousse froide est vaporisée sur mon corps et à travers ma robe lorsqu'il l'incline vers moi.

« Oh ! Je suis trempée !

— Cul sec, notre chère dirigeante intrépide. On fait la course. »

Il perce la deuxième cannette, pose sa bouche sur l'orifice et penche la tête en arrière. Sa pomme d'Adam ondule.

Un cri s'élève dans la cabine.

« Cul sec ! Cul sec ! Cul sec ! Cul sec !

— Je n'aime même pas la bière !

— Cul sec ! Cul sec ! Cul sec ! »

Bert est encore en train de boire et ma robe mouillée se colle à mon corps comme un amant. Je suis sur le point de voir Xavier en chair et en os et de le caser avec Emma. Curieusement, je suis responsable d'une réunion d'anciens élèves internationale et non officielle. Et pendant tout ce temps, je dois me mettre en quatre pour obtenir la place la plus convoitée de Dartmouth.

Alors, on s'en fiche.

Je lève le geyser amer jusqu'à mes lèvres et penche la tête en arrière tandis que les cris se transforment en acclamations.

20

XAVIER

AÉROPORT DE SANTA MONICA

« C'est un nouveau Xavier. »

Le sourire de Bernard est taquin tandis que je m'approche du *Lynn*.

« D'habitude, vous ne vous préoccupez pas de remplir les stocks de la cabine pour les invités. »

Bernard doit être ma personne préférée de tout le foyer des Yeh. C'est le seul qui m'appelle Xavier, et non pas Xiang-Ping, mais il me parle en mandarin et m'aide à faire le lien entre les deux mondes. Il prend mon sac à dos et par habitude, je le laisse faire.

« La dernière fois que j'ai pris cet avion, j'étais un prisonnier. »

Ma main se referme sur le cadenas dans ma poche.

« Ce n'est pas vrai.

— Comment est-ce que tu appelles ça quand deux gardes du corps t'obligent à aller quelque part ? »

Il soupire.

« Votre père est bien trop dur envers vous. Je suis inquiet pour lui, avoue-t-il. Au cours des derniers vols, il a eu des conversations difficiles avec ses investisseurs. Il y a des problèmes avec certains employés. Vous devriez peut-être l'aider.

— L'aider ? Il pense que je suis un *báichī*. »

Un idiot.

« Je ne sais rien des affaires de mon père.

— Vous avez grandi. Les jeunes de votre âge sont déjà des apprentis dans leurs familles. »

Ne m'en parle pas, Bernard. Ba me l'a déjà dit huit millions de fois.

« Ouais, eh bien. Ce n'est… pas moi, d'accord ? »

Bernard serre mon épaule et je monte les escaliers. Lorsque j'entre dans la cabine, des voix hurlent en chœur.

« Xavier, mon pote !

— Super jet !

— Merci de nous emmener ! »

Quoi ? Il y a tellement de monde dans l'avion que je n'arrive même pas à distinguer les visages au début. Les sièges à l'avant sont tournés vers le deuxième rang, des tuiles de mah-jong en ivoire, des plateaux de Go et leurs pierres sont étalés sur les tables. Sophie m'a demandé si elle pouvait proposer les places supplémentaires à d'anciens élèves de la croisière de l'amour, mais…

« Ce sont les meilleures brosses à dents du monde !

— Oh ouah, ce vin ! »

Alors comme ça, la fête bat son plein. Bon…

« Dis bonjour à tous nos amis qui n'ont pas pu venir ! »

Un mec maigrichon désigne l'écran vidéo, où une grille est affichée, chaque case contenant une personne en train de se dandiner. De petites mains font signe comme dans la vitrine d'une boutique d'horloges antiques.

Je commence à reconnaître les visages dans la cabine : Spencer est avec une fille que je ne connais pas, Marc est avec un mec sur le siège côté fenêtre où Ma s'assoyait toujours, pour garder un œil sur la terre ferme. C'est bizarre de voir tous ces inconnus, et ces amis, dans la cabine de ma famille, en train de crier en anglais.

Je m'oblige à lever la main.

« Salut.

— Ces chaussettes sont géniales. »

Spencer agite les orteils dans les chaussettes en laine violettes qui sont données aux invités en souvenir.

« On dirait que je marche sur des nuages.

— Ravi qu'elles te plaisent », dis-je tandis que Bernard m'en met une paire dans les mains.

Les armoiries dorées des Yeh sont brodées sur chaque pied et ce sont vraiment les meilleures chaussettes que j'ai jamais portées. D'habitude, je déteste ces armoiries par principe, mais quelqu'un au sein de l'empire a bien fait les choses. Des coups de pinceau épais forment le caractère de *Yeh*, qui signifie *feuille*. Le fin dragon bondit autour. Même si je ne sais pas comment des feuilles fragiles et des dragons puissants peuvent aller ensemble.

Un verre se baisse devant mes yeux, dans la main du maigrichon.

« Ton *père*... »

Il me rentre dedans.

« Il a vraiment bon goût pour le vin, putain.

— Laisse-le respirer, sans déconner. »

Sophie bondit vers moi depuis le fond du couloir. Ses mèches noires et brillantes encadrent son visage et tombent sur les épaules de son haut couleur prune. La flamme que j'avais oubliée flamboie dans ses yeux ; elle veut sortir.

« Xavier ! Tu es là ! »

Ma voix n'est pas vraiment comme d'habitude.

« Salut, Sophie. »

Un souvenir me titille. Comme si je l'avais vue plus récemment qu'à l'aéroport de Taipei. Pas juste en vidéo... mais... sur le bout de mes pastels.

Elle trébuche vers moi. *Ouah*. Je fonce pour la rattraper, et elle passe ses bras nus autour de mon cou. Sa peau réchauffe la mienne. Son effluve familier m'assaille : des agrumes et quelque chose de floral, couvert par… une odeur de bière.

Les appels en vidéo ne m'ont pas permis de saisir la véritable Sophie Ha. Elle lève les yeux et bat des cils en me regardant.

« Mes frères perdraient la tête s'ils voyaient cet avion », marmonne-t-elle.

J'essaie de la redresser.

« Sophie, peut-être qu'on… »

Elle agrippe une fille aux yeux bleus.

« Xavier ! Je te présente Emma ! De nouveau ! »

Emma Shin me sourit timidement.

« Salut, Xavier. Tu ne dois pas vraiment te souvenir de moi. »

Je souris à mon tour.

« Bien sûr que je me souviens de toi. »

Elle n'a pas beaucoup changé : des joues rondes et une mâchoire pointue, comme la petite fille avec qui je faisais les quatre cents coups.

« Vous étiez promis depuis le berceau ! fanfaronne Sophie.

— Je crois qu'on imaginait que *fiancés* signifiait *complices* », dit Emma.

Des souvenirs me reviennent à l'esprit. De bons souvenirs.

« Tu es montée sur le plan de travail de la cuisine pour attraper les cônes de glace…

— Et tu es resté assis par terre pour les manger.

— Ça a fonctionné. »

Je souris honteusement.

« Je pense que le cuisinier ne s'est jamais remis de nous avoir surpris. Avec toi qui pendais du placard.

— Je me suis fait prendre la main dans le sac ! »

Ses yeux brillent. J'ai l'impression que c'était dans une autre vie.

« Vous voyez, vous êtes déjà en train de parler plus que jamais ! »

Sophie me pousse tellement fort que je trébuche contre Bernard.

« Emma doit partir maintenant. Un truc de famille à Los Angeles. Mais elle sera à Taipei 101 pour une soupe aux nouilles et au bœuf, et vous allez être *in love* de nouveau. »

Emma rit et Sophie me tire dans l'allée.

« Viens rencontrer tes nouveaux amis.

— Salut, Sophie ! Salut, Xavier ! crie Emma. On se voit à Taipei ! »

Je lui fais signe tandis qu'elle se glisse par la porte. Puis je me retourne vers Sophie. Je veux lui parler de ce voyage. Je veux que les choses soient différentes de notre été à Taipei, car *nous* sommes différents. Même si je ne sais pas encore ce que ça signifie.

« Euh, Sophie, est-ce qu'on peut... »

Sophie s'arrête devant deux filles qui mangent du shaobing et boivent du dou jiang. L'une d'elles a des cheveux courts et un chemisier noir ; elle pose son pied sur son siège. L'autre, qui porte une veste rouge vif, enroule sa queue de cheval autour de son doigt. Elles me rappellent le roi et la reine d'un jeu de cartes.

« Je te présente Jasmine et Joella. Elles sont sœurs, et leur famille est comme la tienne, mais à Hong Kong. Elles étaient à Ocean cet été. On vient de se rencontrer !

— Salut, Xavier, disent-elles en chœur.

— Salut, dis-je.

— Emma nous retrouve à Taipei. »

Sophie pose son menton sur mon épaule et son bras s'enroule autour de mon dos. Son corps réchauffe mon flanc et son visage est à quelques centimètres du mien tandis qu'elle lève les yeux vers moi derrière ses cils délicatement recourbés. Elle tapote ma poitrine. Je penche la tête pour me concentrer sur ce qu'elle dit.

« N'oublie pas Emma, d'accord ? C'est ta princesse. Mais tu peux t'asseoir avec Joella et Jasmine pendant les premières heures. Nous devons partager la richesse.

— Euh, quoi ?

— Je t'arrange un coup avec Emma ! »

Un instant plus tard, Sophie s'écarte de moi, m'agrippe par les épaules et me pousse sur le siège en face d'elles. Joella défait sa ceinture de sécurité, se place à côté de moi et renverse du soda au gingembre sur mon pantalon.

« Oups, désolée. L'entreprise de notre père fournit de la colle à l'entreprise de ton père. »

Elle glousse, se penche, me baptise à nouveau.

« Il n'arrivera pas à y croire quand on lui dira qu'on était dans ton avion ! »

Jasmine bâille de manière prononcée.

« J'ai déjà été dans un jet privé. »

Elle croise mon regard et ajoute rapidement :

« Mais celui-ci est chouette. Le savon est super. »

Sophie ébouriffe mes cheveux comme si j'étais un chiot.

« Alors, alterne les voisines pour le décollage et l'atterrissage. Entre deux, on va dormir et faire la fête. Amuse-toi bien. »

Elle remonte l'allée en se balançant entre les dossiers des fauteuils de chaque côté.

Je regarde Joella et Jasmine.

« Enchanté. Vous voulez bien m'excuser un instant ? »

Je me précipite derrière Sophie et lui agrippe le bras. Elle se retourne, surprise.

« Je préfère m'asseoir avec mes vieux amis, dis-je à voix basse. Avec toi. Nous avons beaucoup de choses à nous raconter. »

Sophie se hisse sur la pointe des pieds et approche sa bouche de mon oreille. Ses lèvres effleurent le lobe et y mettent le feu.

« Il vaudrait mieux que tu commences par elles, parce que toi et moi, murmure-t-elle, on va être coincés ensemble tout le vendredi pour des interviews. En parlant de ça... »

Elle lève de nouveau les yeux vers moi.

« J'ai réfléchi... Tu n'es pas obligé de voir ton père si tu n'en as pas envie. »

Je cligne des paupières.

« Mon prof ne me laisse pas vraiment le choix.

— Et aussi, est-ce que je t'ai dit que j'étais vraiment, vraiment, vraiment reconnaissante que tu organises tout ce voyage en avion pour nous, et je suis vraiment désolée de ne pas avoir mieux choisi les invités.

— Qu'est-ce que tu veux dire ? demandé-je, mais Rick lui tape sur l'épaule.

— Sophie, Tante Claire s'est organisée pour que quelqu'un passe nous chercher à l'aéroport. »

Rick tient la main d'Ever.

« Pas besoin ! »

Sophie enroule ses bras autour de la taille d'Ever, tout comme elle l'a fait avec moi il y a quelques minutes.

« Je nous ai trouvé des scooters gratuits !

— Des mobylettes gratuites ? demande Ever. Comment ? »

Sophie place sa tête sur l'épaule d'Ever en souriant et son amie pose la sienne dessus. C'est le moment de prendre une photo. Si mes mains ne tremblaient pas en essayant de les filmer.

« J'ai découvert une nouvelle boutique qui a besoin de faire parler d'elle, dit Sophie. Je leur ai appris que nous venions en ville et que quelques centaines de personnes nous suivent sur les réseaux sociaux, et ils ont proposé jusqu'à vingt scooters pour le week-end si on les étiquette sur nos publications.

— Est-ce que tu pourrais obtenir la paix mondiale aussi ? demandé-je.

— Ha ! »

Elle lève les yeux au ciel en faisant un mouvement rapide de la tête.

« Je t'en prie. Tu possèdes cet avion. J'ai juste passé un coup de fil.

— Tante Claire veut qu'on dépose nos sacs pour qu'elle puisse nous nourrir comme il faut, dit Rick. Ever également.

— Est-ce que ça signifie qu'elle envisage de m'engraisser pour m'emmener à l'abattoir ? dit Ever en grimaçant. Ta famille me déteste.

— Je ne veux pas que tu ailles dormir ailleurs, et ils ne te détestent pas. »

Rick embrasse le bout de son nez retroussé.

« Plus maintenant. »

Pouah. Je baisse les yeux vers le visage béat de Sophie.

« J'ai hâte de voir le bébé de Tante Claire ! Mon nouveau cousin, Finn ! »

Sophie lève sa cannette et boit à sa santé.

« Je lui ai acheté une grenouillère de Dartmouth. Je crois qu'elle est heureuse au point de pouvoir illuminer tout Taipei. Quand Fannie et Felix sont nés, elle les a tellement couverts d'amour qu'elle aurait pu les dévorer. Coucou Xavier. »

Elle titube vers moi et rote.

« Oups. »

Elle affiche un sourire en coin. Je tends le bras pour lui permettre de garder l'équilibre.

Seule Sophie Ha peut être adorable en rotant.

Dix minutes plus tard, nous sommes dans les airs. Sophie a gagné et je suis assis en face des sœurs en rouge et noir. J'ai réussi à oublier leurs noms, mais je ne veux pas qu'elles le sachent et leur faire de la peine. Elles discutent d'un historien dont je n'ai jamais entendu parler.

« L'*Atlantic* a mis dans le mille, dit la fille en rouge.

— Je trouve que l'article du *New York Times* était plus nuancé », dit l'autre.

Je suis perdu. Je n'ai jamais lu l'*Atlantic* ou le *New York Times*.

Et… tout le monde ici est à l'université.

Tout le monde sauf moi.

Sophie rit en poussant un cri perçant à l'avant. Je me penche dans l'allée pour mieux voir. Deux bouteilles de champagne vaporisent Sophie, Rick et Bert, qui est en caleçon et en chaussettes. Ils sont trempés.

Bert agrippe la poignée de la porte de sortie.

« Venez, on va cracher dans le vent !

— C'est quoi, ce bordel ? »

Alarmé, je défais ma ceinture et fonce vers eux tandis qu'une fille lui hurle de ne pas le faire.

Rick tire sur le tee-shirt de Bert.

« Si tu avais ouvert cette porte, on serait tous morts, s'écrie-t-il.

— Je n'allais pas vraiment le faire, proteste Bert.

— Ce n'est pas ton avion, dit Sophie. On aurait dû te laisser sur la piste de décollage. Sois un peu respectueux ! »

Ever pose ses doigts sur le bras de Rick.

« Peut-être qu'on devrait y aller doucement avec l'alcool.

— On est à l'étranger. »

Marc passe ses cheveux couleur chocolat au lait derrière ses oreilles.

« L'âge légal pour boire est de nouveau à dix-huit ans, comme il se doit.

— L'alcool, c'est l'âme de cette fête ! » dit Bert.

Tous les yeux se tournent vers moi. Je me suis arrêté au milieu de l'allée.

Bizarre. C'est moi, le responsable. Sophie a raison : Bert se comporte comme un abruti et saccage l'avion de Ba. Certes, c'est agaçant, mais c'est exactement ce à quoi Ba s'attendrait de ma part, pas vrai ? Je suis content que Rick soit là, et maintenant que Bert est bloqué… à mon humble avis, il n'a pas tout à fait tort. Tout est moins gênant avec de l'alcool.

« Et puis merde, dis-je. Faisons la fête. »

Marc pousse un cri de joie et monte le son. Sophie grimpe sur un fauteuil, pieds nus, et lève son verre à l'intention de Rick, Ever, Marc et moi.

« Aux meilleurs amis dont une fille puisse rêver ! »

Je ne sais pas pendant combien de temps on boit, danse et chante terriblement mal pendant une séance de karaoké. Mais à un moment, alors que les lumières sont tamisées, que la cabine est chaude, que tout le monde a retiré ses vêtements superflus pour la soirée pyjama du siècle et que mon cerveau commence à couler par mes oreilles, Sophie me prend la main.

« Danse, Xavier ! »

Et nous dansons.

Sophie est indéniablement sexy. Ses cheveux luisent de toutes les couleurs de l'eau sous la lune la nuit. Ils se répandent et jouent autour des contours de son visage. Ses yeux ressemblent à des flaques noires qui saisissent les lueurs de la cabine. Son haut prune moule ses courbes ; elle s'accroche à mon bras, tourne et secoue la tête, tellement sauvage, tellement libre.

« Je te vois, Xavier Yeh, dit-elle d'une voix rauque. Dans ma boule de cristal, je vois une foule qui vient admirer tes œuvres et ils en sont transformés. Tu les agaces au nom des gens oubliés. Ils font plus. Ils vivent plus. Ils *aiment* plus.

— Je te vois sur un trône, dis-je. Tu diriges le monde. Tu organises les passionnés. Les personnes comme ton prof débile s'inclinent et te lèchent les bottes.

— Ha ! »

Sophie se colle à moi.

« Sophie, tu devrais peut-être faire une pause », dit Rick, mais elle repousse sa main et un rire s'échappe de ses lèvres.

Ses chaussures ont disparu depuis longtemps, tout comme les miennes. Nous continuons de danser, pour oublier les projets scolaires et les horribles parents. Sa peau chaude glisse contre la mienne. Ma main s'enroule autour de son dos et ses bras lourds se faufilent jusqu'à mon cou. Nous bougeons en rythme, nos hanches se balancent de concert, ses cheveux noirs volent dans toutes les directions.

L'odeur d'agrumes et de fleurs... je n'arrive pas à m'en rassasier. Nos corps fusionnent et nous nous mouvons sans arrêt dans le temps. Elle penche la tête en arrière, les yeux mi-clos, un sourire sur les lèvres. Comme le premier soir où nous sommes allés en boîte ensemble pendant la croisière de l'amour. Cette flamme entre nous existait déjà à l'époque, tout comme les raisons pour lesquelles nous n'aurions pas dû l'entretenir, mais plus rien de tout cela n'a d'importance à présent.

Je ne sais pas qui fait le premier pas, mais soudain, nos lèvres bougent ensemble aussi. Elle a le goût des graines de lotus et du sucre. Mes doigts s'emmêlent dans ses cheveux et je la serre contre moi, brisant nos entraves tandis qu'elle se cambre contre moi. C'est le meilleur baiser qui ait jamais été tenté à cette altitude.

Sophie affiche un sourire rêveur. Ses bras se resserrent et tout son poids me tire sur le côté. Une partie lointaine de moi me dit d'arrêter parce que nous allons le regretter demain matin, mais le reste de mon être... J'enfouis mon visage dans le creux de son cou et mords sa peau parfumée.

Puis, nous trébuchons jusqu'à la chambre du fond. Des flammes font rage dans mon corps. Elles doivent être éteintes, et par elle. Par elle tout entière. Nous entrons en trombe dans l'espace vide et nous heurtons contre le lit king size. Sophie me lâche et saisit la porte. La dernière chose que je vois avant qu'elle ne la claque, c'est Priscilla qui nous jette un regard noir, une moue furieuse sur sa bouche, et qui prononce des mots que je n'entends pas… et l'inquiétude de Rick.

Puis, nous nous serrons l'un contre l'autre de nouveau : les courbes de son corps se nichent contre le mien, ses ongles s'enfoncent dans ma chair et nos lèvres sont en feu… et rien d'autre n'a plus d'importance.

21

SOPHIE

C'est le calme qui me réveille en sursaut. Plus de vibrations. Plus de bruit de moteur. Juste le silence de la cabine et le poids de la jambe de Xavier sur moi. Il y a une humidité familière dans l'air. La lumière du matin me poignarde le crâne. Je grimace et me protège les yeux avec ma main. Les fenêtres rectangulaires encadrent un ciel blanc et bleu impitoyable.

Taipei. Nous avons atterri.

Je me redresse et la douleur transperce mon cerveau. Ma tête pèse cinquante kilos. Elle menace de tomber de mon cou. La nuit me revient à l'esprit en un éclair : nos corps emmêlés, bras et jambes, le goût de vin rouge sur sa bouche et la chaleur de ses lèvres sur ma peau…

Oh, mon Dieu ! Est-ce qu'on a… ?

Il est encore en train de dormir, allongé sur le ventre, le visage tourné vers moi, à moitié enfoui dans son oreiller. Sa chemise noire est chiffonnée et laisse entrevoir une partie de son dos pâle. Il porte toujours son pantalon. Je touche mon corps. Chemisier, soutien-gorge, jupe. Tout est à sa place. Dieu merci, nous avons dû nous assoupir avant que la situation ne dérape. Mais ma peau fourmille en repensant à sa fine barbe sur mes joues, à ses mains qui m'explorent...

Comment est-ce que j'ai pu laisser une chose pareille arriver ? Qu'est-ce que c'était ? Le jet privé séduisant ? Le voir en chair et en os ? La *danse* ? Le simple fait d'être près de lui de nouveau a provoqué tant d'émotions que j'estimais avoir massacrées.

Et en une soirée, j'ai complètement perdu la tête.

Je descends du lit. Xavier bouge et la couette bruit.

Je cherche mon téléphone à tâtons par terre pour envoyer un message à Ever et à Rick, mais l'appareil n'a plus de batterie et ne répond plus. L'histoire de ma vie. Je vais dans la cabine principale, mais nos amis n'y sont plus. Deux agents d'entretien ramassent des bouteilles de bière et des emballages, et un troisième passe l'aspirateur. Des rayons du soleil jaunes se faufilent par la porte ouverte. Lorsque je me dirige vers celle-ci, l'air se réchauffe de plusieurs degrés.

La voix d'Ever flotte jusqu'à moi.

« Eh bien, je vais aller les réveiller. On est en retard. Oh, salut, Sophie ! »

J'agrippe le montant de la porte et me retrouve baignée dans les rayons chauds du soleil, en haut d'une rampe habillée d'un tapis rouge qui mène jusqu'à Ever. Sur le tarmac à côté d'elle, tout le monde a récupéré sa valise et son sac à dos. Deux ouvriers remettent de l'essence dans l'avion grâce à un grand réservoir argenté. L'air est lourd comme une couverture épaisse et moins féroce que cet été. Mais tous les visages sont tournés vers moi et me font frémir.

Pendant combien de temps ont-ils débattu du meilleur moyen de ne pas nous interrompre ?

Priscilla croise les bras sur ses papillons brillants. La raideur de ses épaules en dit plus que les mots.

« Il ne s'est rien passé, dis-je. On a juste... euh, trop bu. »

Mon cerveau enflé palpite contre mon crâne.

« Nous nous sommes endormis. »

Un moustique se pose sur mon bras et je le frappe pour le faire fuir. Personne ne répond. Personne ne me croit, et ça ne m'étonne pas. Maintenant, non seulement je vais devoir faire face à Xavier, mais aussi à tous les autres.

Je gémis, ce qui fait gonfler ma tête, qui est sur le point d'exploser. Je masse mes tempes pour essayer d'apaiser la douleur. Il y avait une chose qui pouvait compliquer la situation, et je l'ai faite.

La tornade frappe encore.

« Est-ce qu'on peut juste faire comme si ce n'était pas arrivé, s'il vous plaît ? les supplié-je. Je vais aller chercher Xavier », ajouté-je avant de retourner dans la cabine.

Quand j'entre dans la chambre, Xavier est en train de se redresser et de repousser la couette en soie. Ses cheveux ondulés sont ébouriffés et lui tombent dans les yeux. Ses doigts boutonnent sa chemise. Je détourne le regard de son abdomen nu, ramasse un oreiller par terre et le lui jette au visage. Il le frappe avec un bruit sourd et satisfaisant.

« On n'aurait pas dû faire ça ! »

Ma voix tremble. Je sors ma combinaison violette de mon sac à dos. J'ai besoin de retirer ce chemisier qui sent la bière et Xavier. Je dois m'éloigner de lui.

Il passe son pouce et ses doigts sur la fine barbe qui a poussé sur sa mâchoire.

« Je suis désolé. »

Il a l'air de se sentir aussi mal que moi, mais une partie de moi-même a quand même envie de fermer la porte, de me jeter sur lui et de reprendre les choses là où nous les avons laissées.

« Je n'ai même plus envie de faire ce projet », dis-je, même si ce n'est pas vraiment ce que je pense.

Je veux rencontrer sa tante pour parler de Magic Mirror. Et je dois l'aider pour son film.

« Je ne veux pas le faire avec *toi.* »

Il baisse la tête.

« Je… me suis laissé emporter. »

Le regret sur son visage me fait mal au cœur. Il s'est laissé emporter… tout comme moi… Nous étions bêtes et excités. Et cette fois… Si ce n'était pas réel, alors je ne sais pas ce qui l'est. Mais j'ai conscience que le sexe, ce n'est pas de l'amour. Et je ne peux pas permettre à ces sentiments de gâcher mon week-end et faire de moi une épave quand je serai de retour à Dartmouth et qu'il retournera à Los Angeles, à presque cinq mille kilomètres de moi.

Je croise les bras et fusille mes pieds nus du regard.

« Pour info, je ne crois pas aux secondes chances. »

Il ne répond pas.

« Et nous devons tous les deux réussir nos projets. Je n'ai rien fait pendant le vol ! »

Malgré tout ce que j'avais prévu… rien.

« J'ai besoin de ce cours. Et tu dois te libérer de ton père. Alors on va faire les interviews, le film… et on rentre chez nous. Hier soir, ce n'est pas arrivé. D'accord ?

— D'accord. »

Il me regarde enfin, et ses yeux sombres qui voient tant de choses m'envoient une onde de choc.

« Sophie, franchement… ce qui compte pour moi, c'est d'être ton ami. Je ne veux pas te blesser. »

Mais ça, ça me blesse.

« Pareil », dis-je sèchement.

Puis, je vais dans la salle de bains pour me changer.

Trois adultes en costume sont sur le tarmac, devant le *Lynn*. Des appareils photo sont tournés vers nous tandis que nous descendons de l'avion, et j'aperçois un logo vaguement familier sur une caméra, qui est portée par un homme.

« La presse ? demandé-je.

— Ils sont toujours dans les parages », dit Xavier.

Un peu paniquée, je passe mes doigts dans mes cheveux emmêlés, mais Xavier l'accepte sans sourciller. Est-ce que c'est normal quand la classe dirigeante atterrit à Taipei ? Ma tante était systématiquement au courant de ce qu'il faisait l'été dernier. Ça doit être pour ça.

« Et merde, pas encore », jure-t-il.

Je suis son regard, non pas vers la presse, mais vers l'aéroport. Mon cœur sombre. Un homme familier portant une veste sport bleu marine marche à grands pas vers nous, tenant la main d'une petite fille dans la sienne. Il est suivi par trois autres cette fois : un garde du corps, un homme coiffé d'une casquette de pilote violette de Dragon Leaf et une femme vêtue d'un costume vert citron qui se déplace à toute vitesse sur ses talons d'un pas nerveux.

Xavier jure de nouveau.

« Qu'est-ce que Ba fait là ? »

22

XAVIER

Je n'étais pas censé lui parler avant d'arriver à l'appartement pour notre interview. Dix minutes, maximum. Maintenant, il est dans mes pattes de nouveau, avec sa coupe mortellement nette et ses yeux noirs de faucon. Lorsqu'il approche, je sens que je perds mes couleurs. Je dois l'arrêter avant qu'il n'essaie de me renvoyer à la maison ou qu'il ne gâche mon voyage.

Tout va trop vite ce matin. Après une nuit où tout semblait parfait, Sophie avait disparu quand je me suis réveillé et que j'ai réalisé que nous avions fini par dérailler, alors que je ne voulais pas mettre notre amitié en péril. Puis nous avons atterri à Taipei, où l'humidité et les montagnes vertes me donnent curieusement l'impression d'être chez moi, mais pas tout à fait. Pas depuis que Ma est décédée.

Et maintenant, Ba est là. Le pire, c'est qu'il est aussi calme que s'il se promenait sur une plage. Il tient la main d'Alison, la fille de quatre ans de Bernard, qui serre une peluche de Mickey Mouse aussi grande qu'elle. Son garde du corps, Ken-Tek, un deuxième pilote et un cadre le suivent en rang.

Je me fais tout petit, méfiant, me préparant à la bataille si on en arrive là.

« Mes amis de la presse. »

Ba leur fait un signe de la main.

« Merci de garder un œil sur mon fils. J'aimerais leur parler en privé, à lui et à ses amis.

— Monsieur, est-ce que vous pouvez au moins faire une déclaration ? demande un homme.

— Pas de déclaration », dit Ba.

La femme en costume vert citron claque des doigts. Les journalistes reprennent leurs sacs et leurs caméras et se dirigent vers l'aéroport. Ils sont suivis par les équipes de nettoyage et de ravitaillement de l'avion. Un mot de lui, un claquement de doigts d'elle, ce sont des ordres pour eux. Je suis de retour dans son monde, où il détient plus de pouvoir dans son petit doigt qu'un empereur ordinaire.

Ba serre l'épaule de Bernard à la manière d'un vieil ami affectueux.

« Bernard, tu as fait plus qu'il n'en fallait, comme d'habitude. J'ai réservé une suite pour Alison et toi au Magic Kingdom, à Los Angeles. Elle a hâte d'y aller. Emmène-la dans le parc de Star Wars, vous méritez bien des vacances. Gao-Li va piloter pour que tu puisses dormir. »

L'homme en uniforme de pilote serre la main de Bernard.

« Attends. Quoi ? » dis-je.

Une alarme résonne dans ma tête. Nous sommes censés retourner aux États-Unis dans deux jours.

« Maintenant ? »

Bernard retire sa casquette violette et la tord dans ses mains.

« Lao Yeh, vous êtes trop généreux. »

Il me jette un coup d'œil.

« Lao Yeh, ces jeunes gens...

— Ne t'inquiète pas, je vais m'occuper de tout. »

Ba regarde l'heure sur sa montre.

« Vous devriez partir pour atterrir à Los Angeles à une heure acceptable.

— Je veux aller dans le cockpit ! »

Alison monte la rampe en courant et son Mickey Mouse rebondit dans ses bras. Bernard et Gao-Li la suivent.

« Ba… » dis-je.

Mais il pose une main sur mon bras pour me faire taire tandis que Bernard pousse la rampe et ferme la porte. Les journalistes disparaissent à l'intérieur de l'aéroport. Comme l'avion s'éloigne sur la piste de décollage, il se tourne vers moi.

« Tu es incontrôlable », dit-il.

À la vitesse de la lumière, Ba agrippe mon oreille et la tire brusquement. Ma tête s'enflamme. Des chaussures noires et polies pivotent devant mes yeux.

« Laissez-le tranquille ! » crie Sophie.

Je me libère en poussant un rugissement de colère. Il est hors de question qu'il m'humilie devant tout le monde de nouveau. Pas cette fois. Mon visage se déforme en un masque de haine lorsque je me rue vers lui. Mais Ken-Tek se faufile auprès de lui et m'empêche de passer. Il fonce vers moi et je bondis en arrière, les poings levés, l'éloignant de mes amis.

Les poings de Sophie sont serrés comme si elle allait se battre avec Ba elle-même. Ever étreint le bras de Rick, les yeux écarquillés d'un air horrifié. Mon oreille brûle et je sens un filet de sang couler le long de mon cou, mais je refuse de donner à Ba la satisfaction de le reconnaître.

« Bats-toi tout seul ! craché-je à son intention. Tu t'es ramolli à force d'être assis sur ton trône.

— Jane. »

Ba ajuste sa veste bleu marine d'un geste habile du poignet.

« S'il te plaît, montre à Xiang-Ping et à ses amis ce que ton équipe a trouvé ce matin. »

Je ne baisse pas les poings. Je surveille Ken-Tek du coin de l'œil tandis que la femme sort son iPad. Elle lance une vidéo : on y voit le corps maigre et torse nu de Bert en train de danser sur une chaise avec une bouteille de Merlot à la main. Puis il abaisse son pantalon et ses grosses fesses rondes et poilues s'affichent à l'écran.

« Bert ! » grogne Rick.

Sophie saisit son téléphone dans sa poche.

« Le direct ! »

Jane doit être la responsable des relations publiques de Ba. La deuxième personne la plus importante de l'univers de Dragon Leaf. Une deuxième vidéo s'affiche en musique : Sophie brille dans son haut violet, ses bras pâles en l'air et s'agitant en rythme. Quelqu'un en ligne crie : *On est en classe milliardaire !*

Puis Sophie et moi, serrés l'un contre l'autre comme deux statues d'amants à Paris, bougeant en rythme d'une manière interdite aux mineurs. Tout ce que nous regrettons d'hier est sous le nez de Ba. Le genre de truc pour lequel Instagram a instauré des politiques de protection de la vie privée.

Puis on voit Bert de nouveau en train de tripoter la poignée de la porte de l'avion avant que Rick ne le tire en arrière en criant : *Si tu avais ouvert cette porte, on serait tous morts !* C'était déjà mauvais sur le moment, mais maintenant, sous le regard de Ba, c'est carrément stupide.

« Vous auriez pu mourir, répète-t-il lentement. Tous.

— Il n'allait pas le faire », dis-je.

Mais je sais que ça sonne mal.

Bert et ses fesses poilues ont disparu.

« C'est ma faute.

— Non, c'est m…, commence Sophie.

— Bien sûr que oui, l'interrompt Ba. Des vidéos sont apparues partout sur Internet. *Scribe Asia* a imprimé un article en première page. *Le prince de Taipei revient avec panache.*

— On s'en fiche de *Scribe Asia*, dis-je.

— Je ne me fiche d'aucun article de presse qui ne devrait pas être publié ! gronde Ba.

— Je ne suis jamais là. Personne ne sait qui je suis !

— Et nous voulons que ça continue comme ça ! Nous avons dépensé des millions pour assurer la réputation de la famille et l'entreprise est aussi immaculée qu'un autel de communion. Nous n'apparaissons pas dans la presse à moins que notre personnel contrôle le message. Et tu gâches tout en un voyage.

— On est dans le journal ? » murmure Priscilla avec enthousiasme.

Ever la fusille du regard. Mais bon sang, si seulement je pouvais être à la place de Priscilla. J'aurais préféré que toute cette histoire soit le problème de quelqu'un d'autre.

« Vous n'êtes pas dans le journal, répond Ba. Grâce à l'équipe de Jane. Cinq personnes ont passé les trois dernières heures à effacer toutes les traces de l'article et les photos d'Internet. Y compris d'Instagram.

— S'il y a d'autres mentions, elles seront immédiatement supprimées du web, dit Jane. Nous avons sorti un sujet sur les derniers médicaments thérapeutiques de notre centre de recherche sur le cancer. Ce sera le premier résultat des recherches qui incluent ton nom ou le jet, et il sera suivi d'articles similaires.

— Comment est-ce qu'elle a fait ça ? » murmure Priscilla.

Nettoyage à fond ; tout le monde est redirigé. Si je voulais convaincre le monde que j'existe, aucune enquête sur Google ne m'aiderait.

Voilà ce que je suis : le Yeh enterré.

« J'ai bien peur que Bernard soit absent toute la semaine. Ce qui signifie que *mon* avion, dit Ba en insistant sur le possessif, ne sera pas disponible pour le vol de retour. »

Derrière moi, tout le monde pousse un cri de surprise. Mais il nous faut un moment pour comprendre ce que cela implique.

« Je ne peux pas me permettre d'acheter un billet pour rentrer chez moi ! dit Priscilla. J'ai des examens lundi. »

Ils en ont tous. Voilà la véritable humiliation. Ce n'est pas le fait de m'arracher l'oreille ou d'envoyer Ken-Tek à l'attaque. Il m'oblige à laisser tomber tout le monde.

« Tu as dit à Bernard que tu allais t'en occuper ! crié-je.

— C'est ce que je fais. Ce sont les conséquences de votre mauvais comportement. Il est temps que vous appreniez. Vous devrez tous trouver un moyen de rentrer chez vous, car je n'ai pas l'intention de payer.

— Personne ici ne peut se permettre un billet à mille dollars.

— Certainement pas. »

Priscilla est au bord des larmes.

« Tu aurais dû y penser avant de faire passer le postérieur de ton ami à l'écran.

— Monsieur Yeh, nous sommes désolés pour les vidéos, mais elles ont été effacées. Et je ne crois pas que ce gros titre ait donné une mauvaise image de votre famille, dit Sophie. Les gens admirent votre famille. Le prince de Taipei, ce n'est pas une étiquette négative.

— La prochaine fois, jeune fille, tu ferais mieux de rester dans la cabine principale et d'attacher ta ceinture plutôt que de chevaucher mon bon à rien de fils. »

Sophie s'étrangle et je vois rouge. Je me jette sur Ba, et cette fois, Ken-Tek n'a pas le temps de m'arrêter. Ba écarquille les yeux sous l'effet de la surprise. Il lève un coude pour me bloquer, mais je l'écarte et mes poings frappent sa poitrine dans un bruit sourd. Il trébuche en arrière et ses bras s'agitent en l'air.

C'est une petite victoire. Puis la main de Ken-Tek se pose sur le dos de Ba pour l'empêcher de tomber. Il se glisse entre nous comme un mur en fer.

« Reste en dehors de ma vie », grogné-je à l'intention de Ba.

Mon père respire fort, les yeux plissés. Il remet brusquement sa veste en place. Jane pose une main sur son bras avant qu'il ne puisse répondre.

« Monsieur, nous devons aller au circuit de course maintenant. »

Un autre truc de relations publiques : une course de voitures au cours de laquelle il conduit une Porsche à toute vitesse, ce qui signifie que Dragon Leaf distance la concurrence, ou une connerie de ce genre. Je m'en fiche, tant qu'il dégage et que Sophie et moi pouvons commencer à filmer en paix.

« Oui, occupons-nous d'abord de Xiang-Ping. »

Ba a déjà repris le contrôle de sa respiration.

« Tu m'as forcé la main pour venir jusqu'ici pour ton projet scolaire. Tu as déclaré qu'il comptait pour trois matières. Alors nous allons nous assurer que ce soit un succès. Heureusement pour toi, ton cousin est arrivé il y a une heure. Je lui ai demandé de te superviser. »

Lulu ? Non. Ba a dit *ton cousin*.

Ba crie en direction de l'aéroport :

« Lin-Bian, où es-tu ? »

Et merde, je n'y crois pas.

Le Roi des abrutis sort de l'aéroport. C'est une version plus jeune de mon père avec une chemise bleue et une raie au milieu parfaite. La dernière fois que je l'ai vu, c'était chez eux, à Taipei, il y a des années, quand il a mis le feu à mes chaussures. Il n'a qu'un an de plus que moi, mais moi, j'ai redoublé des classes et lui, il en a sauté. La figure emblématique de la dynastie Yeh, apprenti de l'entreprise depuis qu'il est en couche-culotte.

« Je n'ai pas besoin de supervision ! Et certainement pas de la sienne.

— Attends… Victor ? »

Sophie est perplexe.

« Vous êtes *cousins* ? »

23

SOPHIE

« Regardez qui va là ! dit Victor. C'est ma copine, le petit Cha Siu-Bao.

— *Cousins* ? » répété-je.

Victor lève le bras pour me taper dans la main, ce que je fais automatiquement, abasourdie.

Un million d'émotions tournent dans mon cœur déjà confus. La bagarre de Xavier avec son père, les vidéos stupides, son père qui nous montre ce qui s'est produit entre nous comme si c'était un film porno… et maintenant… Victor et Xavier ?

J'ai passé les dernières semaines à leur écrire et à leur parler sans en avoir la moindre idée. Ça semblait impossible… Mais c'est vrai qu'ils ont la même carrure mince, une structure osseuse fine, des cheveux noirs et ondulés. Victor a échangé son look d'étudiant geek et branché pour une chemise bleue en soie qui ressemble davantage aux vêtements de Xavier. Ils ont aussi le même timbre de voix chaleureux. Elles proviennent de larynx qui ont été construits par le même ADN.

Mais Xavier est voûté alors que Victor est droit comme un soldat. Et il y a une énorme différence entre eux. Victor a le calme d'un ATER de Dartmouth et Xavier est un ours en colère.

Son visage est tordu par la fureur. Une veine fourchue palpite sur son front.

« Je n'ai pas besoin qu'il vienne foutre en l'air mes affaires, rugit Xavier.

— Tes affaires ? »

Pour la première fois, la voix de son père s'adoucit.

« Je suis ravi que ta mère ne soit pas là pour te voir dans cet état. Ça lui briserait le cœur. »

Le visage de Xavier pâlit. Il se tait tandis que son père s'éloigne, suivi par Jane et son garde du corps. J'ai envie de m'approcher de Xavier et de le serrer dans mes bras pour le réconforter, mais cela contredirait tout ce que je lui ai dit dans l'avion. Le reste de notre groupe lui adresse un regard incertain et se dirige vers l'aéroport, nous laissant sur le tarmac, les cousins et moi.

Puis je remarque le filet de sang sur son cou.

« Oh, Xavier. Ton oreille. »

Je sors un mouchoir en papier de mon sac et l'essuie.

« J'ai vu pire.

— Je suis désolée. »

Je tamponne le sang. Il grimace, mais ne s'éloigne pas tandis que je nettoie son cou.

« Pour la fête. Le direct. C'est ma faute.

— Ce n'est pas ta faute si c'est un maniaque du contrôle.

— Il se passe beaucoup de choses à Dragon Leaf en ce moment. Il le gère plutôt bien maintenant, dit Victor.

— Oh, tu es encore là ? dit Xavier d'un ton sarcastique.

— Comme l'a dit ton vieux. Je suis censé m'assurer que tu vas à tes réunions. Plus de bêtises, plus de gros titres : *Le mouton noir revient en enfant gâté.* Le timing n'aurait pas pu être pire. Est-ce que tu te rends compte de ce qui se passe dans l'entreprise ?

— Non, et je m'en fiche. »

Xavier commence à suivre les autres et nous lui emboîtons le pas.

« Les actions de Dragon Leaf baissent, dit Victor.

— Ba devient plus pauvre ? Alors, il ne peut acheter le monde entier que deux fois maintenant, c'est ça ? J'ai de la peine pour lui.

— Oh, Xiang-Ping. C'est exactement pour ça que je vais être collé à toi comme une moule à son rocher tout le week-end. Nous avons beaucoup de choses à nous raconter. Depuis quand est-ce qu'on ne s'est pas vus ? Un an ? Deux.

— Quatre.

— Tu as appris à compter.

— Tu as appris à lacer tes chaussures ? Quand est-ce que tu as arrêté d'utiliser des Velcros ? »

Victor est si calme et Xavier est furieux, mais ils disent la même chose : ils s'arracheraient les yeux l'un l'autre s'ils le pouvaient.

Au bout de la piste, le *Lynn* décolle. Victor protège ses yeux pour suivre le jet blanc du regard dans le ciel bleu.

« Tu sais, j'ai emprunté United pour venir ici, comme une personne normale. J'ai passé le vol à préparer un discours que je vais faire au nom de la famille demain, au pavillon de gâteaux de lune. »

Il lève les yeux vers Xavier.

« Alors, excuse-moi si je trouve ça ironique que la pire chose qui te soit arrivée, c'est que tu as perdu ton avion pour faire la fête. »

Xavier se met à courir en avant.

« Et pourquoi es-tu là ? me demande Victor. Mon cousin est une catastrophe ambulante. Comment est-ce qu'une fille intelligente comme toi a été embarquée dans ce cirque ? »

Je n'ai vraiment pas envie de lui parler, étant donné qu'il est là sur les ordres du père de Xavier. Pas avant de comprendre ce qui se passe de la bouche de Xavier. J'accélère aussi.

« Nous sommes amis depuis Chien Tan. »

Victor hausse les sourcils.

« Ne me dis pas que c'était lui, le *mauvais mec.* »

Je rougis.

« Ce ne sont pas tes affaires », dis-je sèchement.

Mince, c'est l'ATER d'Horvath. Je ne peux pas me permettre de me le mettre à dos.

« C'est quoi, votre lien de parenté ?

— Mon père est le petit frère du sien.

— Edward ?

— Je vois que tu connais l'arbre généalogique. »

Il n'est pas surpris. Ils sont tous plutôt célèbres. Comme les Windsor. Cependant, ça ressemble à de la vanité.

« Quand tu as dit que tu allais travailler pour ta famille après avoir obtenu ton diplôme, je ne pensais pas que tu parlais de celle-là. »

Pas étonnant qu'il soit aussi sûr de lui. Son avenir est assuré, même si la dynamique de leur famille est bien plus complexe que les magasins de luxe et les îles privées qu'ils possèdent.

« Oui, c'est pour ça que je suis là. Pour le discours. Des milliers de personnes assisteront au festival de la Lune. Je vais annoncer que je rentre à Taipei après avoir eu mon diplôme. Je vais faire mes quatre mois de service militaire obligatoire, puis je vais entrer à Dragon Leaf. Je suis sûr que je vais commencer par un poste modeste. Vice-président des technologies émergentes. Quelque chose comme ça. »

Il m'adresse un sourire carnassier.

« Il s'avère que je suis là pour rencontrer ta famille pour mon projet d'informatique, avoué-je. Rose Chan.

— Pour le cours d'informatique ? »

Il fronce les sourcils, perplexe.

« Ma tante dirige… une *boutique de vêtements.* »

Il parle comme Horvath. Et ce n'est pas bon pour moi.

« Elle a une application d'assistant-styliste qui utilise l'intelligence artificielle. Elle est d'accord pour me recevoir. Je me suis dit que si je pouvais montrer à Horvath qu'une entreprise aussi grande que Dragon Leaf pense que c'est une bonne idée, il pourrait changer d'avis.

— C'est l'un des professeurs d'informatique les plus respectés dans l'une des plus anciennes institutions universitaires des États-Unis. C'est pour avoir son jugement et ses conseils que tu es là. Pourquoi le mettre au défi ? »

Je me mords la lèvre, piquée à vif. Est-ce que c'est encore un coup de ma tornade ? Est-ce que tout ce voyage est une insulte envers le professeur Horvath ? Serait-il en colère s'il découvrait que j'ai travaillé aussi dur pour prouver que mon idée avait de la valeur, en dépit de ses indications ?

« Je t'en prie, ne lui dis rien, lui demandé-je. J'ai besoin de temps.

— Je n'en parlerais que si tu voulais que je plaide en ta faveur, Sophie. »

Il ne m'a jamais donné de motif pour ne pas lui faire confiance, mais il doit y avoir une raison pour que Xavier le déteste.

Nous rattrapons les autres passagers. Les filles discutent. Le visage de Priscilla est marqué par la colère.

« J'ai pris cet avion parce que je m'attendais à rentrer chez moi ensuite.

— C'est ce qu'on croyait tous, dit Joella.

— Oh, non, grogné-je. Il faut que je m'occupe de ça.

— Dis leurs noms, me conseille Victor.

— Quoi ?

— C'est la première règle d'un dirigeant charismatique. Je l'ai lu dans un livre. Ce que les gens préfèrent entendre, c'est leur propre nom. »

Je repense à toutes les fois où Xavier a prononcé *Sophie*. Et c'est arrivé très souvent.

« Est-ce que toute ta famille le fait ? demandé-je d'un air indigné, mais il se contente de me serrer le bras.

— Je ferais mieux de me dépêcher. Je dois surveiller mon cousin. Tu me dois encore un bubble tea. Ciao. »

Il me salue en levant deux doigts et en m'adressant un sourire charmant, redevenant un ATER de Dartmouth, puis il rejoint Xavier en courant.

« Alors comme ça, tu as couché avec un héritier des Yeh, et maintenant, tu en poursuis un autre ? me provoque Priscilla. Je vois le genre. »

Je suis bouche bée.

« Non, c'est… mon ATER.

— C'est pire ! Tu *n'arrêtes pas* de flirter. Franchement, je ne sais pas comment tu arrives à te supporter. »

Ma poitrine se serre.

« Je ne flirte pas. Il se passe beaucoup de choses, au cas où tu ne l'aurais pas remarqué.

— Sophie a organisé tout ce voyage. »

Ever ralentit pour nous rejoindre, tenant la main de Rick dans la sienne. Elle enlace son bras sous le mien d'un geste rassurant.

« Tu t'es incrustée. Alors qu'est-ce que tu dirais d'être un peu plus reconnaissante ? »

Mes yeux piquent tandis que je m'accroche à elle. Ce n'est jamais la haine qui me donne envie de pleurer. C'est ça.

« Ouais, merci pour rien. Maintenant, je suis bloquée à Taipei. »

Priscilla se précipite derrière Victor.

« J'aurais dû dire son nom, marmonné-je.

— Quoi ?

— Rien. »

J'essuie mes yeux humides.

« Est-ce que je flirte vraiment tout le temps ? Ce n'est pas volontaire.

— Tu es belle, dit Ever. Tu souris à un mec et ses genoux flanchent. Tu es amicale et tu veux que les gens se sentent bien. Ce n'est pas ta faute et tu ne devrais pas culpabiliser.

— C'est un problème bizarre.

— Mais c'est vrai. J'ai essayé d'expliquer ce genre de choses à Rick. Lui, il n'a pas ce problème. »

Elle fronce les sourcils à son intention.

« Comment ça ? dit-il. Comment tu crois que je gagne autant de matchs ? Je souris au secondeur, ses genoux flanchent et je lui passe dessus. »

Nous rions tous.

« J'en avais bien besoin », dis-je.

Ever embrasse Rick sur la joue et se tourne vers moi.

« Ce n'est vraiment pas juste de t'en vouloir pour ça.

— D'accord. »

Je souris, reconnaissante d'avoir un moment de répit. Ever prend une voix sérieuse.

« Pauvre Xavier. Son père... Je savais qu'il était dur, mais... il ne s'en cache pas du tout.

— C'est pour ça qu'il doit réussir son film, dis-je. Il essaie de récupérer son fonds fiduciaire pour se libérer de lui. Il ne peut pas juste partir, son père enverrait des gardes le chercher.

— Il est bloqué, dit Ever.

— Ça explique beaucoup de choses, ajoute Rick.

— Ouais. Bon, en tout cas, il faut qu'on trouve un moyen de rentrer nous-mêmes. Nous devons tous retourner en cours lundi. Est-ce que les organisateurs de la bourse de danse vont t'aider ? » demandé-je à Ever.

Elle grimace.

« Non, ils ont annulé mon billet quand je leur ai dit que je partais avec des amis.

— On est foutus, dit Joella.

— On est là, pour l'instant, dis-je. Ne gâchons pas le voyage. Nous avons des visites de famille, des auditions de danse et des interviews à faire... Les autres, je vais vous mettre par deux pour passer la journée en ville. Amusez-vous ! Est-ce que je peux vous emprunter un chargeur de téléphone, s'il vous plaît ? Je vais demander de l'aide aux anciens élèves.

— Qu'est-ce qu'ils vont bien pouvoir faire ? » interroge Joella en me prêtant le sien.

Mon portable prend vie peu à peu. Il n'est pas encore huit heures du matin ici, il est encore tôt. Avec un peu de chance, je ne ressentirai pas le décalage horaire avant demain. Je consulte d'abord les réseaux sociaux, pour voir si les vidéos en direct compromettantes sont toujours en ligne. Elles ont disparu sans laisser de trace, comme Jane l'a dit. Flippant. Je ne savais pas qu'il était possible de modifier les publications de quelqu'un d'autre. Pas étonnant que Xavier ne puisse pas leur échapper.

Un message d'Emma s'affiche. Elle l'a envoyé il y a huit heures.

> Ooooh ouaaah ! Xavier est TROP BEAU ! Qui aurait cru qu'il allait devenir aussi sexy ? Et il est aussi adorable que dans mes souvenirs. Ça faisait longtemps que je n'avais pas autant hâte de voir un garçon. Je suis impatiente de le retrouver à Taipei 101. Merci, copine.

Oh, non. Qu'est-ce que j'ai fait ? J'étais censée arranger un coup entre eux et j'ai... lui et moi, on a...

J'ouvre le groupe de discussion des anciens élèves.

« Ouah, il y a beaucoup de monde ! Il y a cinq cents personnes de plus ! »

Le nombre de mes abonnés sur Instagram a augmenté presque tout autant : des anciens élèves des étés précédents qui suivent notre week-end de folie et notre fête dans le jet privé.

Les commentaires s'affichent sur mon fil d'actualité d'Instagram.

Trina : c'est elle qui a crié « classe milliardaire » ?

Alexandra : Elle n'est même pas jolie. Comment est-ce qu'elle peut sortir avec Xavier Yeh ?

Melody : les gold diggers, c'est trop ringard… Quelle barbe

Qui sont tous ces gens ? Ils ont dû voir les vidéos avant qu'elles ne soient effacées d'Internet. Alors, la machine des relations publiques de Dragon Leaf n'est pas complètement pare-balles.

Et maintenant, en plus de tout le reste, un tas d'inconnus me détestent.

Priscilla : Elle drague son cousin aussi. C'est dégueu.

Qu'est-ce que je disais…

Les gars, on est juste amis !

C'est ce que j'ai envie d'écrire. Comme si ça allait m'aider. Et pire encore, une partie traîtresse de moi se demande… pourquoi il ne s'est *rien* passé hier soir ? Les mecs ne se retiennent *pas* avec moi.

Alors, pourquoi est-ce que Xavier l'a fait ?

Je secoue la tête. La tornade fait des siennes. Mais tout le monde me regarde. Peut-être que je pourrai exploiter sa puissance et nous permettre d'aller de l'avant. Je fais comme si je ne lisais pas toutes ces conneries et que les autres ne les voyaient pas non plus, puis j'écris :

Sophie : À l'aide, tout le monde

Sophie : Problème d'organisation avec notre avion de retour. Vous avez des idées ? Jets privés ? Avions commerciaux ? Argent ? On doit rentrer dimanche soir.

Lena : Ça craint, Sophie.

Jilian : Ma tante est hôtesse de l'air pour Singapore Airlines. Je vais lui demander

David : Je vais demander autour de moi. Mon père connaît des gens à United.

Laura : Fais-nous honneur à la réunion des anciens ! J'aurais voulu être là !

Que Dieu bénisse les anciens élèves de la croisière de l'amour qui sont encore mes amis.

« Est-ce que quelqu'un peut aider ? » Joella regarde mon téléphone.

« Donnons-leur un peu de temps, d'accord ? Quelqu'un pourrait avoir une piste. »

Soutenue par le groupe, je me dirige vers les services de l'immigration.

« Allez, on n'a que deux jours ! Profitons-en. »

24

XAVIER

« Tu ne m'as jamais dit que tu traînais avec mon cousin à Dartmouth », dis-je à Sophie quand nous sortons de l'aéroport.

Pendant tout ce temps, elle avait été avec lui quand je l'appelais depuis Los Angeles. Il avait même un petit surnom mièvre pour elle.

« Quand est-ce que vous vous êtes rencontrés ?

— Au début des cours. »

Le vent pousse ses cheveux devant son visage lorsque nous sortons.

« C'est un ATER du cours d'intelligence artificielle dans lequel j'essaie d'entrer. Je te jure que je ne savais pas que c'était ton cousin. »

Bien entendu, le Roi des abrutis est allé droit vers Sophie. Avec ses lunettes de soleil Dior Homme à mille dollars et d'autres symboles de son statut.

« Tu ne devrais pas t'approcher de lui.

— Je ne peux pas me permettre de l'envoyer se faire voir. C'est l'ATER.

— Est-ce qu'il t'a proposé de plaider en ta faveur auprès du prof ? »

Elle rougit.

« Oui, c'est vrai. Pourquoi est-ce que ton père lui a demandé de te surveiller ?

— C'est un lèche-bottes. Avec toutes les personnes qui ont quelque chose qui l'intéresse. Et maintenant, on est coincé avec… le Roi des abrutis… tout le week-end ! »

Je sais que je vais trop loin. Et l'appeler par le surnom que je lui ai donné il y a dix ans n'est pas très mature. Mais je veux qu'elle me dise qu'elle voit à travers sa carapace d'imposture aussi. Cependant, ce n'est pas du tout ce qu'elle dit.

« Bao-Feng ? »

Un homme de l'autre côté de la rue place son casque de moto bleu sous son bras et lui fait signe.

« Je suis Li-Fan. Nous nous sommes parlé par e-mail. »

Sophie fonce vers lui et je la suis.

« Taipei Rides ? demande-t-elle.

— Tout est là. »

Il désigne fièrement un arc-en-ciel de scooters avec des enjoliveurs brillants. Bert est déjà en train de promener ses doigts sur le chrome rouge et luisant tout en discutant avec quelques personnes : quinze autres anciens élèves de Chien Tan se sont joints à nous depuis d'autres portes et d'autres vols et se serrent la main. Deux d'entre eux s'expriment avec un accent australien.

« Salut, tout le monde ! Je suis Sophie Ha. Ouah, on est de plus en plus nombreux ! »

Elle est passée en mode hôtesse, mais je vois bien qu'elle est nerveuse. Elle parle plus vite que d'habitude et une main est serrée derrière son dos.

« Amis de Chien Tan, du campus d'Ocean, du programme de l'an dernier : n'hésitez pas à faire connaissance. Pour ceux qui veulent que je leur arrange un coup, en vrai ou en ligne, j'ai posté une appli de rencontres sur le groupe de la croisière de l'amour. Vous pouvez la télécharger et y saisir vos informations. Pour ceux qui vont à Taipei 101 ce soir à sept heures, le dîner est sponsorisé par la généreuse Emma Shin. MAIS ! Pour pouvoir entrer, vous devez apporter une boîte de gâteaux de lune à échanger avec une douzaine de personnes. Ou un autre petit cadeau pour les invités.

— Génial », dit Ever.

Sophie prend le casque bleu à l'envers des mains du représentant de Taipei Rides.

« On ne peut pas tout voir à Taipei en un week-end, alors nous allons devoir vivre indirectement les uns à travers les autres... donc, publiez sur les réseaux sociaux ! Et maintenant : voilà vos véhicules pour le week-end !

— Quoi ? Tu déconnes ? » lance Priscilla.

Sophie jette un coup d'œil à Li-Fan, qui s'est rendu au bout de la rangée de scooters. Elle baisse la voix et dit doucement :

« Il m'a fallu quatre coups de téléphone pour les obtenir... donc, arrête de t'en prendre à moi, d'accord ? »

Priscilla fronce les sourcils.

Sophie secoue le casque bleu pour que nous entendions les clés à l'intérieur.

« Prenez des clés, et c'est comme ça que vous trouverez votre partenaire. S'il y a un binôme qui n'a pas le permis, changez de partenaire ou empruntez un tandem. Pour les photos, n'oubliez pas les hashtags #TaipeiRides et #RetrouvaillesLaCroisiereDel Amour ! Ah, Rick et Ever. »

Elle lance des clés à Ever. Rick attache leurs sacs sur le scooter et elle monte derrière lui.

« Envoyez-nous un message quand vous irez chez Tante Claire et on vous y retrouvera, dit Rick avant de démarrer.

— Xavier, toi et moi, on a nos propres scooters, parce qu'on a beaucoup de choses à faire. »

Un scooter bleu klaxonne deux fois et elle me tend les clés. Je mets mon sac à dos dans le coffre, enfile le casque sur ma tête et m'assois sur le siège. Lorsqu'il vrombit entre mes jambes, le bruit d'un moteur plus puissant attire tous les regards. Le Roi des abrutis approche avec une moto Yamaha noire et luisante qu'il a achetée pour impressionner sa première petite amie.

« Xiang-Ping, on va où ?

— Le siège social, répliqué-je sèchement.

— Puis chez ma tante, ajoute Sophie.

— On est censés rester ensemble, dit-il.

— Qu'est-ce que tu feras, sinon ? demandé-je. Un bras de fer ?

— Il n'y a pas assez de scooters », fait remarquer Priscilla.

Sophie fronce les sourcils.

« Je suis sûre d'avoir bien compté.

— Bert est parti tout seul », observe froidement Marc.

Sophie croise mon regard, puis détourne les yeux.

« On peut partager », dis-je, mais elle n'en a pas envie.

Ça fait trop couple, et c'est exactement pour ça qu'elle a mis tout le monde en binôme, sauf nous.

Le Roi des abrutis nous adresse un sourire détaché.

« Tu préfères peut-être venir avec moi ? »

Il fait rugir le moteur de sa moto comme le frimeur qu'il est.

Elle met son casque orange sur sa tête.

« Nous devons établir le plan pour le film en chemin », dis-je.

C'est vrai.

« On est en retard.

— D'accord. »

Sophie me pousse.

« Mais c'est moi qui conduis.

— Quoi ? Je suis prêt à démarrer. »

Je ne bouge pas. J'ai besoin de sentir le vent sur mon corps, sur ma chemise et dans mes cheveux pour me débarrasser de tout ce que mon père m'a fait subir. Faire semblant que je suis aux commandes sur la route, parce que je ne suis aux commandes de rien d'autre.

Et surtout, je ne peux pas m'accrocher à elle et avoir ses cheveux sous le nez. Ça me ferait penser à ce que j'ai ressenti en la prenant dans mes bras dans son sommeil hier soir, à sa respiration chaude contre mon cou et à son cœur qui battait contre ma poitrine.

Elle me pousse plus fort, furieuse.

« Juste parce que tu es un mec.

— Tiens-toi aux barres.

— La prochaine fois, c'est moi qui conduis.

— Ça marche. »

Elle passe sa jambe par-dessus le siège et s'agrippe aux barres de chaque côté. Je ne peux pas m'empêcher d'estimer que c'est une bonne chose pour nous deux que je ne la laisse pas prendre le dessus, ou que je n'aie pas peur qu'elle le fasse, même si je ne sais pas encore vraiment ce que ça veut dire non plus.

« Et surtout, reste avec moi, dit le Roi des abrutis. Ton père a dit... »

Je propulse le scooter en avant et tourne brusquement pour sortir du parking.

« Attends ! » crie le Roi des abrutis.

Un large sourire s'affiche sur mon visage. Même sur sa moto, il n'a pas le cran d'aller aussi vite. Lorsqu'un feu passe à l'orange, j'accélère alors même qu'il devient rouge. Une voiture klaxonne. Le Roi des abrutis hurle de nouveau, mais ses mots se perdent tandis que notre bolide fonce sur le bitume sur lequel sont dessinés de grands caractères blancs. Nous nous penchons tellement sur le côté que nous prenons le risque de nous écorcher les jambes.

Sophie enroule ses bras autour de ma taille.

« Qu'est-ce que tu fous, Xavier ? »

Je souris dans le vent. Je sais que je ne devrais pas, mais j'ai encore plus l'impression d'être moi-même qu'au Club Pub.

La pointe bleu-vert de Taipei 101 domine l'horizon lorsque nous approchons de la ville.

Un jour, en voiture avec Ba, il m'a fait remarquer la manière dont la famille a formé cet horizon. Deux bâtiments à l'est ont été construits par mon grand-père, et un autre, au sud, par mon père. J'avais été assis sur ses genoux dans la voiture et m'étais senti fier, et je le suis encore à présent, mais ce souvenir me montre juste que rien n'a changé depuis. La Famille et sa Réputation sont les raisons pour lesquelles je suis une telle déception. La raison pour laquelle ils enfouissent tout ce qui fait mention de mon nom. Pour que je ne les tire pas vers le bas.

Nous passons devant un hôtel de dix étages qui appartient à la famille de Ma.

« Je veux aller voir la tombe de ma mère, dis-je dans le vent. Je voulais y aller cet été.

— Où est-ce qu'elle est enterrée ? »

Sophie semble m'avoir pardonné maintenant que nous roulons comme il faut.

« Yang Ming Shan.

— Dans les montagnes ? »

Ses bras descendent légèrement autour de ma taille.

« C'est un peu loin...

— À environ une heure. Les tombes de ma famille sont plus haut que celle du fils de Sun Yat Sen. On peut y aller demain. Ça ne prendra pas longtemps. »

La voix de Ba résonne dans ma tête.

« Je n'arrive pas à croire que Ba l'a utilisée contre moi. Même s'il le fait tout le temps.

— Je suis sûre qu'elle serait fière de toi. »

Je veux juste savoir qu'elle ne serait pas déçue. À ma connaissance, elle ne tenait pas de journal. Je ne peux pas deviner ce qu'elle voulait de moi ou ce qu'elle penserait de moi aujourd'hui. Je n'ai que ce que Ba me dit.

« J'aimerais pouvoir le savoir. »

Je reconnais l'embranchement de Dihua Street et tourne vers le panneau vert indiquant la sortie : 出口, la « bouche », qui est assez facile à lire.

« Je veux dire, son fonds fiduciaire, c'est la seule raison pour laquelle je suis ici. »

Je m'interromps. Il y a le projet de Sophie. Je ne serais pas venu pour le festival de la Lune, mais je pense que je l'aurais fait pour elle.

Les feux changent de couleur et nous sortons de l'autoroute avec une centaine d'autres scooters et de mobylettes de toutes les teintes. L'énergie me remplit d'espoir et je tourne dans Dihua Street, passe devant une rangée de bâtiments en brique rouge historiques d'un étage : un couloir constitué de trois porches voûtés par bâtiment au rez-de-chaussée, et un premier étage avec trois fenêtres à huit panneaux qui forment un pâté de maisons infini dans la rue.

« Cet endroit a tellement de caractère, dit Sophie. Je l'adore.

— C'est la plus ancienne rue de Taipei. »

Je m'arrête, sors ma caméra de mon sac à dos et enfile la sangle autour de mon cou. Il est tôt, plusieurs des boutiques sont encore fermées par des portes en palissandre.

« Le siège social est au bout de la rue. Je veux filmer tout ça.

— Je pensais que nous cherchions un gratte-ciel.

— Non, on est ici depuis toujours. Ma famille a commencé par vendre du tissu, c'est pour ça qu'ils sont installés en ce lieu, près de l'eau. Pour les navires marchands. »

Voilà autre chose que j'aime de Dragon Leaf. Le début. Avant la diversification et la société de portefeuille, les acquisitions et les investissements stratégiques. À l'époque, les Yeh ne faisaient qu'une chose. Nous avions une profession.

« C'est un bon endroit pour filmer. »

Tandis que nous continuons à descendre la rue, je filme les boutiques qui vendent de tout : des champignons bruns et blancs, du thé, des prunes, des mangues, des moitiés de figues avec des cœurs roses. Des tresses d'ail violet accrochées à des cordes. De fortes odeurs de moisi chatouillent mon nez.

« Nous sommes à un pâté de maisons des quais de Dadaocheng, dis-je. Avant, j'allais là-bas avec ma mère pour nourrir les canards. Une porte de l'ancien mur de la ville s'y trouve encore. À l'époque, ma famille envoyait du tissu par bateau dans toute l'Asie depuis ce quai.

— Tu as l'air fier quand tu parles de ce genre de choses, dit Sophie.

— Ah oui ? »

Je suis un peu gêné. Je ne suis pas un porte-parole ni rien de tout ça. De toute évidence.

Puis le siège social apparaît : un bâtiment historique avec un charme désuet à une intersection. Le coin du deuxième étage est coupé comme le côté d'un octogone. Il m'a toujours plu, tout comme le logo impressionnant de Dragon Leaf qui s'y trouve, avec un dragon noir et nacré qui entoure le caractère des Yeh. Mais quand on le voit aussi grand, la ressemblance avec le dragon que j'ai peint cet été est évidente, jusqu'aux griffes des pattes et aux écailles en forme de feuille. Ba gagne, encore une fois. Je ne suis même pas original.

Les portes de l'entrée sont en palissandre sculptée pour représenter d'autres dragons et des scènes de l'histoire des quais. Mais mon regard est rivé sur une foule d'hommes et de femmes qui scandent quelque chose sur le trottoir couvert entre les colonnes en brique. Ils bloquent l'intersection jusqu'aux bâtiments voisins.

« Que se passe-t-il ? demande Sophie. Il y a des centaines de personnes.

— Je ne sais pas. »

Des pancartes en carton s'agitent au-dessus de leurs têtes.

« Ils ont l'air en colère. »

Je fronce les sourcils et baisse ma caméra.

« Je ne peux pas filmer s'ils sont là. Qu'est-ce qu'on fait, maintenant ? »

Je gare le scooter près de la foule.

« Nous devons traverser pour entrer. Viens. »

Je pose un bras autour des épaules de Sophie pour la protéger des corps qui se cognent les uns aux autres et des coups de coude tout en me dirigeant vers les portes. Elle se serre contre moi.

Les slogans s'entendent plus clairement à présent : *Virez-le ! Virez-le ! Virez-le !*

« Virez qui ? murmure Sophie.

— Aucune idée ! »

Je nous fais passer sous le porche voûté. Une barrière de police en bois bleu empêche de franchir les portes en palissandre sculptées avec des heurtoirs en laiton au centre. Le nombre *1912*, l'année de la fondation de Dragon Leaf, est gravé sur l'enseigne en pierre d'un vert grisâtre. L'entrée est décorée pour le festival de la mi-automne, avec des bannières en papier rouge et des caractères anciens en pattes de mouche qui couvrent les parties supérieures et les côtés. Mais je ne peux pas filmer tout cela à cause de la foule qui me bouscule par-derrière et des trois gardes en uniforme qui me coupent la route.

Je tends le cou et jette un coup d'œil à l'une des pancartes.

Le visage de Ba, comme une tête décapitée, est barré à l'aide d'une grosse croix noire.

La nausée me tord l'estomac. C'est son portrait public : costume sombre, menton levé, yeux noirs, regard assuré et qui ne se rend pas compte qu'une croix lui taillade le nez.

« Qu'est-ce que ça dit ? » demandé-je.

Sophie se libère pour observer.

« Virez-le.

— Le PDG gagne des millions par an, hurle quelqu'un. Il fait des courses avec des voitures de luxe. Il peut se permettre de payer mon salaire. Je dois nourrir ma famille !

— Virez-le ! »

Ce sont les employés ? Les cris percent des trous dans mon crâne. C'est vrai que Ba fait des courses de voiture, mais il est aussi fier, au point où ça en devient énervant, de bien traiter ses employés. Tous ces gens qui s'en prennent à lui, ça ne me semble pas… En réalité, je ne sais pas quoi penser. Au cours de la longue histoire de Dragon Leaf, j'ai entendu dire qu'il avait trahi des partenaires et des clients problématiques, et qu'il y avait des membres de la famille dangereusement en colère. Mais je n'ai jamais rien observé de tel.

Je secoue la tête. Quoi qu'il en soit, c'est son problème, pas le mien. Je dois juste filmer des images pour mon documentaire et emmener Sophie voir ma tante.

Je contourne la barrière.

« Recule ! »

Un garde se plante devant moi et sort sa matraque en bois.

« N'avance pas ! »

Il me pousse si fort que je marche sur le pied de Sophie. Le logo de Dragon Leaf doré brille sur sa poche de chemise. Sophie agrippe mon bras.

« Ça va ? »

Je me tourne vers elle.

« Oui, dit-elle d'une voix ferme. Il faut qu'on découvre ce qui se passe. »

Je sors mon passeport.

« Je suis Xiang-Ping. Euh… »

Je n'ai pas envie de le dire.

« Le fils de monsieur Yeh, le PDG. »

Tandis que le garde ouvre mon document d'identité, deux hommes derrière nous disent :

« Le fils ? C'est le fils ?

— Yeh est un nom commun. »

Le garde plisse les yeux en regardant ma photo, puis mon visage.

« Je ne savais pas que le PDG avait un fils. Il a un neveu. »

Le Yeh enterré, encore une fois.

« Je suis son *fils*, dis-je.

— Ton badge ?

— Je n'en ai pas. »

D'autres personnes de la foule écoutent et murmurent. Le deuxième garde feuillette mon passeport.

« Tu ressembles à un Yeh », dit-il d'un air méfiant.

Mais le premier dit :

« Pour entrer, il faut avoir un badge ou être accompagné d'une personne autorisée. »

Quelque chose de lourd s'abat sur l'arrière de ma tête.

« Aïe ! Qu'est-ce que…

— Ne tirez pas ! crie un homme dans la foule. C'est une manifestation pacifique.

— Un sac de sable. »

Sophie ramasse un sac de la taille d'un sandwich qui est attaché par une ficelle.

Je suis puni pour les péchés de Ba. Ça ne pourrait pas être plus ironique. Un deuxième sac siffle à côté de mon oreille.

« Est-ce qu'on peut en parler à l'intérieur, s'il vous plaît ? demande Sophie aux gardes.

— On ne laisse personne entrer pour le moment.

— Nous sommes là pour un projet scolaire, dis-je. Appelez ma Tante Trois, Rose Chan.

— Elle est occupée, elle gère cette urgence. »

Un autre sac heurte la barrière et explose dans un nuage de sable. Un autre effleure mon épaule et je pose une main sur le dos de Sophie pour qu'elle se place devant moi et qu'elle soit protégée des tirs. De toute évidence, il se passe beaucoup de choses à Dragon Leaf... mais nous n'avons qu'un week-end.

« Est-ce qu'on peut appeler ma tante ? demandé-je avec insistance. Elle nous attend... »

Une des portes s'entrouvre derrière les gardes. Le Roi des abrutis apparaît. Ses cheveux sont humides, comme s'il venait de mettre sa tête sous l'eau, et il tient une carambole juteuse à moitié dévorée à la main.

« C'est bon, messieurs. Ils sont avec moi.

— Lin-Bian. »

Les visages des gardes se détendent légèrement.

« Excusez-nous, nous ne le savions pas. »

Le Roi des abrutis est maître dans l'art de sourire d'un air narquois sans en avoir l'air. Le fait qu'il me tire d'affaire me donne l'impression de sniffer de la vase du port. Et je préférerais ça plutôt que d'accepter son aide.

« Aïe ! dit Sophie.

— Tirez sur eux ! » vocifère quelqu'un.

Des sacs de sable volent dans tous les sens. Je la pousse devant moi tandis qu'un autre sac heurte mon dos entre mes omoplates. Puis l'arrière de ma tête. Tout un tas de gens se précipitent vers nous.

« Allez, allez ! » crié-je.

25

SOPHIE

Dans quoi est-ce que je me suis embarquée ?

Je masse mon épaule douloureuse. Nous sommes dans une cour intérieure et les slogans contre le père de Xavier résonnent à travers les portes fermées.

Tout ce que je voulais, c'était réussir ma proposition de projet pour impressionner le professeur Horvath et être acceptée dans le cours d'informatique. À présent, je suis à l'autre bout du monde, coincée dans un conflit familial et des troubles sociaux... tout ça parce que je poursuis l'idée folle d'un assistant de mode.

Et Xavier ne pouvait même pas entrer dans le siège social de sa propre famille ! N'importe qui d'autre aurait piqué une crise, mais pas lui. Et maintenant ? Il ne peut pas filmer avec ces manifestants devant la porte et je ne peux pas rencontrer sa tante si elle est occupée à gérer la situation. Mais bien entendu, sa famille a mieux à faire que deux projets scolaires.

« Qui sont ces gens ? demande Xavier en se frottant l'arrière de la tête.

— Ils ont été renvoyés de Dragon Leaf la semaine dernière, dit Victor. Un licenciement collectif.

— Pourquoi ? Dragon Leaf est une mine d'or.

— Tu es tellement naïf, Xiang-Ping. »

Les narines de Xavier se dilatent.

« Peu importe. On a juste besoin de trouver Tante Trois.

— Entrons. »

Victor nous mène vers un bâtiment noir et raffiné avec des poutres rouges. Sa modernité se distingue de la tradition, comme un iPad dans un coffre ancien et sculpté à la main. Mais ça me plaît. J'aurais pris plus de photos si nous n'avions pas été en train de fuir la tempête.

À l'intérieur, le hall haut de plafond est illuminé par des globes blancs. Trois portraits de peinture à l'huile représentant des hommes sont accrochés au mur. Il s'agit sans doute de l'arrière-grand-père et du grand-père de Xavier, et de son père au bout. Deux réceptionnistes avec des casques nous font signe derrière le bureau en granite.

« Par ici. »

Victor les contourne et passe sous une porte voûtée. Nous entrons dans un musée qui ressemble à un hangar. Des lanternes rouges et chics, dont la partie inférieure est carrée et les côtés en tissu sont arrondis, se balancent du plafond noir, comme un champ de coquelicots avec des cœurs lumineux. En dessous, des véhicules futuristes sont garés sur des espaces délimités par des cordes : une machine à trois roues aux lignes racées avec un toit en verre et une énorme roue avant. Une voiture électrique rouge de style rétro.

« C'est la salle d'exposition », me dit Victor.

Cela ressemble beaucoup plus à ce que j'imaginais de Dragon Leaf. J'espère juste que tout va bien. Xavier essaie de l'ignorer, mais c'est de plus en plus difficile. J'entends encore la foule.

« Est-ce que Tante Rose est là ? » demande Xavier.

Je cherche une femme qui pourrait être elle, mais ne voit que quelques hommes qui examinent une machine. La technologie est incroyable. J'ai hâte de découvrir l'application Magic Mirror.

« Si elle est là, elle doit être dans l'entrepôt, au fond. Allons-y.

— Xavier, est-ce qu'on devrait filmer ça ? » questionné-je.

Dans la mesure du possible, je dois aussi m'assurer que son projet ne déraille pas.

« Oui. »

Il a l'air distrait, mais place sa caméra devant son visage. Une petite lumière verte s'allume.

« Voilà ce que Dragon Leaf présente à ses VIP, dit-il.

— De combien de minutes de vidéo as-tu besoin ? demande Victor.

— C'est pour un film de six minutes, dit Xavier. Je ne sais pas encore.

— Il te faut un plan, dit Victor. Une liste de séquences. Tu dois savoir combien de minutes de film donnent un certain nombre de minutes pour le montage final, ce genre de choses.

— Je ne sais pas encore, d'accord ? dit Xavier avec colère. C'est pour ça que je suis là. Je vais filmer ce qui a du sens. Des symboles. Des gâteaux de lune.

— Je te dirais bien que tu vas te planter, mais malheureusement, moi aussi », dit Victor.

Xavier l'ignore et tourne sa caméra vers les voitures.

Pendant qu'il filme, j'ouvre Instagram pour donner des nouvelles aux autres. Un déluge de publications avec le hashtag #RetrouvaillesLaCroisiereDelAmour a inondé mes notifications : Ever et Rick qui trinquent avec des verres de bubble tea, Spencer et Priscilla au parlement de Taïwan... Le groupe est réparti dans toute la ville : le zoo, les marchés, et même le campus de Chien Tan.

Trente étudiants supplémentaires sont venus d'Europe et d'Asie pour la réunion d'anciens élèves à Taipei 101, ce qui fait cent dix personnes. Ça fait beaucoup de monde à contenter. Je note mentalement que je dois modifier la réservation. J'espère que nous n'avons pas dépassé la limite.

Mais de manière générale, j'adore cette vague d'énergie. Je fais une vidéo en direct et cent personnes se connectent immédiatement.

« Salut, tout le monde ! Je suis dans l'incroyable salle d'exposition de Dragon Leaf et...

— Euh, Sophie, tu n'as pas le droit de faire des vidéos ici sans autorisation, dit poliment Victor.

— Je lui donne l'autorisation, dit sèchement Xavier.

— Euh, d'accord. »

Charmant. Cent personnes l'entendent me rappeler à l'ordre et se disputer avec son cousin.

« Bon, nous allons entendre des secrets sur leur technologie de la mode, alors je vais devoir arrêter de filmer, mais si je peux, j'essaierai de vous montrer l'intérieur. »

J'arrête la vidéo. Un commentaire sur mon fil d'actualité me saute aux yeux.

C'est vraiment des fringues bon marché. Ça ne peut pas être sa copine.

Oh, je trouve qu'ils sont mignons ensemble.

Un instant... moi ?

J'ouvre un album publié par Bert. La première photo est plutôt innocente : une bouteille de vin à mille dollars. C'est sans doute pour ça qu'il est passé entre les mailles du filet de la machine des relations publiques. Mais la deuxième photo est un cliché de moi en train de danser avec Xavier. Sa main est posée sur ma taille et mes bras sont enroulés autour de son cou, et nous sommes tellement collés l'un à l'autre que mon corps se souvient de ce moment avec un peu trop d'enthousiasme. Il avait envie de moi à ce moment-là. Je l'ai senti.

Je frémis et détourne le regard.

Sophie : Hello ! Je ne suis pas sa copine !

« Ça va, Sophie ? » demande Xavier.

Et pourquoi est-ce qu'il faut toujours qu'il remarque mes changements d'humeur ?

« C'est le fil d'actualité… »

Je m'interromps en voyant un autre message.

J'espère que ces retrouvailles en vaudront la peine. Mon billet d'avion m'a coûté cher. Je compte sur toi, @Sophie !

Pouah.

« Tout va bien. »

Je mets mon téléphone dans ma poche, mais en dépit de toutes les publications #RetrouvaillesLaCroisiereDelAmour, j'ai un goût amer dans la bouche. J'essaie de ne plus penser aux piques lorsque Victor désigne une capsule en métal avec des ailes en forme de chauve-souris.

« C'est un avion personnalisé. Il peut vraiment voler. »

Xavier lève sa caméra. Un peu plus loin, un groupe d'hommes est rassemblé autour d'un lit d'hôpital. De longs bras robotiques opèrent un mannequin grandeur nature.

« Il y a beaucoup de supers inventions en cours, dit Victor, mais Dragon Leaf vend les mêmes appareils électroniques, les mêmes jeux et la même technologie de soins de santé depuis cinquante ans. La concurrence nous rattrape. D'où les licenciements.

— C'est pour ça que Ba est en colère à ce point à cause de la mauvaise publicité ?

— Ce n'est pas juste de la *mauvaise publicité.* »

Victor est blessant de nouveau. Il s'est transformé en quelqu'un qui aurait piqué une crise si les gardes ne l'avaient pas identifié. Si je ne l'avais pas rencontré d'abord en tant qu'ATER super aimable, je ne l'aurais pas reconnu.

« Ces jours-ci, tout le monde peut être démoli à cause d'un mauvais tweet sur un client qui a été mal reçu par un de ses magasins. Tu voles comme un empereur romain en train de faire une bacchanale alors que nos anciens employés sont dans les rues. Nous affrontons des centaines de tweets négatifs, même si Jane essaie de les contenir. Maintenant, une société d'investissement privée, les Croisés, tâche de s'emparer de l'entreprise.

— Les Croisés ?

— Comme leur nom l'indique, ils conquièrent et détruisent.

— Ba ne vendra jamais, dit Xavier. Dragon Leaf appartient à la famille depuis plus d'un siècle. Il la dirige depuis qu'il a appris à marcher à quatre pattes. Je jouais ici quand j'étais petit.

— Tu es vraiment déb…

— Arrête », dis-je.

Je me fiche que ce soit un ATER.

« Sans déconner, Victor. Ça suffit. »

Victor me jette un coup d'œil, surpris. Xavier me touche brièvement le coude. *Merci.* Je mets le nez dans ses affaires de nouveau, mais peut-être que c'est acceptable cette fois. Il ferait la même chose pour moi.

« Eh bien, ça ne dépend pas que de ton père, dit Victor d'un ton moins désagréable. Ye-Ye et lui possèdent une grande partie de Dragon Leaf, nos tantes ont une toute petite part, et le reste est détenu par des cousins lointains et des gens qui ont acheté des parts au fil des ans. Ils peuvent vendre aux Croisés et partir avec de l'argent dans leurs poches. Individuellement, ce n'est pas un problème, mais celui qui détient toutes les parts ensemble contrôle l'entreprise.

— Et ton père ? demande Xavier.

— *Mon* père ? »

La mâchoire de Victor se serre de nouveau. Un creux se forme sur le bord.

« Est-ce que tu as vu *son* portrait dans le hall ? »

Xavier fronce les sourcils et réfléchit. Je n'en suis pas sûre non plus. Est-ce qu'il y était ?

« Oublie ça. Ce que je veux dire, c'est que tout l'héritage de la famille est en jeu, dit Victor. Et tout ce qui importe à tes yeux, c'est ta beuverie dans les airs. »

Xavier rougit.

« Tu n'as rien de mieux à faire que de me surveiller ?

— Malheureusement, ton père m'a donné des ordres stricts, dit Victor. Ne pas te laisser foirer ton petit devoir de lycée, ou il va guillotiner quelqu'un. En l'occurrence, moi. »

Victor ouvre brusquement la porte du mur du fond. La porte en soi est simple, mais un parfum délicat flotte depuis le royaume magique à l'intérieur, un univers de vêtements colorés et accrochés sur des centaines de portants. Je reste bouche bée un instant. Est-ce que tout ça est réel ?

« L'entrepôt de Magic Silk, annonce Victor. Si Tante Rose est quelque part, c'est là. »

26

XAVIER

Sophie a l'air d'une enfant le matin de Noël en entrant dans l'entrepôt. Elle prend une paire de bottes, un châle en fourrure, une robe ornée de perles. Le lieu est haut d'un étage, chaleureux, avec un mur couvert de tablettes sur lesquelles sont accumulés des rouleaux de coton brodé et de soie thaïlandaise, des boîtes à chapeau et des bottes en cuir à la mode. Un labyrinthe de portants disparaît dans un angle.

C'est un espace de travail et de stockage pour l'inventaire, et non pas une salle d'exposition pour le public. Mais Sophie tourne en rond, émerveillée, admirant le logo en forme de miroir de poche ancien peint sur le mur, les rangées de chaussures à talons hauts, les sacs, les pulls pliés et toutes les robes accrochées un peu partout.

J'ai eu l'impression que c'était surréaliste quand elle m'a défendu contre le Roi des abrutis. J'ai dû parer ses piques toute ma vie. C'est le genre de chose qui fatigue au point où on finit par ne plus pouvoir se battre. C'est peut-être de ça que Ma parlait lorsqu'elle déclarait que nous n'étions pas censés nous en sortir seuls.

Et maintenant, j'ai la tête qui tourne à cause de tout ce qui arrive à ma famille : les manifestations, le visage de Ba sur les sacs de sable, les Croisés. Je n'en savais rien. C'est sans doute juste de dire que je faisais l'autruche. J'ai toujours supposé que Dragon Leaf était intouchable. Invulnérable. Cela dit, ce n'étaient jamais mes affaires.

« Tu as dit que tu jouais ici, avant ? »

Sophie se tourne vers moi.

« Ouais. Ça fait drôle d'être de retour. Ça faisait tellement longtemps. »

Je filme toute la pièce. Toutes ces images pourraient être utiles. Une femme passe l'étiquette d'une écharpe sous un lecteur. Une autre réalise le tri dans des portants de vêtements rangés par couleur et par matière : rouge, crème, pastels, imprimés, soie, fausse fourrure. Une machine à coudre vrombit quelque part dans le fond.

« Quand j'étais petit, je passais les tissus par-dessus ma tête pour donner des formes différentes au monde. »

Je m'approche de Sophie, qui prend un tee-shirt rose orné d'un dessin de pépite de chocolat.

« Mon amour, tes yeux sont des cookies, ton nez est un cookie et tes oreilles sont des cookies. »

Elle rit.

« C'est quoi, ça ?

— Je m'en souviens, dis-je. C'est leur collection de tee-shirts avec de mauvais messages. C'était censé être un flop, mais les gens ont adoré. On dirait qu'ils les vendent encore.

— Ils sont drôles. »

Elle en prend un autre : un dessin de baguettes qui tiennent un ravioli chinois.

« Nous allons aussi bien ensemble que les raviolis et la sauce soja. Ha ! Ce lieu est vraiment magique. Tout est possible. »

Je la suis avec ma caméra tandis qu'elle passe sa main sur une rangée de robes de bal en satin. Parfois, les couleurs vives peuvent effacer une personne, mais elles donnent vie à Sophie.

Je saisis les lignes nettes de son profil. Les accès d'énergie qui la propulsent d'un endroit à un autre.

Elle se tourne vers moi, puis sursaute en écarquillant les yeux.

« Oh ! Je ne m'étais pas rendu compte que tu me filmais. »

Une teinte corail imprègne ses joues.

« Continue. Tu as un don pour ça.

— Pour admirer les vêtements ?

— Mais non. Pour être devant la caméra. »

J'essaie de trouver les mots pour lui expliquer.

« Tu portes toutes tes émotions à fleur de peau. On dirait… des rayons de soleil. Qui émanent de toi.

— Des rayons de soleil ? »

Pouah, c'est qui, l'abruti, maintenant ?

« Désolé, je suis nul avec les mots. Ce n'est pas ce que je voulais dire. »

Sophie grimace.

« Tu n'es pas nul avec les mots. Et en fait, j'adore. »

Son sourire me fait repenser à la veille. Quoi qu'elle en dise, je ne peux pas l'oublier… même s'il le faut.

Elle montre du doigt une machine d'ensachage automatique qui insère des robes de cocktail dans du plastique transparent. Elle prend un ton officiel.

« La mode rencontre la technologie. Regardez ça. Tout est dernier cri. »

Je tourne la caméra vers le bras robotique qui place les sacs sur un portant.

« Où est-ce que ça va ? demande Sophie à une fille avec des cheveux courts et violets et une veste parsemée de bijoux.

— Au port. On les envoie aux clients.

— Où ? m'intéressé-je.

— Au Japon, à Singapour, un avion pour l'Europe. Tout part d'ici et arrive dans le reste du monde. »

Elle dépose un mot dans une boîte de soie imprimée.

« Et ça, c'est quoi ? interroge Sophie.

— Des écharpes d'une coopérative de femmes au Pérou. Madame Chan nous demande de les transmettre avec nos marchandises. On essaie de les aider à se faire un nom.

— C'est super. »

Sophie me jette un coup d'œil.

« C'est *ça*, que votre équipe de relations publiques devrait publier.

— Je ne suis que la cheffe de rayon.

— Vous savez où est madame Chan ? » demandé-je.

Sophie m'adresse un regard perplexe, mais je préfère ne pas dire qui je suis si ce n'est pas nécessaire.

« Elle gère la crise qu'il y a dehors, mais si je la vois, je lui dirai que vous la cherchez. »

La fille s'éloigne avec la boîte.

« C'est trop incroyable ! dit Sophie. J'ai tellement hâte de parler à ta tante.

— Elle doit être par ici. »

Nous avançons et cherchons jusqu'à ce que nous arrivions devant la rambarde d'un balcon qui surplombe un petit salon en contrebas. Un escalier en colimaçon mène aux canapés en soie bleus sur lesquels sont dessinés de larges magnolias. C'est une oasis pour les invités. Ma avait l'habitude de s'asseoir là avec des tasses de thé quand nous venions.

À ma grande surprise, mes grands-tantes sont ici, avec leurs cheveux blancs et leurs kimonos couleur lavande et turquoise assortis qui me font penser à une paire de pantoufles. Grand-tante Deux est assise à une table et dessine avec un pinceau de calligraphie sur un long rouleau à moitié couvert de caractères à l'encre. Grand-tante Une s'est endormie sur une méridienne et une couverture en laine blanche l'enveloppe jusqu'à la taille.

Ma gorge se serre et je ressens un sentiment de perte inopiné. J'étais tellement concentré sur Ba et Tante Trois que je ne m'étais pas attendu à tomber sur elles. Mais en y repensant, elles ont presque toujours été là. Elles étaient proches de Ma. Je me souviens des gâteaux aux graines de lotus, de l'odeur d'huile de fleurs blanches, de la douceur de la soie sur ma joue. De manière générale, une présence tendre. Je ne les ai pas vues depuis des années et je ne m'étais pas rendu compte qu'elles me manquaient avant maintenant.

« Qui est-ce ? » demande Sophie à voix basse.

Grand-tante Une ronfle et roule sur le côté. Sa couverture blanche glisse et Grand-tante Deux pose son pinceau pour la ramasser.

« Les sœurs de mon grand-père. »

Je lève ma caméra lorsqu'elle remet la couverture sur Grand-tante Une.

« Celle qui dort, c'est Ako, et l'autre, c'est Yumiko.

— Des noms japonais.

— Oui, ce sont des surnoms, mais tout le monde les utilise. Elles doivent aimer être là si elles viennent encore.

— Elles sont tellement élégantes. »

Oui, c'est exactement ce que sont mes grands-tantes. L'amour et la fierté montent en moi tandis que je prends une autre photo.

« Allons les voir. Je vais te présenter…

— Xavier, tu es censé filmer pour ton projet, dit mon cousin. Il est déjà neuf heures et demie. Tu dois être chez toi à onze heures trente pour interviewer Ye-Ye. »

Super, le Roi des abrutis est de retour et remonte ses manches.

« Ce que je filme, ce ne sont pas tes affaires. »

Et peut-être que je filme effectivement pour mon projet. Je ne le sais pas encore.

Le Roi des abrutis se tourne vers Sophie.

« Il t'a parlé de notre stand au festival quand nous étions petits ? »

Je sais exactement où il veut en venir avec cette histoire.

« Va te faire voir, dis-je.

— Non, répond Sophie, perplexe.

— Les gens plaisantent en parlant des mères-tigres, mais ils ne savent pas ce que c'est que d'avoir un grand-père-tigre. Le nôtre insistait pour que chacun de ses petits-enfants participe au stand pendant le festival. Alors, le petit Xavier est venu avec les bras chargés de photos qu'il avait prises avec son nouvel appareil, et il s'attendait à ce que les gens se précipitent pour les acheter...

— Ce n'est pas vrai...

— Et pendant tout le week-end, alors que des milliers de personnes sont passées par le stand, il en a vendu... »

Il lève un doigt.

« Une seule. »

J'étais revenu, impatient de voir ce que j'avais vendu, et j'avais dû affronter le Roi des abrutis en train de jubiler et tellement bouffi d'orgueil qu'il semblait sur le point d'exploser. J'aurais voulu qu'il le fasse, pour ne plus jamais le revoir.

« Et toi, qu'est-ce que *tu* filmerais ici ? » lui demande Sophie.

Qu'est-ce que ça peut faire ? Est-ce qu'elle a vraiment envie de le savoir ?

« Je ne filmerais *pas* ici pour un documentaire sur les Yeh, voilà où je veux en venir, dit-il. Regarde. »

Je soupire pour exprimer mon impatience quand le Roi des abrutis affiche son compte Instagram sur son téléphone. Il fait défiler un carrousel de photos d'abruti : lui vêtu d'une veste argentée à un gala de Dragon Leaf avec le président de Taïwan. Lui sur un parcours de golf herbeux avec une femme bien habillée en blanc.

« Tu connais la doyenne de Dartmouth ? »

Sophie a l'air impressionnée. Et c'est exactement pour cette raison que le Roi des abrutis prend ces photos.

« Dragon Leaf est un grand donateur de Dartmouth. Xavier pourrait prendre des photos comme celles-là aussi… mais il ne le fait pas.

— Pourquoi est-ce que je voudrais prendre des photos avec des doyens ? »

Il grogne d'un air dégoûté.

« Ton cerveau tourne à cent à l'heure dans le mauvais sens. Je ne sais même pas comment t'expliquer. Regarde ça. Je vais faire un direct d'une minute. »

Il se filme en anglais puis, pour faire bonne mesure, il traduit en mandarin.

« Salut, tout le monde. Je suis à Taipei pour m'occuper de mon cousin. Et ouais. Je suis adorable, je sais. Je suis aussi ici avec mon amie de Dartmouth, Sophie Ha. Dites bonjour ! Et suivez-la sur Instagram. »

Il tourne son téléphone vers Sophie et après une courte pause, elle fait signe à la caméra.

« Salut », dit-elle.

Il tourne de nouveau le portable vers lui.

« Je vais faire un discours au festival de la Lune demain soir, alors passez si vous en avez l'occasion. Bonne nuit. »

Il arrête la vidéo.

« Mille personnes ont regardé cette vidéo de dix secondes. D'autres le feront cette nuit.

— Mille ? »

Sophie est impressionnée.

« Bon, les enfants. Je dois me préparer pour mon discours. Xavier, trouve Tante Trois pour Sophie. Tu dois partir à onze heures. »

Il s'en va. Avec un peu de chance, il va disparaître dans un égout.

« Son Instagram est parfait », dit Sophie.

Alors comme ça, elle est passée dans le camp du débile ?

« Oui, eh bien, j'ai mieux à faire que d'utiliser ma matière grise pour élaborer ma prochaine pose.

— Ce n'est pas ce que je voulais dire. Il était parfait comme l'image des Yeh. Mais... c'était froid. Distant ? »

Oh. Peut-être qu'elle voit son vrai visage, finalement.

« Sophie, je devrais...

— Ne m'appelle pas par mon nom, dit-elle sèchement.

— Quoi ? Pourquoi pas ?

— Xiang-Ping, mon chéri. »

Grand-tante Deux monte l'escalier en colimaçon et s'approche de nous en lissant son kimono couleur lavande. Elle passe ses bras légers autour de mon cou et je sens l'odeur délicate de sa pommade. Elle pince ma joue.

« Xiang-Ping, tu ressembles à ton père. »

Je croise le regard de Sophie. Tous les enfants détestent sûrement qu'on leur dise ce genre de choses, mais je crois que c'est encore pire pour moi. Cependant, Grand-tante Deux a pris Ma sous son aile, alors je n'ai pas le cœur de la contredire.

« J'ai pris quelques photos de Grand-tante Une et toi. »

Je lui montre l'écran de mon appareil photo.

« Est-ce que j'ai vraiment l'air aussi jeune ? »

Elle passe une main dans ses cheveux blancs. La peau sous ses yeux est douce et ridée, mais son regard est lumineux.

« C'est exactement toi.

— C'est la plus belle photo que j'ai vue depuis que j'ai des cheveux blancs. Est-ce que tu peux me la donner ? »

Pourquoi le reste de la famille ne peut-il pas être comme mes grands-tantes ?

« Bien sûr, je vais te l'envoyer. »

Elle sourit à Sophie.

« Grand-Tante Une et moi avons toujours dit que ce garçon était un séducteur sans le vouloir. Même à trois ans, il était le seul de nos petits-enfants à ne pas avoir peur des bisous. »

Elle pince mon nez et m'embrasse sur la joue. Très drôle. Elle essaie d'impressionner Sophie pour moi. Celle-ci se moque de moi silencieusement, je le vois dans ses yeux, et je lui souris. Curieusement, ça ne me dérange pas qu'elle me découvre comme ça.

« Mais ne gâche pas ton charme avec moi, Xiang-Ping. Je ne peux pas t'aider. Tu as besoin de ton ba pour ça. »

Faut-il vraiment qu'elle me le rappelle ?

« Ton ba est un homme bien, dit-elle comme si elle lisait dans mes pensées. Il prend soin de tes vieilles tantes. Tout le monde ne le fait pas dans la famille. »

Certes. Un homme bien qui frappe son fils devant tous ses amis. Comment cela peut-il correspondre à l'homme dont elle parle ?

« Qui est ta jolie compagne ? »

Sophie rougit. Mais c'est un rappel cordial de mes mauvaises manières. Elle le faisait quand j'étais enfant, et ces petites remarques ne me dérangeaient pas : *Xiang-Ping, viens dire bonjour à ton Ye-Ye. Xiang-Ping, serre la main de ton oncle Pei*. Rien à voir avec mon père qui me tire l'oreille.

« Je te présente Sophie. Nous sommes là pour parler à Tante Trois. Sophie, je te présente ma deuxième grand-tante, la petite sœur de mon grand-père.

— Vous avez de beaux chaussons », dit Sophie.

Grand-Tante Deux lève son pied minuscule : des ballerines fermées en soie couleur lavande sur lesquelles sont brodées des fleurs blanches.

« Merci, ma chère. Là en bas, c'est ma grande sœur. Elle est très fatiguée. »

Grand-tante Deux sourit à Sophie.

« N'hésite pas à prendre ce que tu veux ici. »

Sophie écarquille les yeux.

« Vraiment ? »

Grand-tante Deux est déjà en train de redescendre pour rejoindre sa sœur.

« Elle est timide avec les inconnus, expliqué-je. Mon grand-père éclipse un peu tout le monde. Mais oui, elle est sérieuse, tu peux te servir. Ce sont des produits d'exposition et ils ne peuvent pas être vendus. Mes tantes donnent un passe aux employés du mois et ils peuvent venir et choisir deux vêtements.

« Comment on fait pour avoir un emploi pareil ? »

Je ris.

« Tu pourrais avoir n'importe quel emploi. C'est moi qui n'y arrive pas. »

Je redeviens sérieux et ce creux étrange dans ma poitrine s'ouvre de nouveau.

« Mes grands-tantes adoraient ma mère. Elles tiennent à moi. Mais j'ai été aux États-Unis pendant toutes ces années. Jusqu'à maintenant, je n'ai jamais… »

Je laisse ma phrase en suspens. Je ne sais pas trop ce que j'essaie de dire. La photo que j'ai prise exprime tout ce que je pense.

« Xiang-Ping, te voilà. »

Nous sursautons. Tante Trois avance vers nous à grandes enjambées et ses cheveux auburn ondulés flottent comme une cape derrière elle. Son jean couvert de boutons de rose et sa veste en cuir assortie lui donnent l'air plus jeune que Lulu. Mais son visage n'est pas amical. Ce n'est pas bon signe. Je fais un pas vers elle pour tenter de couvrir l'espace qui semble trop grand pour être traversé.

« Oh, euh, bonjour, Tante Trois. Merci de nous accorder un peu de ton temps.

— Lulu m'a demandé d'accepter cette réunion. »

Elle s'arrête à une certaine distance de nous et pose ses mains sur ses coudes.

« J'ai une journée bien remplie, mais d'après ce que j'ai compris, il s'agit d'un projet de Dartmouth. Qu'est-ce que je peux faire pour vous ? »

Après ma grand-tante chaleureuse, son irritabilité me fait l'effet d'un saut d'eau froide. Sophie ne semble pas le remarquer.

« Bonjour, je m'appelle Sophie. »

Elle serre la main de Tante Trois.

« Je suis une grande fan des lignes de vêtements de Magic Silk. Et tous les risques que vous prenez avec les motifs et les formes, comme l'Impératrice des nuages l'an dernier, avec les couches de tulle argentées. Les tenues dansaient sur vos mannequins.

— Oui, l'Impératrice des nuages a fait sensation. Qu'est-ce que je peux faire pour toi ? »

Tante Trois est légèrement moins hostile. Sophie utilise tout son charme.

« Je suis venue pour vous parler de votre application de styliste par intelligence artificielle. J'essaie d'en créer une moi-même. J'espérais pouvoir vous poser des questions et voir une démonstration. C'est pour l'école. Je veux dire, je ne vais pas voler vos secrets. »

Sophie sort son téléphone et montre un logo bleu à Tante Trois.

« C'est l'interface de mon application *Miroir, Miroir*. Je viens seulement de commencer. »

Tante Trois explore l'application de Sophie.

« Joli design. Tu as l'œil pour les couleurs.

— Merci.

— Mais notre Magic Mirror n'est pas une application. »

Elle lui rend son téléphone.

« Ah non ? »

Le sourire de Sophie disparaît comme si une tempête venait de passer au-dessus d'elle.

« J'ai mal compris ? »

Tante Trois se dirige vers deux meubles cachés sous des couvertures et placés contre le mur. Ils font la taille d'une armoire et sont plus grands qu'elle. Elle saisit une des couvertures et la décroche délicatement du bois qui se trouve en dessous.

« Voilà, c'est ça », dit Tante Trois en retirant la couverture.

27

SOPHIE

La tante de Xavier semble se méfier de moi. Il y a sûrement beaucoup de monde qui cherche à attirer son attention et elle n'est peut-être pas certaine de pouvoir me faire confiance, ou de pouvoir faire confiance à Xavier, étant donné qu'il y a énormément d'animosité dans leur famille. Mais j'adore déjà l'univers qu'elle a créé à l'intérieur de ces murs : élégant, chaleureux et palpitant à la fois. Sa tenue est déroutante et chaotique : la veste carrée et mauve sur un pantalon avec des boutons de rose qui flottent sur un bleu qui évoque la mer des Caraïbes, une écharpe à motif cachemire qui retient ses cheveux ondulés en arrière. On dirait la décharge électrique d'une anguille.

J'ai envie d'être comme elle. Je veux qu'elle me fasse confiance.

Lorsqu'elle tire sur la couverture en soie, celle-ci tombe et révèle des barres en chrome qui forment une boîte ouverte. Elle ressemble à un petit ascenseur. Des rideaux en velours violet pendent de chaque coin. Sur le sol, il y a une plaque représentant deux traces de pas dorées pour indiquer à l'utilisateur où il doit se placer, face à l'écran qui constitue le panneau du fond de la boîte.

Elle tire sur la deuxième couverture et révèle… un miroir tridimensionnel.

Trois panneaux identiques encadrés par de l'acier finement forgé. Le motif m'est familier : le dragon de Dragon Leaf ondulant entre des lanternes de la lune.

« C'était le miroir de ma mère, non ? »

La surprise du visage de Xavier s'étend sur les trois panneaux. Il passe son pouce le long du dragon, sur le côté.

« Il était dans sa chambre.

— À l'origine, il appartenait à ta grand-mère, la mère de ton père. Mes tantes et elle l'ont élaboré et les dragons ont inspiré le logo de Dragon Leaf.

Xavier fronce les sourcils.

« Je ne le savais pas.

— Elles restent loin de la lumière des projecteurs, dit Tante Trois. Mais tout ce qu'il y a de beau chez Dragon Leaf, y compris son logo et les nuances d'éclairage dans tous les magasins, a été conçu par elles. Ce sont les créatrices de tendance en coulisses depuis cinquante ans.

— Pas étonnant qu'elles se fondent dans l'opération, remarqué-je en souriant. Ce sont elles, l'opération.

— Ça explique pourquoi le logo me plaît, dit Xavier.

— Ton ba a offert ce miroir à ta ma pour leur mariage. Peu avant son décès, elle me l'a légué pour mon projet. »

Je m'approche du miroir. Mon triple reflet, dans une combinaison violette avec un col écharpe, me regarde.

« Il y a un décalage, dis-je. Ce n'est pas un miroir ordinaire.

— Tu as l'œil, dit Tante Trois. J'ai essayé de me débarrasser de ce retard. »

Elle désigne un objectif minuscule caché dans le corps courbé du dragon, au centre de la partie supérieure du cadre, sur le panneau central. Puis, un autre objectif de chaque côté et en bas.

« Quatre caméras incrustées. Je vous présente... Magic Mirror, le miroir magique. »

Elle n'a pas du tout l'air d'une inventrice fière de sa création. On dirait plutôt qu'elle est découragée.

Mais un accès d'enthousiasme traverse mon corps.

« Comment est-ce qu'il fonctionne ?

— D'abord, nous te scannons dans cette cabine. »

Elle passe une main ferme sur la barre en chrome.

« Seize caméras infrarouges créent un avatar numérique de ton corps. Une fois que le système a tes mensurations, il génère une image tridimensionnelle. L'outil identifie quels vêtements de notre catalogue s'adaptent à ta silhouette et réduit le choix de plusieurs dizaines de milliers à quelques centaines. Tu sélectionnes ce qui te plaît et le dispositif te montre à quoi ils ressemblent sur toi, sans que tu aies à t'efforcer de trouver les tenues et de te changer. Si quelque chose te convient, tu l'ajoutes à ta liste d'envies ou tu le commandes directement.

— Alors, vos clients peuvent essayer vos vêtements et vous n'avez même pas besoin de les avoir en stock.

— Exactement, et ils essaient uniquement des vêtements qui leur vont. Ça leur fait gagner du temps.

— C'est incroyable !

— Est-ce que Sophie peut le tester ? » demande Xavier.

Je lui adresse un regard reconnaissant.

« Oh, oui ! Je peux ?

— Il n'est pas prêt à être utilisé par le public... » dit Tante Trois.

Puis elle me tend une grande pince à cheveux.

« Tiens, attache tes cheveux. Il vaut mieux que tu retires tes vêtements pour que la machine scanne ton corps. »

Je me fais un chignon et l'épingle sur ma tête avec la pince. Xavier prend une photo. Pourquoi est-ce qu'il n'arrête pas de me photographier ? Je fais un pas dans la cabine et Tante Trois tire les quatre rideaux autour de moi, obscurcissant l'espace. Mon reflet m'imite lorsque j'enlève ma combinaison et révèle mon soutien-gorge et ma culotte noirs. Et Xavier est juste derrière ce léger rideau.

Je regarde mon reflet presque nu.

« Est-ce que je... dois... tout retirer ?

— Tu peux garder tes sous-vêtements. Donne-moi tes vêtements. »

Je les passe par la fente du rideau et me sens vulnérable à l'intérieur.

« Maintenant, suis les instructions. »

Deux points rouges lumineux apparaissent de chaque côté de mon reflet. Une voix robotique dit :

« Levez les bras et touchez les cercles. »

Je lève les bras jusqu'à ce que les mains de mon reflet touchent les cercles. Ils palpitent. Un vrombissement se fait entendre et un rayon de lumière horizontal traverse le miroir de haut en bas.

À la place de mon reflet, c'est un avatar gris charbonneux qui se révèle. Comme un moulage en plâtre à mon effigie, avec la même forme. Toutes mes courbes sont visibles. Ça aurait pu être bizarre, mais l'appareil est tellement bien conçu qu'on dirait plutôt une poupée adorable.

« C'est fait. »

Tante Trois me rend ma combinaison et je la remets rapidement. Je suis encore en train de remonter la fermeture quand elle ouvre les rideaux et expose mon avatar.

« Super », dit Xavier.

Je tire de nouveau le rideau pour cacher le miroir.

« Ce n'est pas pour le film !

— Oups, désolé. »

Il m'adresse un sourire confus et baisse sa caméra. Mais une boucle de plaisir se déroule dans ma colonne vertébrale lorsque je vois la lueur malicieuse dans son regard.

« C'est vraiment quelque chose.

— Est-ce que tu as un événement à préparer ? »

Tante Trois tape sur une tablette électronique qu'elle tient dans sa main.

Je finis de remonter ma fermeture Éclair.

« Nous allons à une fête à Taipei 101 ce soir. »

Et maintenant que j'ai vu cet entrepôt, je me rends compte que je ne vais pas être assez bien habillée du tout. Tout ça à cause de mon sac à dos minuscule.

Elle me tend la tablette, qui brille d'une lumière vert pâle et affiche une robe drapée et élégante.

« Voilà notre collection pour les occasions spéciales. Choisis tout ce que tu voudrais essayer.

— Elle ne partira jamais. Ça, c'est comme une boutique de bonbons pour Sophie, dit Xavier.

— La mode, c'est de l'art que l'on porte sur soi, déclaré-je.

— Je te l'accorde », admet-il.

Je passe en revue les tenues exquises.

« Tout ça est réel ?

— Oui, nous avons plus de cinquante mille articles dans notre catalogue. »

Une robe d'un bleu semblable à celui des œufs de rouge-gorge sur laquelle est brodé tout un jardin de fleurs attire mon attention. C'est plus féminin que ce que je porte d'habitude, mais c'est une véritable œuvre d'art.

« Vas-y, m'encourage-t-elle.

— Celle-là. »

Je clique sur le bouton de sélection.

« Celle-là. »

Elle me demande de choisir parmi des ceintures en métal tressées, des perles tahitiennes, des colliers à pendentif, des broches en cristal, et plus de styles de chaussures que je ne pourrais l'imaginer.

« Ça devrait suffire. »

Elle reprend la tablette.

« Lançons le programme. »

Je me remets en position devant les trois miroirs.

« Je suis plus jolie dans le miroir qu'en vrai.

— J'ai fait quelques retouches », dit Tante Trois.

Mon image se brouille, puis... je porte la robe bleue brodée avec des bottes en peau de serpent noires. Des boucles à pompons se balancent sous mes oreilles.

« Ouah », articule Xavier.

Je passe mes mains sur ma taille.

« Elle me va à la *perfection*. Les tons ne s'accordent pas : le bleu est froid et le sous-ton marron des bottes est chaud, mais elles sont à tomber... C'est absolument magique ! »

Tante Trois sourit.

« J'ai commencé à travailler sur ce projet à l'université, comme toi.

— Vraiment ?

— Mon père désirait que je m'inscrive dans une école d'étiquette pour filles. Mais je voulais aller à l'université des sciences et de technologie nationale de Taïwan. Le père de Xavier l'a convaincu de me laisser faire.

— Mon père ? »

Xavier est surpris.

« Oui. Ton ye-ye pensait que c'était une perte de temps, alors ton ba a payé pour moi. »

Elle lève sa tablette.

« Tu es prête à en voir plus ? »

Pendant une demi-heure, j'essaie les douzaines de tenues que j'ai choisies. Une longue robe noire avec un organza blanc en forme de grand triangle qui va de l'épaule jusqu'aux orteils. Un trench bleu et juteux avec un pantalon représentant des animaux de la jungle. Une robe chemisier cramoisi dont coule des fils couleur sang, ce qui donne légèrement l'impression qu'elle n'est pas finie. Xavier prend une photo de toutes les tenues tout en filmant de manière continue. Je ne vois pas en quoi ces images seront bénéfiques pour son film, et je ne sais même pas si sa tante mystérieuse l'autorisera à les utiliser, mais étant donné que je ne peux pas me payer ces robes moi-même, au moins, je pourrai baver sur les clichés.

« Ça marche. »

Tante Trois a l'air ravie.

« Ça fait un moment que je ne l'ai pas essayé avec quelqu'un de nouveau.

— Alors, est-ce que le programme peut trouver des tenues différentes pour moi ? m'intéressé-je. Des vêtements que je n'ai pas choisis ?

— Non, mais le dispositif réduit tes options à des tenues qui te vont. Mesurer l'inventaire a été difficile.

— Et vous pouvez faire tellement plus ! dis-je. Au lieu de demander à vos clients de feuilleter le catalogue, vous pouvez utiliser l'intelligence artificielle pour apprendre ce qu'ils aiment et faire des recommandations. Regardez, je vais vous montrer. »

J'ouvre mon application sur mon téléphone. C'est basique, rien à voir avec son programme, mais je lui expose le concept.

« L'application trouve quelles caractéristiques mettent en valeur chaque type de corps, comme des cols carrés plutôt que des cols montants. Puis, elle cherche des articles qui y correspondent dans les boutiques sur Internet. Elle pourrait même conseiller des changements tels qu'ajouter des mancherons ou une taille empire si quelqu'un désire personnaliser des vêtements.

— C'est un projet universitaire très ambitieux.

— Oui, je... »

Est-ce qu'elle veut dire que c'est irréaliste ?

« Mais c'est faisable, confirme-t-elle rapidement. Tout à fait faisable. »

Je souris, encouragée.

« Il me faudra peut-être plus d'un trimestre pour avoir la version finale.

— Et quelques camarades de classe.

— Oui. Et l'objectif, c'est de ne plus avoir à trouver les vêtements qui nous vont et qui nous mettent en valeur. Ce sont les vêtements qui nous trouvent.

— J'adore ça. »

Le regard de Tante Trois brille.

« En particulier pour nous, car nous nous procurons nos tenues et nos accessoires dans trente pays différents : Thaïlande, Mozambique, Inde... Nous avons beaucoup de couturières et de tailleurs qui pourraient les personnaliser. Nous avons un nombre infini de combinaisons et nous avons toujours espéré que Magic Mirror permettrait de faire découvrir ces couturiers. »

Elle tape rapidement sur sa tablette.

« Je vais demander au système de donner des recommandations aléatoires en fonction de la coupe, pour commencer. Voyons ce qu'il va faire. »

Dans le miroir, de nouvelles tenues tournent autour de mon corps. Un saron de batik indonésien sophistiqué. Une combinaison noire et moulante. Une robe argentée et séductrice avec un col en V qui part des épaules, intégré dans le tulle argenté et éthéré de l'Impératrice des nuages que j'ai admirée en ligne. Sophie en été. Sophie gothique.

Je croise les yeux de Xavier.

« Pourquoi tu souris ? » demandé-je.

Son sourire s'agrandit et des fossettes apparaissent sur ses joues.

« Le fait de te regarder essayer une tenue ridicule après l'autre.

— Elles ne sont pas ridicules. »

Une robe en maille rose et bouffante s'enroule autour de moi comme de la guimauve.

« Bon, d'accord, celle-là, oui. »

Il rit et prend une photo. Je fronce les sourcils d'un air faussement mécontent.

« Quelle tenue te plaît le plus, Sophie ? demande Tante Trois en souriant.

— La robe en soie Taroni turquoise avec les dragons peints à la main. C'est éthéré et romantique, et fort en même temps. Mais pas avec les escarpins. Avec les bottes en peau de serpent. Elles sont sur le même thème. Le bleu fait ressortir la couleur orange des bottes.

— Sympa, dit Xavier.

— Ça me plaît. Je vais les commander pour qu'elles soient livrées par drone. »

Elle tape sur son iPad.

« Oh, merci ! »

Elle est comme Xavier : incroyablement généreuse.

« Je ferai super attention et je les ferai laver avant de les rendre, bien entendu.

— Elles sont à toi.

— Oh ! Je ne peux pas accepter ! »

Elles valent plusieurs milliers de dollars en tissu et en main-d'œuvre, sans parler du fait que c'est Magic Silk.

« Tu m'aides pour mon projet, Sophie », dit Xavier.

Je ne pourrai jamais assez les remercier, mais je n'ai pas la volonté de résister.

« Merci, dis-je. Et toi, Xavier ? Tu as besoin de quelque chose pour la réunion d'anciens élèves. »

Je souris.

« Et il te faut vraiment un avatar. »

Je m'attends presque à ce qu'il refuse, mais il éteint sa caméra.

« Oui, je ne peux pas refuser un truc pareil. »

Il disparaît derrière les rideaux de la cabine. Dix minutes plus tard, les trois images de Xavier se brouillent sur le miroir et des tenues aléatoires sont générées.

N° 1 – Xavier élégant, avec un smoking noir avec queue-de-pie, mode *Je me rends à mon propre enterrement.*

N° 2 – Xavier, le mauvais garçon, avec une veste en cuir sombre et un jean moulant : *J'en fais trop.*

N° 3 – Xavier avec du style, avec une veste bleu électrique qui encadre une chemise blanche froissée : la tenue choisie par l'équipe de presse. *Non, merci.*

Je n'arrête pas de rire parce que le programme ne comprend vraiment pas qui est Xavier, et parce que celui-ci n'arrête pas de faire des commentaires.

Le numéro 4 est… majestueux. Un costume bleu marine avec un col Mao orné d'une rangée de boutons dorés.

À présent, c'est moi qui le prends en photo.

« Prince Xavier », dis-je pour le taquiner.

Il hausse un sourcil royal à mon intention. Je lui envoie un baiser.

Oups.

Je baisse les yeux. C'est tellement bizarre. Quel que soit le pacte que nous avons fait et même si j'essaie de garder mes distances, nous n'arrêtons pas de flirter pour plaisanter et c'est presque plus intime qu'hier soir. Je suis ravie que sa tenue se brouille et change de nouveau pour nous rappeler ce que nous sommes en train de faire.

N° 5 – Un autre Xavier que je n'ai jamais vu auparavant. Un pantalon couleur lilas argenté et une chemise blanc poudré sous un manteau en satin beige. Discret, mais artistique. Une palette de couleurs pour de l'ombre à paupières, le contraire du noir argenté qu'il a porté tout l'été, avec une touche de mystère. Ça me plaît.

« Je vais prendre ça, Tante Trois », dit-il à ma grande surprise.

Alors comme ça, ça lui a plu aussi.

« Excellent. »

Elle passe un doigt sur sa tablette et clique deux fois.

« Sérieusement, c'est un miracle », dis-je.

Je m'appuie sur le bord d'une table de présentation. Mon esprit tourne à toute vitesse tandis que je pense aux données dont nous aurions besoin pour aider le programme à faire de meilleures recommandations. Ce sont les données concrètes que le professeur Horvath veut : des vêtements catégorisés non seulement en fonction des mensurations, mais en fonction des types de corps, des styles, des couleurs, et même de ce qu'ils vous font ressentir. Je pourrais construire un programme qui passe en revue les commentaires à la recherche de mots et phrases clés comme : *Cette tenue me donne le sentiment d'être forte*. Ensuite, je pourrais étiqueter les articles. Horvath va être impressionné.

« Je vais vous envoyer mon questionnaire pour notre système. Mais pour que ça fonctionne vraiment, il faudrait qu'il lise dans nos pensées. Nos humeurs, notre personnalité, et même nos différentes facettes.

— Ça serait le Saint Graal, dit Tante Trois.

— Madame Chan ? »

La fille avec les cheveux courts et violets lui tend un porte-bloc et un stylo.

« Le comptable a déposé des papiers.

— Merci. »

Tante Trois signe, puis prend un sceau en pierre de lard rond comme un tube de rouge à lèvres de son sac Prada. La fille ouvre un encrier et Tante Trois tamponne un carré rouge à côté de sa signature.

« Vous signez avec un sceau ? demandé-je tandis que la fille s'éloigne.

— À Taïwan, nous sommes encore démodés comme ça. »

Elle essuie l'encre du sceau.

« Avant, j'allais à la banque avec Ba. »

Xavier fronce les sourcils, comme s'il préférait ne pas s'en souvenir.

« Il tamponnait toujours son livret là-bas.

— Oui, c'est comme ça qu'on fait. Et le fait que tu l'accompagnes, ça fait partie de notre culture : nos enfants font partie de l'entreprise familiale. Lulu participe à mes réunions depuis qu'elle a huit ans et elle apprend à recevoir les partenaires.

— Xiang-Ping, tu as bientôt fini ? »

Victor avance vers nous avec une autre carambole à la main. Je me tourne vers lui, un peu méfiante. Je ne veux plus de disputes, en particulier devant Tante Trois.

« Nous allons passer chez la tante de Sophie d'abord, dit sèchement Xavier. Pour déposer ses affaires.

— Vous feriez mieux de vous dépêcher. Il est presque onze heures. »

Son regard s'oriente vers le miroir.

« Qu'est-ce que c'est que ça ?

— Un miroir styliste, dis-je. Il te permet d'essayer n'importe quelle combinaison de vêtements. C'est franchement du génie.

— Il pourrait peut-être choisir une tenue pour mon père. »

Victor met un dernier morceau de carambole dans sa bouche.

« Il aurait bien besoin de conseils en matière de mode. »

Tante Trois s'esclaffe et pose sa tablette.

« Nous savons tous que ça n'intéresse pas Edward. »

Avec une seule phrase, il a réussi à lui voler toute sa joie. Je fronce les sourcils à l'intention de Victor.

« Ce n'est pas une blague.

— Désolé, Sophie. »

Il est sincère.

« Ce n'est pas ce que je voulais dire. »

Mais est-ce que le professeur Horvath va réagir de cette manière ? Une tape sur la tête, mais... non, merci ?

« Tu as raison d'être sceptique. C'est un gadget. »

Tante Trois remet la couverture en soie sur le miroir.

« Nous allons peut-être laisser tomber le projet.

— Quoi ? Mais pourquoi ? demandé-je, consternée.

— Nous fermons tout ce qui est lié à la mode. »

Elle s'est complètement éteinte et son visage est sombre de nouveau.

« Ces gens, là dehors, c'étaient les employés de mon entrepôt et de mes magasins. Et il y a vingt-cinq mille entrepreneurs dans trente pays en développement, ceux qui fournissent tout le matériel, le tissu, les boutons, les fermetures Éclair, les fermoirs, les accessoires, les bijoux. Le commerce équitable. C'est fini aussi. »

Xavier baisse sa caméra.

« Ba t'oblige à fermer ?

— Oh, non. Le service de la mode dépend de ton oncle Edward. C'est lui qui a pris la décision.

— Dragon Leaf est démodé. »

Victor croise les bras.

« Mon père dit que les arbres doivent être élagués pour laisser d'autres parties prospérer. Les Croisés...

— Ils veulent détruire ce bâtiment historique, dit Tante Rose. Tous les autres services internationaux sont partis à Taipei 101. Mieux encore, ils ont vue sur Taipei 101. Nous sommes encore là, près du port, comme des marchands ambulants.

— J'adore cet endroit, dis-je. C'est merveilleux que des entreprises modernes reconstruisent ici.

— Notre famille est sur ce port depuis deux cents ans, avant même que Dragon Leaf ne soit créée, dit Tante Trois. Côte à côte avec le riz, puis le thé et l'industrie textile. En y réfléchissant, mon petit service est la seule partie qui mène encore à bien notre affaire d'origine dans le secteur du tissu. »

Elle pose une main sur le bord de la cabine et la regarde tristement.

« Deux décennies de travail. Edward m'a dit que c'était un conte de fées, comme son nom. J'aurais dû l'écouter. »

Tante Trois commence à passer la deuxième couverture sur la cabine de l'avatar, mais je la saisis.

« Ce n'est pas un conte de fées ! Vous étiez en avance sur votre temps. Et vous l'êtes encore ! Je ne peux même pas imaginer la technologie que vous avez élaborée pour faire fonctionner cet appareil. Des caméras, une vision par ordinateur, une réalité augmentée, un détecteur de mouvements...

— J'apprécie ton enthousiasme, Sophie. »

Son sourire ne se reflète pas dans ses yeux.

« Tu peux parler de cet entretien avec ton professeur. Je vais demander à mon assistante de te donner une autorisation écrite. Le secret n'a plus d'importance.

— Laissez-moi vous aider. »

Mes doigts se resserrent sur le tissu.

« Je peux prouver que le miroir a de l'importance. »

Quelqu'un frappe à la porte.

« Ça doit être votre commande. »

Tante Trois traverse la pièce tandis que j'échange un regard plein de frustration avec Xavier. Elle revient avec une boîte en carton peu profonde.

J'ouvre la bouche.

« Tante Trois, laissez-moi vous aider, s'il vous plaît.

— Vos nouveaux vêtements. »

Elle me met la boîte dans les bras pour en finir avec la conversation.

« Passez une bonne soirée. »

Une tempête fait rage en moi tandis que Tante Trois nous escorte à l'extérieur, dans une ruelle, où notre scooter a été garé pour éviter les manifestants. Des oiseaux tournent follement au-dessus de nous et au loin, les slogans *Virez-le* résonnent encore sur les briques. Le visage de Xavier est sérieux. En ce qui me concerne, j'ai mon histoire, mais la fin n'est pas heureuse. Horvath ne sera pas convaincu par un projet de mode qui est suspendu par sa propre entreprise.

Victor passe devant nous et se dirige vers sa moto.

« Je vais chez toi, Xiang-Ping. Jane va réviser mon discours avec moi. Ne sois pas en retard. »

Il monte sur son siège et le moteur gronde. Lorsqu'il disparaît au coin de la ruelle, je me tourne vers Xavier.

« Je suis venue jusqu'ici…

— C'est décevant, hein ? »

Il pense qu'il n'est pas doué avec les mots… mais comment peut-il exprimer exactement ce que je ressens à chaque fois ? Et un peu avant moi.

« Tu peux quand même faire un rapport pour ta proposition. »

Il me serre l'épaule pour me réconforter.

« Et nous avons encore la réunion des anciens élèves. Le voyage n'est pas complètement gâché. »

Je grogne.

« La réunion est incontrôlable. Il y a plus de cent cinquante personnes maintenant. »

Mais j'ai une idée.

« Attends. Peut-être qu'on pourrait faire quelque chose. »

Nos regards se croisent.

« Présenter le miroir ? Pour que tout le monde fasse son propre avatar ?

— Exactement ! »

Nous sommes sur la même longueur d'onde de nouveau. Je me précipite vers la porte et la frappe du poing.

« Tante Trois ! »

Elle l'ouvre si subitement que je tombe sur elle et égratigne mon nez sur le bouton en métal de sa veste. Elle m'attrape par les bras et m'aide à reprendre l'équilibre.

« Tu as oublié quelque chose ?

— Nous essayons de faire la même chose, dis-je brusquement. J'essaie de prouver à mon professeur que cette technologie a de l'importance. Vous essayez de prouver à Dragon Leaf que le Magic Mirror mérite de recevoir des ressources. Et si nous travaillions ensemble ? »

Elle fronce les sourcils.

« À quoi tu penses ?

— Vous pourriez nous laisser emprunter le Magic Mirror pour notre fête à Taipei 101 ce soir. Des centaines de personnes viennent et nous suivent sur les réseaux sociaux. Ils seront ravis de soutenir le projet. Et nous aurons toute sorte de corps pour entraîner vos recommandations. Cent personnes, dix tenues chacune, qui valident les choix ou pas. Ça nous fait mille échantillons.

— Ma famille ne voudra pas de cette publicité. Même sur les réseaux sociaux.

— Les relations publiques de nouveau ! Vous n'avez pas votre mot à dire ?

— Le département de la mode est le plus petit de Dragon Leaf. Il représente moins du quart du département de la santé, et encore moins par rapport au département de l'électronique. Alors, quand les relations publiques parlent, nous écoutons.

— Dites-leur que vous n'aviez rien à voir là-dedans, dis-je. Vous me l'avez prêté. Je n'en ai fait qu'à ma tête.

— C'est moi qui devrais avoir perdu la raison, dit Xavier. Je ne veux pas que tu aies des ennuis avec eux. La famille s'y attend, de toute façon. »

Tante Trois hausse les sourcils.

« Vous espérez que je sabote nos propres relations publiques ?

— Nous pourrions vendre des vêtements ! dis-je. Ça prouverait que le projet marche, non ?

— Même cinq ventes représenteraient un bon test bêta. »

Un optimisme prudent se hisse dans son regard.

« Xiang-Ping, tu as dit que ton amie avait un talent… et tu avais raison. »

Un talent ? Xavier met ses mains dans ses poches et traîne son pied par terre.

« Je connais la présentatrice principale de Taipei TV, dit Tante Trois. Je vais lui demander d'assister à l'événement. Je ne peux pas y aller moi-même, j'ai une autre obligation, mais mon assistante se chargera de la livraison et du retrait. Cela dit, soyez prudents. Le miroir est très fragile.

— Parfait. Je parie que c'est l'une des technologies les plus précieuses de Dragon Leaf. »

Impulsivement, j'enroule mes bras autour d'elle. Son corps est chaud, mais elle est crispée et je la lâche rapidement. Je suis allée trop loin. Encore une fois.

« Euh, d'accord, super. On se voit plus tard », dis-je, gênée.

Elle hoche la tête d'un air impassible.

« Oui, passez après la fête. Ou demain matin. Je serai là. »

Je me dirige vers le scooter de Xavier, qui attache notre boîte remplie de vêtements à l'avant.

« J'espère que je ne l'ai pas vexée, dis-je. Quand je l'ai prise dans mes bras.

— Ma famille ne fait pas ce genre de choses. Nous nous sommes brûlés les uns les autres si souvent au fil des ans que je suis surpris de ne pas avoir senti de fumée quand nous sommes arrivés. Mon père et mon oncle gèrent des millions de dollars, mais lorsque le père de Lulu a perdu son travail, elle a dû quitter son école privée pendant un an. Personne n'a proposé de leur prêter de l'argent et ils étaient trop fiers pour le demander. Tout le monde garde ses distances.

— Mais ton père a envoyé Tante Trois à l'école technique en dépit de ce que voulait ton grand-père.

— Ça m'a surpris. Pareil pour le miroir qui a été offert pour le mariage de ma mère.

— C'était adorable, avoué-je.

— Mais est-ce que c'était vrai ? Quand elle me défendait, il lui criait dessus aussi. Ce n'est pas le genre de chose qu'on oublie facilement, tu vois.

— Oui. Je ne sais pas si mon père aimait ma mère ou si l'amour a juste disparu ou quelque chose comme ça. J'ai accepté de ne pas avoir de père. Mais le tien… Je ne sais pas si… »

Je laisse ma phrase en suspens. Je ne veux pas faire encore plus de peine à Xavier. Mais il suit le cours de ma pensée.

« Si c'est pire de l'avoir ou pas », dit-il d'un air sombre.

Il met son casque sur sa tête.

« Je ne sais pas non plus. »

Nos regards se croisent un moment. Le sien est sombre, rebelle. Le sang de son oreille a taché le bord de son col. J'ai un pincement au cœur. Il est venu jusqu'ici pour moi. Est-ce que ce voyage lui fera du bien aussi ? Je veux que ce soit le cas. Mais son père, son cousin, les manifestations et les pressions de l'entreprise… C'est une sacrée pagaille et il se retrouve embarqué là-dedans.

« Je ne veux pas empirer les choses pour toi, dis-je.

— Comment tu pourrais empirer les choses ? demande-t-il d'un air sombre. Il faut juste que je réussisse ce film, que je récupère mon fonds fiduciaire et que je sorte du royaume des Yeh.

— Ta tante était chouette, cela dit. »

Mon téléphone vibre dans mon sac, indiquant que j'ai reçu un message.

« C'est l'assistante de Tante Trois. »

Elle me transmet les instructions pour nous retrouver à Taipei 101 ce soir.

« Une seconde. Je vais donner un aperçu de Magic Mirror à nos amis aussi.

— Ça marche. Je vais jeter un œil à mes vidéos. »

Xavier lève sa caméra tandis que j'ouvre mon compte Instagram et que je publie des photos de Magic Mirror.

Quelques messages ont été envoyés sur le groupe de discussion de la croisière de l'amour.

Jilian : Désolée, Sophie, ça n'a rien donné avec Singapore Airlines

Lena : Je ne peux pas vous aider pour les vols. Mais voici la lune de l'automne en Caroline du Sud ! Je vous envoie des bisous !

Oh, non. Que se passera-t-il si on ne trouve pas de solution ?

Sophie : On continue d'essayer.

Sophie : Super ! Publiez des lunes de partout ! C'est la même lune !

Je publie les clichés des tests de Magic Mirror de Xavier et moi avec une brève explication, puis je leur demande : Quelle tenue vous choisiriez ?

J'écris à Rick et Ever :

Sophie : En route pour la maison de Tante Claire. À plus.

Ever : Ok, on y va. On a quarante mini bubble tea pour ce soir !

Sophie : MIAM, trop hâte !

Emma a envoyé une photo d'elle, avec ses yeux bleus, une robe de voyage blanche, dans une cabine d'avion spacieuse qui semble faire la moitié du jet de la famille de Xavier. Elle lève deux doigts et un verre de vin. Je me sens de nouveau coupable pour ce qui s'est passé entre Xavier et moi... Mais qu'est-ce que je peux lui dire ? Lui et moi avons un pacte. Et maintenant que j'ai vu le monde complexe dans lequel il vit, le genre de pression auxquelles il fait face, je sais qu'elle est exactement ce dont il a besoin.

Même si c'est difficile à accepter.

« Emma est en route, dis-je à Xavier. Elle a hâte de passer du temps avec toi. »

Il met son casque sur sa tête.

« J'espère que je ne vais pas la décevoir.

— Bien sûr que non ! Vous allez reprendre les choses là où vous les avez laissées. »

Je réponds à Emma.

Emma, le Magic Mirror est génial. Je vais l'apporter à la fête de ce soir.

J'ai hâte de le montrer à Horvath.
Et Victor est le cousin de Xavier.
Tu le savais ? Je suis trop surprise !

Xavier est impatient de te revoir !

Les réponses à ma publication sur Magic Mirror commencent à arriver.

Je vote pour la robe bleue

Ces boucles d'oreilles sont trop cool !

J'aurais bien voulu l'essayer,
il me faut un styliste !

Mon cœur a un raté. Même #TaipeiRides est inondé par une vague de nouveaux clients de la croisière de l'amour, comme je l'avais espéré. Mes projets… peut-être qu'ils fonctionnent.

Avec un nouvel élan d'assurance, je prends une super photo de Xavier en train de passer sa jambe au-dessus du scooter et je l'envoie à Emma en disant :

Hâte de voir le feu d'artifice ! :)

28

XAVIER

Les feuilles piquantes des banians se balancent sur le côté tandis que nous passons en scooter pour aller chez la tante de Sophie. Elle conduit, et son odeur me frappe au visage, emmenant mon esprit dans la mauvaise direction. Je dois admettre que c'est arrivé aussi quand je l'ai regardée devant Magic Mirror. Mais je suis resté concentré. Car je sais que ce projet est très important pour elle. Et je vais faire tout ce que je peux pour qu'elle aille jusqu'au bout, ce qui signifie que je vais également aider Tante Trois.

Je comprends pourquoi mon oncle Edward et les dirigeants des autres secteurs majeurs de Dragon Leaf se sont contentés de lever les yeux au ciel en découvrant son projet d'avatar de mode. Le fait que mon père ait soutenu ma tante est surprenant, mais pas tant que ça. Ce n'est pas étonnant, car il a dû voir ce que Sophie voit : la mode peut être une grande source de revenus. Sans parler du fait que c'est l'industrie où la fortune de ma famille est née. Mais l'idée de Sophie pour aider Magic Mirror pourrait changer les choses. Et unir Sophie et Tante Trois ? C'est mon œuvre.

Si elles arrivent vraiment à faire un tour de magie ensemble, cela signifierait que j'ai aidé Dragon Leaf.

Non pas que cela ait de l'importance. L'entreprise n'a jamais fait partie de moi. Je ne sais pas ce que ça veut dire, mais peut-être que même d'après les critères des Yeh, je ne suis pas complètement un bon à rien.

« Alors, en plus des interviews, qu'est-ce que tu souhaites filmer d'autre ? demande Sophie, me tirant de mes réflexions.

— Je dois trouver des symboles.

— Eh bien, c'est le festival de la Lune. Alors… la lune ?

— À quoi tu penses ?

— Ma mère dit qu'elle symbolise la joie, la plénitude et l'achèvement. C'est pour ça que le festival de la mi-automne est la nuit la plus parfaite. Les gâteaux de lune… Je ne sais pas ce qu'ils symbolisent, mais je suis sûre qu'il y a quelque chose.

— Eh bien, ma famille est en train de confectionner les mille gâteaux de lune chez moi.

— Oooh… Allons filmer la préparation ! Ce serait super. »

Elle tourne au mauvais endroit.

« C'est de l'autre côté », dis-je.

Elle fait demi-tour.

« Désolé. Je n'essaie pas de conduire à ta place.

— Pas de problème. Je ne connais pas les rues. Comment tu les connais, toi ?

— J'ai des points de repère. J'ai toujours dû les mémoriser. C'est une tactique de survie. »

Les noms de rues ne veulent rien dire pour moi.

« Je parie que tu en as beaucoup. Quelques conseils me seraient utiles. »

Il y a une énergie différente entre nous désormais. Pas juste parce que nous nous sommes embrassés. Mais peut-être parce que, comme elle me l'a demandé, je m'ouvre à elle, et vice-versa. Nous nous montrons qui nous sommes réellement.

À présent, je désigne un toit de pagode rouge qui surplombe la végétation.

« Ce temple. On est passés à côté de la rue qui le longe en arrivant. Je me souviens de ce genre de détails. Et la vue de Taipei 101. L'angle change quand... »

Mon téléphone vibre dans ma poche.

« Attends. »

Je prends mon portable. C'est Jane, sans doute pour parler de l'emploi du temps.

« Allô ?

— Xiang-Ping, je suis avec ton père, nous quittons le circuit de course. »

J'ai du mal à l'entendre à cause des voix derrière elle.

« Il a eu un accident. Nous allons à l'hôpital. »

Quoi ? Dans un premier temps, je n'arrive pas à digérer ce qu'elle me dit.

« Ba n'a jamais d'accidents. »

Son monde est trop bien géré. Il va même jusqu'à acheter uniquement des chaussettes noires identiques pour qu'elles soient toujours assorties.

« Un accident pendant la course ? Comment c'est arrivé ?

— Il a perdu le contrôle de la voiture. Nous ne savons pas pourquoi. Il doit être opéré. N'en parle à personne, s'il te plaît. Nous ne voulons pas que la presse l'ébruite. J'ai du mal à contenir les fuites.

— Pourquoi est-ce que ça aurait de l'importance pour la presse ? demandé-je avant que la réponse ne me saute aux yeux.

— Sa santé est essentielle pour Dragon Leaf, dit Jane. Si les Croisés en entendent parler, ils pourraient l'utiliser pour faire peur à nos actionnaires et les pousser à vendre. Il ne pourra pas te retrouver chez toi avec ton grand-père, mais je serai là. Tu pourras interviewer ton père à l'hôpital demain. Il aimerait que tu lui apportes un porte-documents de son bureau quand tu viendras. »

Une partie de moi se demande pourquoi Ba ne m'a pas appelé lui-même s'il est assez en forme pour donner toutes ces informations à Jane. Mais qu'est-ce que je lui dirais ? Il a eu un accident. Il va se faire opérer. Je devrais être inquiet et bouleversé, mais honnêtement, je ne sais pas ce que je ressens… et il le sait.

« D'accord. Je vais demander à Ye-Ye de me parler de l'histoire de Dragon Leaf.

— Ton père m'appelle. Je dois y aller. »

Elle raccroche.

« Ouah, j'espère qu'il va bien. »

Sophie a l'air beaucoup plus inquiète que moi.

« Il est invincible. »

Ça, je le sais. Je mets mon téléphone dans ma poche.

« Et maintenant, au moins, Jane et lui ne pourront plus surveiller chacun de nos faits et gestes pour le film.

— C'est un soulagement. »

Elle appuie sur le champignon et accélère pour passer à un feu.

Toutes les possibilités tournent dans mon esprit, et elles sont encore trop floues pour que je les saisisse.

« Tu ne t'imagines même pas, Sophie. »

29

SOPHIE

Le vent souffle dans mes cheveux tandis que nous nous dirigeons vers la maison de Tante Claire. Maintenant que nous allons voir ma famille, je suis de plus en plus nerveuse. Cet été, notre visite s'est soldée par un désastre. Ma famille a découvert que Rick et Ever faisaient semblant de sortir ensemble, et Xavier et moi avons rompu. Mais cette fois, tout est en ordre : Xavier et moi ne sortons pas ensemble, et Rick et Ever, oui.

En réalité, le fait de retourner là-bas me rappelle exactement pourquoi nous avons rompu, et cette raison me fait l'effet d'un bloc de glace entre nous… Je ne plaisais tout simplement pas à Xavier. Même maintenant, il s'accroche aux rails derrière moi, aussi loin que possible en étant sur le même scooter. Mais d'une certaine manière, bien que le résultat ait été désastreux, c'était plus simple de poursuivre Xavier pour obtenir l'approbation de ma famille. Mon cœur était plus en sécurité. À présent, la situation est plus compliquée et mes sentiments sont confus… et dangereux.

Alors que nous remontons l'allée vers le manoir aux volets verts, j'inspire l'odeur d'herbe fraîchement coupée et de rosiers pour me calmer. Je me surprends à appuyer sur l'accélérateur, impatiente de revoir ma tante. Il faut que je lui parle. Je veux lui demander pourquoi il y a une telle énergie entre Xavier et moi, et pourquoi nous allons quand même si mal ensemble. Le simple fait de lui parler et de tenir son bébé dans les bras m'aidera à retrouver l'équilibre.

Nous nous arrêtons devant les marches en ardoise qui mènent aux doubles portes. Rick et Ever freinent à côté de nous.

« Le timing est parfait, dis-je, mais ils sont en train de se disputer.

— Mais pourquoi Londres ? »

Rick retire son casque. Ses épais sourcils noirs sont froncés.

« On ne pourra se voir qu'une fois par an, maximum. »

Ever descend du scooter d'un geste gracieux de sa jambe de danseuse.

« Je n'arriverai peut-être pas à être admise de nouveau à Tisch. Je dois ratisser aussi large que possible. Pas besoin de parler de ça maintenant. Qui sait si je serai acceptée là-bas ?

— On doit trouver d'autres options ! »

Ils sont tellement absorbés par leur conversation qu'ils n'ont même pas remarqué que Xavier et moi sommes là.

« Euh, coucou ? dis-je. Tout va bien ?

— Non, répond Rick.

— Tout va bien, affirme Ever en même temps.

— D'accord... Peut-être que vous devriez régler le problème avant qu'on entre ? »

Trop tard. La porte s'ouvre. Ever prend une profonde inspiration qui fait bouger ses épaules de bas en haut, puis nous nous taisons en voyant le majordome de Tante Claire.

Nous le suivons dans le hall climatisé où une carpe orange et blanc glisse dans la mare intégrée au sol en marbre. Tante Claire descend de l'escalier courbe, un bébé emmailloté dans les bras. Son cache-poussière floral vole autour de ses jambes nues, contrairement aux tenues sur mesure qu'elle porte habituellement. Ses cheveux sont tirés en une queue de cheval peu soignée qui ne lui ressemble pas et les traits de son visage normalement animé sont fatigués.

Mais le bébé dans ses bras a le visage rouge tomate le plus adorable du monde.

« Finn ! »

Je m'élance vers eux.

« Bienvenue, ma chérie. »

Tante Claire m'embrasse sur la joue.

« Voilà mon nouveau petit prince.

— Bonjour, Tante ! Et bonjour, cousin ! »

Je frotte mon nez contre les fins cheveux de mon petit cousin.

« Oh, Tante Claire. Il sent tellement bon !

— Et je te présente ma petite amie, dit Rick. Pour de vrai, cette fois. »

Ever rigole nerveusement, mais Tante Claire la prend dans ses bras.

« Ma chère. Je suis ravie que ça se soit avéré, même si ce n'était pas le cas au début. »

Elle rit.

« Mon cerveau de maman. Personne ne peut comprendre ce que je viens de dire, mais bon, voilà.

— J'en suis ravie aussi. »

Le sourire d'Ever est lumineux comme le soleil quand elle serre ma tante dans ses bras.

Fannie, qui a cinq ans à présent, descend à toute vitesse. Elle porte une robe en dentelle rose et jongle avec un tas de boîtes de gâteaux de lune. Elle est suivie par Felix, impatient sous sa casquette en peau de pomelo sculptée en forme de fleur. C'est une tradition du festival de la Lune que je suivais aussi, plus parce que j'aimais l'odeur de l'agrume que pour la chance. Je fais semblant d'ébouriffer ses cheveux.

« Jolie casquette !

— Choisis-en un ! »

Fannie soulève les boîtes.

« On en a de toutes les sortes ! »

Je ris et serre ma petite cousine contre moi.

« Quel est ton préféré ? demandé-je.

— Celui-là. Non, celui-là ! Ils sont tous bons. »

Elle les empile dans mes bras et je ris de nouveau.

« Est-ce que je peux tenir ton nouveau frère ?

— Oui ! » crie-t-elle.

Xavier me prend les boîtes des mains et je passe la couverture de Finn par-dessus mon épaule pour le câliner. Je le pose contre moi et observe les doux plis de ses paupières.

« On dirait une bouillotte. »

Je ressens un accès d'amour pour lui : une toute nouvelle personne qui sera pour toujours connectée à moi. Je pose mon nez sur sa joue douce et respire son odeur de bébé propre.

« Coucou, mon petit. Je suis ta cousine, Sophie. Et tu as quatre autres grands cousins qui t'attendent pour jouer aux États-Unis. »

Cette fois, contrairement au dernier voyage, où je passais tout mon temps à essayer d'impressionner Xavier, je vais profiter de ma famille. Felix qui se jette sur Rick, Oncle Ted qui prend soin de Tante Claire. C'est leur mariage qui m'a donné espoir quand la famille de Rick et la mienne se sont écroulées.

Je croise le regard de Xavier et nous détournons la tête. Une sensation de chaleur rampe dans mon cou. Qu'est-ce qu'il a dit dans l'entrepôt ? Des rayons de soleil. Mes émotions qui émanent de moi. En réalité, cela m'a touché beaucoup plus que je ne l'ai avoué. Il parlait de cette tornade en moi qui accable tout le monde, comme le directeur de l'imprimerie près de Dartmouth. Je n'avais jamais imaginé que cette tornade puisse être quelque chose de beau, mais Xavier a fait en sorte qu'elle le soit.

Finn fait son rot. Je souris en regardant son visage endormi. Je suis reconnaissante pour sa présence apaisante.

« Tante Claire, vous devez être tellement heureux, Oncle Ted et toi.

— Oui, bien sûr ! »

Mais le sourire de Tante Claire ne monte pas jusqu'à ses yeux. La pauvre doit être exténuée à force de donner le sein.

« Tu devrais laisser d'autres personnes t'aider. »

Elle a toujours été le genre de femme qui fait tout elle-même.

« Ne t'inquiète pas pour moi. J'ai beaucoup d'aide. J'ai juste du mal à dormir. Finn se réveille et s'endort à n'importe quelle heure du jour et de la nuit.

— Dans quelle chambre va dormir Ever ? demande Rick. Je vais y poser ses valises. Son audition a lieu cet après-midi.

— Je peux les porter », dit Ever.

Mais Tante Claire l'interrompt.

« Oh, laisse Rick le faire. Tu es notre invitée. Et j'ai fait servir le petit déjeuner dans la salle à manger. Un bar de congee avec douze garnitures. Ce sont les meilleures : des œufs de cent ans, du rousong. Ma domestique vient d'aller chercher des baozi sucrés en forme de lapins roses pour la fête.

— Oh, ça a l'air super, dit Ever.

— Venez voir mon terrarium. »

Fannie tire sur la jupe d'Ever.

« Comment va ta grenouille ? lui demande celle-ci en la suivant.

— Elle est morte, dit calmement Fannie avant de disparaître dans le couloir derrière Rick et leurs valises.

— J'adore le fait que Fannie soit aussi féroce et princesse en même temps, dis-je. J'espère qu'elle ne changera jamais.

— Eh bien, il va falloir qu'elle grandisse un jour, dit Tante Claire d'un ton vague. Bonjour, Xavier. »

Le sourire de Tante Claire devient un peu plus froid.

« Mon mari, Ted, est dans son bureau. Il désire te parler. Ça t'ennuie ?

— Euh, non. »

Xavier me jette un coup d'œil. Qu'est-ce qu'Oncle Ted peut bien lui vouloir ? J'espère que mon oncle va bien se comporter.

« On ne peut pas rester longtemps, dis-je. Xavier et moi devons aller chez lui pour interviewer son grand-père et filmer la préparation des gâteaux de lune.

— Bon, mais vous devez manger avant de partir. Xavier peut parler quelques minutes avec ton oncle, et toi et moi, nous pouvons discuter. »

Une domestique mène Xavier jusqu'au bureau. Je les regarde s'éloigner en fronçant les sourcils.

« Nous ne sortons plus ensemble. Oncle Ted est au courant, pas vrai ? »

Tante Claire fronce les sourcils à son tour.

« Je crois. Il est très occupé dernièrement, j'ai du mal à savoir ce qu'il intègre ou pas. Tu es allée à la salle d'exposition de Dragon Leaf ?

— Oui. J'ai interviewé la tante de Xavier, réponds-je.

— C'est bien », dit-elle d'un air distrait.

Elle retire l'élastique de sa queue de cheval et la rattache.

« Allons dans ma chambre. J'ai des cadeaux pour toi, en plus des gâteaux de lune, évidemment.

— Oh, ne t'inquiète pas pour moi. »

C'est typique de Tante Claire. Elle aime offrir des cadeaux. Chaque fois que je la vois, elle trouve un moyen de me donner quelque chose. D'un geste expérimenté, je blottis Finn dans le creux de mon bras et passe l'autre sous celui de Tante Claire tout en marchant.

« J'ai apporté une grenouillère pour Finn, mais c'est à toi que j'aurais dû acheter quelque chose, dis-je. C'est ton anniversaire, dimanche, non ?

— Au moins, toi, tu t'en es souvenu. »

La tristesse dans sa voix me surprend. Tante Claire est tellement aimée. Ne devrait-il pas y avoir une fête ?

« Tout le monde est sans doute distrait par ce petit gars. »

J'embrasse Finn sur la tête.

Tante Claire ne répond pas. Elle ouvre la porte d'une pièce où la lumière du soleil illumine un lit en bois ji tan densément sculpté avec des figures d'anciennes déesses. Il est couvert de draps blancs et luxueux, et les couvertures du côté de Tante Claire sont repoussées. La dernière fois que je suis entrée dans cette chambre, je pleurais toutes les larmes de mon corps parce que j'avais perdu Xavier. À présent, j'ai honte en me souvenant de mon comportement.

Je ne le connaissais même pas à l'époque. Pas pour de vrai. Alors, pourquoi est-ce que je pleurais ? Mon incapacité à me trouver un mari avant d'aller à l'université. Ma fierté piétinée.

Et Xavier a vu en moi.

Tante Claire entre dans son dressing et fronce les sourcils en regardant des écharpes. Je passe une main sur les motifs en relief d'une robe en brocart et en soie. Toutes les tenues de Tante Claire sont faites pour une impératrice.

« Avant, je venais me déguiser ici, quand j'étais petite.

— Rick aussi. Il essayait mes vêtements. »

Elle prend une robe couleur aubergine avec un corsage moulant et une jupe en cloche.

« C'était sa préférée. »

Je ris.

« C'est vrai.

— Comment va ta mère ? Et les garçons ? »

Je lui parle du patinage artistique et du codage, et du nouvel emploi de bureau de ma mère à l'hôtel.

« Et avec Xavier ? Vous n'êtes pas ensemble, mais... vous êtes quand même amis ?

— Oui. Je suis là pour mon projet de recherche. Xavier m'a aidée. »

Je lui explique mon projet et ce que j'ai appris grâce à sa tante.

« Ted m'a dit que Dragon Leaf avait des ennuis. Beaucoup de gens ont perdu leur emploi. Mais ils viennent de faire un autre don à un centre de recherche contre le cancer, alors tout doit bien se passer. »

Je grogne. Jane regorge de talents. Je me demande dans quelle mesure la perception des Yeh de ma tante a été modelée par elle au fil des ans.

« Mais tu parles à la tante de Xavier ? »

Elle fronce les sourcils.

« Je n'ai jamais entendu parler de la sœur. Juste du père et de l'oncle de Xavier. Je ne me souvenais même plus qu'il y avait une sœur avant que tu ne l'évoques.

— En réalité, je crois qu'il y en a plusieurs.

— Elles doivent être très réservées. Je n'ai jamais eu connaissance de leur existence et nous allions déjà à leur pavillon pour le festival quand tu avais l'âge de Fannie. »

Tante Claire sort une bouteille d'un panier d'huiles essentielles et écarte des robes nuisettes. Elle cherche quelque chose. J'ouvre la bouche pour lui parler de mes inquiétudes à propos de Xavier quand, à ma grande surprise, elle renifle.

« Oh, Sophie. Je suis vraiment, vraiment déprimée. Je n'ai pas dormi depuis des semaines. Et j'ai bien peur de ne jamais récupérer ma silhouette. »

Un instant. Quoi ? J'allais lui raconter mes problèmes et je ne m'étais même pas rendu compte qu'elle était bouleversée. C'est vrai qu'elle a peut-être pris un peu de poids. Son visage est plus gonflé et s'est arrondi. C'est plus frappant, car elle a toujours été très menue, même quand elle était enceinte. Son gros ventre était la seule chose qui ressortait de sa silhouette.

« Tu redeviendras très vite comme avant. C'est ce qui est arrivé avec Fannie et Felix.

— Je souffre d'hypothyroïdie. »

Elle renifle de nouveau.

« Je prends des médicaments. Oh, je ne veux pas être vaniteuse, mais j'adorais toutes mes belles robes et je ne peux plus les porter.

— Ça n'a pas d'importance, dis-je. Oncle Ted te chérit. »

Ma Tante Claire parfaite a toujours eu une vie parfaite. Je désire lui ressembler depuis... depuis toujours.

« C'est bien ça le problème, Sophiling. »

Elle fait tourner la bague en platine sur son doigt, avec un diamant grand comme un pois.

« Qu'est-ce qui ne va pas ?

— Ça pourrait être la dépression post-partum, c'est tout. »

Elle me touche la joue et sourit.

« C'est pour l'université qu'il faut que tu t'inquiètes. Parle-moi de tous les garçons intéressants que tu rencontres à Dartmouth. »

Non. Pas encore. Pas pour moi.

« Je suis excitée pour mon projet d'informatique. »

Ma voix devient plus cassante.

« Je sais que ça ne me ressemble pas, mais c'est vrai. »

Je dois exorciser ce fantôme. Un fantôme têtu qui refuse de s'en aller.

« Toute la famille s'est toujours attendue à ce que je sois une épouse. L'été dernier, je me suis rendu compte que je pouvais être plus que ça. »

Une ride verticale se forme entre ses sourcils.

« Bien sûr que oui. »

Je regarde la pièce, les rideaux en jacquard bleu, les vases en porcelaine remplis de fleurs fraîchement coupées, la couette sur laquelle sont brodés des enfants joufflus. Tout est si beau.

Et Tante Claire elle-même est immanquablement charmante. Et tellement triste.

Est-ce que c'est ce qui se passe lorsqu'on ne prête attention qu'aux jolies choses ? Quand c'est tout ce que l'on a ?

« Un jour, tu m'as dit que si je n'arrêtais pas de donner du fil à retordre aux garçons, personne ne voudrait de moi. Comme quand Ba est parti et qu'il… nous a tous abandonnés. Mais tu penses encore que c'est vrai ?

— Oh, ma chérie. »

Tante Claire embrasse le dos de ma main.

« Tu ne devrais pas être avec quelqu'un qui n'est pas à ta taille. Ou avec quelqu'un qui n'a pas gagné ton respect. »

Elle passe un bras autour de Finn et moi et pose sa joue sur son dos.

Parfois, les vérités les plus simples et les plus évidentes sont les plus difficiles à voir. Mais en l'entendant le dire à voix haute… c'est comme si un poids était retiré de mes épaules. Je lui caresse les cheveux, mais je retiens aussi des larmes que je ne comprends pas. Je veux incarner cette nouvelle version de moi. Mais peut-être que cela signifie qu'il n'y aura jamais personne pour moi.

« J'ai peur que ton oncle ait une maîtresse. »

La voix de Tante Claire est à moitié étouffée par le tee-shirt de Finn.

« Quoi ? »

Je baisse les yeux vers ses cheveux noirs et épais. Ce n'est pas vrai ! L'appréhension serre mon estomac.

« Qu'est-ce qui te fait dire ça ?

— Il ne m'a pas emmenée au théâtre pour les dernières représentations. Il disparaît de son bureau plusieurs heures toutes les semaines. Ma domestique, Kai-Lin, l'a vu et l'a suivi une fois. Elle pensait qu'il pourrait la ramener à la maison. Mais il est allé ailleurs. »

Mon sang gèle dans mes veines. Je saisis son bras.

« Où ?

— À la salle d'exposition de Dragon Leaf. Kai-Lin a dit qu'il avait retrouvé une jeune femme avec des cheveux violets. Il est entré avec elle. »

Je suis bouche bée.

« Je l'ai vue ! Je lui ai parlé ! »

Elle pâlit.

« Alors, elle existe vraiment.

— Tu penses qu'il a une aventure avec elle ? »

La fille aux cheveux violets prend soudain une tout autre dimension.

« Elle a presque mon âge !

— Je ne voulais pas le croire. Mais... »

Elle laisse sa phrase en suspens.

Je jure. Est-ce que notre famille est maudite ? Oncle Ted a toujours adoré Tante Claire. Était-ce uniquement pour sa beauté ? J'aime mon oncle Ted. Il est gentil avec moi. Et généreux. Mais s'il trompe Tante Claire, je vais le castrer moi-même.

Je me lève et fais les cent pas, Finn toujours dans mes bras.

« Pourquoi est-ce que tous les hommes sont des salauds ? Si je pouvais trouver ne serait-ce qu'un homme bien sur cette planète...

— Rick est un bon garçon.

— Parce que nous étions là pour le former. »

Je me précipite vers elle et la prends dans mes bras avec Finn. Elle s'accroche à nous. Son cœur bat la chamade contre ma cage thoracique.

« Je vais retourner à la salle d'exposition de Dragon Leaf ce soir, dis-je. Je peux en découvrir davantage.

— Non ! »

Sa main se resserre sur mon épaule et elle me pince.

« S'il te plaît, ne t'en mêle pas. Je ne veux pas qu'il sache que je le soupçonne. Je ne peux pas me permettre de le perdre. Pas avec le bébé. Les enfants. Je ne suis pas comme ta mère, tu n'es pas là pour m'aider. »

Je la regarde dans les yeux.

« Mais comment est-ce que tu peux vivre comme ça ? »

Elle m'adresse un sourire triste.

« J'avais l'arrogance de croire que j'étais différente. Mais il s'avère que je suis comme toutes les femmes. »

Un petit rire s'échappe de ses lèvres.

« Il a mesuré ma taille l'autre jour. Avec un mètre ruban. Je ne pensais même pas qu'il savait ce que c'était.

— C'est horrible. »

Elle enfouit son visage dans mon épaule. Je m'accroche à elle et caresse son dos en sueur. Elle est tellement intelligente et elle a si bon goût. Elle est incroyable avec les gens. Comment serait sa vie à présent si elle avait suivi ses propres rêves au lieu de faire un bon mariage ?

« Tu n'es pas comme toutes les femmes, Tante Claire. »

Je la serre fermement contre moi en faisant attention à ne pas écraser Finn entre nous. Je serai discrète, mais je vais découvrir ce qui se passe avec la fille aux cheveux violets.

« Tu es une Woo, comme moi. Et nous finissons toujours par nous en sortir. »

30

XAVIER

Notre reflet sur le scooter nous suit dans les fenêtres du magasin : moi en noir et Sophie en violet foncé. Ses bras pâles sont autour de ma taille et sa tête est penchée sur le côté. Elle est perdue dans ses pensées. Nous allons chez moi pour interviewer Ye-Ye.

C'était curieusement douloureux de retourner chez la tante de Sophie et de devoir revivre les pires heures de l'été passé. La dernière fois que j'y suis allé, j'ai tout foiré. Elle a dit que je la rendais folle, je comprends pourquoi maintenant. Je n'aurais pas dû la traiter aussi mal.

Et Sophie ne se sent pas bien à présent. Elle panique et essaie de se contenir… Mais je suis presque sûr que ça n'a rien à voir avec moi, cette fois.

« Ça va ? demandé-je. Tu n'as pas beaucoup parlé au petit déjeuner. »

Elle bouge contre mon dos et ses bras se resserrent autour de ma taille.

« Qu'est-ce que voulait mon oncle ? J'espère que… tu n'as pas passé un mauvais moment.

— Non. Il m'a posé des questions sur les Croisés et Dragon Leaf. Il m'a demandé si ça ralentissait les affaires.

Je n'avais pas vraiment de réponses. Qu'est-ce qui est arrivé à ta tante ? »

Nous dépassons un bus couvert de publicités représentant des personnages de dessins animés. Ses bips rythmés s'évanouissent derrière nous. Puis elle vide ce qu'elle a sur le cœur. Les soupçons de Tante Claire. Le comportement trop évident d'Oncle Ted.

« Ils ont trois enfants ! C'est tellement... beurk ! »

J'ai du mal à imaginer l'homme avec qui j'ai parlé dans son cabinet en train de tromper sa femme. Il y avait une photo de lui avec elle et leurs deux aînés sur son bureau. Cela dit, je ne le connais pas et ma famille est bizarre aussi à ce sujet. Ba ne s'est jamais remarié et la famille a déclaré qu'il ne pouvait pas sortir avec une personne de dix ans plus jeune que lui. En réalité, ce n'est pas une mauvaise règle.

« Peut-être que les fins heureuses n'existent pas. »

Sophie soupire.

« Rick et Ever ont l'air heureux.

— Rick et Ever étaient faits l'un pour l'autre, dit Sophie. Je ne suis pas sûre que l'univers a les mêmes projets en ce qui me concerne. Les femmes de ma famille sont maudites. Ma mère. La mère de Rick. Et maintenant Tante Claire.

— Tu n'es pas maudite.

— La flatterie te mènera partout », dit-elle, et je souris.

Après un moment, elle dit :

« Tu sais, nous ne sommes pas les mêmes que quand nous étions à Chien Tan. Je l'ai remarqué lorsque nous étions chez ma tante. Nous avons beaucoup changé.

— J'y ai pensé aussi. Nous étions une catastrophe. Maintenant, on peut passer la nuit ensemble et en parler ensuite. »

Elle rit. Mais je suis sérieux. Je n'ai jamais eu de conversations comme les nôtres... avec qui que ce soit. Il a toujours été plus facile de coucher et de fuir. Ou juste de fuir. Ce n'est pas ce qu'il y a de plus mûr, en y réfléchissant. Mais c'est plus simple. Du moins, pour moi. Les secrets sont gardés. Les cœurs sont protégés. L'exosquelette est épais et intact.

« Oui, c'est vrai, et nous sommes encore amis. Et tu peux sortir avec d'autres personnes, comme Emma. Ça ne me dérange pas. Ça signifie qu'on a grandi, non ? Pour moi, en tout cas. »

Je ne veux pas sortir avec d'autres personnes.

Cette vérité me tombe dessus. C'est vrai. C'est à elle que je désire parler. La faire rire et nourrir ses rayons de soleil. Et quand nous aurons fini nos projets, pourrions-nous réessayer ? Devrions-nous ? J'ai envie de lui poser la question. J'ai envie de prononcer les mots. Ils sont juste là, prêts à sortir de mon cœur.

Une voiture klaxonne derrière nous et je la laisse passer.

Bon sang, je suis encore le même salaud égoïste. Sophie m'a dit très clairement ce qu'elle voulait. Et elle vient de le redire : *Tu peux sortir avec Emma.* Avec le même ton que pour commander un café. Je dois être son ami. Faire preuve du respect qu'elle mérite, l'écouter et être son ami, c'est tout.

J'écrase les autres mots dans mon cœur.

« Oui », dis-je.

Taipei 101 s'élève dans le ciel juste devant nous. C'est une pagode moderne et très haute constituée d'étages carrés d'un bleu vert étincelant. Nous arrivons à l'entrée principale quelques minutes plus tard et je tourne pour m'en éloigner en prenant une route qui mène à l'immeuble de ma famille. La façade noire et brillante de notre bâtiment est divisée par une série de balcons en bois couverts de plantes feuillues jusqu'à l'appartement-terrasse.

« Attends, tu résides en face de Taipei 101 ? » demande Sophie.

Je déteste le lieu où nous vivons. Il a été acheté pour impressionner les invités, mais je n'aime pas le gouffre qu'il crée entre les gens et moi. Cependant, les plantes donnent vie aux murs, je l'admets. Et l'endroit a vraiment l'air super et frais.

« Nous avons déménagé ici quand ça a été construit. J'ai eu l'occasion d'aller souvent au ciné, dis-je, ce qui est vrai.

— Et moi qui faisais la maligne parce que j'avais pu réserver à Taipei 101.

— Ce n'est pas comme si c'était moi qui avais réalisé quoi que ce soit. »

Pourquoi est-ce que je ne peux pas la laisser être impressionnée ? Le Roi des abrutis la laisserait faire.

« Contrairement à toi. Toi, tu organises toute la soirée là-bas. La vue de la lune sera géniale. Mon oncle se plaint que Taipei 101 nous gâche la nôtre. »

Je fais ralentir le scooter.

« Franchement, Sophie. Je suis ici pour filmer la préparation des gâteaux de lune et interviewer mon grand-père. Ensuite, je vais filmer des séquences de B-roll du festival de demain et tout sera parfait. »

L'air se rafraîchit légèrement lorsque nous entrons à l'ombre du portique.

Quatre-vingt-huit ballons d'anniversaire volent dans la brise. Sophie retire son casque et laisse ses cheveux noirs glisser sur ses épaules. Elle se dirige vers la vue de Taipei 101 en croisant les bras et observe la tour et les dix drapeaux qui s'agitent sur leurs mâts juste devant. Mais elle ne sort pas son appareil photo et lorsqu'elle se retourne vers moi, elle dit :

« Jolies plantes.

— Tu as failli rayer le chrome, imbécile ! »

Mon oncle Edward jaillit par les portes d'entrée en verre et fonce vers nous. C'est parti. Il a quatre ans de moins que Ba et fait presque deux fois son poids : un mur de plus de quatre-vingt-dix kilos de muscles qui étirent sa chemise à carreaux. En chair et en os, il est encore plus hargneux que dans mes souvenirs.

Oncle Edward jette un regard noir à Kai-Fong, notre vieux majordome, le grand frère de Bernard, qui se redresse devant la Ferrari avec un chiffon et une bouteille en plastique vert à la main.

« Ça fait combien de temps que tu es là ? Et tu ne sais toujours pas comment t'occuper d'une voiture ? Mon frère aurait dû t'obliger à prendre ta retraite il y a longtemps. »

Les fines épaules de Kai-Fong se voûtent. Il se fait tout petit lorsque Oncle Edward lui arrache la bouteille des mains.

« Oncle Edward, laisse-le tranquille. »

Je suis surpris moi-même par l'autorité dans ma voix. Oncle Edward se retourne, tout comme Kai-Fong.

« Maître Xiang-Ping. Bienvenue. »

Kai-Fong incline sa tête grisonnante. Il porte un uniforme des Yeh plus léger, que j'associe avec le personnel qui travaille pour nous depuis des années : un costume violet foncé, une cravate assortie et une chemise amidonnée. Au lieu de la marque des Yeh dorée sur sa poitrine, une broche discrète est épinglée sur son revers.

« Alors comme ça, le fils prodige est de retour. »

Oncle Edward se dirige vers moi et ses yeux se plissent sur son visage rond.

« Comment oses-tu me parler comme ça ? »

Oncle Edward, Ba, le Roi des abrutis... À ce moment précis, ils sont tous les mêmes pour moi : des voix colériques qui me crient dessus.

Je lève la tête et l'expression de mon visage lui dit tout ce qu'il a à savoir. Il me fusille du regard.

« Donne-moi une raison... »

Il s'interrompt en voyant une limousine noire s'arrêter. Sa bouche s'étire en un authentique sourire angoissant et il me dépasse.

« Votre Excellence, bienvenue. Je suis ravi que vous soyez venu. »

Je le laisse serrer la main de son Excellence.

« Avec lui comme père, marmonné-je à l'intention de Sophie, pas étonnant que mon cousin soit un tel... Roi des abrutis. »

Ses lèvres se tordent d'un air ironique.

« Un homme charmant.

— Puis-je prendre votre sac, Maître Xiang-Ping ? demande Kai-Fong.

— Je m'en charge. »

Je pourrais sans doute soulever Kai-Fong comme des haltères. Mais il insiste avec une dignité si fragile que je n'ai pas le courage de refuser. Pas après avoir vu comment mon oncle le traite. Je le suis. Je n'aurais jamais imaginé me sentir ainsi, mais en dépit du comportement de mon oncle, je suis content de rentrer chez moi, et c'est grâce à Kai-Fong. Je suis ravi d'avoir été là pour rappeler Oncle Edward à l'ordre, mais je me demande s'il se conduit souvent aussi mal.

« Comment va Jessica ? » m'intéressé-je.

C'est la petite-fille de Kai-Fong. Ba a découvert qu'elle avait un don pour la physique et l'a envoyée à l'université de Kyoto. C'est ironique, bien entendu. Les familles du personnel de Ba sont allées à l'université grâce à lui, mais son propre fils ne peut pas y entrer. Néanmoins, je suis content pour Jessica.

« Elle va bien. Elle est en deuxième année. Elle a beaucoup de cours. »

Kai-Fong nous fait passer dans le vestibule, qui est encadré par deux escaliers courbés et illuminé par un lustre. Il me montre une photo de Jessica sur son téléphone. Elle fait signe de la main entre deux piliers en brique.

« Elle adore vivre là-bas, mais elle devra peut-être partir si l'entreprise est vendue.

— Vraiment ?

— Sa bourse est financée par Dragon Leaf. Votre ba n'est pas comme les autres employeurs, vous savez. Peu de gens nous traiteraient aussi bien que lui.

— Ouais. Je préférerais être son employé plutôt que son enfant. »

Kai-Fong me prend le bras.

« Xiang-Ping, votre père a besoin de votre aide. Nous en avons tous besoin. Votre ba est un homme bien, mais il ne sait pas ce qu'il ne sait pas. »

Pourquoi est-ce que tout le monde me regarde comme si j'étais son héritier ?

« La famille ne veut pas que je me mêle des affaires de Dragon Leaf. Ils ne s'attendent même pas à ce que j'assiste aux fêtes. »

Des invités en smoking remplissent l'un des deux ascenseurs ouverts, d'autres dirigeants qui contrôlent des milliards de dollars et administrent des millions de personnes. Je secoue la tête.

« Mais ne vous inquiétez pas pour Jessica. Je vais parler à Ba. »

Je ne sais pas si je peux faire quoi que ce soit, mais pour Kai-Fong, j'essaierai.

Kai-Fong s'incline.

« Vous lui ressemblez beaucoup. »

Encore ça ? S'il y a vraiment une similarité, je veux l'amputer. Je suis dans le royaume des Yeh depuis trop longtemps et ça commence à avoir des conséquences sur ma santé mentale. Je dois sortir d'ici le plus vite et le moins douloureusement possible.

Une porte d'ascenseur se ferme sur les invités. Kai-Fong appuie sur le bouton de l'appartement-terrasse dans l'ascenseur suivant, me tend mon sac et nous fait signe d'entrer. Les portes se referment et pendant un instant, nous sommes seuls. Une image apparaît dans mon esprit : je pousse Sophie contre le mur capitonné, ma bouche sur la sienne.

« Vous avez beaucoup de domestiques », dit-elle.

Je serre la sangle de mon sac pour me reprendre.

« Mon grand-père vit ici. Et une de mes tantes aussi, quand elle n'est pas à Londres. Une partie du personnel également. Comme Bernard. Quand sa femme est morte à l'accouchement, Ba les a fait venir, Alison et lui, pour que Bernard ne soit pas seul.

— Incroyable. Ils travaillent pour ta famille depuis si longtemps ?

— Oui. Ba les traite mieux que moi. »

Elle sourit.

« Toi aussi.

— Quoi ?

— Même si c'est mieux que l'inverse : gâter le fils et traumatiser les domestiques. »

Je fronce les sourcils.

« Il ne ferait pas une chose pareille.

— Ça en dit quand même long sur ton père si son personnel est aussi loyal.

— Ce n'est pas le cas des manifestants devant le siège social.

— C'est vrai. Mais c'est le personnel de ta tante. Et c'est ton oncle qui les a renvoyés, pas ton père. »

Encore un commentaire de Sophie qui me transperce. Je n'ai jamais invité personne en dehors de la famille à y pénétrer, et le fait de connaître son opinion me donne curieusement l'impression d'être… moins seul.

Les portes de l'ascenseur s'ouvrent et nous entrons dans le vestibule rempli de sculptures et de peintures.

« Elles sont incroyables ! »

Sophie passe ses doigts sur le cadre d'une peinture représentant un tigre orange qui fait les cent pas sur la toile.

« Même le Musée national du palais n'en a pas des comme ça. Pas étonnant que tu sois un tel artiste. Toute ta famille s'intéresse à l'art. »

Pendant un instant, je le vois aussi. Toute la pièce est agréable à regarder, remplie d'œuvres splendides de génies. Mais ensuite, je secoue la tête. Je désigne les trois sceaux rouge vif qui ornent un côté de la peinture du tigre.

« C'est la partie qui passionne Ba le plus. Ce sceau est celui de l'artiste. Celui-ci, il représente le petit-fils de Puyi, le dernier empereur de Chine. C'était le premier propriétaire de la toile. Celui-là, c'est celui de mon grand-père, le deuxième propriétaire. C'est un défi. Qui seras-tu pour que ta marque puisse être posée à côté de celle des empereurs ?

— L'œuvre la plus chère que nous avons chez nous, c'est un éléphant en argile que mes frères ont sculpté en colonie de vacances.

— Je suis sûr que c'est mieux que tout ça. »

J'examine la peinture avec elle.

« Le tigre, c'est mon père. Le monde lui-même est trop petit pour son ambition. Comment est-ce que Kai-Fong ou qui que ce soit d'autre pourrait penser que je suis comme lui ? »

Sophie penche la tête sur le côté.

« Il n'a pas l'air heureux d'être coincé sur cette toile.

— Exactement. Et maintenant, Ba est coincé aussi. Son accident. L'entreprise en ligne de mire. »

Sophie pose une main sur mon bras. Un geste simple, mais je sens tout ce qu'elle veut dire.

« Comment tu te sens à ce sujet ? »

Je détourne les yeux vers le portrait encadré des aînés de la famille Yeh : mon arrière-grand-père, mon grand-père, mon père à mon âge, tous ensemble. Ils ont les mêmes nez et la même mâchoire. La main de Ye-Ye est posée sur l'épaule de Ba. Ce dernier lève le menton et regarde droit vers l'objectif, fort et sûr de lui.

« Honnêtement ? Je ne peux pas m'empêcher d'avoir un peu de peine pour lui. Il ne se repose jamais. Et désormais, il est obligé de le faire. Il n'a jamais perdu le contrôle de quoi que ce soit. Et maintenant… »

Je l'imagine allongé sur une table d'opération dans un hôpital qu'il a financé, avec une infirmière qui lui demande de compter à rebours à partir de cent. Il ne voit plus qu'un tunnel lumineux. Sa cage rétrécit…

Je bouge et mon reflet dans la vitre devant le portrait s'éloigne de Ba. Il s'était superposé à son image sans que je m'en rende compte. Maintenant, je suis sur le portrait, à côté d'eux. Le quatrième Yeh. Et cela semble réel.

Mais ce n'est pas le cas… Pas vrai ?

Je ressens tellement d'émotions contradictoires, et toutes sortes de souvenirs me viennent à l'esprit. Oncle Edward qui dit à Ba que je dois être lobotomisé. Le jour où j'ai été envoyé aux États-Unis. Les années que j'ai passées loin d'ici au lieu d'apprendre à connaître mes grands-tantes et vice-versa. Et maintenant, le personnel me regarde et aujourd'hui, j'ai eu un aperçu de ce que je ressentirais si je n'avais plus l'impression d'être un bon à rien. Comme quand j'ai présenté Sophie à ma tante.

Je suis venu faire mes adieux. Mais est-ce vraiment ce que je veux ?

Sophie lève la tête et renifle l'odeur de gâteaux au four. « Qu'est-ce qui sent aussi bon ? »

Je m'éloigne de la photo et sors du rang.

« Ce sont les gâteaux de lune pour les dons de demain. »

Le travail continue, et la fête aussi. C'est comme ça, chez les Yeh.

« Super ! Allons les filmer ! dit Sophie.

— Je suis censé interviewer mon grand-père. »

Mes questions sont prêtes. *Comment était Dragon Leaf au tout début ? Comment l'entreprise est-elle devenue l'empire qu'elle est aujourd'hui ?* Avec Ba à l'hôpital, je dois filmer Ye-Ye et mon professeur d'histoire s'attend au moins à une interview qui ressemble à celles des Rockefeller.

« Où est-il ? »

Je fronce les sourcils. Une file d'attente pour saluer Ye-Ye traverse déjà le salon et les escaliers.

« Il doit être à l'étage, sur la terrasse, pour accueillir les invités. Comment vais-je l'interviewer, et où ? Je ne sais pas ce que Jane a en tête.

— Eh bien, peut-être qu'on peut couvrir les gâteaux de lune d'abord, en attendant que les gens passent ?

— D'accord. »

Je prends la main de Sophie.

« La cuisine est par-là. »

La cuisine où Emma et moi nous faufilions pour voler des glaces est aussi grande que le salon. Des casseroles et des poêles pendent à des supports accrochés au plafond. Des flammes bleu et orange flambent sur deux énormes cuisinières et des fours remplis de gâteaux sont alignés contre le mur.

Tante Quatre porte le tablier violet de Dragon Leaf sur sa robe à imprimé léopard et pétrit un gros morceau de pâte sur le plan de travail.

« Xiang-Ping, te voilà. Lin-Bian m'a dit que tu étais en chemin. »

Elle nous accueille avec un sourire timide. Poli, mais gentil, comme elle. Même avec son tablier couvert de traces de mains faites de pâte de haricot rouge.

« Entrez. Nous sommes en train de finir la dernière fournée. »

Une chaîne d'hommes et de femmes portant des filets à cheveux et des blouses pétrissent aussi de la pâte sur deux longues tables. D'autres l'étalent en cercles et y déposent une garniture de taro sucré, de lotus et de haricots mungos.

« Combien de tantes est-ce que tu as ? »

Sophie libère sa main lorsque nous entrons. Je ne m'étais pas rendu compte que je la tenais encore.

« Euh, quatre. Ne laisse pas la farine et le tablier t'induire en erreur. Elle dirige les opérations européennes de Dragon Leaf et sa fille Gloria dirige le bureau de Londres.

— Des femmes puissantes. Ces gâteaux de lune n'ont pas la moindre chance.

— Parfois, je crois que Ba aurait préféré que je sois une fille.

— Xiang-Ping, lave-toi les mains et prépare un gâteau de lune. »

Tante Quatre coupe sa boule de pâte en deux et en met une moitié de côté.

« Tu faisais des gâteaux splendides avant. Avec des motifs très élaborés. »

Je suis content de voir que c'est comme ça qu'elle s'en souvient.

« Je dois filmer, dis-je. Sophie peut en confectionner un.

— Oh, je ne veux pas m'immiscer dans un truc de famille, dit celle-ci.

— Pas du tout, Sophie. »

Tante Quatre tapote une boule de pâte.

« Viens. »

Sophie s'approche d'elle et je pose ma caméra sur mon épaule pour les filmer côte à côte.

« La plupart des gâteaux de lune sont préparés par des machines maintenant, dit Tante Quatre. Mais dans notre famille, nous les faisons encore à la main. »

Je fais un zoom sur les mains couvertes de farine de Sophie tandis qu'elle forme un cercle de pâte autour d'une cuillerée de la préparation de haricots. Puis je fais un plan d'ensemble. Sa peau brille en contraste avec la cascade noire de ses cheveux. Sa combinaison couleur prune fait ressortir le violet de la pièce : le carrelage derrière la cuisinière, la patate douce sur un plateau, le ruban d'une boîte de gâteaux de lune.

Tante Quatre essuie son nez avec sa manche et y ajoute une grosse trace de farine au lieu de l'effacer.

« Tiens, goûtes-en un. »

Elle me présente un plateau couvert de gâteaux de lune dorés en forme de pyramides. Ils portent tous l'emblème des Yeh.

« En réalité, je n'aime pas les gâteaux de lune, admis-je.

— Blasphème ! »

Sophie écarquille les yeux alors qu'elle est sur le point d'en croquer un.

« Ils sont trop compacts. Et je n'aime pas le jaune d'œuf salé.

— C'est ce qu'il y a de meilleur ! »

Tante Quatre rit et met son plateau de côté.

« Ton amie me plaît. »

Sa magie continue de charmer tout le monde autour d'elle. Même mes tantes réservées.

« Elle me plaît aussi, dis-je, et Sophie me sourit.

— Qu'est-ce que symbolisent les gâteaux de lune ? demande-t-elle.

— Leur rondeur représente l'accomplissement, dit ma tante. Manger des gâteaux de lune pendant la semaine du festival représente l'accomplissement et l'unité de la famille. »

Je baisse ma caméra. Je devais le savoir, c'est pourquoi je ne voulais jamais venir. Les Yeh symbolisaient un cercle qui m'avait exclu. Du moins, c'était l'impression que j'avais de l'autre côté de l'océan. Mais à présent, tandis que Sophie et ma tante pétrissent la pâte à la main, je ressens un regret étrange.

« Qu'est-ce que tu fais ? »

Je sursaute en entendant la voix de Jane. La reine des relations publiques se tient dans l'encadrement de la porte, avec son costume vert citron fraîchement repassé et sa main sur sa hanche.

« Tu étais censé arriver il y a une demi-heure pour interviewer ton grand-père. Maintenant, il est occupé avec les invités. »

J'ai dû rater cette information, même si le Roi des abrutis me l'a répétée.

« Désolé.

— Tu dois te prendre en main. Nous avons du mal à contenir les rumeurs sur les manifestations. Une foule est en marche.

— Ils viennent ici ? Maintenant ? »

À travers la fenêtre de la cuisine, la tour impeccable de Taipei 101 bleu-vert s'élève dans le ciel. Elle est indifférente aux émeutes qui approchent.

« Je croyais que vous aviez la presse dans la poche.

— C'est comme si j'essayais de retenir deux poignées de sable. La sécurité est prête, mais mon équipe a atteint son maximum. Pour ton projet, envoie-nous les originaux quand tu auras fini, s'il te plaît. Et détruis toutes les copies. »

Quoi ? Les détruire... ?

Jane consulte son téléphone.

« D'accord, dis-je sèchement. Je n'en aurai plus besoin quand j'aurai ma note.

— Va dire bonjour à ton grand-père et organise-toi pour l'interviewer après la fête. »

J'ouvre la bouche pour lui demander comment va Ba, mais elle dit :

« Et n'oublie pas de passer prendre ton porte-documents dans le bureau de ton père. »

Sophie se lave les mains et nous allons dans le salon.

« Heureusement qu'elle n'est pas au courant pour nos projets avec Magic Mirror, ce soir, dit Sophie. Nous serons un de ces grains de sable qui glissent entre ses doigts.

— Exactement », dis-je.

Mais les instructions de Jane sombrent comme des briques dans le fond de mon estomac. Toutes ces séquences… et je suis censé toutes les effacer quand j'aurai ma note ?

Nous nous unissons à la file d'attente pour saluer Ye-Ye, près de l'escalier qui mène à la terrasse sur le toit. Les serveurs en queue-de-pie noires nous offrent des cocktails de crevettes et de minuscules rouleaux de printemps. Sophie me tend un saté, mais je secoue la tête. Je n'ai pas faim.

« Le Roi des abrutis a raison. »

Je mets ma main dans ma poche et fais tourner la molette du cadenas à combinaison.

« Rien de ce que je filme n'a d'importance. Ça va agacer mon grand-père que je l'interviewe. Ils vont détruire mes images quand ce sera fini. Je suis un risque à leurs yeux. »

Je m'en rends compte seulement maintenant… Je pensais que mon film aurait de l'importance. Je voulais qu'il en ait.

« Tu ne filmes pas ce que les autres filment, dit Sophie. Peut-être que ça leur fait peur.

— Si je leur fais peur, c'est parce qu'il me manque une case là-haut. »

Je me tapote la tempe.

« Ce n'est pas vrai, Xavier ! Arrête. Sérieusement. Écoute, je suis allée au festival de ta famille tous les ans et je ne savais pas qu'il se passait tout ça en coulisses. C'est *ça* que l'équipe des relations publiques aurait dû montrer au monde. Cette cuisine ! Ta tante ! Le chaos et les gâteaux de lune frais. C'est humain ! Ça me donne envie d'aimer toute ta famille. C'est… »

Elle se mord la joue.

« Désolée. »

Elle fronce les sourcils.

« Je suis allée trop loin.

— Non, tu as raison. »

Il y a une sorte de magie dans ses mots, dans la manière dont elle prend mes sentiments en désordre et les mets dans une boîte pour que je puisse respirer librement. Je me tourne vers la chaleur jaune de la cuisine.

« Je le ressens aussi. Mes tantes ne sont pas comme Ba ou mon oncle.

— Ça va ? »

Sophie serre ma main d'un geste hésitant. J'ai laissé ma phrase en suspens un instant.

« Après la mort de ma mère, dis-je lentement, je me suis déconnecté de tout ça. J'avais des amis à Manhattan, mais ils ne sont pas restés. Pas dans les moments qui comptaient le plus. »

Comme l'anniversaire de ma mère tous les ans, le jour le plus important pour moi. Mais ce n'est pas le genre de choses dont un garçon peut parler sans mettre ses amis mal à l'aise.

« J'ai passé beaucoup de temps seul. Mais c'est ma faute aussi. Comme tu l'as dit, je ne m'ouvre jamais à personne. Au début, j'ai essayé de me faire la malle. »

Elle pince les lèvres. Quand elle prend enfin la parole, sa voix est rauque.

« Tu peux compter sur moi, Xavier, dit-elle. Je ne sais pas si ça compte beaucoup. Mais c'est vrai. »

Je sens mes entrailles gonfler.

« Ça a beaucoup compté pour moi que tu sois restée à l'aéroport. Quand on est rentrés chez nous, cet été. »

Elle hausse les sourcils.

« Je n'étais pas sûre que tu veuilles que je reste.

— Au début, je ne voulais pas. Mais... ensuite, j'étais content. »

Elle serre ma main de nouveau.

« Alors, je suis contente aussi. »

Elle est le genre d'amie que je n'ai jamais eu auparavant : une amie qui me connaît. Car personne n'a eu l'occasion de vraiment me connaître depuis longtemps. Et ceux qui l'ont eue ne sont plus là. C'est le genre d'amie pour qui je veux apprendre à être présent, même dans les moments difficiles. Même si mes sentiments vont peut-être plus loin que ça.

Un homme en smoking deux rangs devant nous dans la file d'attente se retourne. Merde. C'est le Roi des abrutis.

« Xiang-Ping, tu es là. »

Le ton de sa voix est aussi neutre que le cadeau blanc qu'il tient à la main.

Bon. Peut-être qu'on s'entend mieux maintenant.

Devant lui, ma cousine Lulu se retourne également. Elle a un petit paquet enveloppé dans du papier kraft. Victor fait signe au couple entre nous d'avancer.

« J'ai entendu dire que tu avais rencontré ma mère ? »

Lulu est moins hostile aussi. Je la présente à Sophie et elle lui serre la main.

« Je me suis dit que si Xavier se donnait du mal pour aider quelqu'un, cette personne devait être spéciale. »

Sophie rougit.

« Oh, euh, non ! Je veux dire… merci. Je te suis reconnaissante d'avoir organisé la rencontre. J'adore ta mère. On dirait ma bonne fée. »

Lulu rit.

« Je vais lui dire que tu as dit ça. Elle était ravie de votre réunion. »

Lulu nous sourit. Elle n'a jamais été aussi amicale.

« Je ne l'ai pas vue aussi enthousiaste depuis longtemps.

— Oh, j'en suis enchantée ! Je vais présenter son Magic Mirror ce soir, à la fête.

— Merci de l'aider. »

Le regard de Lulu s'adoucit.

« Je lui ai toujours dit que ses inventions étaient géniales. Mais elle n'a jamais eu le cran d'aller de l'avant.

— Eh bien, elle devrait ! »

Sophie rayonne.

« J'espère que nous pourrons l'aider ! Tu veux venir, ce soir ? Tu peux t'occuper du Magic Mirror.

— Oh. »

Lulu sourcille, surprise.

« Oui. Ça me plairait.

— Victor. »

Jane se précipite vers nous, le visage tendu. Elle saisit sa manche.

« L'ambassadeur Chiu souhaite parler à Xiang-Ping. Prépare-le.

— Moi ? »

Je panique. Jane est déjà de l'autre côté de la pièce pour intercepter un homme âgé qui marche vers nous. Elle lui serre la main et lui sourit en conversant. Ils se dirigent droit vers nous.

« Qu'est-ce que je suis censé dire ?

— Affirme-lui que nous n'avons jamais été aussi sûrs du soutien de nos investisseurs, dit mon cousin.

— Qu'est-ce que ça veut dire ? demandé-je, mais Jane est de retour.

— Xiang-Ping, je te présente l'ambassadeur Chiu.

— L'ancien ambassadeur. Je suis un simple citoyen, maintenant. »

Il me prend la main.

« Xiang-Ping, je t'ai connu quand tu m'arrivais à la taille. Tu as tellement grandi. Je suppose que tu reviendras à Taipei bientôt ? »

Mon cousin hoche la tête de manière imperceptible.

« Oui, dis-je. Nous n'avons jamais été aussi sûrs du soutien de nos investisseurs. »

Je répète ce que m'a dit le Roi des abrutis. Comment est-ce que c'est arrivé ?

« Excellent. »

Chiu sourit.

« Tu prendras la place de ton père sous peu.

— Bonjour, monsieur l'ambassadeur. Je m'appelle Victor. »

Mon cousin fait tomber son cadeau en essayant de lui serrer la main.

« Ravi de vous...

— Monsieur le représentant au congrès Wu, un mot, s'il vous plaît. »

L'ancien ambassadeur Chiu lève un doigt à l'intention d'un homme debout à côté du piano. Il s'éloigne avec Jane.

Mon cousin baisse la main et hausse les épaules.

« Peu importe. »

Je soupire.

« Il avait l'air plutôt satisfait.

— Il veut que Dragon Leaf aille de l'avant, dit mon cousin. Nous sommes en partenariat avec sa société de portefeuille, et sa fortune double. Il désirait te parler pour se faire une idée sur les Croisés et l'avenir de l'entreprise. »

Alors, est-ce que je viens de mentir ?

« Que je revienne ou pas, ça ne change rien pour Dragon Leaf.

— Tu es l'héritier de ton père. C'est un signe.

— Comment est-ce que tu... sais ce genre de choses ?

— J'ai été dans les tranchées toute ma vie. »

Il rajuste la boîte sous son bras.

« Où est ton cadeau ?

— Mon cadeau ? »

Je balaie du regard la file d'attente qui monte les escaliers.

« Personne d'autre n'a de cadeau.

— Moi, si. »

Lulu me montre son paquet.

« Reste fidèle à toi-même. »

Le Roi des abrutis sourit.

« Tu donnes l'impression que je suis un bon petit-fils sans même essayer.

— J'aurais dû penser aux cadeaux, dit Sophie.

— Pas toi. Tu es une invitée, dit Lulu. Mais Xavier, tu ferais mieux d'avoir une idée. Après Victor et moi, Ye-Ye se sentira insulté en voyant que tu ne t'es pas donné la peine de lui offrir quelque chose, c'est sûr.

— Il peut se permettre d'acheter tout ce qu'il veut.

— C'est l'intention qui compte. »

Mince, qu'est-ce que je vais faire, maintenant ? Je me fiche que le Roi des abrutis passe pour un bon petit-fils. Je n'ai jamais été en lice. Mais il faut que j'interviewe Ye-Ye, alors il vaudrait mieux que je ne commence pas sur le mauvais pied. Je balaie la foule du regard et cherche des idées parmi les robes et les costumes.

Lulu fait signe à quelqu'un près de la cheminée.

« Tu peux garder ma place ? Je veux dire bonjour à un ami.

— Bien sûr », dit le Roi des abrutis en même temps que moi.

Nos yeux se croisent. Nous sommes tous les deux agacés. Lulu part à toute vitesse. Le Roi des abrutis pose sa boîte sur une table incrustée de perles. Il retire sa montre Apple de son poignet et la met dans ma main.

« Tiens. Donne-lui ça. Au moins, c'est à la mode. »

C'est généreux. Pas juste pour le prix, mais parce qu'il me sauve de justesse.

« Mais…

— Elle est toute neuve. Je l'ai achetée aujourd'hui. »

Je fronce les sourcils en regardant la montre.

« Je pensais que tu voulais passer pour le bon petit-fils. »

Le Roi des abrutis lève les yeux au ciel.

« Tu as dix minutes pour l'emballer.

— L'emballer ?

— Les cadeaux, ça s'emballe, Xavier ! Allez ! On va garder ta place. »

Je me précipite dans les couloirs jusqu'à la porte de ma chambre et fonce à l'intérieur. Les rideaux bleus en gaze se gonflent devant la fenêtre ouverte. En deux ans, ma chambre n'a pas changé : un lit à baldaquin avec une housse de couette bleue assortie sur laquelle Ma a brodé des petits dragons. Une conque peinte en souvenir d'un voyage de famille sur ma table de chevet. Mon bureau est vide. Je ne l'ai jamais utilisé. Pour travailler, je préférais m'allonger sur le parquet de la salle à manger sur lequel les vitraux dessinaient des taches de lumière colorée.

Soudain, je vois Ba comme avant, quand les lumières étaient éteintes après que Ma m'avait lu une histoire et m'avait bordé. Parfois, il entrait et se tenait juste là. Il m'écoutait respirer. Un jour, il s'est approché et a posé sa main sur mon front. Je me suis forcé à respirer de manière régulière. J'ai fait semblant de dormir pour qu'il ne parte pas trop vite, mais secrètement, j'observais sa silhouette sombre, les plis du bord de sa chemise qui dépassaient de son pantalon. Après une minute, il est ressorti, laissant derrière lui la chaleur de sa paume sur ma tête.

Le souvenir me fait l'effet d'un électrochoc. Il appartient à un autre Xavier et à un autre Ba, il y a longtemps. Je le mets dans un coin de mon esprit et me dirige vers ma commode. J'ouvre un tiroir qui contient une étrange collection d'objets : des centimes poinçonnés de musées, des jouets en bois et de l'or. Mes tantes me donnaient tout le temps de l'or : des broches, des colliers, des bagues, de la richesse solide qui ne s'évaporerait pas en cas de crise boursière. J'ai tout mis là-dedans et l'ai oublié.

Je retire un collier d'une pochette en velours et glisse la montre à sa place. C'est une belle montre, mais elle est moderne. Est-ce qu'elle plaira à Ye-Ye ? Je veux que mon cadeau lui fasse plaisir, mais peut-être que mon cousin va lui dire qu'il a encore dû me sauver les fesses.

Tandis que je me dirige vers la porte, mes yeux tombent sur une longue boîte rectangulaire dans le coin. La tache blanche et familière d'un autocollant qu'on a retiré me regarde comme un œil terne. J'ai apporté cette même boîte au Théâtre national cet été.

Mon cœur a un raté.

Je l'ai acheté pour nous épargner la honte.

La créature verte et mince qui vole au-dessus de la scène. Il l'a achetée et l'a cachée ici, à l'abri des regards.

L'humiliation brûle dans ma poitrine. J'ai montré une partie de moi au cours de cette vente aux enchères. J'ai exposé toute ma famille. Et quand il a fait l'acquisition de ma peinture, j'étais tellement… fier. Je pensais avoir quelque chose contre lui. Alors que depuis le début, il nettoyait derrière moi. Il effaçait tout le film.

Je prends la boîte et arrache le couvercle. J'ai envie de mettre le feu à tout le rouleau de papier de riz et de le regarder se froisser jusqu'à devenir un tas de cendres noires.

Mais à la place du parchemin, je vois que le tube carré est vide. Des taches vert forêt sont encore visibles sur le carton.

Ba a toujours une longueur d'avance sur moi.

31

SOPHIE

Nous sortons sur le toit-terrasse. La tour en forme de pagode de Taipei 101 se dresse dans le ciel juste devant nous. La scène est incroyable. Ça doit être une des plus belles vues de toute l'Asie. La file d'attente pour rencontrer le grand-père de Xavier s'étend dans cette direction, jusqu'à un treillis couvert de plantes grimpantes sur le bord du toit.

« Ce sont les frères et sœurs Lee, près du mur de plantes, dit Victor.

— Qui ? demandé-je.

— Les Youtubeurs célèbres qui ont plus de dix millions d'abonnés. Et ce mec qui se gratte le nez là-bas, il dirige la scène des start-ups de Taipei, même s'il n'en a pas l'air.

— Oh, ouah.

— De manière générale, la famille de Xavier n'est pas tape-à-l'œil, indique Lulu. Pas de toilettes plaquées or, comme chez Victor.

— Seulement dans la salle de bains des invités, corrige ce dernier.

— Mais ils connaissent beaucoup de gens talentueux, reprend Lulu.

— C'est la princesse Asuka qui vient de descendre les escaliers, déclare Victor.

— Ouah, une *princesse* ! »

J'avais admiré sa robe simple et argentée.

« Tu te souviens qu'elle poursuivait tout le temps Xavier dans les arbres pour essayer de l'embrasser ? demande Lulu. Super agaçant.

— Eh bien, tout le monde peut faire des erreurs de jugement », dit doucement Victor.

J'ai encore du mal à croire que la vie de Xavier ressemble à ça. Toutes les personnes rassemblées sur cette terrasse sont habillées comme s'ils allaient assister à un couronnement. Des serveurs passent avec des plateaux d'huîtres crues. Et l'appartement de Xavier, avec dix pièces en plus de cette terrasse, est plus grand que la plupart des maisons dans le New Jersey.

C'était ce que je pensais vouloir quand je suis arrivée à Chien Tan. Mais ce qui va avec, la famille, quelle que soit sa forme, c'est ce qui a vraiment du sens, et cela n'a rien à voir avec le panorama.

Et pour Xavier, c'est encore plus compliqué. C'est le père qui le tire par l'oreille. La tante avec les mains chaudes et de la farine sur le nez. Peut-il survivre à l'un et prospérer grâce à l'autre ? Est-ce que c'est possible ? Je l'espère. Pour lui, pour son cœur, qu'il protège. Je l'espère.

« Mon père, là-bas, est en train de parler à l'éditeur de *Vogue Asia*. »

Victor montre le propriétaire de la Ferrari jaune délicate, costaud avec un visage rond. Et il est vêtu impeccablement, d'un costume indigo et d'une cravate dorée, un clin d'œil aux couleurs de Dragon Leaf.

« Ce n'est pas ta mère qui devrait parler à *Vogue* ? demandé-je à Lulu.

— Les pères de Xavier et Victor sont les seuls à pouvoir parler à la presse. »

Je fronce les sourcils.

« Ce n'est pas elle, l'experte de la mode ?

— Notre famille fonctionne comme ça. Les filles font profil bas. Même moi. Ma mère n'a pas encore dit à Ye-Ye que je suis ceinture noire, sans parler du fait que j'ai participé à des championnats mondiaux.

— Ouah.

— Ye-Ye n'approuverait pas. »

Elle prend un air renfrogné.

« Nous connaissons tous les faiblesses de nos parents, pas vrai ? C'est toujours désagréable pour moi de rentrer à la maison et de voir ma mère s'en remettre autant au patriarcat. »

Je pense à ma propre mère et à Tante Claire.

« Tu crois que nous devrions les aider à changer ? demandé-je.

— Ce n'est pas notre rôle. »

Victor me regarde comme quand j'ai suggéré de défier Horvath. Et je suis prête à admettre que je le fais. Alors je devrais donner tout ce que j'ai. J'affiche ma proposition sur mon téléphone et, tandis que les cousins discutent entre eux, j'écris le brouillon d'un e-mail à mon professeur pour lui parler de Magic Mirror.

« Dartmouth te plaît ? demande Lulu alors que j'ai presque fini. J'ai l'intention d'envoyer ma candidature.

— Oh, super, dis-je. C'est difficile, mais je suis optimiste. Je peux jeter un œil à ta candidature, si tu veux.

— Oh, merci. Ce serait génial.

— C'est le moins que je puisse faire après la réunion avec ta mère.

— Tu l'aides aussi, Sophie. »

Toute la famille Yeh dit vraiment le nom de tout le monde, comme s'ils faisaient constamment l'appel.

« Eh bien, elle est en avance sur son temps. Sa technologie pourrait propulser Dragon Leaf dans le siècle à venir. Elle pourrait changer à jamais la manière dont les gens font du shopping. »

J'ajoute ça à mon brouillon tout en discutant.

« En parlant de ça, je ferais mieux de voir où en est la nouvelle de Magic Mirror pour ce soir. »

J'ouvre la conversation de la croisière de l'amour pour consulter ma publication sur Magic Mirror : plus de quatre cents mentions *j'aime* ! Et j'ai un message de Tante Claire : le soigneur du zoo va amener des bébés pandas ce soir ! À notre fête !

Je n'avais même pas l'intention d'orchestrer une chose pareille, et pourtant, je le fais à merveille !

J'ai hâte de le dire à Xavier.

Je donne des instructions aux nouveaux arrivants, explique qu'il n'y aura pas de frais et ajoute vingt personnes de plus à notre réservation, puis j'envoie un message au restaurant : les pandas seront là ! Je mets le soigneur directement en contact avec eux pour qu'ils s'organisent.

Je jette un œil au fil d'actualité #RetrouvaillesLaCroisiere-DelAmour sur Instagram : des participants dans les télécabines Maokong, en train de faire de la randonnée sur la montagne de l'éléphant ou de manger des crabes frits à Fisherman's Wharf. Des photos de lunes à Paris, Singapour, Moscou, San Francisco, Melbourne, Johannesburg.

Je souris. J'adore cette sensation que le monde est uni. Les anciens élèves de la croisière de l'amour sont littéralement partout.

Tout ce qu'il nous reste à faire, c'est trouver un moyen de rentrer chez nous.

« Tu avances sur la proposition pour Horvath ? demande Victor.

— Je suis plutôt satisfaite, oui. Tu veux bien y jeter un œil avant que je l'envoie ?

— Bien sûr. »

Je lui donne mon téléphone et lui explique tandis qu'il passe en revue le document.

« Il voulait un projet plus axé sur les données. Alors je rassemble des données sur les styles vestimentaires, les types de corps, les humeurs. Et puis, si tu aimes un style, l'intelligence artificielle de l'interface peut calculer tes mensurations et l'adapter sur mesure pour qu'il soit plus flatteur. »

Je n'arrête pas de parler, mais à ma grande surprise, Victor hoche la tête.

« Ça a l'air super. »

Il me rend mon téléphone.

« Je ne m'étais pas rendu compte que les algorithmes étaient aussi rigoureux. Tante Trois ne parle jamais de technologie.

— Qui l'écouterait ? demande Lulu.

— Ajoute plus de détails sur la manière dont il peut être utilisé, dit Victor.

— Je vais en obtenir ce soir. Nous allons exposer le Magic Mirror à la fête.

— Cool. Et bon travail. »

Approbation de l'ATER : *check* ! Le projet ne pourrait pas être plus solide.

Victor regarde par-dessus mon épaule.

« C'est emballé ? »

Xavier nous montre une pochette en velours rouge.

« Oui. Merci », dit-il sèchement.

Sur le côté, son poing est blanc et serré. De la sueur brille sur son cou. Je fronce les sourcils.

« Ça va ?

— Oui. »

Il évite mon regard.

« Ouais. Ça va très bien. »

Il observe Victor s'approcher de leur grand-père, un homme aux cheveux blancs et en smoking noir dont le visage est fin comme celui de ses sœurs et du père de Xavier. Il est assis dans un fauteuil en velours, avec Taipei 101 en arrière-plan. Un gâteau d'anniversaire de la taille d'une roue et un milliard de bougies sont posés sur une table nappée à sa gauche.

Victor prend la main noueuse de son grand-père dans la sienne.

« Ye-Ye, je suis honoré de prononcer le discours de la famille demain. Merci pour ce privilège.

— Il est temps que nous déléguions les responsabilités à la génération suivante, dit son grand-père. Le soir du festival est l'occasion pour se connecter avec Taipei. Une réputation solide mène à des partenariats d'affaires qui le sont tout autant.

— Je ferai honneur à la famille. »

Victor pose sa boîte blanche sur les genoux de Ye-Ye et défait le nœud rouge.

« Ye-Ye, je te présente la tête de mât de ta course de bateau-dragon légendaire, dont les couleurs ont été restaurées. »

Le vieil homme soulève la tête de dragon verte grossièrement sculptée dans du bois et peinte avec goût. Son œil doré est froncé et sa langue fourchue goûte l'air.

« Ça me rappelle ta muraille, dis-je à Xavier, mais il ne répond pas.

— Merveilleux ! »

Ye-Ye promène ses doigts noueux sur la crête de la tête du dragon.

« Tout ce que je voulais, c'était que ce museau franchisse la ligne d'arrivée en premier.

— Tu me l'as raconté, Ye-Ye. Je m'en souviens.

— Je suis très touché par ta prévenance.

— Prends une photo avec moi. »

Victor passe un bras autour des épaules de Ye-Ye et prend un selfie, puis demande à Lulu de prendre un cliché avec Taipei 101 en arrière-plan.

« En mode portrait, s'il te plaît. »

Ils sont très beaux ensemble : le smoking noir et l'autre blanc, le vieil homme vénéré qui incarne l'histoire et la tradition à côté de la génération future et audacieuse. Victor est beaucoup de choses, mais il a le chic pour donner une image de puissance.

Mon téléphone sonne. Emma m'a envoyé une photo d'elle dans une voiture, assise sur des sièges en cuir couleur crème. Ses cheveux noirs sont tirés en arrière et ses boucles d'oreille en forme de fleurs de cerisier sont visibles. Elle est adorable, même après un vol de dix heures.

Sophie, j'ai atterri. J'ai vu/entendu ce qui s'est passé entre Xavier et toi dans le jet. Pourquoi tu ne m'as pas dit que vous sortiez ensemble à Chien Tan ? Je croyais que tu allais m'arranger un coup avec lui ?

Oh, non. C'est exactement ce que je craignais. Bien sûr qu'elle en a entendu parler. Je lui réponds.

Emma, je suis désolée, j'aurais dû te le dire. Et on n'était ensemble que, genre, 2 semaines.

Marc publie une photo d'un groupe en train de chanter à tue-tête dans un taxi avec karaoké.

Un moment plus tard, je reçois la réponse d'Emma.

J'étais tellement contente de venir. Honnêtement, Priscilla m'avait prévenue qu'elle avait entendu dire que tu poignardais tes amies dans le dos, mais je croyais qu'elle se trompait.

Maintenant, je ne sais plus quoi penser.

Un instant. Quoi ? Non.

Oh, bon sang. Je ne peux pas perdre une amie à cause d'une rivalité en ce qui concerne Xavier, c'est hors de question. Surtout pas Emma. Je préférerais me planter un couteau dans les côtes.

Je lui écris.

Sophie : Tu as raison. J'aurais dû être honnête avec toi, et je te soutiens, c'est vrai. Ce qui s'est produit pendant le vol était une grosse erreur, mais ça m'a prouvé que j'étais vraiment passée à autre chose.

Emma : Je vais à l'appartement de ma famille pour déposer mes affaires et me faire un soin du visage. On en parle à la fête.

Sophie : Oui, bien sûr. Je suis désolée d'avoir rendu la situation confuse.

Elle ne répond pas. La conversation est finie jusqu'à ce soir. Mais comment arranger la situation ? Je fais la seule chose qui me vient à l'esprit : je montre sa photo à Xavier.

« Emma est arrivée.

— Super. »

Il pose sa caméra sur son épaule.

« J'ai hâte de la revoir. »

Vraiment ? Ça ne se voit pas. Mais je dois redoubler d'efforts pour m'assurer qu'ils passeront une soirée parfaite, même si je dois leur faire la sérénade moi-même.

« Wai Gong. »

Lulu s'est agenouillée devant son grand-père.

« Un cadeau des États-Unis. »

Il retire l'emballage en papier d'une barre de chocolat noir de *Trader Joe's*.

« Commerce équitable. »

Elle sourit.

« J'adore *Trader Joe's*. »

Ye-Ye affiche un grand sourire qui dévoile ses dents parfaites.

« Une petite entreprise fantastique. Celle-là m'a échappé. »

Lulu rit.

« Nous avons beaucoup de magasins ici que tu peux acheter.

— Pas comme celui-là.

— Je vois d'où vient le charme des Yeh », dis-je à Xavier.

Son sourire ne se reflète pas dans ses yeux. Le vieil homme tapote la main de Lulu.

Lorsqu'elle s'éloigne, il tend la main vers Xavier.

« Xiang-Ping, dit-il. Tu es parti longtemps.

— Je peux filmer pour toi », dis-je à voix basse.

Xavier grimace, mais me passe sa caméra. Je sens la tension nerveuse en lui lorsqu'il fait un pas en avant et qu'il prend la main de son grand-père dans la sienne.

Je place la caméra devant mes yeux. Ça tourne.

32

XAVIER

« Ah, Xiang-Ping. »

Ye-Ye frotte ma main entre ses doigts noueux. Sa peau bronzée est rêche et fine comme du papier. Elle me rappelle les nombreuses années d'avance qu'il a sur moi. Ses mains sont curieusement réconfortantes. Comme si j'avais le temps de trouver ma voie.

« Xiang-Ping. *Yeh* signifie *feuille*. C'est un bon nom pour notre famille. Tu le portes. Ne l'oublie jamais. »

Ye-Ye me dit souvent ça, comme un rituel. D'habitude, je hoche la tête et passe à autre chose. Mais cette fois, je ne peux pas m'empêcher de remarquer qu'il ne l'a pas dit à mes cousins.

« Pourquoi est-ce qu'il est bon ? »

J'ai l'impression d'avoir trois ans.

« Les feuilles sont fragiles, non ?

— Les feuilles sont nombreuses. Toujours en train de pousser. Elles sont dans le monde entier. Comme les Yeh. »

Est-ce qu'il essaie d'être profond ou drôle ?

« Je comprends.

— Tu n'es pas souvent là, Xiang-Ping. »

Ye-Ye me tient encore la main.

« Tu ne nous aimes pas ? »

Je me libère.

« Je suis là maintenant.

— J'avais ton âge quand j'ai démarré Dragon Leaf. Tu n'es plus un enfant.

— Ce n'est pas ce que pense Ba. Enfin bref, je t'ai apporté un cadeau aussi.

— Merci, Xiang-Ping. »

Son sourire s'élargit avec une gratitude sincère.

« Quelle surprise. »

Je lui tends la pochette contenant la montre de mon cousin. J'ai l'impression d'être un imposteur.

Contre toute attente, les yeux de Ye-Ye trahissent son émotion tandis qu'il tire sur le nœud de la pochette. Il est plus frêle que dans mes souvenirs, plus marron que la feuille d'automne sèche qu'il était il y a quelques années. Je ressens une pointe de culpabilité. J'ai peut-être eu tort de créer un gouffre entre nous. Quand nous étions petits, il nous emmenait sur son bateau, Lulu et moi. Un jour, alors que j'étais malade, il m'a préparé un gruau de riz avec du rousong de porc rôti, ce qui est l'équivalent des macaronis au fromage pour la plupart des enfants américains. Un bon petit plat qu'on mange pour se sentir mieux. Même s'il n'avait pas pour habitude de cuisiner. Il a des domestiques qui cuisinent pour ses domestiques.

Ye-Ye fait glisser la montre en argent dans sa paume noueuse.

Son corps se raidit. Il fait un mouvement brusque de la main et la montre tombe sur le sol en béton dans un bruit sourd. Est-ce qu'il s'est fait mal ? Est-ce qu'il est malade ? Un cri alarmé monte jusqu'à mes lèvres, mais ses traits deviennent plus nets, comme le visage d'un renard.

« Edward », aboie-t-il.

Une main potelée se resserre sur mon bras.

« Comment oses-tu ? » grogne Oncle Edward à mon oreille.

Je sens son haleine de café tandis qu'il me traîne loin de Ye-Ye. Il le fait en douceur, pour que personne ne le remarque sauf Sophie, qui a baissé la caméra, les yeux écarquillés par la confusion. Personne sauf Sophie... et le Roi des abrutis. La dernière chose que je vois avant que mon oncle me tire dans les escaliers, c'est le sourire de prédateur de mon cousin.

Quoi qu'il ait fait, j'ai été assez stupide pour tomber dans le panneau.

Oncle Edward m'emmène dans la salle de bains des invités tapissée de papier bleu sarcelle et claque la porte. Il me pousse contre le lavabo, et un bol de pot-pourri que Ma a fait elle-même se brise en mille morceaux par terre, et les fleurs parfumées s'envolent.

« Tu essaies de lui faire avoir une crise cardiaque ?

— Je ne sais même pas ce que j'ai fait ! »

Son poing me frappe au visage. J'enfonce mon pied dans son ventre et pousse. Il s'écrase sur les toilettes. Le goût salé du sang se répand dans ma bouche. Je serre la mâchoire et touche mon visage pour évaluer les dégâts. Ma joue a l'air ouverte et mes yeux se posent sur la bague en platine à son doigt.

Nous sommes en privé et non pas devant mes amis. Mais ce coup me semble pire. Personne à Harvard-Westlake ou dans mon ancienne école à Manhattan n'aurait levé la main sur moi. Mais dans ma propre famille, mon statut est si bas que n'importe qui peut me casser la mâchoire. Mieux encore, celui qui le ferait serait applaudi par tout le monde.

« Il faut que je lui parle, dis-je d'une voix rauque. Je peux tout lui expliquer ! »

Oncle Edward se relève péniblement.

« Tu fais le clown quand tu es tout seul. Pas quand ça met sa santé en danger. Je t'ai dit de me donner une raison de te foutre dehors.

— Tu penses vraiment que je veux faire du mal à Ye-Ye ? »

Pire encore, est-ce que c'est ce que Ye-Ye pense ?

« Je vais t'accorder exactement deux minutes pour prendre ta petite copine et t'en aller avant que les gardes ne vous foutent à la porte.

— Pas la peine, dis-je tandis qu'il saisit la poignée de la porte. Je pars. »

Puis, il disparaît.

« Toi, dit-il à l'extérieur. Trouve un balai et nettoie tout ça. C'est une porcherie. »

Je frotte les morsures de ses ongles sur mon bras. Dans le miroir, une entaille rouge saigne sur ma joue. À ce stade, plus rien de ce que ma famille me fait ne devrait me blesser. Tout comme un mauvais tour du Roi des abrutis ne devrait pas me prendre au dépourvu.

Mais ça me blesse.

Parce que je m'étais ouvert à lui. À eux. À chacun d'entre eux. Dans le fond, je les considérais encore comme ma famille et j'ai laissé une fissure minuscule se former sur ma carapace.

Et ils y ont inséré une boîte d'explosifs.

J'essuie le sang de mon visage. Je dois trouver Sophie et me tirer d'ici.

« Une montre, Xavier ? »

Lulu agrippe mon bras lorsque je sors de la salle de bains. La fureur brille dans ses yeux.

« Mais à quoi tu pensais ? »

Je serre la mâchoire en montant les marches qui mènent à la terrasse.

« Qu'est-ce que ça signifie, une montre ?

— Ça signifie que le temps est compté. Que tu veux qu'il meure le plus vite possible. Ça porte malchance. »

Que le Roi des abrutis aille se faire voir. C'est pire que ce que je redoutais.

« Est-ce que Ye-Ye y croit ?

— Tu plaisantes ? Ils croient tous à la malchance. »

Elle me montre les sommités qui remplissent la pièce.

« Rien ne peut atteindre un milliardaire, sauf la malchance. »

Elle a raison. Tout cet endroit est décoré avec des porte-bonheur de toutes les cultures, y compris des fers à cheval dorés et un crucifix en cristal, même si personne n'est chrétien dans la famille. Il y a des années, quand l'appartement était en construction, Ye-Ye a fait venir un expert en feng shui pour lui donner des conseils sur l'emplacement des portes et ce genre de choses. Des détails auxquels je ne prête pas attention.

Et mon ye-ye a cru que j'essayais de lui jeter une malédiction. Ye-Ye, qui me préparait du gruau de riz avec du rousong…

Mon propre grand-père ne sait pas qui je suis.

« Je croyais que tu n'avais pas de cadeau ! dit Lulu.

— Tu-sais-qui me l'a donné.

— Tu fais… trop confiance aux gens, Xavier. »

Elle fronce les sourcils.

« Pourquoi est-ce qu'il a toujours essayé de s'en prendre à toi ?

— C'est à lui qu'il faut poser la question. Tu me diras si tu découvres quelque chose. »

Je commence à monter les escaliers, où il n'y a plus aucun invité.

« Je devais interviewer Ye-Ye, mais tout ce que j'ai, c'est ta barre chocolatée et une histoire sur les *feuilles*.

— Xavier. »

Sophie avance vers moi, la sangle de la sacoche de ma caméra passée sur son épaule. Elle vacille.

« Ta joue. »

Je pose le dos de ma main dessus et y découvre une nouvelle trace de sang.

« Quand est-ce que tu ne m'as pas vu en train de saigner pendant ce voyage ?

— Je n'arrive pas à croire que Victor ait fait ça. Ton oncle. Je n'arrive pas à croire qu'il ait…

— C'est pour ça que ton père t'a envoyé aux États-Unis, dit Lulu d'un air sombre. C'était plus sûr. »

Je fronce les sourcils.

« Ce n'est pas ce que j'ai entendu dire. C'est parce que Ma est décédée. Ba ne voulait pas que je sois là sans supervision. Si j'étais allé à l'école à Kang Chiao comme le reste de la famille, tout Taipei aurait su que je suis un abruti.

— Tu n'es pas un abruti », dit Sophie.

Ses yeux brillent férocement.

« J'ai essayé de parler à Victor, mais il est parti. Ce qu'il a fait, c'était vraiment merdique. Il n'a aucune excuse pour justifier une chose pareille. Nous devons encore interviewer ton grand-père…

— C'est mort. »

Je me dirige vers la porte d'entrée.

« Mon grand-père ne va pas me recevoir. Et j'ai presque juré sur ma vie que j'allais faire son portrait. Alors, mon projet est foutu. »

Qu'est-ce que je vais faire, maintenant ? Je m'arrête en voyant deux agents de sécurité de Dragon Leaf marcher vers nous. Leurs armes à feu se balancent discrètement dans les étuis accrochés à leurs ceintures. Lulu me pousse vers l'aile ouest.

« Passe par-derrière. Ne donne pas à Oncle Edward la satisfaction de te mettre à la porte devant tout le monde. »

Une partie de moi aimerait les défier d'essayer. Faire une scène, enfin. Le Yeh enterré. Mais les gardes qui viennent vers moi ne sont pas les vigiles habituels de Ba. C'est comme si Oncle Edward me punissait moi, mais aussi Ba.

Quelque chose ne va pas et je n'ai pas l'intention d'être le pion dans le jeu de qui que ce soit.

Je prends la main de Sophie et m'éloigne en zigzaguant. Nous esquivons un ambassadeur du Japon et le PDG de la plus grande chaîne de magasins d'électronique taïwanaise.

« Et ton fonds fiduciaire ? dit Sophie.

— Je ne l'aurai pas, dis-je sèchement. J'en ai assez de jouer le jeu de Ba. Qu'il en soit ainsi. »

Je tourne au coin. Au fond du couloir, un des gardes personnels de Ba est debout devant les portes sculptées de son bureau. Haru. Il porte un uniforme bleu marine simple. Ba a toujours posté un garde là, depuis qu'un invité a tenté de pénétrer dans son coffre-fort. Haru est aimable avec moi, mais si Oncle Edward lui a dit de me mettre à la porte, il pourrait essayer de le faire, et j'ai l'intention de partir à ma manière.

« Je ne comprends pas, dit Sophie. Comment est-ce que ton père peut prendre ton fonds fiduciaire si ta mère te l'a donné ? Il y a quelque chose qui cloche.

— Il y a beaucoup de choses qui clochent avec ma famille. »

Je ne peux pas passer par le salon, alors je me dirige vers Haru.

Puis les portes du bureau de Ba s'ouvrent. À ma grande surprise, Tante Trois en sort.

« Ce n'est pas juste un hobby ! »

Elle retire son foulard à motif cachemire et laisse ses cheveux tomber autour de son visage furieux.

« J'ai gagné plus d'argent que le service de la santé l'an dernier, même si tu as coupé les vivres de mes équipes. Essaie d'élaguer de ce côté-là d'abord. »

J'attire Sophie dans le renfoncement d'une porte, hors de vue.

« Les manifestations publiques minent Dragon Leaf. »

La porte ouverte encadre Oncle Edward, qui est assis sur le grand fauteuil violet de Ba comme si c'était le sien : ses pieds couverts de chaussettes noires avec des bouts dorés sur la table.

« Nous devons envoyer un signal fort à nos investisseurs pour leur montrer que nous les prenons très au sérieux. »

Deux hommes en costumes noirs et dont les postiches sont coiffés dans des directions opposées se tiennent à côté de mon oncle, les bras croisés.

« Qui est-ce ? » murmure Sophie.

Elle se colle à moi et sa chaleur est réconfortante. Je passe un bras autour de ses épaules. J'ai besoin d'elle pour garder l'équilibre. Comment cette visite se serait-elle déroulée sans elle ? Je n'aurais pas pu y survivre.

« Ce sont les cousins de Ba. De Singapour. Des jumeaux. Ils possèdent une bonne partie de Dragon Leaf. »

Je fronce les sourcils.

« C'est bizarre qu'ils soient en réunion sans Ba pendant qu'il est à l'hôpital.

— Alors, c'est mon équipe qui trinque ? Tu as déjà renvoyé les trois quarts de mes employés, dit Tante Trois. Ils étaient avec moi depuis une décennie. Voire deux, pour certains.

— Deux mille femmes sans éducation dans des petits pays à la con t'envoient des vêtements par bateau. Ce n'est pas le genre de main-d'œuvre que nous devrions employer pour entrer dans le vingt et unième siècle. Et tu les paies trop !

— Je les paie à leur juste valeur ! Mon service de la mode a déjà le budget le plus modeste. Pourquoi est-ce que vous ne pouvez pas laisser le reste tranquille ? »

Elle frappe la porte du poing.

« Honnêtement, je ne peux pas en vouloir aux manifestants. Je me joindrais à eux si je le pouvais.

— Nous ne voulons pas que les ressources de l'entreprise soient gâchées pour des trucs comme ton projet de Frankenstein. Victor m'a dit que tu le présentais à Taipei 101 ce soir. C'est ridicule. »

Sophie jure entre ses dents.

« Traître.

— La vente de Dragon Leaf aux Croisés pourrait être la chose la plus responsable que notre génération puisse faire, dit l'un des jumeaux. Parfois, les entreprises familiales ont besoin de sang neuf.

— Si c'est le cas, c'est parce que vous l'avez empoisonnée. Et si le corps est mort, il n'a pas besoin de sang neuf. »

Tante Trois claque la porte et traverse le couloir en trombe. Je fais reculer Sophie. Lorsque ma tante passe devant nous, la colère de son visage crispé se déforme. Elle pose une main sur sa bouche pour contenir un sanglot étranglé. Puis, elle disparaît.

« Ce n'est pas juste ! » murmure Sophie.

Je lui serre le bras. Cette histoire compte pour elle. Elle compte beaucoup.

« Nous allons sauver son département, dis-je. Nous allons sauver Magic Mirror ce soir. »

Elle se mord la lèvre.

« Il le faut vraiment. »

La porte du bureau s'ouvre brusquement de nouveau. Oncle Edward sort avec les cousins de Ba et un homme vêtu de tweed. On dirait un enfant de douze ans avec une moustache. Je fronce les sourcils. Qui est-ce ? Ce n'est déjà pas normal que la famille se réunisse dans le bureau de Ba sans lui, mais ce mec ne fait même pas partie de la famille.

« Nous allons annoncer la vente au pavillon de gâteaux de lune au cours du festival, demain, dit Oncle Edward. Mon fils va faire un discours. Il va obtenir son diplôme de Dartmouth cette année et il reviendra ensuite.

— C'est un emplacement fantastique, dit un cousin. Des milliers de gens et d'influenceurs. Au fait, jolie peinture.

— Est-ce que votre chaîne peut le couvrir ? demande Edward à l'homme en tweed.

— Oui, nous pouvons le retransmettre en direct. »

Alors, il est journaliste. Est-ce qu'Oncle Edward est devenu fou pour se préparer à vendre Dragon Leaf ? Ba y a consacré sa vie. C'est plutôt triste que son propre frère complote derrière son dos dès qu'il passe sur le billard. À ce rythme, il va se réveiller de son opération et découvrir qu'il a perdu l'entreprise.

Tandis qu'ils s'éloignent, Haru referme la porte du bureau. Mais pendant un instant, j'ai une vue dégagée du placard dans lequel se trouve le coffre-fort de Ba. Un souvenir me revient à l'esprit : je suis enfant, agenouillé à côté de Ba tandis qu'il sort son sceau de la pochette. Je pose celui-ci sur son dossier de procédure et y dépose une marque d'encre…

Et j'ai une idée. Le sceau de Ba. Le sceau de pouvoir de l'empereur. C'est ce dont j'aurai besoin… pour récupérer mon fonds fiduciaire à la banque.

Je prends la décision. Une décision que j'aurais dû prendre quand Ba m'a forcé à aller à Harvard-Westlake.

Je vais récupérer mon fonds fiduciaire. À ma façon.

Je saisis le bras de Sophie et fonce en avant.

« Viens. »

Haru se tourne vers nous, surpris de nous voir.

« Haru, je dois prendre quelque chose. C'est Jane qui m'envoie. »

Et c'est vrai.

« Oui, Maître Yeh. »

Haru ouvre la porte. Sophie me suit à l'intérieur. Des vitraux laissent passer une lumière colorée sur le bureau en bois sombre sculpté qui appartenait au prince Gong, le sixième fils de l'empereur Dao Guang. Des stylos de luxe sont posés en ligne sur le verre qui le recouvre. Le fauteuil ressemble à un trône et derrière celui-ci, le portrait de Ma est accroché. Ses cheveux noirs sont relevés en chignon au-dessus de son cou et ses mains sont jointes sur la robe violette et luxueuse qui enveloppe ses genoux. Sur sa gorge, un petit coquillage brille au bout d'un collier rouge qui ne va pas avec la peinture. C'est un collier que j'ai fabriqué maladroitement pour elle. Mais Ma était comme ça. Je me souviens du regard plein d'amour qu'elle m'a adressé quand je le lui ai offert.

Sophie siffle.

« Ton père la vénérait. »

Je ne veux pas l'entendre. Je me détourne du regard attentif de Ma. Ba a dessiné une croix sur un paquet emballé dans du papier kraft qui est sur son bureau. Il est lourd, comme un gros livre. Je ne suis pas du tout curieux de savoir ce qu'il contient, mais je le mets dans mon sac à dos.

Sophie pose sa main sur un thermos de café argenté qui porte le logo des Croisés : une épée et un bouclier.

« Encore chaud, dit-elle.

— Mon oncle va peut-être revenir le prendre, dis-je. Nous devons agir vite. »

Je pousse la chaise et cherche un creux caché sous le bureau de Ba. Quand je retire ma main, j'ai une petite clé noire entre les doigts.

« Qu'est-ce que tu fais ? murmure Sophie.

— Le coffre-fort de Ba est là-dedans. »

J'ouvre le placard, puis m'agenouille devant la boîte en métal grise, par terre. Elle fait la taille d'un petit réfrigérateur. Et il est lourd. Il faudrait plusieurs bâtons de dynamite pour l'éventrer. Il y a un double verrou : un lecteur d'empreinte et un cadenas à code intégré à la porte.

Le bouton arrogant me regarde d'un air moqueur, mais je lutte contre la sensation de panique habituelle.

« Sophie, j'ai besoin de ton aide. »

Elle s'agenouille à côté de moi.

« Quelle est la combinaison ?

— Mon anniversaire. Le neuf septembre. »

Je lui donne l'année.

« S'il ne l'a pas changée. »

Ma date d'anniversaire est, ou était, le code. Est-ce que ça signifie quelque chose ? Est-ce qu'il pense à moi chaque fois qu'il l'ouvre ? J'en doute.

« Le lecteur accepte mon empreinte digitale. »

Les doigts de Sophie sont agiles sur le cadenas. Je pose mon pouce sur le lecteur en verre sombre. Nous sommes comme les deux côtés d'une paire de ciseaux synchronisés... Puis elle ouvre le coffre avec un léger déclic.

Alors, c'est encore ma date d'anniversaire qui sert de code. Cela renforce quelque chose auquel je n'aime pas penser. Si Ba veut léguer son héritage à sa lignée, il n'a que moi. Et d'après ce que je sais, nous sommes les seuls à avoir accès à ce coffre. Et peut-être que cela signifie vraiment quelque chose pour lui. À l'intérieur, il y a deux boîtes en carton couvertes par une pile de pochettes à cordons en velours. Je prends une pochette jaune qui m'est familière et laisse tomber un objet rectangulaire dans ma main. Il est orné d'une simple plante grimpante verte.

« Son sceau ? »

Sophie écarquille les yeux.

« Oui. »

Je passe mon pouce sur les caractères gravés sur l'extrémité et une tache d'encre rouge apparaît sur ma peau. Même si je ne peux pas la lire, je sais qu'il est écrit : Yeh Ja-Ben.

« J'en aurai besoin à la banque. »

Je mets le sceau et la pochette dans ma poche, puis je sors le livret d'épargne usé, le dossier de procédure qui permet de garder une trace de toutes les transactions du compte.

« Tu vas utiliser le sceau de ton père à sa place ?

— Oui. »

J'ignore un accès de culpabilité. Je ne sais pas ce que je risque en utilisant le sceau de quelqu'un d'autre, mais je suis sûr que je ne suis pas le premier à le faire.

« Je vais récupérer mon fonds fiduciaire. »

Je suis sur le point de refermer le coffre-fort quand Sophie me prend la main.

« Attends. Les papiers de ton fonds fiduciaire sont sans doute dedans. »

Elle sort les boîtes.

« Ça pourrait être utile. »

Je soupire.

« Des papiers. Je ne peux pas...

— Je ne peux pas les lire non plus. Regarde, ils sont en chinois. »

Elle sort son téléphone et prend une photo du premier document.

« Google Traduction. »

Encore une idée brillante. Mais nous devons sortir d'ici avant que mon oncle ne revienne chercher sa tasse. Et nous devons aller à la banque avant que quoi que ce soit d'autre ne se mette entre mon fonds fiduciaire et moi. Mais elle a raison. Nous aurons besoin des documents. J'ouvre la deuxième boîte et en extrais des papiers en chinois et quelques-uns en anglais agrafés les uns aux autres.

Je sors mon stylo de lecture et le passe sur les premières lignes d'une des pages. *Dossier demandé par l'état de Californie,* dicte mon stylo. Je lis un peu plus et comprends de quoi il parle : les titres de propriété de l'immeuble où je vis à Los Angeles. Je lis les autres titres : des actes de propriété aux États-Unis et en Europe.

« Je crois que je l'ai ! » murmure Sophie avec enthousiasme. Elle est à la moitié de sa pile.

« Ton fonds fiduciaire. Il y a ton nom et celui de ta mère. Lynn Yeh. »

Elle me tend l'épais dossier en chinois et je passe rapidement en revue les pages, jusqu'à une signature délicate qui s'apparente à la mienne : c'est un gribouillage, mais il est harmonieux. Et il y a le carré rouge et délavé de son sceau.

C'est comme un petit signe de la main de Ma. Elle nous observe encore depuis le mur. Son regard est-il approbateur ? Ou pas ? Si elle était là… Je ne peux même pas imaginer à quoi ma vie ressemblerait.

Je retourne à la page de mon fonds fiduciaire. Un sceau. Une signature.

« C'est tout ? demandé-je à Sophie.

— C'est tout.

— Mais Ba a dit que ses avocats l'avaient modifié pour m'empêcher de l'avoir. Il ne devrait pas y avoir un avenant signé par lui ? »

Elle exprime ma pensée à voix haute.

« Peut-être qu'il s'est dit que tu ne le lirais jamais ? »

J'entends des pas dans le couloir.

« Merde. On doit y aller. »

Je mets les papiers du fonds fiduciaire dans mon sac à dos et elle referme le coffre-fort pendant que je glisse la clé sous le bureau. Les pas approchent. Je referme la porte du bureau et retiens ma respiration. Je serre le sachet qui est dans ma poche. Je ne peux pas le perdre, quelle que soit la personne qui passe par cette porte.

Mais les pas arrivent et s'éloignent.

« Viens », chuchoté-je.

J'ouvre la porte.

Un grand dragon encadré et accroché sur le mur d'en face attire mon regard. Il est tellement long qu'il couvre toute la longueur du couloir.

« Qu'est-ce que… ? »

Je m'arrête brusquement et Sophie me rentre dedans.

Je me suis précipité si vite à l'intérieur que je ne l'avais même pas remarqué : une longue créature verte qui n'était pas là avant. Les griffes et la crête à écailles que j'ai passé des heures à peindre.

« C'est *ton* dragon », dit Sophie, perplexe.

Les écailles ont toutes les nuances des feuilles et de la mousse. J'ai passé tellement de jours et de nuits penché dessus.

« Il m'a dit que c'était nul. »

Ma voix se brise.

« Et il l'a accroché là ? »

Il l'a accroché là. Il a accroché le musée des horreurs de la famille là où tous les invités royaux passent lorsqu'ils entrent et sortent de son bureau, et pendant tout ce temps, il m'a laissé croire que c'était encore une tache honteuse sur l'autel de la famille.

Pourquoi est-ce qu'il m'a dit une chose pareille ?

Quelque chose d'huileux, noir et létal explose dans ma poitrine. Je suis propulsé vers le cadre, le décroche et laisse tout tomber par terre. Je le lève en l'air, prêt à l'écraser sur le sol… et à tout détruire.

« Maître Xiang-Ping ! »

Haru se rue vers moi.

« Monsieur !

— Ne fais pas ça ! » Sophie saisit mon bras et le maintient en l'air.

« Tu vas le regretter. »

Pendant un instant, je ne vois rien d'autre que son regard sombre et stable.

« S'il te plaît, ne fais pas ça, dit-elle. J'adore ce dragon. »

Un moment plus tard, je laisse tomber ma peinture. Il n'y a qu'une voie à suivre à partir de là. Il n'y en a jamais eu d'autres.

Ma voix est tendue comme un fil de fer.

« Allons chercher mon fonds fiduciaire. »

33

XAVIER

Le soleil est bas dans le ciel quand nous arrivons à la banque. Trois employés ont fermé leurs guichets. Un autre compte des billets bleus de dollars taïwanais. Un homme portant un costume bleu marine avec une broche en or sur son revers s'approche de nous.

« Je suis désolé, nous fermons dans cinq minutes. Pouvez-vous revenir lundi ? »

Non, mec. Impossible.

Je tends la main comme l'aurait fait Ba.

« Je suis Xiang-Ping Yeh, le fils de monsieur Yeh, le président de Dragon Leaf. J'ai étudié aux États-Unis, c'est pourquoi nous ne nous connaissons pas encore. Merci d'avoir servi ma famille comme vous l'avez fait. »

Je sens que Sophie rit silencieusement. Une partie de la raideur de mes épaules s'envole.

D'accord, ça fait peut-être un peu trop *prince Xavier*.

« Ah, oui ! Nous nous sommes déjà rencontrés. »

L'homme me serre la main.

« C'est un plaisir. Je suis Chin Pei-Wan. Le directeur de cette agence. Je me souviens que vous êtes venu avec votre père quand vous aviez huit ans. »

Il pose sa paume sur sa taille.

« Qu'est-ce que je peux faire pour vous ? »

Le bon côté d'être le Yeh enterré, c'est que personne ne sait que j'ai très peu de pouvoir.

Je sors le sceau de Ba.

« Je suis ici pour des affaires de famille. »

J'ai attiré l'attention de monsieur Chin.

« Je suis à votre service, monsieur Yeh.

— Je vous présente mon associée, Sophie.

— Bonjour, monsieur Chin.

— Enchanté. »

Il lui serre la main tout aussi chaleureusement. Il connaît son métier. Il a probablement dû affronter une centaine de Rois des abrutis qui avaient hâte de prendre la place de mon père.

« Je vous en prie, allons parler dans mon bureau. »

Monsieur Chin désigne des pièces entourées de murs en verre au fond de l'agence.

« C'est toujours un plaisir de travailler avec votre famille. Votre oncle est venu ici ce matin. »

Oncle Edward ? Sophie et moi échangeons un regard tout en suivant monsieur Chin. Elle se penche vers moi.

« À propos de ton fonds fiduciaire ? chuchote-t-elle.

— Je ne sais pas. Mais il gère les affaires de Ba. C'est pour ça qu'il faut que j'agisse tout de suite.

— Ça pourrait être lié à la vente de Dragon Leaf. »

Peut-être. Je fronce les sourcils, mais nous entrons dans le bureau de monsieur Chin et une vague de souvenirs me frappe en pleine face.

« Je me souviens de cet endroit. »

Pendant un instant, je ne joue pas la comédie.

« Je mangeais toujours un bonbon White Rabbit ici. Les meubles sont différents, mais au même endroit.

— Il n'y a pas beaucoup de place pour la créativité dans la décoration du bureau d'un banquier », dit monsieur Chin d'un air pince-sans-rire.

Alors comme ça, il a le sens de l'humour. C'est la même table basse où j'ai mis un sceau sur le livret d'épargne de Ba. Je me sentais tellement responsable et adulte.

Maintenant, je me sens juste téméraire.

« Je vous en prie, asseyez-vous. »

Monsieur Chin nous montre un canapé bleu ciel.

« Du thé ?

— Non, merci, dis-je. Nous sommes pressés. »

Je pose ma cheville sur mon genou, encore une imitation de Ba.

« Monsieur Chin, je vis à Los Angeles maintenant. Je veux passer mon fonds fiduciaire à une banque là-bas.

— Ah, vous souhaitez transférer votre fonds ?

— Oui. »

Je lui tends mon passeport, ma carte d'identité, mon numéro de compte à Los Angeles et le livret d'épargne de Ba.

« D'habitude, à Taipei, les fonds fiduciaires ne peuvent pas être acquis avant l'âge de vingt ans. Parfois même, pas avant trente ans. »

Vraiment ? Un poids se loge dans mon estomac. Cela s'explique selon les normes de Taipei, mais je me souviens que ma mère m'a toujours dit que je pourrais l'acquérir à dix-huit ans. Je jette un coup d'œil à Sophie pour lui demander de l'aide. Elle pousse les documents de mon fonds fiduciaire sur la table.

« Celui de Xavier lui est revenu il y a quelques semaines. »

Monsieur Chin les feuillette en fronçant les sourcils.

« C'est inhabituel. Le fonds doit effectivement être versé au bénéficiaire à ses dix-huit ans. Les fonds fiduciaires sont rares ici et je pensais... Eh bien, votre mère avait vraiment foi en vous, jeune homme. »

Je ne comprends pas tout à fait ce que cela signifie. Mais tout est là, noir sur blanc, avec son écriture et son sceau. Il n'est pas question d'attendre mes trente ans, mes vingt ans, ou l'ordre de Ba. Il n'est pas même question d'attendre que j'apprenne à lire. Ma a décidé que je l'obtiendrais à dix-huit ans, sans condition.

« Un tel montant... Des comptes devront être rendus de la part des États-Unis. Il faudra quelques jours pour terminer la procédure.

— Quelques jours ? »

Ce soir, quand il ne sera plus sous anesthésie, Ba mettra fin à tout ça. Je ne peux pas montrer la moindre trace de faiblesse. Je dois le diriger sur la bonne voie.

« Je crains que ça ne soit pas suffisant. J'ai besoin du fonds plus tôt. »

Mais bien sûr. Tu vas acheter la tour Eiffel ce soir, peut-être ?

Monsieur Chin se tord les mains.

« Si nous avions été prévenus... Je suis désolé, mais c'est une exigence réglementaire pour de tels montants. »

Il ne remet pas en question le fait que j'aie besoin de l'argent immédiatement.

« J'ai dit la même chose à votre oncle. »

Alors comme ça, Oncle Edward a aussi essayé de transférer beaucoup d'argent ? Le mien ? Ou le sien ? Et pourquoi ?

Je dois agir vite, avant que mes plans ne soient déjoués. Je me penche en avant.

« Monsieur Chin, je suis certain que les situations urgentes comme celle-ci sont la raison exacte pour laquelle ma famille continue de faire affaire avec vous. »

Je laisse cette idée en suspens entre nous. Je suis la nouvelle génération. Et s'il veut continuer de travailler avec nous, il ferait mieux de me satisfaire.

Monsieur Chin relit les documents de mon fonds fiduciaire, comme s'il essayait d'y trouver des instructions. Puis il se lève et prend mes documents.

« Donnez-moi quelques minutes, s'il vous plaît », dit-il.

Quand il sort, je ne sais pas du tout ce qu'il va faire : appeler Ba, la sécurité, l'armée ? Je veux récupérer mes documents. Mais Sophie se racle la gorge. Elle croise calmement les mains sur ses genoux. Message reçu.

Monsieur Chin retourne dans la banque et Sophie soupire.

« Tu as été super pro, dit-elle en souriant. Genre...

— Prince Xavier. »

Je le dis en même temps qu'elle, et grogne.

« C'est juste que je connais le fonctionnement de ma famille. Mieux que celui de Harvard-Westlake ou même de mon lycée à Manhattan. »

Mon sourire s'estompe.

« J'espère qu'il n'appelle pas mon oncle.

— Eh bien, il a coopéré pour l'instant. »

Elle pianote sur son genou, aussi nerveuse que moi.

« C'est drôle. Je croyais que tu étais ce genre de mec la première fois que j'ai entendu parler de toi.

— Un riche blaireau ?

— Carrément mon type. »

Je souris.

« Je suis ravi que tu aies réalisé que ce n'est pas ce que je suis. »

Mon sourire disparaît.

« Je veux juste ma liberté.

— Mais tu as changé d'avis sur ta famille maintenant, pas vrai ? Je veux dire, tes tantes t'aiment. Un fonds fiduciaire ne peut pas remplacer ça. Tu as dit toi-même que tu ne peux pas payer les gens pour qu'ils t'apprécient.

— Mais ça peut avoir moins d'importance », rétorqué-je.

Cependant, je ressens un accès d'angoisse. Elle a raison, je viens de rétablir le lien avec mes tantes et mes grands-tantes. Est-ce que je veux vraiment couper les ponts avec elles de nouveau ? Je secoue la tête.

« Pourquoi est-ce que Ba ne m'a tout simplement pas confié qu'il était fier de mon dragon ?

— Qu'est-ce que tu aurais répondu ? »

Je fais tourner la molette du cadenas à combinaison dans ma poche.

« Quelque chose de sarcastique, avoué-je.

— Peut-être qu'il ne sait pas comment exprimer ce qu'il ressent. Ou il ne peut pas. Il serait trop… vulnérable. Je veux dire, tout le système de relations publiques de Dragon Leaf est configuré pour que l'entreprise semble aussi parfaite que possible. Inébranlable. Peut-être qu'après la mort de ta mère… »

Je ne veux pas avoir de peine pour lui.

« Sophie, je…

— Ne m'appelle pas par mon nom, dit-elle sèchement.

— Qu'est-ce que tu as avec ça ? Pourquoi je ne peux pas t'appeler par ton nom ?

— C'est la première règle d'un dirigeant charismatique.

— Je ne sais pas de quoi tu parles.

— C'est ce que Victor m'a dit, explique-t-elle. C'est dans un livre. Et toute ta famille appelle tout le monde par son nom, tout le temps. Je vous ai observés pendant ce voyage ! C'est manipulateur. Vous séduisez les gens délibérément.

— Mon grand-père appelle tout le monde par son nom, déclaré-je. Je ne pense pas qu'il ait lu un livre qui lui intimait de le faire. Il est juste comme ça. Peut-être que tout le monde a suivi son exemple. »

Elle fronce les sourcils.

« Hum. »

Je hausse les sourcils.

« Est-ce que tu es en train d'insinuer que j'essaie de te séduire ?

— Non ! »

Elle me frappe le bras en me fusillant du regard.

« Tout ce que je dis, c'est que je ne veux pas que tu sois hypocrite.

— Je ne pense pas que je pourrais être hypocrite avec toi. »

Je m'allonge sur le canapé et place mes jambes sur l'accoudoir. Je pose ma tête sur ses genoux et ses doigts se referment sur mes cheveux. Elle soupire, mais ne dit rien. C'est reposant. J'ai envie de rester comme ça : elle et moi, coupés du monde. Je lève les yeux vers elle.

« À propos de ce qui s'est produit pendant le vol, dis-je. Je crois… que tu me manquais. Et je crois que tu as réussi à te frayer un chemin sous ma carapace. »

Ses joues prennent une couleur de cerise. Je vais un peu trop loin. Mais c'est ce que je veux. J'ai envie de parler de nous et de ce qui pourrait se passer après ce week-end terrible et magique. Je vois sa gorge bouger lorsqu'elle déglutit.

« Alors… pourquoi est-ce qu'on n'est jamais allés plus loin ? Pourquoi est-ce que tu nous en as toujours empêchés ? »

Je fronce les sourcils.

« Quoi que je dise, ça ne va pas me montrer sous un bon jour.

— Tu ne… Tu n'avais pas envie de moi ? »

Elle est sérieuse ?

« C'est ça qui t'inquiète ? Si c'était tout ce que je voulais, ce serait déjà arrivé. J'ai… J'ai fait du mal à beaucoup de filles. Je n'en suis pas fier.

— Tu veux dire que tu as couché avec beaucoup de filles. Je m'en doutais déjà. »

Est-ce qu'elle me juge ? Je voulais qu'elle sache la vérité. Pas de mensonges et pas de manque de considération.

« Je ne veux plus jamais te faire de mal », dis-je.

Ses doigts jouent avec mes boucles, les étirent. Je ferme les yeux, savoure ses caresses, mais elle recule. J'ai envie de lui prendre la main et de la remettre dans mes cheveux pour qu'elle continue.

Puis elle touche mon poignet.

« Pourquoi est-ce que tu emmènes ça partout avec toi ? »

Je soulève le cadenas à combinaison. Je jouais avec. Je me redresse et vois le soulagement qui passe sur son visage. Elle recule.

Aïe. Je n'aurais pas dû insister autant.

« Un cadenas ? » dit-elle.

Je fais tourner la molette.

« Quand j'avais neuf ans, le Roi des abrutis m'a enfermé dans un cabanon derrière notre immeuble, avec un cadenas comme celui-là. Il a laissé le code dessus, et j'étais assez grand pour atteindre le cadenas. Pour lui, c'était une blague, parce qu'il savait que je ne pouvais pas l'ouvrir. »

Elle prend une inspiration.

« Que s'est-il passé ?

— J'ai crié et j'ai tambouriné à la porte. Quand Bernard est venu me chercher, plusieurs heures plus tard, j'étais tellement bouleversé que je ne pouvais même pas lui expliquer ce qui s'était passé. J'avais même fait dans ma culotte.

— Pas étonnant que tu détestes Victor à ce point.

— De toute évidence, c'est réciproque. »

Je fais tourner la molette, mais lui tends le cadenas.

« Tu veux bien me montrer comment faire ? »

Elle fronce les sourcils.

« Qu'est-ce que tu veux dire ?

— Comment est-ce que tu peux faire tourner la molette plusieurs fois et ne pas perdre le fil ? Pourquoi est-ce que tu n'as pas l'impression que les nombres changent de place ? »

Je grimace.

« Ma famille construit des choses qui font l'impossible, mais ce sont les choses les plus simples de la vie qui sont impossibles pour moi.

— Tu fais l'impossible aussi. »

Elle prend le cadenas. C'est un soulagement de lui passer ce fardeau.

« Et tu n'es pas le seul à avoir le cerveau en pagaille. Je te l'ai dit. Je ne sais jamais quand la tornade va éclater et tout éparpiller dans ma tête. C'est pour ça que je dois être super concentrée quand je veux faire quelque chose.

— Eh bien, quoi que tu fasses, ça fonctionne. »

Dans ma poche, je prends l'autocollant froissé sur lequel est inscrit le code. Elle le lisse.

« Ce code est plutôt simple. Neuf, vingt-sept, trente-six.

— Pourquoi est-ce que c'est simple ? »

C'est une vraie question.

« Les nombres sont dans l'ordre croissant. Ce sont tous des multiples de neuf.

— Honnêtement ? Je n'arrive pas à me souvenir de l'ordre. Je n'arrive pas à me souvenir si c'est droite-gauche-droite ou gauche-droite-gauche. Et même si j'y arrivais, je confonds la gauche et la droite. »

Cela fait un moment que je pense que mon cas est pire que celui d'autres dyslexiques. Je n'ai jamais parlé à personne de la manière dont mon cerveau fonctionne, ou ne fonctionne pas. Mais je veux qu'elle comprenne. Je veux qu'elle connaisse cette partie de moi.

Les joues de Sophie se contractent et elle pose ses doigts dessus.

« Si c'était une chanson, ou des couleurs, tu t'en souviendrais, dit-elle.

— Quoi ? »

Je n'ai jamais entendu parler d'une chose pareille.

« Mais pourquoi est-ce qu'on ne pourrait pas avoir un mot de passe basé sur des couleurs ? Ou des tonalités ? Pourquoi est-ce qu'il ne peut pas y avoir plus de bureaux et de poignées de porte pour les gauchers ? Pourquoi est-ce que les gauchers ne peuvent pas écrire de droite à gauche pour ne pas faire de traces ? C'est pareil. Et s'il existait des cadenas avec des nuances complexes que seuls les gens avec des yeux comme les tiens peuvent distinguer ? »

Je fronce les sourcils en y réfléchissant.

« Un cadenas où je n'aurais qu'à choisir les bonnes nuances de couleurs ? Je pourrais le faire. Mais ça ne m'a pas l'air juste d'obliger tout le monde à utiliser un cadenas comme ça.

— Ce n'est pas juste non plus de t'obliger à utiliser un cadenas à combinaison. Pourquoi est-ce qu'il ne pourrait pas y avoir des cadenas différents pour des personnes différentes ? »

C'est vrai. Qu'est-ce que ça donnerait si le monde était construit à ta façon ? Ou du moins, s'il n'était pas construit contre toi ? Toute une couche de règles et de résistance... qui disparaîtrait.

« Ça changerait tout, avoué-je. Je suppose que toute ma vie, j'ai trouvé un moyen de contourner les cadenas. J'ai engagé d'autres élèves. J'ai utilisé SparkNotes et les points de repère à la place des noms de rue. »

Elle remet le cadenas dans ma main.

« Essaie. »

Je fais tourner la molette.

« De l'autre côté. Si tu arrives à te souvenir de quel côté tu as commencé, peut-être que tu peux le faire de l'autre côté si ça ne fonctionne pas. »

Étape par étape, elle me guide. L'odeur de ses cheveux est réconfortante lorsqu'elle se penche vers moi. Je m'accroche à sa voix. Après trois essais, j'ouvre le cadenas.

« Je n'y crois pas ! C'est la première fois !

— Ça ne t'ennuie pas que je t'apprenne à le faire ? demande-t-elle.

— Pourquoi est-ce que ça me dérangerait ? Grâce à toi, j'ai pu l'ouvrir. »

Elle fait la moue.

« Je suis un peu accablante parfois.

— J'aime la façon dont tu m'accables.

— Ha. Mais oui, c'est ça.

— Non, je te jure. Ton énergie inspire les gens. C'est comme ça que tu as fait venir cinquante personnes à Taïwan en un clin d'œil.

— Cent cinquante, en fait. »

Elle sourit d'un air satisfait.

Un coup à la porte me fait sursauter.

« Je m'excuse pour l'attente », dit monsieur Chin.

Nous sommes plus près l'un de l'autre. Le genou de Sophie est collé à ma jambe. À présent, je m'appuie contre le dossier du canapé comme monsieur Chin s'assoit en face de nous. De la sueur brille sur son front. Il tape furieusement sur les touches de son ordinateur portable tandis que je referme le cadenas et que je fais tourner la molette nerveusement.

« Il y aura des frais pour le transfert à l'étranger, dit-il enfin. Il faudra que vous m'autorisiez à passer outre les contrôles. Normalement, ils sont en place pour protéger les gros comptes comme ceux de votre famille. »

Il jette un œil à son écran.

« Ah, très bien. »

Je sors le sceau de Ba de la pochette. J'ai tamponné son livret d'épargne avec lui si souvent… Mais cette fois, il n'est pas à côté de moi. S'il était là, il changerait tous les mots de passe possibles et m'enfermerait pour m'empêcher de faire ça.

Mais je suis en droit de récupérer mon propre fonds fiduciaire. Si Ba essayait de me faire obstacle, c'est lui qui aurait tort. Mais ça ne l'a jamais arrêté jusqu'ici.

Je donne le sceau de Ba à monsieur Chin pour qu'il l'inspecte.

« Ah, monsieur Yeh, nous n'avons pas besoin du sceau de votre père. Il nous faut le vôtre.

— Le mien ? »

Je le regarde d'un air ahuri.

« Oui. Ce fonds est à votre nom, comme vous l'avez dit. Le sceau de votre père n'est plus nécessaire. Nous allons enregistrer le vôtre. »

Le mien.

Je reste immobile un moment. Puis je cherche le sceau que j'ai gravé dans une pierre de lard cet été dans mon sac à dos. Je sens les yeux de Sophie sur moi lorsque je pose l'extrémité sur l'encrier rouge, puis sur la feuille que monsieur Chin m'a donnée.

Lorsque je le soulève, mon dragon brillant me regarde.

Je tamponne plusieurs autres documents pour les dossiers de la banque. Je demande assez d'argent pour dix billets d'avion de retour, et c'est tellement facile. Il me remet une grosse enveloppe contenant les billets.

« Le solde de votre fonds sera transféré maintenant à votre compte à Los Angeles. Comme je l'ai dit, cela pourrait prendre quelques jours. »

Il me présente une feuille fine. Je n'ai pas besoin de savoir lire pour comprendre qu'il y a beaucoup de chiffres. Je la donne à Sophie. Elle écarquille les yeux et hoche la tête.

Ma voix tremble.

« C'est fait ?

— Oui, répond-il. Nous avons hâte de vous revoir pour les affaires de votre famille, monsieur Yeh ! »

Mon téléphone vibre. C'est Jane, sans doute pour une autre urgence liée aux relations publiques. Je bloque mon portable, encore trop stupéfait pour répondre. Sophie a l'air tout aussi abasourdie, comme si elle avait fait cent tours sur elle-même sur une plaque de glace et qu'elle venait de s'immobiliser.

Je ne comprends la situation que maintenant. Ma m'a tout laissé. Elle avait confiance en moi. Je n'avais pas à me montrer à la hauteur de quoi que ce soit avant. Elle pensait déjà que je le serais. Elle m'aimait inconditionnellement. Et grâce à elle, je peux vivre à présent, sans les ficelles des Yeh qui me tirent dans toutes les directions. Comme elle le voulait.

Échec et mat, Ba.

34

SOPHIE

Il l'a fait. Xavier a décidé de récupérer son fonds fiduciaire, et il a réussi. C'est une somme d'argent incroyable.

Et vous savez quoi ? Je n'y accorde pas la moindre importance.

J'ai vu son père sur le point de lui arracher l'oreille et sa grand-tante lui pincer la joue. J'ai vu son cousin le couvrir d'une honte dont il ne se remettra jamais et je l'ai vu se relever et reprendre le contrôle de son avenir.

J'ai vu que les gens qui le connaissent depuis toujours l'aiment et le respectent.

Je l'ai vu lutter contre la dyslexie et la honte de sa famille.

Je l'ai vu briller quand il capture le monde qu'il voit autour de lui dans des dessins, des photos, des films, et il est le seul à être capable de le faire ainsi. Et j'aime tout cela chez lui.

Mais maintenant… Comment est-ce que je peux le lui dire maintenant ?

Xavier, maintenant que j'ai visité ton musée et ton manoir, et que j'ai vu les millions que tu as sur ton compte en banque, j'ai changé d'avis. Je veux que tu poses ta tête sur mes genoux et que tu lèves les yeux vers moi tous les jours.

Comment pourrait-il me faire confiance ? Comment pourrais-je *me* faire confiance ? Il n'a jamais été aussi proche. Il n'a jamais été aussi hors de portée.

« Madame ? »

L'hôtesse touche mon bras respectueusement, me sortant de ma rêverie. Je suis debout devant l'une des hautes fenêtres qui encerclent le quatre-vingt-huitième étage de Taipei 101, juste en face de la raison pour laquelle toute l'Asie fait la fête ce week-end. Mais ce qui était censé être une vue extraordinaire de la plus grande lune de l'année n'est qu'un brouillard gris.

Comme c'est approprié.

« Madame, souhaitez-vous que nous apportions les hors-d'œuvre ?

— Euh, oui. Allez-y. Merci. »

Une horloge murale indique qu'il est dix-neuf heures et une minute. Derrière elle, les anciens élèves de la croisière de l'amour sortent des ascenseurs, portant des vêtements glamours et brillants, l'air déterminés. Spencer et Priscilla essuient des taches de peinture fluorescente de leurs cheveux. Debra s'occupe de l'afflux de gâteaux de lune. Elle déballe les boîtes et les cadeaux pour les invités : des éventails sur lesquels sont enfilés des rubans rouges, des minis bubble teas avec de grosses pailles en bambou. Des petites lanternes en papier blanc pliées qui restent du Nouvel An lunaire, mais c'est l'intention qui compte. Tout disparaît très vite, alors je prends une lanterne pour Xavier. Nous nous sommes séparés pour nous changer plus tôt, et je ne l'ai pas vu depuis. Dans la pièce, les couples se rapprochent des tables de bar, partageant des boissons dans d'énormes verres à pied en cristal. D'autres s'installent dans des canapés vert citron couverts de coussins rouges qui ont été placés face à la lune insaisissable. Debra danse avec un groupe sur de la musique K-pop. Deux filles s'embrassent dans un coin.

Je lisse ma robe turquoise, qui me va aussi bien que l'a promis Magic Mirror. Les dragons peints à la main sont emblématiques, et en plus d'attirer l'attention, les bottes en peau de serpent sont une bénédiction pour mes pieds fatigués. C'est une des qualités des vêtements que j'adore : une tenue peut révéler ce qu'il y a de meilleur en vous. Et ce soir, cette meilleure version de moi a une mission : gérer les gens qui vont essayer Magic Mirror, m'occuper de Taipei TV et faire en sorte que les abonnés à #RetrouvaillesLaCroisiereDelAmour soutiennent le projet.

Concentre-toi, Sophie. Pas de tornade ce soir.

Tante Trois a dit que la vente de cinq tenues aiderait à soutenir sa cause en faveur de la technologie du miroir. J'en veux dix, pour que la victoire soit retentissante. Dragon Leaf n'aura pas d'autre choix que de l'écouter. Et puis, il y a la réunion d'anciens élèves. La nourriture est simple : des raviolis chinois en entrée, un bol de soupe de nouilles au bœuf classique et un dessert sur le thème du festival de la Lune constitué de vin d'osmanthe doux et de mochis aux graines de sésame. Mais la situation est rendue compliquée par les cent soixante et un invités... Et l'objectif le plus important : caser Xavier avec Emma.

« Super fête, Sophie ! crie Debra. Tu as géré, encore une fois.

— Je n'avais pas l'intention de faire tout ça, avoué-je. Mais je suis ravie que tout le monde soit heureux. »

Je commence une vidéo en direct avec mon téléphone qui s'affiche aussi sur plusieurs grands écrans muraux.

« Bon, la croisière de l'amour, nous avons d'importants projets ici, à Taipei 101. De la musique, des entremises, et une démonstration spéciale de Magic Mirror, sans parler des bébés pandas ! »

Ouah, deux cents personnes se sont déjà connectées.

« Nous avons plus de quatre-vingt-dix binômes en ligne et cinquante autres en direct, ici… Cela fait plus de trois cents participants ce soir.

— Trois cents ? s'étrangle Rick.

— Ça, c'est la Sophie qu'on connaît et qu'on aime ! » s'écrie Ever.

Où est Xavier ? Je ne le vois nulle part. Je m'oblige à me concentrer sur l'énergie pure de tous ces gens. Je suis dans mon élément dans des moments comme celui-là. Quand je coordonne tout et tout le monde.

Les commentaires commencent à apparaître sur mon fil d'actualité.

Est-ce que je peux m'inscrire ?

Comment je m'inscris ?

Voici la lune vue de Madrid !

Je souris et réponds :

J'ai posté une application de rencontres sur la chaîne de la croisière de l'amour ce matin. Elle a attribué une table à tout le monde ici, ou dans une salle virtuelle. Si vous avez raté l'inscription, trouvez des gens sur le chat et réunissez-vous par vous-mêmes. On va commencer dans dix minutes, alors allez-y !

« Eh, je n'ai pas de table. »

Bert lève les yeux de son téléphone.

« Oups. »

J'affiche un doux sourire.

« Un pénis animé, des fesses à la vue de centaines de personnes, la tentative d'ouverture d'une porte d'avion à plusieurs centaines de mètres d'altitude… Peut-être que l'application de rencontres a décidé que tu n'étais pas prêt pour une relation mûre.

— Mademoiselle Sophie ? »

L'équipe de Taipei TV se dirige vers moi, avec des caméras de la taille d'une torpille. C'est franchement génial ! Une femme menue portant une veste bleu ciel me tend la main.

« Quelle foule ! Je m'appelle Sheryl. C'est Rose Chan qui nous envoie.

— Oui, je suis ravie que vous soyez venus ! »

Je me baisse pour l'étreindre, puis je passe mon bras sous le sien et l'emmène voir Magic Mirror, que l'équipe de Tante Trois a placé sur une estrade près d'une des fenêtres. Lulu s'occupe du lecteur numérique. Elle montre à chaque personne comment créer son propre avatar. Une deuxième file d'attente se forme devant le miroir.

« Sophie ! m'appelle Ever. Le miroir est incroyable ! »

Sur la scène, Ever porte une jupe cramoisie et elle danse avec trois autres Ever Wong sur les panneaux, qui sont vêtues d'une robe de bal blanc nacré éclipsant la lune derrière elle. Elle a réussi son audition aujourd'hui, même si elle ne recevra les résultats que plus tard dans la soirée.

Rick est en retrait, ses gros bras croisés sur son torse. C'est le seul à ne pas avoir l'air heureux, d'après ce que je peux voir.

« La robe ne te plaît pas ? » demandé-je.

Il observe Ever.

« Ça ne me semble pas juste que deux personnes qui se sont enfin trouvées ne puissent pas être ensemble. »

Un nœud se forme dans ma gorge.

« Non. Ce n'est pas juste. Si Ever finit par aller à Londres, elle me manquera aussi. Mais c'est son avenir. »

Il me regarde. Puis décroise les bras.

« Oui, je ne veux pas qu'elle regrette de ne pas se donner à fond pour ses candidatures à cause de moi.

— Elle ne verrait pas les choses ainsi.

— Non. Mais moi, peut-être. »

Il prend un verre de vin blanc sur un plateau et me le donne.

« Et en ce qui te concerne… J'ai essayé de t'arrêter dans l'avion, avec Xavier, mais je me suis rendu compte que c'était la même chose. Ça ne dépend pas de moi. Vous allez faire vos choix et je suis là pour vous soutenir. Même si ça veut dire que je devrai l'attendre pendant quatre ans. Ou que je devrai te mettre dans cette valise et avoir une hernie parce que je t'aurai portée jusqu'à la maison.

— Ha ! »

Je passe un bras autour de son torse et le serre contre moi.

« Tu affiches une bonne façade, mais dans le fond, tu es un ours en peluche.

— Toi aussi. »

Il sourit.

« J'espère juste que vous ne m'oublierez pas.

— Jamais », lui dis-je.

Trois Ever font une pirouette dans une belle robe métallique étrange, et le collier en pointes dessine un cercle. Je la filme tandis que la robe se transforme en un costume à col montant strict représentant le drapeau américain.

« Sérieusement ? » grogne-t-elle.

Je ris et publie sa tenue sur Instagram, et la photo obtient immédiatement plusieurs centaines de mentions j'aime. Je pousse un cri de joie et le montre à Rick.

« Qu'est-ce que tu en dis ?

— George, filme cette longue file d'attente », dit la journaliste.

Son cadreur passe d'Ever aux gens qui patientent pour essayer le miroir, puis à la file d'attente de Lulu pour créer un avatar.

Sur Instagram, les commentaires affluent de nos abonnés avec le hashtag #RetrouvaillesLaCroisiereDelAmour.

Belle tenue !

Moi aussi, moi aussi

Si seulement je pouvais essayer le miroir.
Quelqu'un peut m'emmener à Taipei ?

Je tape un commentaire.

Si vous aimez quelque chose, commandez directement sur le site du magasin et dites que vous l'avez vu sur Magiç Mirror.

Je ne saurai pas combien de tenues ont été vendues avant de voir Tante Trois, ce soir, mais je meurs d'envie de le découvrir.

Ever descend de la scène et me pousse vers le miroir.

« À toi.

— Je l'ai déjà essayé, dis-je.

— Oui, mais maintenant, on est là pour te donner notre avis.

— Ha ! D'accord. Je suis toujours ouverte aux conseils de mode. »

Je pose mon verre de vin blanc et me mets en place. Mon reflet cligne des yeux tandis que le miroir affiche mon avatar. Tante Trois doit travailler en coulisses, car il commence immédiatement à faire des recommandations.

Mes vêtements changent rapidement : un crop top inspiré par un sucre d'orge sur un pantalon à rayures verticales qui dévoile ma taille et mon nombril qui, pour être honnête, ne sont pas aussi bien que les miens. Un tailleur-pantalon bleu aquarium avec une bande rouge le long de chaque jambe assortie à une veste rouge sur laquelle de gros pois bleus explosent et un chapeau mou attaché avec un ruban. Puis une robe noire guindée avec une épaisse fermeture Éclair dorée qui remonte de manière suggestive à l'avant, le long de mon corps. Ce n'est pas du tout approprié pour mon cours d'informatique à Dartmouth.

Marc siffle dans la foule.

« Trop sexy, Sophie ! »

Je place ma main derrière ma tête inclinée sur le côté et prends la pose. Le groupe m'applaudit.

« Go, Sophie ! » crie Debra.

Dans le miroir, mon visage est radieux, mais lorsqu'une robe victorienne à volants tourbillonne autour de mon corps, je ressens une lutte acharnée en moi.

Qui suis-je vraiment ?

Suis-je la fille sexy qui, je l'admets volontiers, aime attirer les regards, ou la femme forte et puissante qui veut diriger le monde ? En réalité, j'aime me sentir belle et audacieuse dans des vêtements incroyables. J'adore organiser des événements comme celui de ce soir, galvaniser les gens pour un projet et les rassembler. J'adore avoir une grande idée, creuser profondément et la faire fonctionner. Montrer que j'ai une vision qui ne devrait pas être mise de côté.

Puis-je être tout ça ? Avoir tout cela ?

« Sophie ! »

Emma se dirige vers moi en me faisant un signe de la main. Un brushing qui semble naturel encadre son visage et une tige de fleur de cerisier est nichée dans la noirceur de ses cheveux. Sa robe bustier rose moule sa cage thoracique et accentue sa minceur, effleurant le bord de ses sandales roses et délicates. Elle scintille comme si elle était couverte de poussière d'étoiles.

« Quelle fête ! »

Elle est l'incarnation de la grâce. Mais ses yeux bleus sont froids.

« Emma ! »

Je délaisse le miroir pour la saluer et lui prends le bras. Mes mots sortent de ma bouche à toute vitesse.

« C'est incroyable que vous ayez sponsorisé l'événement de ce soir. Et je suis contente que tu sois venue quand même. Je veux dire, je savais que tu venais pour renouer les liens avec Xavier. C'est toujours l'idée, je te le jure.

— Oui, on devrait parler. »

Elle fronce les sourcils. Même quand elle est en colère, elle est calme et s'exprime correctement. Je sens son odeur d'un parfum de luxe de Jean Patou.

« Pourquoi tu ne m'as pas dit que tu étais sortie avec lui ? Je t'ai donné toutes les occasions de le faire. »

Je baisse les yeux vers mes bottes en peau de serpent.

« Je ne voulais pas me lancer dans toute l'histoire. Et ensuite, je trouvais ça bizarre d'aborder le sujet. »

Sa poitrine se soulève et se baisse lorsqu'elle prend une profonde inspiration.

« Mais je vous ai mis ensemble pour l'expérience du siècle. Le zoo va amener des bébés pandas et j'ai obtenu une autorisation pour que Xavier et toi puissiez les tenir dans vos bras. C'est pour une séance photo. Ça sera super amusant !

— C'est génial. »

Elle décroise les bras et ses sourcils sont un peu moins froncés.

« C'est vrai que je ne t'ai pas parlé de Miles tout de suite non plus. »

Elle soupire.

« Xavier ne m'appartient pas. C'est juste que... Je ne voulais pas penser que tu m'avais poignardée dans le dos. Je te crois quand tu dis que tu ne pensais pas à mal. »

Je suis soulagée qu'elle soit rassurée, même si une petite partie de moi ne peut pas s'empêcher de songer... *eh bien, merci.* Parce qu'elle a raison. Xavier ne lui appartient pas...

Mon téléphone sonne pour m'indiquer qu'un commentaire a été publié sur mon fil d'actualité :

@Sophie j'ai acheté la robe noire !
Avec la fermeture Éclair dorée !
J'adore !

« Eh, quelqu'un a acheté quelque chose du miroir ! dis-je. Ça marche !

— Déjà ? C'est super. Tu en as parlé à Horvath ?

— Pas encore. J'ai écrit un e-mail et terminé ma proposition juste avant la fête. Mais j'étais trop occupée pour les envoyer.

— Envoie-les ! J'ai hâte d'entendre ce qu'il a à dire.

— Pendant la soirée ? »

Elle rit.

« Pourquoi pas ? Tu veux que je la relise pour toi ?

— Oui, s'il te plaît ! »

J'affiche l'e-mail sur mon téléphone et Emma lit par-dessus mon épaule.

Cher professeur Horvath,

J'ai eu l'opportunité d'interviewer les créatrices d'un styliste numérique à Taipei. Elles ont créé un système d'avatar virtuel qui pourrait changer la manière dont les gens achètent des vêtements dans un secteur qui est évalué à deux mille milliards de dollars. Mon projet consiste à intégrer un ensemble de données enrichies pour aider leur dispositif à faire de meilleures recommandations de tenues en fonction de la taille, la couleur, le style, l'occasion et même l'humeur. À l'avenir, j'aimerais utiliser des caractéristiques de la personnalité plus difficiles à quantifier pour que les tenues représentent l'individu qui les porte, mais aussi pour qu'elles mettent en valeur la personne dans toute sa complexité. Le projet inclut de l'apprentissage profond et de l'apprentissage par renforcement. Comme vous l'avez fait remarquer lors du premier jour de classe, c'est là que beaucoup de développements palpitants se produisent.

Vous trouverez en pièce jointe la nouvelle version de ma proposition.

Merci de m'avoir donné une seconde chance.

Cordialement,
Sophie Ha

« Ça me plaît, dit Emma. Et si tu lui envoyais aussi une vidéo des gens en train de l'utiliser ?

— Super idée. »

J'ajoute une phrase. *Voici une vidéo de clients satisfaits.* Je joins la séquence d'Ever en train de faire une pirouette dans sa robe métallique tandis que la foule l'acclame.

Je frémis nerveusement et envoie l'e-mail.

« Tu vas y arriver, dit Emma. Horvath n'a rien de tel dans sa classe. Un jour, il aura la chance de dire que tu étais une de ses élèves.

— J'espère que tu as raison.

— Selfie ?

— Pourquoi pas ? »

Je place mon téléphone devant nous et elle se penche vers moi, elle en rose et moi en turquoise.

« Trop belles. »

Elle sourit.

J'ouvre Instagram pour publier notre photo. Un commentaire sur mon discours pour expliquer aux autres ce qu'ils doivent faire me saute aux yeux :

Elle adore faire son petit chef.

POUAH !

Ces quelques mots sont suffisants pour que je passe d'une hauteur vertigineuse à une dépression noire.

Je baisse mon téléphone.

« Je devrais supprimer mon compte. Ils me détestent. »

Je lui montre mon écran.

« Tu plaisantes ? C'est un débile parmi des centaines de personnes. Tu peux rallier cette personne à ta cause ou l'ignorer. Mais ne la laisse pas t'atteindre. »

Un serveur nous propose des flûtes de champagne. Mon verre de vin a disparu, alors je suis l'exemple d'Emma et en prends une.

« Santé », dit-elle, et nous trinquons.

À ce moment précis, je me fiche que le champagne me donne mal à la tête. J'ai envie de croire Emma. Mais je suis presque sûre qu'elle pourrait être responsable du monde entier et personne ne l'accuserait d'être un petit chef.

« Je vais l'ignorer. Merci, Emma. »

Je la serre dans mes bras.

« Ah, voilà Xavier. »

Je le vois enfin au bar, à peine visible derrière les danseurs sur la piste. L'arrière de sa tête, avec sa chevelure bouclée, est face à nous. Son pardessus en satin brille à la lumière.

Emma prend une grande gorgée de sa flûte, puis passe son bras sous le mien.

« Bon, c'est parti ! »

Nous nous dirigeons vers le bar.

« J'en tremble ! » dit-elle, le souffle court.

Moi aussi.

« Vous êtes de vieux amis, dis-je, pour elle autant que pour moi. Quand vous parlerez, la connexion que vous avez toujours eue reviendra naturellement.

— Emma, tu es là aussi ? »

Une fille avec une robe bustier noire passe ses bras autour d'Emma, qui rit et m'adresse un sourire confus.

« Vas-y, dit-elle. Je te rejoins dans un instant. »

Elle a l'air ravie d'avoir un moment de répit.

Honnêtement, je le suis également.

La caméra noire de Xavier pend nonchalamment sur son épaule. Au bar, il est entouré de Bert, Joella et Jasmine, ainsi que Rick et Ever. Tous les voyageurs du jet. Il passe son téléphone à Joella, qui transmet son numéro de passeport à une femme aux cheveux frisés à qui elle parle en appel vidéo, puis elle passe l'appareil à Rick. Xavier lève sa caméra et la pointe vers le barman tandis qu'il secoue un shaker en métal givré. Un écran de télévision au-dessus de lui diffuse un match de football. Les joueurs courent sur le gazon synthétique.

Je n'ai pas vu Xavier aussi détendu depuis longtemps. Ses doux vêtements couleur lilas argenté lui donnent un air élégant et artistique qui lui va à ravir.

Je me faufile à côté de Priscilla, qui passe ses cheveux derrière son dos. Elle me fixe d'un regard acerbe.

« Tu sais vraiment comment profiter de l'argent des autres, hein ? »

Mon amie Priscilla est de retour.

« Excuse-moi ? demandé-je avec méfiance.

— Toute cette fête. Tu ne paies pas un centime, mais c'est toi la vedette. Et un voyage gratuit. Je veux dire, nous avons tous pu en profiter, mais toi, tu es là pour un projet universitaire. C'est très généreux de la part de Xavier de t'aider. Ça en dit long sur lui.

— Oui, tu as raison, dis-je. Je lui en suis vraiment reconnaissante. »

Je sursaute quand la main de Xavier se resserre sur mon épaule. Il fusille Priscilla du regard.

« Le projet de ma tante est resté caché sous une couverture pendant vingt ans, jusqu'à ce que Sophie vienne et le libère. Alors, si quelqu'un a bénéficié de tout ça, c'est ma famille.

— C'est ça, Xavier. Bien sûr. »

Priscilla n'est pas convaincue, mais s'en va.

« Salut », me dit Xavier.

Je n'arrive pas tout à fait à le regarder dans les yeux. Priscilla sait que je ne joue pas dans la même catégorie que lui et je ne pourrai pas supporter de le voir dans son regard aussi.

« Salut. »

Il saisit ma mâchoire et m'oblige à le fixer. Lorsque je croise son regard et que je n'y vois que de l'inquiétude, j'ai soudain l'impression que mon ancre se détache et que je suis un remorqueur jeté en haute mer.

« Ça va ?

— Oui. »

Je m'efforce de rester calme et de garder mon sang-froid. Je vais mieux quand il me lâche.

« Merci… pour ça.

— C'était la vérité. J'arrive à peine à m'occuper de moi-même en temps normal. Tu m'as obligé à me bouger. Ça en dit beaucoup sur toi. »

D'où est sorti ce mec ? Je souris malgré le pincement dans ma poitrine.

« Comment tu te sens maintenant ? »

Ses yeux brillent.

« Libre. Je suis enfin libéré de chez moi, bordel. »

Ses boucles noires volent dans un courant d'air. Je sens encore sa main sur mon menton, chaude et pleine d'assurance. Éprouverai-je toujours cette attirance pour lui ? Peut-être que je devrais juste accepter que mon cœur ne soit jamais d'accord avec ma tête.

Je lui donne la lanterne en papier.

« C'est le meilleur cadeau qu'il y a ici. »

Il examine la minuscule bougie en cire.

« Super, merci. »

Il me regarde du coin de l'œil.

« Au fait, cette robe est magnifique sur toi.

— Merci. »

Je peux gérer les compliments sur la robe.

« Je savais que tu allais la choisir.

— Quoi ? Comment ?

— Je le savais, c'est tout. »

Il sourit d'un air moqueur.

« Même si avec ça, tu ressembles plus à une Yeh que moi.

— N'importe quoi. C'est à cause des dragons. »

Je suis le bord peint de la robe du doigt.

« Maintenant que tu as ton fonds fiduciaire, est-ce que tu... penses parler à ton père à un moment ou à un autre ? »

Son regard devient dur.

« Pas avant un moment. Peut-être jamais. Il ne mérite pas mon temps.

— C'est juste que... J'ai du mal à t'imaginer couper les ponts avec le reste de ta famille. »

Il ne dit rien. Après un long silence, je touche sa caméra.

« Tu filmes encore.

— Pas pour mon devoir, dit-il. Pour moi. »

Je souris.

« Je peux voir ? »

Il prend sa caméra à deux mains, mais ne me montre pas les séquences tout de suite.

« Avant, ma mère me lisait tout le temps l'histoire d'un pinceau magique. Tout ce qu'il peignait devenait réel, dit-il. J'imaginais que je peignais un zoo rempli d'animaux et que je les laissais s'amuser dans ma chambre.

— J'aimerais bien avoir un pinceau comme ça.

— Comme tout le monde dans l'histoire. En particulier le roi malfaisant. Alors le peintre faisait attention à ne pas révéler ses pouvoirs.

— Comment ?

— Il ne finissait jamais ses peintures. Il s'arrêtait toujours avant le dernier coup de pinceau. Mais un jour, une goutte de peinture est tombée accidentellement de son pinceau et a dessiné l'œil d'un coq. L'oiseau s'est envolé de la page et le peintre s'est fait prendre.

— Ce serait génial si une peinture pouvait prendre vie.

— Je me dis que même si un oiseau ne sort pas directement de la page, ça devrait être le but. Peindre si bien, ou prendre une photo qui est si réelle qu'elle donne l'impression que c'est le cas. »

Il rit.

« Bon. Maintenant que j'ai mis la barre aussi haut... »

Il me passe sa caméra. Tandis que je regarde les séquences, il fait tourner nerveusement la molette du cadenas. Il a obtenu son fonds fiduciaire et a plus de talent que qui que ce soit d'autre parmi mes connaissances, et il est quand même fébrile à l'idée de me montrer son film.

« Les couleurs sont sublimes », dis-je.

Dans la salle d'exposition, le rouge cerise de la voiture de collection, le bleu myrtille de la chemise de Victor et le violet de ma combinaison font ressortir les couleurs de l'avion que son père a inventé. Ma tête est tournée au même angle que celle de Victor. Je suis en train de rire, mes cheveux ressemblent à un rideau lourd et noir sur mon épaule. Xavier a capturé un moment d'émerveillement et plus incroyable encore, il y a insufflé sa propre émotion.

« Comment est-ce que tu fais ça ? Tout est plus vrai que nature.

— C'est la réalité. Je la saisis, c'est tout. »

Je passe à une séquence de la silhouette des immeubles de Taipei devant le ciel de l'après-midi. Je lui montre les nuages.

« Comme ces nuages. Ils ne sont pas blancs. Ils sont bleus, violets, lavande, roses. Comment est-ce que tu fais ça ?

— C'est ce que je vois, dit-il. Tout est en couleur. »

Je lève les yeux et mon nez se heurte au sien.

« Oh, désolée », balbutié-je.

Je rougis et détourne le regard de ses cils injustement longs.

« De quelle couleur est-ce que je suis ?

— Orange et violet.

— Comme un bleu ? dis-je en fronçant les sourcils.

— Mais non. »

Son rire me réchauffe.

« Comme le lever du soleil. »

Je me tourne vers les nuages. Il voit tout et tout le monde si nettement. Mais au lieu d'avoir peur, je sens qu'il est beaucoup plus facile d'être moi-même, justement parce qu'il me voit si clairement. Un lever de soleil.

« Qu'est-ce que c'est que tout ça ? »

Victor se fraie un chemin entre les danseurs pour nous rejoindre. Il s'est changé et porte maintenant une veste à rayures bleues et un pantalon bordeaux. Honnêtement, il a beau rejeter l'idée de Magic Mirror, je n'ai jamais vu un mec aussi bien habillé. Je devrais être folle de lui, mais pour tout un tas de raisons… je ne le suis pas.

Xavier range sa caméra et pince les lèvres.

« Xavier achète nos billets d'avion. »

Priscilla lui montre le téléphone de Xavier avec un grand sourire sur le visage.

« L'agente nous a mis en attente.

— Non, je veux dire, d'où sortent tous ces journalistes ? Seules les personnes autorisées…

— Ça commence à bien faire avec cette histoire. »

Xavier reprend son portable.

« Et tu as du culot de venir ici.

— Le coup de la montre, c'était vraiment tout petit, Victor, dis-je. Je ne pensais pas que tu étais comme ça.

— Je ne pensais pas qu'il était assez bête pour tomber dans le panneau, dit sèchement Victor.

— Excusez-moi, Xiang-Ping ? »

L'agente aux cheveux frisés est de retour. Elle lui indique une somme énorme pour tous nos billets d'avion.

« Super, dit Xavier. J'ai l'argent sur moi. Passez quand vous voulez ce soir.

— Xavier, nous devrions te rembourser, dis-je, mais Priscilla enlace ses bras autour de son cou.

— Merci, Xavier ! C'est un grand soulagement. Maintenant, nous pouvons faire la fête tranquillement !

— On t'en doit tous une, dit Ever.

— Pas besoin. C'est mon cadeau pour la soirée.

— Où est-ce que tu as trouvé tout cet argent ? » demande Victor d'un air suspicieux.

Xavier affiche un sourire narquois.

« Il est à moi.

— Tes dépenses sont censées être contrôlées. Pour le bien de tout le monde. »

Xavier se redresse.

« Tu sais, je t'admirais quand on était petits. Même après que tu t'es moqué de moi parce que je n'ai vendu qu'une photo au festival et que je confondais ma droite et ma gauche. Je t'admirais quand même. Et tu me chiais dessus à chaque fois... jusqu'à ce que je me rende compte que je n'étais pas obligé de rester et de laisser tout ça me tomber sur la tête. »

Victor pâlit.

« Je n'ai pas de frères et sœurs, et toi non plus, poursuit Xavier. Tu aurais dû être ce qui s'apparentait le plus à un frère pour moi. Mais au lieu de ça, tu t'en es toujours pris à moi. Pourquoi ? »

Victor serre le poing. Je crains qu'il frappe Xavier devant tout le monde.

« Victor, c'est une fête », dis-je.

Il me regarde et son poing se desserre. Mais une lueur brille dans ses yeux lorsqu'il dit d'une voix rauque :

« Mon père m'a toujours répété que quoi que je fasse, je serai systématiquement ton laquais.

— Je n'ai jamais demandé une chose pareille.

— Je vais faire le discours le plus important de ma vie demain. Je dois me préparer. Je dois avoir les idées claires. Mais j'atterris à Taipei et ce que je reçois en premier, c'est un message de ton père qui m'intime d'attendre ton arrivée. Je suis l'ATER du meilleur professeur de Dartmouth. Tu ne réussis même pas à avoir ton bac. Tu as tout raté et tu te fiches des personnes que tu as blessées.

— Qu'est-ce que...

— Et soudain, c'est à moi de te montrer sous un bon jour ? Ton père n'a pas hésité une seule seconde avant de m'imposer de jouer les baby-sitters pour ton projet. Jane m'a demandé de te servir sur un plateau ce que tu devais dire à l'ambassadeur Chiu. Et au cas où tu ne l'aurais pas remarqué, c'est ce que mon père fait pour ton débile de père depuis trente ans. Après qu'il a obligé le mien à quitter Dragon Leaf.

— Quoi ? »

Xavier est vraiment stupéfait.

« Ton père est le bras droit de Ba. Il dirige tout un département.

— C'est ce qu'on dirait, hein ? Mon père gère une petite division maintenant. Il n'a presque pas d'actions. Son portrait n'est pas affiché au siège social. Il n'est pas un facteur de l'équation.

— Pourquoi est-ce que Ba ferait une chose pareille ?

— Pour montrer l'exemple de la manière dont on traite la famille ? Les pénibles raisons habituelles ? L'argent et le pouvoir ? »

Victor serre le poing de nouveau.

« Mais tout ça, ce sera bientôt fini. Très bientôt. »

Il lance son verre dans l'évier du barman, au milieu du bar. Il se brise dans un grand fracas.

« Oh ! » proteste le barman.

Les gens se taisent autour de nous. Victor se rue vers la sortie. Il se heurte à une serveuse minuscule, qui s'écroule sur Debra, mais il ne s'arrête même pas pour s'excuser.

« Il ferait mieux de ne pas nous causer d'ennuis, dit Xavier d'un air sombre.

— Donne-moi un instant. »

Je cours après Victor et lui prends le bras. Il se retourne, les sourcils froncés.

« Quoi ? Tu es de son côté. J'ai compris.

— Qu'est-ce qui ne va pas chez toi ? Tu n'es pas du tout comme ça à Dartmouth.

— À Dartmouth, les gens savent de quoi je suis capable. Mon rôle n'est pas prédéterminé à la naissance.

— Écoute, je comprends que ton père en veuille à celui de Xavier, mais ce que tu as fait à la fête, ça n'a pas juste fait du mal à Xavier. Ça a fait du mal à ton grand-père. Pourquoi est-ce que tu sèmes le désastre uniquement pour t'en prendre à ton propre cousin ? »

Il grimace.

« Il y a tant de choses que tu ne sais pas.

— Ton père n'a pas vraiment été un citoyen modèle non plus. Au lieu d'être coincé entre eux, pourquoi tu ne t'empares pas des rênes de ton propre destin ? Pourquoi est-ce que tu ne décides pas ce que tu veux croire, et que tu n'agis pas en fonction de ça ? Tu n'es pas obligé d'accepter le rôle qui t'est attribué. Tout comme je n'étais pas obligée de me soumettre à Horvath. Bats-toi pour tracer ton propre chemin. Tu vaux mieux que ça. »

Son air renfrogné ne change pas.

« D'accord, dis-je, résignée. On se voit à Dartmouth. »

Je le laisse seul devant les ascenseurs et retourne au bar. J'arrive près de Xavier et des autres au moment même où Emma apparaît du côté opposé.

« Sophie ! Xavier ! Salut !

— Salut », dit Xavier.

Il est encore perturbé, mais il sourit.

« Emma. Tu as pu venir. »

Elle tient une petite bague en or et en rubis dans sa paume.

« Tu te souviens de ça ? »

Il prend la bague et son sourire s'élargit.

« Ma mère m'a aidé à l'acheter pour toi. »

Elle rit.

« Nous nous sommes fiancés dans le jardin.

— Près des orchidées. Alors que tu y étais allergique.

— Oui ! Mais pas à la bague. Elle était encore dans ma coiffeuse, dans notre appartement ici. »

Une partie de mon stress s'estompe. C'est ce qu'un vieil ami fait. Il lui a donné une bague, et sa mère a joué le jeu. Et il s'en souvient. Il se souvient de tous les détails.

Mais un creux se forme dans mon estomac.

Non, non. C'est exactement ce que j'avais prévu. Je m'éloigne pour leur offrir un peu d'espace. Je plonge dans mon téléphone et vérifie que les salles virtuelles fonctionnent correctement. C'est le cas. Il y a tout un tas de photos de couples avec le hashtag #RetrouvaillesLaCroisiereDelAmour. Les gens se dirigent vers les tables qui leur sont assignées, qui tournent à chaque plat. Bien évidemment, j'ai fait en sorte que Xavier et Emma soient ensemble à chaque fois.

Un projecteur les illumine. Elle lui parle, la tête inclinée sur le côté. Il s'appuie sur le bar et baisse les yeux vers elle. Ils n'ont pas besoin de filtre pour ressembler au couple du siècle. La couleur lilas argentée de la tenue de Xavier se fond avec le rose de la robe d'Emma.

Toutes leurs nuances vont ensemble. Ils sont si beaux que c'est douloureux à voir.

« J'étais sûre qu'ils s'entendraient bien », dis-je à Ever, qui a posé son coude sur le comptoir à côté de moi.

Ce n'est pas juste parce qu'ils se connaissent déjà ou qu'ils sont tous les deux des enfants qui vivent à l'étranger de familles taïwanaises et américaines super riches. Ce n'est pas non plus parce qu'ils ont tous les deux perdu quelqu'un. Ce sont deux êtres humains authentiques.

Et à présent, ils sont happés par leur conversation.

Ever passe son bras sous le mien et le serre.

« Tu as organisé cette fête pour nous. Et tu n'avais rien à y gagner. C'est ton MO.

— Mon MO ?

— *Modus operandi*. C'est la raison pour laquelle tu fais tout ce que tu fais.

— Je veux juste que tout le monde s'amuse. »

C'est vrai, même si une autre partie de moi saigne. Tout le monde est en couple.

« C'est ce que je dis. »

Elle me sert dans ses bras et soudain, je lutte contre les larmes.

Le soigneur du zoo entre dans le restaurant avec un bébé panda dans les bras. Il fait la taille d'un paquet de farine. Une femme vêtue d'une salopette vert sauge dirige une poussette. L'hôtesse est émerveillée lorsque je les rejoins.

« Vous pouvez vous installer ici pendant tout le reste de la soirée, dit-elle. Pas besoin d'entrer. »

Dans la poussette, une petite boule de fourrure blanc et noir bouge au rythme de sa propre respiration.

« OH MON DIEU, ILS SONT TROP MIGNONS ! » m'écrié-je.

Je n'arrive pas à détourner le regard d'eux.

« Si seulement mes frères pouvaient les voir. Je suis Sophie. Nous avons parlé au téléphone.

— Celui qui dort, c'est Lang. »

Le soigneur soulève son bébé panda.

« Lui, c'est Ling. »

La petite bête éternue, puis les yeux au centre des cercles noirs et tombants se posent sur moi.

« Je ne devrais pas dire ça, mais il est aussi adorable que mon petit cousin, dis-je. Je meurs d'envie de le prendre dans mes bras.

— Seules deux personnes peuvent les toucher ce soir, dit-il. Pour leur sécurité. Vous en faites partie ?

— Oh. Non, ce sont mes amis, Xavier et Emma. C'est pour une séance photo pour la presse. Nous essayons de faire de la publicité pour le Magic Mirror. Venez, c'est par-là. »

Je me retourne pour appeler les autres, mais ce n'est pas la peine. Ever, Xavier, Emma, Rick... Tout le monde se précipite vers moi et sous peu, le soigneur et son assistante sont encerclés.

« Des bébés pandas à Taipei 101 ? » s'extasie Rick.

Je souris.

« Étant donné que je n'ai pas réussi à avoir des billets pour le spectacle, j'ai fait en sorte qu'ils viennent ici !

— Je pensais qu'on ne pouvait toucher des bébés pandas qu'à Chengdu.

— Comment tu as fait ? demande Ever. Il doit y avoir des règles...

— Vous me décevez, les réprimandé-je. Vous n'avez rien appris à Chien Tan ? Je peux tout faire.

— Tu es incroyable, dit Xavier en riant. Il n'y a que toi pour réaliser une chose pareille, Sophie Ha.

— Cette fois, je t'autorise à prononcer mon nom, Xavier Yeh, dis-je d'une voix taquine. Allons près de Magic Mirror. On peut se positionner devant pour la séance photo. »

Près du miroir, le soigneur donne à Emma une blouse à mettre au-dessus de sa robe, une bonne dose de gel antibactérien, des gants et un masque. Le miroir reflète le dos d'Emma lorsqu'elle prend le bébé panda dans ses bras, l'air émerveillée. Taipei TV est en direct et passe ainsi entre les mailles du filet de Jane. Je recule avec Xavier et pose ma main sur ma poitrine. J'aimerais que mon cœur se calme.

« C'est parfait, dis-je. Après toutes ces années, cette histoire avec ton fonds fiduciaire, et maintenant, vous êtes réunis de nouveau ? »

Il m'adresse un regard en coin.

« Pourquoi est-ce que tu veux à tout prix nous caser ensemble ? »

Je déglutis difficilement.

« Elle vient du même monde que toi. »

Je regarde Emma, qui est en admiration devant le bébé panda comme une mère devant son nouveau-né.

« Quand est-ce que j'ai voulu de mon monde ? Tu ne me connais pas ? »

Même dans cette foule, une bulle nous entoure.

« Xavier ? l'appelle Emma. Il y a un panda ici qui ronronne ton nom.

— Tu devrais la rejoindre, dis-je.

— Oui. »

Mais il y a une question dans ses yeux.

« Vas-y », dis-je.

Lorsqu'il commence à s'éloigner, je dis :

« Xavier ? »

Il se retourne.

« Oui ? »

Je ne sais pas pourquoi je l'ai appelé. Je voulais juste qu'il reste avec moi un instant de plus. Avant qu'il ne rejoigne Emma. Car il a beau dire qu'il compte se rebeller contre sa famille et tourner le dos à son monde pour toujours, je ne pense pas qu'il le fera.

« Rien, oublie ça, dis-je.

— On parlera plus tard », dit-il.

Puis il rejoint Emma près du miroir. Le soigneur l'enveloppe dans une blouse, lui fournit des gants et un masque, puis place le bébé panda dans ses bras. Xavier soulève l'animal, qui est à croquer et un peu mal à l'aise. Emma s'approche de lui et les bébés pandas se donnent des petits coups de patte.

Tout le monde soupire.

« Adorable !

— Le roi et la reine de la croisière de l'amour ! Couronnons-les ! »

Des flashs de caméras clignotent. Derrière eux, le miroir les habille avec des vêtements noir et blanc assortis. Sur Instagram, des douzaines de pandas noir et blanc remplissent mon fil d'actualité.

Ainsi qu'une liste de plaintes continue :

Je n'ai pas été inclus dans une salle.

Notre lien virtuel ne fonctionne pas.
Coucou ? Il y a quelqu'un ?

Pourquoi est-ce qu'il y a des gens
de mon été dans mon groupe ?
Ça aurait plus de sens que je sois
avec des personnes d'une autre promo.

Cette réunion d'anciens élèves
est plutôt mal organisée.

J'ai été recalé à la porte ! Ils ont dit
que c'était plein, les salauds

On ne voit même pas la lune d'ici

C'est qui, la meuf qui fait son
#petitchef ?

On dirait une vache. Elle a mangé trop
de xiaolongbao, lol.

Les commentaires ne s'arrêtent pas. Il y en a des centaines.

Qu'est-ce que c'est que ce bordel ? Une fête à la dernière minute, de la nourriture gratuite, des bébés pandas et au moins une *chance* d'avoir la meilleure vue de la lune énorme. Sans déconner, il est impossible de les satisfaire.

Sophie : Les gars, C'EST BON.

Sophie : Grandissez un peu, faites preuve d'initiative et organisez votre propre fête.

Je bloque mon téléphone. Super. Il y a deux cents personnes de plus qui me détestent maintenant.

Ever et Rick sont enlacés et dansent sur la piste. Xavier a un panda dans les bras et se penche sur Emma, qui en tient un autre. Ils forment un mur de protection qui les enferme dans leur petit monde rien qu'à eux. Les photographes se rapprochent, les lumières clignotent et jouent avec les angles.

Emma s'incline vers lui, lui parle, rit. Mon cœur a un raté.

Xavier ne me rend pas juste folle. Je me sens plus grande avec lui. Cette expansion me déséquilibre, c'est vrai, mais elle me fait décoller de la terre ferme. Et quand je pense à retourner sur le campus, à passer mes journées sans lui, la vie semble… ordinaire. Mais peut-être que c'est la réalité, en dépit de ces photos romantiques que nous prenons d'Emma et Xavier. Peut-être que la vie n'est pas faite de romance et de cœurs qui battent la chamade. Peut-être que la vie est plus simple : le travail, les amis, manger, jouer. Se lever tous les jours et s'occuper de ses affaires.

Comme mon projet d'informatique.

J'ouvre ma boîte de réception comme si j'essayais d'y trouver des réponses. Peut-être que je pourrais envoyer une photo des pandas avec le miroir à Horvath.

L'objet de mon e-mail dans ma boîte de réception est en gras. Horvath m'a déjà répondu ! Ouah, il est rapide. J'ouvre son message avec impatience.

Mademoiselle Ha.

Les avatars virtuels existent depuis des décennies et n'ont jamais eu de succès.

Je crois qu'il vaut mieux que vous tentiez votre chance dans un autre cours. Il y en a un consacré aux start-ups et un second sur le design qui pourraient vous convenir davantage.

H

Un autre cours ?

Un autre cours…

Mais l'avatar virtuel, ce n'est pas la question… Alors, je ne suis pas prise ?

Je lève les yeux vers le soigneur et son assistante, qui reprennent les pandas des bras d'Emma et Xavier. Emma propose à Xavier de goûter son thé d'osmanthe. La bague en rubis étincelle autour de son petit doigt. Il retire son masque et se penche pour en boire une gorgée. C'est un geste si simple, mais tellement intime.

Oh, bon sang. J'ai commis une terrible erreur !

Deux pensées me frappent en même temps.

Premièrement, je veux être Cendrillon aussi.

Et deuxièmement, une question émerge dans mon esprit : *est-ce que c'est pour ça que je suis venue jusqu'ici ?* Est-ce que je me suis menti à moi-même en me persuadant que je venais pour Magic Mirror, que j'étais une nouvelle Sophie qui poursuit son MBA ? Alors que depuis le début, il n'y avait rien à poursuivre...

J'avais juré de ne plus sortir avec qui que ce soit... Je me disais que c'était l'ambition qui m'envoyait à l'autre bout du monde. Mais est-ce que je suis venue jusqu'ici pour... un MEC ?

Les soigneurs, Xavier et Emma se dirigent vers l'une des salles privées. Les pandas et l'équipe de photographes les suivent. Et je me rends compte d'une chose... je ne suis pas capable d'être l'amie de Xavier. Pas si je veux avoir une vie normale, saine et heureuse à Dartmouth. Car je suis trop impliquée. Mon cœur est trop connecté. Ce que je ressens est trop fort pour une amitié, il n'y a pas de place pour mes sentiments dans ce mot.

Rick passe devant moi pour aller au bar.

« Rick, attends une seconde. »

Je prends une serviette en papier et écris un mot à l'intention de Xavier, puis je la plie et la confie à mon cousin. Je retiens mes larmes.

« Est-ce que tu pourrais donner ça à Xavier quand... il aura fini ?

— Oui, mais qu'est-ce qui ne va pas ? Où tu vas ? »

Je suis sur le point d'imploser devant lui, alors qu'il m'avait prévenue.

« J'ai juste besoin de temps. Donne-lui ça de ma part, d'accord ? »

Rick met le mot dans la poche de sa veste.

« D'accord », dit-il.

Je suis reconnaissante de pouvoir lui faire confiance. Même si je ne peux pas en dire autant de moi-même.

Je me retourne pour partir, mais m'immobilise quand mon regard tombe sur Bert, qui se pavane devant Magic Mirror avec un verre de bière à la main.

« Quand est-ce que je suis devenu aussi beau ? » dit-il d'une voix mièvre.

Il examine de près son reflet amélioré. Un tee-shirt familier apparaît sur son corps : *Nous allons aussi bien ensemble que les raviolis et la sauce soja.*

« Je me demande comment il habillerait les bijoux de famille. »

Oh, non, il est complètement bourré.

Il tire sur son pantalon et des gens commencent à crier :

« Non, on ne veut pas voir ça ! »

Taipei TV est tout près, mais leurs caméras sont baissées. La présentatrice est horrifiée. Des pénis sur le miroir. Ce n'est pas le genre de nouvelles qu'ils espéraient !

Et pire.

Je fonce en comprenant ce qu'il est sur le point de faire. De l'alcool, des gosses et de la technologie fragile dans une pièce sans supervision. Depuis le début, ma tornade faisait ce qu'elle voulait et ce n'est que maintenant que je vois les dégâts qu'elle a provoqués.

Bert laisse échapper un énorme rot. Il tombe en avant.

« Attention ! » crié-je.

Puis Bert s'écrase sur le triple miroir et tout le dispositif chute de la scène.

35

XAVIER

L'assistante du soigneur pose le corps chaud de Lang dans la poussette tandis que je pointe ma caméra vers sa fourrure noir et blanc pour saisir le mouvement rapide de sa respiration. La poussette se trouve près d'une fenêtre avec vue sur un morceau de ciel plus pâle qui aurait dû être la lune d'automne.

Dans le coin de la suite privée, Emma et Ling sont entourés de photographes qui prennent les derniers clichés avant que les pandas ne rentrent chez eux.

Un bras effleure le mien. Il s'avère qu'il appartient à Ever Wong, qui prend une photo d'un panda. Elle porte des vêtements de ballerine : des collants, une jupe en tulle pourpre, un pull-over croisé sur sa taille. Elle assume complètement son identité de danseuse.

« Salut, Ever.

— Oh. »

Elle sursaute.

« Salut, Xavier. Comment ça va ?

— Très bien.

— Super. »

L'expression de son visage est neutre. Elle se retourne pour partir, mais je dis :

« Ever ?

— Oui ?

— Je me suis rapproché de Sophie. »

Je tiens à ce qu'elle le sache. Pas parce qu'il s'est passé quelque chose entre nous, mais parce qu'elle est la meilleure amie de Sophie, et je veux qu'elle ait conscience que cette dernière a de l'importance pour moi.

Elle sourit.

« Oui, je le sais. J'en suis ravie. »

Je suis content qu'elle le soit.

« Elle est... Elle fait face à la vie. Sans détour. »

Est-ce que je suis vraiment en train d'essayer d'expliquer ce qui fait que Sophie est... ce qu'elle est ? Les mots ont envie d'essayer.

« Pendant longtemps, je me suis caché de la vie. »

Ever pose une main hésitante sur mon épaule.

« On est tous en train de grandir, hein ?

— Ouais », dis-je.

Puis, elle s'éloigne. Je la regarde partir, se déhanchant légèrement au rythme de la bande originale dans sa tête. Je suis ravi que nos chemins se soient croisés à Chien Tan, même si cela n'a pas duré longtemps. Même si j'aurais voulu que les choses se passent différemment, car elle ne m'a jamais regardé avec autre chose qu'un air neutre et prudent. Mais elle m'a ouvert les portes de l'art, qui avaient été soudées auparavant, et je lui en serai toujours reconnaissant.

Je m'assois sur le canapé bleu et filme la lueur de la lune, espérant la voir, mais elle se cache obstinément. Le cadenas à combinaison s'enfonce dans ma fesse. Je le sors de ma poche et fais tourner la molette. Même en jouant avec les pandas, j'essayais de comprendre la dispute avec mon cousin. Ba qui met Oncle Edward à la porte, sans jamais faire de déclaration à ce sujet... Ça lui ressemble bien. J'aimerais pouvoir dire que j'ai de la peine pour Oncle Edward, mais c'est une version plus vieille et ignoble du Roi des abrutis. Se débarrasser de lui était plus intelligent que ce à quoi je m'attendais de la part de Ba.

Je fais tourner la molette, essayant de suivre les étapes que Sophie m'a expliquées... mais le cadenas têtu reste fermé.

Puis, Emma s'assoit à côté de moi et retire son masque.

« Ces pandas étaient à croquer ! Je ne voulais pas les lâcher. »

À côté d'elle, le soigneur serre Ling dans ses bras et sourit.

« Il vous aime bien aussi.

— Merci de nous avoir fait confiance. »

Je range le cadenas dans ma poche pour le moment.

« Vous avez été super. On doit y aller, maintenant. »

Il remet Ling dans le landau avec son frère. La foule les suit à l'extérieur tout en s'extasiant et en prenant des photos. Je cherche Sophie du regard, mais elle n'est pas là. Elle doit être en train de parler avec tous ses amis.

« Quelle soirée. »

Emma lève ses bras et étire son cou. Elle me sourit.

« Je suis surprise de voir que c'était aussi facile de passer du temps ensemble. Toi et moi.

— Ouais. C'était vraiment super. »

Nous avons condensé dix ans en une heure : ma mère, nos déménagements aux États-Unis, la mort de son petit ami, mes problèmes avec Ba, sa recherche du sens de sa vie. Nous avons eu beaucoup de chagrins, des parcours presque parallèles. Je lui ai même parlé de ma dyslexie.

« Ça me paraît tellement logique, a-t-elle dit.

— Vraiment ? » ai-je répondu, me demandant ce qu'elle avait remarqué.

Mais j'ai eu l'impression de trouver l'ultime pièce du puzzle que j'avais égarée depuis longtemps. Elle est ma plus vieille amie, et elle a vu les parties de moi qui n'allaient jamais tout à fait ensemble. Le fait qu'elle le valide est le dernier pont entre mon passé et ce que je suis à présent.

Emma croise les jambes et sa ballerine pend au bout de son pied.

« Tu te souviens de la fois où on s'est cachés du cuisinier sous les buissons ? Tu t'étais tellement égratigné que ta mère pensait qu'on s'était battus. Que je t'avais griffé ! Comme si !

— Et tu as eu de l'urticaire...

— Je suis encore allergique à tout. »

Elle rit.

Je m'appuie sur mes coudes et regarde le petit morceau vaporeux de la lune presque complètement dissimulée. Pour la première fois, ma vie n'est pas juste à flot, elle fonce à cent pour cent dans la bonne direction. Mon fonds fiduciaire. Cette super fête. Une vraie amie. Des amies, au pluriel.

« Alors, tu désires toujours être astronaute ? demandé-je.

— Je suis franchement impressionnée que tu te souviennes de ça. »

Elle regarde la lune avec moi.

« Je crois que dans le fond, je veux toucher le ciel. Mais en réalité, ça me va de garder les pieds sur terre. »

Je souris.

« Il y a beaucoup de manières de voler.

— C'est vrai. »

Sa main se pose sur mon bras, chaude et stable.

« Je suis heureuse qu'on se soit retrouvés.

— Moi aussi. »

Emma est comme ça. Tellement solide. Je suis ravi que Sophie nous ait réunis. Je ne suis pas doué pour maintenir le contact avec les gens dans ma vie. Mais Sophie… Elle rassemble tout le monde sur son passage.

« Est-ce que je peux te poser une question sérieuse ? dit Emma.

— Je croyais qu'on était déjà en train de parler sérieusement.

— Oui. »

Elle sourit de nouveau, puis ses mains se tordent sur ses genoux.

« Combien de temps il t'a fallu après la mort de ta mère… Je suis désolée. Je ne sais même pas ce que je veux te demander exactement.

— Combien de temps il m'a fallu pour l'accepter ?

— Oui. C'est ça. »

Je me tourne à nouveau vers la lune. Si les nuages s'en allaient, je pourrais voir le lapin qui, d'après ma mère, vit là-haut. Quand j'étais petit, je pensais qu'Emma pourrait le rencontrer si elle devenait astronaute.

« Honnêtement, une partie de moi ne l'a toujours pas accepté. Peut-être qu'on ne l'accepte jamais. Il fallait juste que je continue ma vie.

— On ne peut pas les avoir à nouveau auprès de nous. On ne peut pas nous précipiter dans leur chambre quand quelque chose nous rappelle les moments qu'on a vécu avec eux.

— Et on ne peut pas les appeler.

— Mais la planète continue de tourner.

— Ça change tout quand on perd quelqu'un. Et ça ne change rien en même temps. C'est ça le pire, dans les deux cas. »

Nous gardons le silence un moment.

« Alors, qu'est-ce que tu vas faire maintenant que tu as ton fonds fiduciaire ?

— Tout. »

J'étire mes bras et mes jambes.

« Je vais aider Tante Trois et son miroir. Je vais dessiner et peindre. Je vais acheter un musée, si j'ai envie de faire preuve d'ambition.

— Tu vas trouver quelques princesses pour t'accompagner, me taquine-t-elle.

— Ou une seule. »

Je souris. Je regarde par-dessus mon épaule en direction des portes fermées. Sophie est sans doute en train de prendre congé du soigneur et de lui donner un tas de nourriture de la fête. Toujours deux pas devant tout le monde. C'est quelque chose que j'admire chez elle, et j'aimerais pouvoir suivre le rythme, ne serait-ce que pour lui tenir compagnie.

Je me retourne.

« En réalité, c'est peut-être un peu cliché, mais je me disais que je pourrais aider les enfants dyslexiques. Peut-être que je peux donner de l'argent à des écoles pour qu'elles achètent des stylos de lecture pour tout le monde ou quelque chose comme ça.

— C'est une super idée, Xavier. »

Sophie aura de meilleures idées. Je pense que c'est le genre de chose qu'elle ferait. Et je veux le faire aussi.

Le clair de lune se reflète sur la fermeture Éclair de mon sac à dos. Il est entrouvert et je jette un coup d'œil au paquet que je suis passé prendre dans le bureau de Ba. Un livre ? Un album photos ? Je n'ai même pas eu l'occasion d'être curieux.

« Qu'est-ce que c'est ? demande Emma lorsque je sors le paquet de mon sac. La lanterne en papier de Sophie s'échappe aussi et je la remets à sa place.

Je retire le papier kraft et découvre un ouvrage doux, cousu et relié avec des cordons en soie.

« C'est un... album de scrapbooking, dis-je, surpris. C'est mon père qui me l'a donné. »

Elle se penche en avant tandis que je feuillette les pages épaisses tapissées de photos de moi quand j'étais bébé dans des cadres mignons.

« C'est ma mère qui a dû le faire. »

Un jour, Sophie m'a dit que j'avais les yeux de ma mère, et elle avait raison. Il y a quelque chose dans les couleurs, la disposition de chaque feuille. C'est elle, mais aussi moi. Il y a des photos de Ba, elle et moi. Des souvenirs : ma première empreinte de pied, des empreintes de main, des dessins à la craie grasse. Même à cinq ans, il y avait un sens du style et de la proportion dans mes dessins.

Alors comme ça, Ba voulait me donner ça... pour mon film ? Soudain, le col de ma chemise me semble trop serré. Je tire dessus tout en regardant la collection de photos familières.

« Je n'y crois pas, dis-je. Ce sont les clichés que j'ai essayé de vendre au pavillon de gâteaux de lune de ma famille il y a des années. »

Le gros échec qui a donné des munitions au Roi des abrutis. Un homme qui fait frire une pieuvre dans la rue. Une femme et sa fille qui sortent des bâtons d'encens d'une urne. Tout ça est conservé là, dans ce livre.

« Ils sont incroyables ! »

Emma s'appuie contre mon bras pour mieux voir.

Ils ne sont pas aussi mauvais que ce que le Roi des abrutis a essayé de me faire croire. À sept ans, je saisissais des images qui, même aujourd'hui, me font ressentir quelque chose. Je tourne la page et découvre une autre collection de photos que j'ai prises au même festival que celui auquel nous allons assister demain. Mon doigt s'était donné à cœur joie avec la caméra : cadrer et cliquer, cadrer et cliquer. Je capturais tout ce que j'aimais voir. Je feuillette l'album : un crabe bosselé dans un aquarium, du mochi de la couleur du matcha, un artiste de rue scintillant.

Puis mon regard se pose sur une jeune fille portant une robe orange, devant le pavillon de ma famille. Elle désigne la lune flottante, un air émerveillé sur le visage.

Je me souviens d'elle. Même si j'avais sept ans quand j'ai pris cette photo.

« Est-ce que c'est la déesse de la lune ? » avais-je demandé à Ma, parce qu'elle était tellement lumineuse.

Onze ans plus tard, je reconnais encore l'énergie cinétique qui émane de son corps. L'enthousiasme illimité pour les choses merveilleuses. Et la voir aujourd'hui, comme à l'époque, est une étincelle de lumière dans la nuit.

C'est Sophie.

« Elles sont très belles », dit Emma.

Elle prend mes doigts et se place face à moi. Elle ne regarde plus l'album. Nous sommes complètement seuls. Tous les autres ont suivi les pandas.

Emma incline la tête sur le côté.

Ma gorge me pique. Un instant. Est-ce qu'elle veut…

Ses doigts chiffonnent sa robe au niveau de sa cuisse.

« Xavier, je voulais te dire… Je veux dire, je dois… »

Elle se penche en avant. Instinctivement, j'écarte mon visage et ses lèvres se posent sur ma mâchoire.

Un rideau de peine s'abat sur ses yeux. Elle lâche ma main et se lève du canapé. Elle se dirige vers les portes.

Merde.

Je pose l'album et me dépêche de la rattraper. Une tige de fleur de cerisier tombe de ses cheveux. Je la ramasse et la lui rends.

« Emma, je suis désolé. »

Elle ne la prend pas.

« C'est Sophie, c'est ça ? »

Instinctivement, j'ouvre la bouche pour le nier. Mais ce serait un mensonge.

Quand suis-je tombé amoureux de Sophie Ha ?

Emma croise les bras et regarde la ville par la fenêtre. Elle se frotte la joue avec une de ses petites mains.

« Emma, je suis désolé.

— Euh, Xavier ? »

La porte s'ouvre. C'est Rick, qui ne me parle pas s'il n'y est pas obligé. Quelque chose ne va pas. Ses yeux se posent sur la fleur de cerisier dans ma main, puis sur Emma, puis sur moi.

« Sophie m'a demandé de te donner ça. »

Rick me tend un mot plié en deux.

« Sophie ? »

Pourquoi est-ce qu'elle me laisserait un *mot* ?

« Pourquoi est-ce qu'elle n'est pas venue me parler elle-même ? »

Il fronce les sourcils.

« Elle est partie il y a un moment.

— Partie ?

— Le miroir est cassé.

— Sérieusement ? Comment c'est arrivé ?

— Bert a encore frappé. On s'en occupe. »

Il regarde Emma, et interprète mal la situation.

« Tu n'as pas besoin de revenir tout de suite. »

J'ouvre le mot. Sophie l'a écrit pour mon stylo de lecture. Son écriture est gracieuse et forte. Elle lui ressemble tellement que si j'avais dû la trouver dans un tas de notes, j'aurais su que c'était la sienne. J'ai envie de croire qu'elle est juste bouleversée à cause du miroir, mais mon petit doigt me dit qu'elle ne s'enfuirait pas s'il n'y avait que ça.

Elle se serait sentie responsable, non pas que je lui rejette la faute, parce que Bert est imprévisible.

« Elle ne t'a pas précisé où elle allait ?

— Elle voulait être seule. »

La grimace de Rick me rappelle qu'il n'a jamais aimé que Sophie et moi soyons ensemble. Mais il y a un problème. Je dois découvrir de quoi il s'agit. Il faut que je lui parle.

Je tends la fleur à Emma.

« Est-ce qu'on peut discuter dans un instant ? Je dois passer un coup de fil. »

Emma lisse sa jupe, puis prend la tige.

« Oui. Je vais dans l'autre pièce. »

Ils s'en vont et j'appelle Sophie sur son portable. Mais je tombe sur sa messagerie vocale.

« Sophie, c'est moi. La séance photo est terminée. Appelle-moi. »

Je cherche mon stylo de lecture dans mon sac.

Cher Xavier,

Je te l'aurais dit en personne si je pouvais m'y résoudre. En un seul week-end, j'ai eu l'occasion de voir tant de facettes de toi. En particulier avec ta famille. Je suis contente d'avoir pu t'observer aussi heureux et aimé, et au sommet de ton monde.

Je vais trouver un moyen de rentrer chez moi par moi-même. J'ai besoin de temps et d'espace pour me concentrer sur certaines choses à Dartmouth. Merci pour tout ce que tu as partagé avec moi. Je suis là pour toi.

Ton amie, Sophie

Elle est partie ? Une panique glacée se répand dans mes veines. Je la rappelle, mais tombe sur sa messagerie. Je jure et raccroche. Pourquoi est-ce qu'elle appelle ça mon monde, alors qu'elle y est plus à sa place que moi ? Pense-t-elle que je n'avais besoin d'elle que pour récupérer mon fonds fiduciaire ?

Car c'est faux, et elle ne m'a même pas donné l'occasion de lui dire au revoir.

Je fonce dans le couloir et retourne dans la salle principale. Les élèves de la croisière de l'amour dansent devant le bar. La fête de Sophie n'a pas l'air d'être sur le point de se finir. Mais Sophie n'est pas là.

Mon téléphone sonne dans ma main. Mon cœur bondit violemment dans ma poitrine, mais ce n'est que Jane. Je suis sur le point de refuser l'appel, mais sur la télévision au-dessus du bar, je vois une image des informations…

Ba.

Cette coiffure bien nette, sa tête posée sur l'oreiller blanc d'un lit d'hôpital, un tube sous le nez.

Je marche à grands pas vers l'écran, le téléphone collé à l'oreille.

« Jane, qu'est-ce qui arrive à Ba ?

— Xiang-Ping, il y a eu des complications lors de l'opération. Ton père ne s'est pas réveillé.

— Quand était-il censé le faire ?

— Il y a plusieurs heures. »

Je fronce les sourcils.

« Alors, qu'est-ce que ça signifie ?

— Le comité devra voter pour un plan de succession, mais on pourrait ne jamais en arriver là si les investisseurs décident de vendre Dragon Leaf aux Croisés.

— Non, je veux dire, pourquoi est-ce qu'il ne se réveille pas ?

— Les médecins ne sont pas sûrs. Ils essaient de le découvrir.

— Il va se réveiller. Il… Il le faut. »

Ba est invincible. Personne ne le sait mieux que moi. Je voulais le tuer de mes propres mains, et je savais que c'était impossible.

Deux présentateurs tiennent une conversation : une femme avec un chemisier jaune canari et un chignon serré, et le moustachu en tweed qui a l'air d'avoir douze ans. Celui qui était dans le bureau de Ba.

Il me regarde droit dans les yeux depuis l'écran.

« Le président et PDG de Dragon Leaf, Jasper Yeh, est hospitalisé dans un état critique, dit-il. Ses représentants n'étaient pas disponibles pour faire un commentaire. Pensez-vous qu'ils vont vendre, maintenant ?

— Oui, ils n'ont pas le choix, dit la femme. Dragon Leaf a eu du mal à se mettre à la page. L'offre de liquidation est trop convaincante pour leurs investisseurs.

— Qui vote les parts du PDG s'il est incapable de prendre des décisions pour l'entreprise ?

— Son frère, Edward Yeh.

— Est-ce qu'il soutient la vente ?

— D'après mes sources, oui.

— Alors, on dirait que le marché est conclu. »

Qu'est-ce qu'ils racontent ?

« Xiang-Ping, qu'est-ce que vous en pensez ? »

La présentatrice de Taipei TV me tend le micro. Le bout métallique égratigne mon nez.

« Moi ?

— Vous n'êtes pas le fils unique de Jasper ? Dragon Leaf a toujours été discret à propos des plans de succession et vous n'avez pas souvent été mis sous le feu des projecteurs, mais n'avez-vous pas été préparé depuis toujours pour un moment comme celui-ci ? »

Non, en fait, pas du tout.

« Les Croisés vont retirer le logo de Dragon Leaf du bâtiment de votre famille. L'empire que votre arrière-grand-père, votre grand-père et votre père ont construit pourrait prendre fin pendant que votre père est dans le coma. Pouvez-vous faire une déclaration ? »

Bon sang, elle ne va pas me lâcher. Je me détourne d'elle et traverse la foule, mais elle me suit de près. Sur l'écran, le présentateur enfantin continue sans faiblir.

« Ces entreprises familiales ont besoin de sang neuf. Avec toutes ces manifestations, il est évident que les employés et le public sont d'accord.

— Xiang-Ping ? »

La présentatrice de Taipei TV bondit devant moi.

« Ils ont noyé ma couverture de ce soir avec ces nouvelles. Qu'avez-vous à dire ?

— Je n'ai rien à déclarer », dis-je.

Puis je passe devant elle et me dirige vers les portes.

36

SOPHIE

Les réjouissances du festival de la mi-automne battent leur plein, en dépit d'une fine pluie. Il est vingt et une heures passées et sur les trottoirs, les familles se rassemblent autour des flammes de grils au propane sur lesquels des morceaux de porc tournent et des rangées de crevettes pâles roussissent.

Je cours et les vois à peine. Je cours depuis presque une heure, mais je n'arrive pas à me fuir. Une grosse larme s'écrase sur mon téléphone lorsque je le sors pour appeler Ever.

J'ai raté deux messages et un appel de Xavier.

> On a fini les photos. Où es-tu allée ?
> J'ai eu ton message, appelle-moi

La peine de cœur n'est pas une figure de style. C'est quelque chose de vrai.

Je reçois un autre message :

> Sophie, appelle-moi, s'il te plaît.

J'appelle plutôt Ever.

« Sophie, où es-tu ? me demande-t-elle. Le restaurant a fini de nettoyer le miroir. »

Je ne pourrai plus jamais regarder Tante Trois dans les yeux.

« Est-ce que tu peux me retrouver à *Boba Guys* ? Juste toi ? S'il te plaît, ne dis pas à Xav... Ne dis à personne que je suis là.

— Bien sûr. Attends une seconde. »

Elle se tait, puis :

« J'y serai dans cinq minutes. »

Nous raccrochons. Ma tête palpite à cause du champagne. Avec un petit sanglot, j'affiche tous les messages que j'ai échangés avec Xavier, des milliers de mots, et son numéro de téléphone.

J'appuie sur *Effacer*, pour le faire disparaître de ma vie.

Au magasin de bubble tea, je n'ai pas d'autre choix que de m'asseoir sous une lanterne composée d'une centaine de boutons de rose. Une petite lumière brille dans chacun d'entre eux. Il y a des symboles d'amour et de joie partout.

J'ouvre mes e-mails, mais n'arrive même pas à commencer à écrire à Tante Trois. Qu'est-ce que je pourrais bien lui dire ? Alors, à la place, je rédige :

> Cher professeur Horvath,
>
> J'ai suivi votre conseil et changé mon projet pour faire en sorte que des images graphiques ressemblent à des photos.
>
> Je serai en cours lundi. J'aimerais quand même être sur votre liste d'attente.

Je m'appuie contre le dossier de ma chaise et relis l'e-mail. C'est un travail utile. Et la vie n'est pas un conte de fées. Il faut se lever tous les jours et travailler. Ne pas espérer une fin heureuse ridicule.

Mais je ne veux pas croire une chose pareille. Je ne veux tout simplement pas y croire.

Je veux avoir l'impression que je vole. Je veux que ma vie soit tellement merveilleuse qu'elle fasse battre mon cœur.

Je veux le prince. Je veux la carrière dans le domaine de l'intelligence artificielle qui change le monde. Je veux tout.

L'avide Sophie Ha. C'est moi. Une tornade avide qui aspire tout sur son passage.

« Sophie ! »

Ever atterrit avec ses deux mains à plat sur la table et la fait trembler.

« Tu ne vas pas y croire. J'ai remporté la bourse de danse ! Ils vont financer tout mon cursus, quelle que soit l'école de danse dans laquelle je suis acceptée.

— EVER !!! Je suis tellement contente pour toi ! »

Je passe mes bras autour du cou de ma meilleure amie. Cendrillon incarnée.

« Tu le mérites ! »

Puis j'éclate en sanglots. Des larmes d'horrible demi-sœur.

« Sophie ! »

Elle enroule ses bras autour de moi tandis que je couvre mon visage de mes mains.

« Qu'est-ce qui ne va pas ?

— J'ai tout… perdu. »

Je prends une inspiration tout en lui racontant ce qui s'est passé.

« Le miroir était le travail de toute une vie pour la tante de Xavier, et Xavier l'a convaincue de me rencontrer, et moi, je l'ai convaincue de me laisser le montrer ce soir, et je lui ai promis d'en prendre soin.

— Je sais que ce n'est pas bien que Bert l'ait brisé. Mais d'après ce que j'ai compris, le projet du miroir allait être annulé. La tante de Xavier a pris un risque pour le sauver. »

Je frotte les larmes sur mon visage.

« Les gens me *détestent,* Ever. Tu as vu les hashtags de la croisière de l'amour ? S'il y a des désastres tout autour de moi, c'est peut-être parce que... c'est moi, le désastre. *Moi.*

— Tu es une innovatrice, dit-elle. Sérieusement, Sophie. Regarde tout ce que tu as fait ! Regarde tous les gens que tu as rassemblés à Taipei pour un week-end ! En plein pendant l'année scolaire ! Tu as inspiré Emma pour qu'elle parraine un énorme dîner. Tu as inspiré Tante Rose pour qu'elle ose faire un pari et qu'elle s'expose aux yeux du public en dépit de son propre service de relations publiques. Et tu as amené des bébés pandas au sommet de Taipei 101. Qui est capable de réaliser un truc pareil ? Personne. »

Je souris entre mes larmes.

« Ils étaient adorables.

— Et tu fais en sorte que tout le monde soit en paix avec soi-même, c'est un grand don ! Je ne me sens jamais belle et je ne sais pas quoi faire avec mes vêtements et mon maquillage, mais tu me montres comment faire ressortir mes atouts, et tu m'aides à croire que je suis jolie. Et ça, ça compte.

— C'est à ça que servait Magic Mirror.

— Oui. Tu accomplis des choses que personne n'a jamais faites auparavant, alors certaines personnes ne te comprendront pas. Comme Horvath. Mais tu as des kilomètres d'avance. Ils n'arriveront jamais à te rattraper. »

Je secoue la tête.

« J'ai envie de te croire. Mais tout ce que j'étais censée faire ce week-end, c'était travailler sur ce projet. Et réussir. Pas me comporter comme... une idiote avec Xavier.

— Une idiote ? »

Ever affiche un sourire en coin.

« Idiote parce que tu ne pensais pas qu'au projet... »

Je ferme les yeux pour me cacher de son regard.

« Je le savais ! s'écrie Ever. Tu es amoureuse de Xavier. Je veux dire, vraiment amoureuse de lui !

— Non. »

Je secoue la tête.

« Non, non, non, non, non. Je me suis juré de ne plus sortir avec personne. »

Elle se tait et me prend la main. Mon amie, mon roc. Son regard est ferme. Elle voit la vérité contre laquelle j'ai essayé de lutter.

« D'ACCORD, avoué-je enfin. Oui, je suis amoureuse de lui. Pouah ! Pourquoi est-ce que je me comporte à ce point comme une *fille* ?

— Parce que tu es humaine ? Et réelle, pas comme un robot. Je préférerai toujours avoir une amie humaine. Et il tient à toi.

— Je me suis dit que nous étions différents de ce que nous étions cet été. C'est moi qui lui ai dit ça. Mais c'était un mensonge. C'est ma tornade qui le pourchasse. Je suis encore la même Sophie qui cherche un mari, comme la dernière fois.

— Non, pas du tout. »

Elle passe une mèche de mes cheveux derrière mon oreille.

« Cet été, tu ne voyais que le Xavier Yeh des magazines de ta tante. Celui que ta famille voulait que tu aies. Pour toutes les mauvaises raisons. Mais, est-ce que tu crois que tu connais le vrai Xavier maintenant ? Tu crois que c'est ce que tu aimes chez lui ? »

Mon cœur convulse dans ma poitrine. Oui. Parce qu'il m'a fait assez confiance pour s'ouvrir à moi.

Ever m'écoute patiemment tandis que j'essaie de m'expliquer. Il appelle les gens par leur nom parce qu'il les voit. Il a réussi à grandir en se protégeant en grande partie du monde dans lequel il vit… et il continue quand même à voir les gens qui en font partie. Et quand je suis avec lui, je me sens tellement bien… et c'est le mystère que j'ai le plus de mal à résoudre.

« Il met des mots sur ce que je ressens. *Fais plus de publications ! Ne les laisse pas dicter ce que tu dois être !* Ou juste : *C'est décevant*. Parce que c'était sacrément décevant ! Quand je ne sais même pas comment je me sens. Parfois, c'est une photo qu'il a prise. Il donne une… structure à ce que j'éprouve. Et ensuite, je trouve une prise à laquelle m'accrocher et je fais un pas en avant. Je ne sais même pas ce que j'essaie de dire. »

Elle fronce les sourcils et réfléchit.

« C'est un exutoire pour tes émotions ?

— En partie. Pas tout à fait.

— Il t'aide à mettre des mots sur tes émotions et à les apprivoiser ? Désolée, c'est naze. C'est mon prof d'apprentissage socioémotionnel qui disait ça.

— Ça se rapproche. C'est tellement le foutoir dans ma tête que personne n'a jamais… compris auparavant. »

Elle sourit.

« Tu es unique, Sophie. Je crois que peu de gens peuvent suivre ton rythme.

— Je suis bizarre ?

— Non. Je sais que tu l'oublies, mais tu es… »

Elle cherche le bon mot.

« Indomptable. Le mec qui sera assez fort pour être à tes côtés aura beaucoup de chance. Mais tu veux toujours faire des choses pour les gens. Nous en bénéficions tous. Parfois, quand tu deviens super pro, je me demande si c'est une façade que tu utilises pour cacher ce que tu ressens vraiment. Une carapace.

— Moi, j'ai une carapace ? »

Je ris, perplexe.

« J'ai dit à Xavier qu'il en avait une.

— Peut-être que la sienne est plus visible ? Mais la tienne... si tu ne faisais rien, si tu... te contentais d'être toi-même, on t'aimerait quand même. Je crois que tu surestimes le nombre de personnes qui te détestent et que tu sous-estimes le nombre de personnes qui t'adorent sans que tu aies à faire quoi que ce soit. Est-ce que tu peux y croire ? Est-ce que tu peux croire que c'est vrai ? »

Je ris.

« Je crois que tu as des pouvoirs magiques de persuasion. »

Car je comprends ce qu'elle veut dire. La tornade contre laquelle je lutte fait des dégâts, mais elle apporte aussi du bon dans le monde. Pourrais-je perdre l'une pour me débarrasser de l'autre ?

Et que cela signifie-t-il pour Xavier et moi ? Je me suis dit que je ne pouvais pas être son amie. Car ma tornade ne me laissera pas faire, pas si je suis amoureuse de lui. Mais dans ce cas, est-ce que je laisse la tornade gagner ? S'il compte autant pour moi, comme je viens de l'expliquer à Ever, comment pourrais-je renoncer à son amitié, même s'il ne m'aime pas en retour ?

Comment pourrais-je lui faire une chose pareille ?

Je n'ai pas de réponses, mais les nœuds tordus dans mon cœur commencent à se dénouer. J'enroule mes bras autour de ma meilleure amie et la serre contre moi. Je suis tellement reconnaissante de l'avoir à mes côtés.

« Et que s'est-il passé entre Rick et toi ? Ça a l'air d'aller mieux, mais comment est-ce que tu vas gérer l'an prochain ?

— On verra. »

Elle soupire.

« Ce week-end ensemble a été... *tout*. Quand je pense qu'on pourrait être séparés pendant quatre ans... »

Elle masse sa main du pouce.

« Ce ne sera pas facile.

— Vous allez trouver une solution. J'en suis certaine. Vous vous aimez. Qu'est-ce que vous allez faire ce soir ? »

Elle fait tourner l'abat-jour de la lanterne aux boutons de rose.

« Tu as vraiment besoin de poser la question ?

— Oups. »

Je souris.

« Je devrais te laisser y aller. Je suis en train de gâcher ta soirée. Attends, je vais lui écrire pour lui dire que tu es en chemin et que c'est ma faute. »

J'ouvre mon téléphone.

« Oh, pas encore ça. »

J'ai été étiquetée sur deux douzaines de publications sur le fil d'actualité de la croisière de l'amour. Puis quelques lignes attirent mon attention.

Les gars, il faut qu'on arrête de se plaindre.

Elle n'était pas obligée de faire tout ça pour nous

Ce n'est pas facile de tout diriger

Impossible. Je me redresse et regarde de plus près.

Est-ce qu'on a cassé le miroir ?

Il se peut que j'aie encouragé Bert, je me sens coupable

On devrait aider

Et si on faisait plus de publicité pour le Magic Mirror ? C'est ce qu'elle demandait !

Oui, @Sophie, est-ce qu'on peut aider à en parler ?

On est 2 000. Et on est inscrits dans 1 500 écoles, dans 23 pays.

C'est vrai. Regardez, c'est la lune de l'automne à Londres !

Au moins, ils essaient. Je ne suis plus en colère quand j'écris :

Merci, tout le monde.
Malheureusement,
le miroir est cassé.

Je ferme mon téléphone et souris pour la première fois depuis que c'est arrivé.

Je n'arriverai jamais à accorder aussi peu d'importance que Xavier à ce que les gens pensent, ce qu'il fait un peu trop. Ce sera peut-être toujours douloureux quand je serai ridiculisée et que mes amygdales me feront passer en mode lutte ou fuite parce que je nage avec des requins… mais c'est parce que je vais toujours plonger dans ces eaux-là.

Je ne vais pas m'arrêter à cause de quelques rageux.

Et maintenant, je veux appeler Xavier. Mais je dois d'abord réfléchir à ce que je vais lui dire pour ne pas l'embarquer dans des montagnes russes. Je suppose que ça prouve aussi que j'ai grandi.

Je serre la main d'Ever.

« Va t'amuser. Je vais aller voir Tante Trois. Et m'excuser. »

Curieusement, les gardes de Dragon Leaf me laissent entrer dans le siège social sans problème. Les manifestants sont partis. Avec un peu de chance, ils célèbrent le festival de la Lune avec leurs familles. À l'intérieur, je trouve Tante Trois. Elle porte son pantalon orné de boutons de rose, ses cheveux noirs sont retenus par une pince et elle coud un bouton sur son manteau en laine.

« Sophie, je ne m'attendais pas à ce que tu reviennes si tôt.

— J'ai cassé le miroir, dis-je brusquement. Il est tombé et le verre s'est brisé. Je suis tellement désolée. Tout votre travail…

— Tu n'es pas blessée ? »

Elle coupe son fil avec ses dents.

« Non, euh, non. C'était quelqu'un d'autre. Il va bien aussi.

— Tant mieux. Merci d'avoir fait un effort pour nous aider. Tu m'as beaucoup motivée. »

Elle se lève et se dirige vers le fond de l'entrepôt. Je la suis jusqu'à une porte.

« Est-ce que le cadre est encore intact ? Ils faisaient bien les choses à l'époque de ma grand-mère.

— Oui. »

J'écarquille les yeux.

« Vous pouvez le reconstruire. Bien sûr. Le système logiciel est dans le cloud. »

Elle ouvre la porte et je vois… un miroir tridimensionnel. Pas avec le cadre décoré du miroir de la mère de Xavier, mais un autre, plus simple, en chrome sur lequel sont placées quatre caméras, un à chaque point cardinal. Mes trois reflets en turquoise deviennent flous, puis une robe fuchsia moule mon corps, avec des rubans assortis qui tombent en cascade de chaque côté.

« C'est le miroir ! »

Elle sourit.

« Tu pensais vraiment que nous n'en avions qu'un ? Et bien entendu, le véritable tour de magie, c'est le logiciel, et tu l'as entraîné toute la journée. »

Son sourire s'élargit.

« Grâce à ta fête, nous avons reçu plus d'une centaine de commandes.

— Une centaine ! »

Mes genoux flanchent. Je m'écroule sur le canapé derrière moi.

« Une centaine !

— Est-ce que ça va ? »

Je vais bien, mais j'ai la tête qui tourne.

« Tante Rose, j'ai tout un tas d'idées ! Comme construire un miroir portable avec une appli pour que tout le monde puisse l'utiliser n'importe où. »

Je ne vais peut-être pas avoir une place dans le cours d'Horvath. Mais je crois au Magic Mirror.

« Et il faut plus de variété. Pas juste des vêtements de Magic Mirror. Désolée, mais la plupart des gens ne peuvent pas se permettre d'acheter des robes de marque haut de gamme. Ouvrez votre catalogue à d'autres magasins, à des marques prometteuses, pour qu'elles puissent faire connaître leurs produits. Ça serait tellement génial... »

Le téléphone de Tante Trois sonne.

« Un instant, Sophie. Je veux entendre ce que tu as à dire, mais je dois décrocher. »

Je me rapproche du miroir. Je veux la preuve que c'est le même. Il me propose une robe de bal couleur pêche ornée de perles et de manches bouffantes. Sophie-Cendrillon, enfin. C'est bien le même miroir.

« Mais tu ne me comprends vraiment pas. »

Je soupire. Je devrais porter du noir, pour représenter le deuil.

« Tu ne vois que l'extérieur. »

Mon reflet change et le miroir me propose une robe noire, des collants et des ballerines de la même couleur avec des lunettes de soleil qui cachent la moitié de mon visage.

Hein ? Il a déjà appris ?

Mon reflet change de nouveau. Mais cette fois, le miroir fait quelque chose qu'il n'a jamais fait auparavant. Au lieu de trois Sophie identiques, le reflet de gauche représente une Sophie studieuse avec un simple pull-over à torsades et un jean. Le reflet du milieu représente ma robe orange et évasée préférée : c'est la Sophie sexy. Et le troisième miroir me représente avec un tailleur-pantalon à rayures ; c'est la Sophie puissante.

« Qu'est-ce que tu veux dire ? demandé-je. Est-ce que je suis censée choisir ?

— Angie, merci de me recevoir aussi tard. »

La voix d'Oncle Ted, qui vient de l'autre côté de la pièce, me surprend. Qu'est-ce qu'il fait là ? Et à cette heure-ci un vendredi soir ?

Un nuage sombre d'appréhension gâche mon moment de bonheur. Je jette un coup d'œil au coin du mur. Les cheveux poivre et sel d'Oncle Ted sont soigneusement peignés. Sa veste légère préférée avec des manches effilochées est ouverte. Une bande de mousseline de soie jaune pend d'une corde à linge et m'empêche de voir son visage et la femme à qui il parle.

« C'est l'anniversaire de Claire demain, dit-il. Je voulais que les robes soient prêtes avant, mais avec tout ce qui se passe à Dragon Leaf, je n'étais pas sûr que tu pourrais les finir. »

Je fronce les sourcils. Si Oncle Ted trompe Tante Claire, il ne penserait jamais à lui acheter des robes.

Qu'est-ce qu'il trafique ?

« Je crois que ça va vous plaire. »

Angie l'emmène loin de moi.

« Nous avons fini de coudre les couches de la robe Bella. L'ensemble est prêt. »

Je cours derrière eux sur la pointe des pieds et écarte le tissu jaune, puis je fonce dans un chariot qui heurte des mannequins nus. Le cliquetis du métal résonne.

« Sophie ? Qu'est-ce que tu fais là ? »

Oncle Ted est debout à côté de la jeune femme aux cheveux courts et violets. Elle a sorti une qipao bleu-vert du rayon, identique à celle que Tante Claire portait cet été.

« Sophie ? »

Oncle Ted est surpris, mais il n'est pas aussi consterné que si je l'avais surpris en train de tromper ma tante.

« Euh, j'avais un truc à faire ici. »

Mon regard se perd sur le support, couvert de vêtements en satin aux couleurs de pierres précieuses, des organzas délicats, des plis doux et de la soie thaïlandaise romantique. Des robes d'une élégance intrépide qui volent autour du corps. C'est le genre de tenues que Tante Claire a toujours eues dans son armoire.

« S'il te plaît, ne dis rien à ta tante. »

Il fronce les sourcils.

« Je ne veux pas gâcher la surprise. »

Je me rapproche.

« Mais qu'est-ce que c'est ?

— C'est pour son anniversaire. Elle se sent un peu déprimée depuis la naissance de Finn. Je voulais faire quelque chose pour lui remonter le moral.

— Tu as choisi tout ça ?

— J'ai très mauvais goût, mais heureusement, ce n'est pas le cas d'Angie. »

Je tiens une des robes en soie à la lumière.

« Elle se sentira très bien dans ces robes. »

Je tire sur la taille.

« Est-ce qu'elles sont plus grandes ?

— Ton oncle a demandé des vêtements faits sur mesure, pour que ta tante se sente plus à l'aise dans son nouveau corps.

— Tu crois que ça va lui plaire ? »

Oncle Ted a l'air aussi nerveux qu'un petit garçon qui ne sait pas si le gâteau d'anniversaire qu'il a préparé sera accepté.

« Oh, mon Dieu. »

Je pose une main sur ma joue.

« Tu as mesuré sa taille. »

Pendant tout ce temps, Tante Claire avait peur que sa nouvelle silhouette ait poussé Oncle Ted à faire des choses en douce derrière son dos. Et elle avait raison.

« Quand vas-tu les lui montrer ? demandé-je.

— Demain ? »

Il a l'air terrifié.

« Oh, Oncle Ted. »

Je le serre dans mes bras, puis en fais de même avec Angie.

« Merci de me redonner foi en l'univers. »

J'empile la soie dans ses bras, malgré l'air surpris sur son visage.

« Emporte-les maintenant. Tu dois les lui montrer immédiatement. Elle sera folle de joie ! »

Oncle Ted semble désorienté, mais heureux.

« Eh bien, je suis ravi de savoir que c'est ce que tu penses. »

J'avais tort de croire que tous les hommes étaient des salauds. Je prends une photo pour la montrer à Tante Claire plus tard, puis retourne auprès de Tante Trois, le pas un peu plus léger. Je lui rentre presque dedans près du miroir.

« Sophie ! J'étais sur le point d'aller te chercher. »

Je me regarde dans le miroir.

« Oh, regardez ! »

Les trois Sophie différentes sont apparues d'un coup. Tante Trois est bouche bée.

« Qu'est-ce que c'est que ça ?

— C'est arrivé tout à l'heure aussi ! »

Sophie studieuse et Sophie sexy de nouveau. Mais cette fois, la troisième Sophie porte une veste épaisse en daim à rayures vertes avec un pantalon dont le tissu rappelle une armure en fer. La veste glisse sur mes épaules et mon reflet est sauvage, aussi puissant qu'une comète. Je n'ai qu'un mot pour la décrire : cette Sophie déchire.

« Ah. »

Tante Trois se rapproche.

« J'ai fait quelques modifications plus tôt, quand tu m'as parlé des différentes facettes de ta personnalité. Je n'avais pas prévu ça, mais ça me plaît. »

Mes trois reflets se penchent et rient en même temps que moi.

« Je ne sais pas quelle Sophie est la vraie Sophie.

— Pourquoi est-ce qu'elles ne pourraient pas toutes l'être ? »

Je souris.

« C'est ce que je commence à ressentir. »

Et Tante Trois doit vraiment être ma bonne fée. Je le lui dis et elle sourit.

« C'est ce que je ressens aussi, Sophie. Tu es romantique, une visionnaire optimiste. Tu es exactement le genre de personne dont nous avons besoin parmi nous. Tu vois du potentiel là où d'autres voient des obstacles et des barrières. C'est pour ça que tu vas toucher les étoiles. »

Sur un coup de tête, je la serre dans mes bras et cette fois, les siens s'enroulent autour de moi. Je mettais tous les Yeh sur un piédestal : Victor, Xavier, leurs tantes, leurs pères et leur grand-père, et même Emma. Mais ce sont des êtres humains aussi, avec des angoisses, des défauts, des craintes, des forces, des espoirs et des rêves.

Et parmi eux, il s'avère que je peux me défendre.

Je m'écarte de Tante Trois, mais ne la lâche pas.

« Nous ne pouvons pas laisser les Croisés détruire Dragon Leaf.

— Les investisseurs veulent en savoir plus sur l'avenir de Dragon Leaf. Ils veulent comprendre comment l'entreprise peut se remettre sur les rails.

— Magic Mirror, dis-je. C'est le grand retour de Dragon Leaf. J'ai une idée, mais il nous faut Xavier. »

Je prends mon téléphone pour l'appeler… mais je n'ai plus de batterie. Bien évidemment. Et même si je le charge… j'ai effacé son numéro.

« Je ne sais pas si tu es au courant, mais le père de Xavier ne s'est pas encore réveillé de l'opération, dit Tante Trois. Raison de plus pour que les investisseurs aient la trouille.

— Oh non ! Je ne savais pas. »

Comment se sent Xavier ? Je devrais le retrouver. Ce n'est pas une décision difficile à prendre. Une bonne amie le soutiendrait.

« Est-ce que vous… Est-ce que vous avez le numéro de téléphone de Xavier ? demandé-je. Je l'ai perdu. »

Elle fronce les sourcils.

« Non, mais je pourrais demander à Lulu. »

Tandis qu'elle essaie de joindre sa fille, j'affiche le compte Instagram de Xavier sur mon ordinateur portable. Je ne sais pas s'il consulte ses messages sur l'application, mais je peux tenter.

Il a ajouté quelques photos depuis la dernière fois que je me suis connectée à son profil. Une vue panoramique de la fête à Taipei 101. Le soigneur avec Ling et Lang sous les bras, incroyablement adorables.

Et une image que je n'ai jamais aperçue auparavant. Une fille de sept ans au festival, qui montre la lune éclatante du doigt.

Comment est-ce possible ? C'est moi ! Où Xavier l'a-t-il trouvée ? Est-ce qu'il sait que c'est moi ? Puis je lis la légende et je comprends qu'il le sait.

Il a écrit :

Appelle-moi.

37

XAVIER

Mon taxi s'arrête devant l'hôpital que Ba a fondé il y a dix ans. J'ai essayé de joindre Sophie de toutes les manières possibles. Elle m'a promis qu'elle resterait près de moi, et je vais lui faire tenir sa promesse. Car elle ferait la même chose pour moi, et c'est ce que je voudrais.

Mais à présent, je suis là. Je ne sais pas trop pourquoi. Mais j'ai besoin de voir Ba de mes propres yeux.

Une femme portant une blouse blanche parle à une infirmière près de l'accueil et croise mon regard.

« Monsieur, votre père est au fond du couloir, à droite. Je suis la docteure Lu, une des personnes qui s'occupent de lui. »

Alors, elle me reconnaît ?

« Est-ce qu'il va se réveiller ? » demandé-je tandis qu'elle me serre la main.

L'expression de son visage est neutre.

« Son état s'est stabilisé. Mais cela pourrait prendre des semaines, voire des mois. »

S'il se réveille un jour. Elle ne le dit pas, mais les mots sont là.

« Je peux vous emmener le voir, dit-elle. Il m'a parlé de vous juste avant l'opération. »

De moi. Avant qu'il ne passe sur le billard.

Mon estomac de noue.

« Merci, mais j'aimerais le voir seul. »

Elle s'incline légèrement et désigne le couloir. Je le traverse, essayant de ne pas perdre pied en me concentrant sur l'odeur forte d'antiseptique. Des aides-soignants avec des gants bleus marchent dans le sens inverse et quand ils disparaissent, je vois Ken-Tek et Ken-Wei au bout du couloir, avec un autre garde en uniforme. Encore des gardes du corps. Je pensais que j'en engagerais un dès que j'aurais mon fonds fiduciaire pour faire face à ceux de Ba, mais maintenant, je n'en ai plus besoin. Soudain, l'ennemi contre lequel je me suis battu toute ma vie est K.O.

Ken-Tek agite deux doigts pour indiquer aux autres de me laisser entrer.

« C'est son fils », dit-il, et je le remercie d'un signe de la tête.

La chambre de Ba est un studio avec un salon vide. Une émission nocturne passe à la télé. Le volume est baissé. Je suppose que c'est au cas où Ba pourrait l'entendre.

Car il est là.

Une blouse bleue, les yeux fermés. Un tube serpente sur son bras et un autre forme une boucle sous son nez. Une infirmière se lève de la chaise à côté de lui, une seringue avec une aiguille pointue à la main. Elle me salue, puis sort, me laissant seul avec Ba et un million de machines reliées à son corps pour contrôler sa respiration et les battements de son cœur. Il dirige un empire de machines, et maintenant, ce sont elles qui le contrôlent.

Ce n'est pas le Ba que je connais. Ses cravates sont organisées par couleur. Ses chauffeurs ajustent à l'avance ses rétroviseurs et les sièges de ses voitures. Il a essayé de m'arracher l'oreille ce matin même. Il est le tigre qui fait les cent pas sur ses toiles, et le monde est une cage trop petite pour lui.

Mais cet homme est frêle. Il a du mal à respirer.

En y réfléchissant, je ne me souviens pas de la dernière fois où je l'ai vu allongé.

Je tire une chaise à côté de son lit et m'assois dessus. Un cadre contenant la photo de Ma est posé sur sa table de chevet. Elle porte une robe orange vif à motif qui plairait à Sophie. Elle sourit à Ba. Le cadre est penché pour qu'il puisse tourner la tête et la regarder dans les yeux. C'est le seul objet personnel dans la pièce et cela me surprend. Ba a encore tellement besoin d'elle. Elle était très spéciale pour nous deux, et peut-être qu'il n'y a plus personne d'autre pour lui non plus.

Un nerf palpite impatiemment sous son œil. Mais comment puis-je avoir de la peine pour quelqu'un qui m'a poignardé dans le cœur pendant des années ? Comment puis-je pleurer quelqu'un que j'avais prévu de ne jamais revoir ?

« Pourquoi est-ce que tu m'as menti à propos de la peinture ? »

Je m'entends lui poser la question.

Pas de réponse.

« Mon œuvre t'a plu. Mais tu ne pouvais pas me le dire. Tu t'es senti obligé de me donner l'impression que j'étais nul. Tu as soutenu mon projet de film, mais tout ce que tu as dit, c'est qu'il valait mieux que je ne foire pas. Tu ne m'as jamais avoué que tu m'avais envoyé aux États-Unis pour me protéger d'Oncle Edward. Tu m'as donné l'album de Ma… »

Pourquoi ? Pourquoi est-ce que je ressens qu'il s'intéresse peut-être à moi, et maintenant en plus ?

Peut-être que Sophie a raison. Peut-être qu'après toutes ces années à se défendre de tout le monde, il s'est construit une carapace encore plus épaisse que la mienne. Il a dû cacher toutes les parties de lui qui le rendaient humain, pour tout un tas de motifs.

Je me lève, baisse les yeux vers le visage bizarrement détendu de Ba.

« C'est trop tard. »

Ma voix est cassante. Elle résonne sur les murs et monte dans les aigus.

« C'est trop tard pour toi et moi. Tu m'entends ? »

Des veines bleues serpentent sous la peau fine de ses mains tandis qu'elles se lèvent et se baissent au rythme de sa poitrine.

M'entend-il ?

Est-ce qu'il m'a entendu un jour ?

« Tu m'as dit que j'étais la honte de neuf générations ! crié-je. Tu m'as dit que tu aurais dû me frapper plus fort pour que ça me passe ! »

Je soulève ma chaise et l'écrase par terre. Un morceau glisse sous le lit.

Les gardes passent la tête à l'intérieur, puis reculent. La porte se ferme. Mes poings se serrent.

« Mais aujourd'hui, j'ai pris mon fonds fiduciaire, Ba. Et je pouvais le faire. J'ai parlé au banquier, je lui ai demandé de faire ce que je voulais. J'ai acheté des billets d'avion pour tous mes amis après que tu les as laissés dans le pétrin. Et j'ai fait tout ça sans toi, et maintenant, je n'ai plus besoin de rester ici et de faire face à tout ce foutoir ! Tu m'entends ? »

Je donne un coup de pied dans la chaise.

« En fait, c'était toi qui étais stupide, Ba. Parce que tu m'as sous-estimé. »

Quelqu'un frappe à la porte et je sursaute. J'ai mal à la gorge à force de crier. Le Roi des abrutis entre. Il porte encore sa veste bleue.

« Euh, ça va ? »

Je me rends compte que je suis trempé de sueur. Je le fusille du regard.

« Dégage avant que je te fasse plonger dans le coma aussi. »

Il regarde Ba, derrière moi. Il pâlit, mais lève le menton.

« Il faut qu'on parle. Tu avais raison. »

Il ferme la porte derrière lui. Je ne comprends pas ce qu'il veut dire.

« Quoi ? »

Son regard se pose derrière moi de nouveau. Il a l'air d'hésiter à parler, ce qui ne lui ressemble pas.

Il désigne Ba sur le lit.

« Mon père m'a toujours dit à quel point la famille était importante, et dès que son frère est dans un endroit comme celui-là, il essaie de vendre sa famille. Il est capable de faire ça à son propre frère. Alors, j'ai pris une décision. Je ne veux pas être mêlé à ça. »

Encore une fois, je n'arrive pas à donner un sens à ses mots.

« J'ai découvert que mon père détournait des fonds de Dragon Leaf. Pour payer des dettes de jeu. Ton ba ne voulait pas que ça se sache, alors il a payé. Et il a puni mon père lui-même. C'est pour ça qu'il l'a mis dehors. Mais il n'a jamais dit pourquoi. Il a protégé mon père pendant toutes ces années. Même moi, je n'étais pas au courant.

Toute sa colère a disparu, comme un ballon dégonflé. Je suis surpris d'avoir de la peine pour le Roi des abrutis. Il essayait d'être un fils fidèle. Ça doit être horrible de se rendre compte que votre héros est en fait le méchant de l'histoire.

« Ce qu'il a dit à Tante Trois. »

Il frémit.

« La manière dont il traite les domestiques. Nous ne sommes pas obligés d'être comme eux, Xavier. Nous pouvons choisir notre propre voie. Je... Je suis désolé ! »

Je suis trop stupéfait pour bouger. Je contourne le lit de Ba et récupère le pied de chaise de l'autre côté. Puis je le pose sur la table de Ba.

« D'accord. »

Je le regarde d'un air méfiant.

« Tu as dit tout ça, alors... »

Je désigne la porte.

« Salut.

— Il y a autre chose.

— Comment ça ?

— Le rachat, dit-il. Les Croisés ont promis de faire de mon père le PDG en échange de son aide de l'intérieur. C'est pour ça qu'il a causé des problèmes. Comme quand il a renvoyé Tante Trois et son équipe.

— C'est exactement le genre de drame familial dans lequel je ne veux jamais être impliqué. »

Mon cousin tire la couverture de Ba pour lui draper la poitrine.

« C'était l'occasion pour mon père de prendre le contrôle. Mais j'ai une amie qui travaille pour les Croisés. Je lui ai parlé ce soir. Elle dit qu'ils vont doubler mon père. Ils vont le mettre de côté. Ils vont diviser Dragon Leaf en cinq entreprises et les vendre. Tout va disparaître. »

Il regarde l'écran de télévision.

« Mince, on passe encore aux informations. »

Le présentateur qui ressemble à un enfant jubile en nous regardant. Dans sa fenêtre, on voit le bâtiment historique de Dragon Leaf et les portes sculptées sous le logo.

« Je me trouve actuellement avec le PDG des Croisés, Morris Lin, qui a fait une offre pour acheter une participation majoritaire de Dragon Leaf.

— Je déteste ce gamin, dis-je.

— Ce n'est pas un gamin. Il a trente-cinq ans.

— Il a l'air d'en avoir douze.

— Il dicte les pensées de la moitié de Taipei. »

L'écran se divise en deux pour montrer un homme d'affaires taïwanais dans un bureau à domicile, devant une bibliothèque en bois. Le logo des Croisés, une épée et un bouclier, est suspendu au mur.

« Dragon Leaf a eu son âge d'or, dit Morris Lin. Mais ils sont dépassés. Ils sont encore près du port et s'accrochent aux méthodes de leurs ancêtres. L'entreprise est trop isolée. Trop de services sont dirigés par des membres de la famille qui profitent du succès de leurs prédécesseurs. Il est temps de mettre fin à une dynastie qui n'est plus au goût du jour. »

Le Roi des abrutis éteint la télévision.

« Ils ne savent rien de notre famille. »

Je marche jusqu'à la porte et reviens sur mes pas.

« Ba ne laisse personne profiter du succès de quelqu'un d'autre. Je le sais mieux que personne.

— Si seulement on pouvait aider. »

Je prends la photo de Ma. Son sourire est tordu, comme le mien. Que penserait-elle de tout cela ? Que voudrait-elle faire ? Il y a deux heures, je n'aurais pas envisagé de faire quoi que ce soit. Pas moi, le Yeh enterré. Personne ne m'a jamais demandé de m'occuper de quoi que ce soit. Même maintenant, personne dans ma famille ne songerait à dire : *Xavier, pourquoi n'as-tu pas empêché ton père de perdre l'entreprise ?*

Ce n'est pas mon truc.

Je peux m'en aller et laisser les choses se faire.

Le problème, c'est que si j'assure que je ne suis pas comme mon père, alors je dois être différent. Je dois permettre aux gens d'être ce qu'ils sont. Je dois les voir pour ce qu'ils sont. Tous.

Je ne veux pas voir Ba pour ce qu'il est : une forteresse bien gardée, une personne qui ne sait rien sur la dyslexie, une personne impatiente, un salaud… qui, en même temps, protège ses employés, prend soin de leur famille, soutient mes tantes, qui est encore amoureux de ma mère et qui aura peut-être toujours le cœur brisé à cause de sa mort… En somme, un être humain…

Mais je le vois. Grâce à Sophie, je vois tout à présent. Et je peux partir.

Ou je peux être différent.

Je me retourne vers mon cousin, qui observe la silhouette immobile de mon père.

Nous pouvons tous les deux choisir notre propre voie.

« Ton discours au festival. Il sera diffusé à la télévision et à la radio, pas vrai ?

— Oui. Jane a tout organisé.

— Alors, les investisseurs vont l'entendre aussi ?

— Ça ne m'étonnerait pas qu'ils viennent en personne. Mon père les a tous invités. Tout le monde sera là. Même Ye-Ye.

— Il faut que tu me laisses ta place. »

Il doit préparer ce discours depuis des mois. C'est sa grande entrée dans le monde. Sa chance de montrer ce qu'il vaut à Taipei. Mais il se contente de hausser un sourcil.

« Tu vas faire le discours ?

— Les mots, ce n'est pas mon truc. Tu le sais.

— Non, je ne le sais pas. »

Il ricane.

« Tu es le plus beau parleur de la famille. »

Une autre surprise, venant de lui. Et c'est peut-être vrai. J'ai dû trouver un moyen de ne pas lire et écrire. Peut-être que je devrais corriger ça.

« Eh bien, j'ai autre chose en tête.

— Quoi ? »

Je passe le sac de ma caméra sur mon épaule.

« Je vais montrer mon film. C'est la dernière chose que je ferai pour les Yeh.

— Ton projet scolaire ? Jane ne sera jamais d'accord.

— Tu pourrais la convaincre. »

Il secoue la tête.

« C'est l'événement phare de la famille. Des milliers de personnes seront là. Même si je le voulais, je ne pourrais pas faire passer ça aux relations publiques. »

Nous avons progressé ce soir, mais je peux accepter qu'il ne puisse pas aller plus loin.

« D'accord. »

Je passe devant lui en me dirigeant vers la porte.

« Attends. Xiang-Ping. Je n'ai jamais compris. Pourquoi est-ce que tu joues ce rôle de pauvre petit garçon riche ? Pourquoi est-ce que tu es tellement en colère ? Pourquoi est-ce que tu t'attires autant de problèmes et que tu échoues comme ça ? Les choses auraient pu être faciles pour toi. Pourquoi est-ce que tu les as rendues aussi compliquées ? »

Je secoue la tête, stupéfait de voir qu'on se connaît si peu. Par choix. Je tapote ma tempe.

« Ce n'est pas moi. C'est mon cerveau. Ton père voulait que je sois lobotomisé. Mais je suis presque sûr que ça ne guérit pas la dyslexie.

— Alors, tu ne peux vraiment pas… ? »

Il n'est pas méprisant. Juste légèrement curieux. Encore un progrès.

« Lire ? Non. »

Je n'ai plus de mal à le dire.

« Peut-être que nous sommes tous des outsiders d'une manière différente, Victor. »

Je crois que c'est la première fois que je prononce son nom en une décennie.

Il secoue la tête.

« Ouah. »

Ça ne compense pas les années de torture. Mais c'est déjà quelque chose.

« Qu'est-ce que tu vas faire, maintenant ? demande-t-il lorsque j'ouvre la porte.

— Je vais trouver un autre moyen d'ouvrir le cadenas, dis-je. Comme je l'ai toujours fait. »

Je gare mon scooter devant les portes qui mènent au mausolée de ma famille. Les tombes des Yeh sont situées sur le plus haut plateau de cette ville de sépultures, qui est sur un flanc de la montagne de Yangmingshan.

Les lions en marbre qui en gardent l'entrée me jettent un regard noir lorsque je passe entre eux et sous le toit plat. J'allume la lampe torche de mon téléphone et la fais dériver sur les sarcophages en marbre noir ornés d'inscriptions dorées. Des plantes feuillues étreignent les tombes de tous les côtés : des feuilles de bananiers et des oiseaux de paradis. Les couleurs sous le clair de lune nuageux ne peuvent pas être capturées, mais je lève quand même ma caméra pour essayer.

Victor n'a pas accepté de me laisser sa place, mais il n'a pas refusé non plus. J'espère qu'il va dire oui. Mais quoi qu'il arrive, comme je le lui ai affirmé, c'est le dernier service que je rends à la famille Yeh. C'est une sensation douce-amère, car je viens juste de retrouver mes tantes et mes grands-tantes, mais tout ce qui se produit avec… Je suis ici pour terminer le film, et dire au revoir.

Au revoir aux Yeh.

Je tâtonne le mur à la recherche d'un interrupteur, mais ne trouve rien. Puis, je me souviens de la lanterne en papier de Sophie. Je la sors de mon sac à dos et l'ouvre. J'allume la bougie en cire avec mon briquet et la fixe sur la base.

Puis je la lâche. Je la suis avec ma caméra tandis qu'elle flotte vers le plafond, illuminant les tombes : les blocs en forme de quadrilatères où reposent mes arrière-grands-parents et ma grand-mère, avec un ovale blanc qui attend le portrait de mon grand-père quand il la rejoindra. D'autres tombes en marbre se trouvent de chaque côté. Je marche devant et filme mes doigts qui caressent les caractères dorés. Les neuf générations. Les six premières ont été amenées ici de l'est et enterrées de nouveau lorsque ma grand-mère est décédée.

Mes amis asio-américains m'ont dit qu'ils n'avaient pas l'impression d'avoir des racines. Le fait d'être des immigrés leur donne le sentiment d'être apparus spontanément en famille au milieu du pays. Ils n'ont pas d'héritage, pas d'histoire familiale. Moi, j'ai toujours su que je venais d'une longue lignée de personnes dont les vies ont commencé et fini avant que je prenne ma première inspiration sur cette terre. Cela a toujours été un poids.

Mais il s'avère que c'est mon oncle qui a fait honte aux neuf générations. Pas moi.

Je repasse devant ma grand-mère et un autel en marbre en l'honneur de mes ancêtres, puis me dirige vers la tombe de Ma.

Lynn Noel Yeh.

Et en chinois : Chun-Hwa. Gloire du matin.

J'ai l'impression qu'on l'a amenée ici il y a peu.

« Ma ? »

La nuit engloutit ma voix.

« J'ai récupéré ce que tu désirais me donner. Je voulais que tu le saches. »

Un troglodyte bondit en avant en piaillant. Il me fixe de son regard perçant.

Elle aurait été fière de moi. C'était la signification du fonds fiduciaire. Elle voulait me le dire. Et au-delà de l'argent, c'est sa foi en moi qui me libère.

« Xavier ? Tu es là ?

— Sophie ? »

Ici ? Je me tourne vers la porte. Comment m'a-t-elle trouvé ? Je pose la caméra sur la tombe de mes arrière-grands-parents et me dirige vers l'entrée. La pluie a commencé à tomber.

Sophie se hâte à l'intérieur dans un éclat de cheveux et de satin turquoise éclairés par la lune. Son visage brille tandis qu'elle essuie des gouttes de pluie de ses joues d'un geste impatient. Le bruit de ses talons résonne sur le sol en marbre lorsqu'elle se précipite vers moi.

« Tu es là ! »

Ses yeux couleur ambre brillent intensément. En trois grands pas, je la rejoins et agrippe ses bras... Et je l'embrasse.

Sa bouche est avide et impatiente ; elle a un goût de citron et de canne à sucre. Mes mains se glissent dans la douceur de ses cheveux épais et j'attire son visage encore plus près du mien. Je sens la chaleur de son corps à travers ma chemise. Je ne peux pas m'empêcher de la goûter, de me délecter d'elle. Tous mes sentiments enfouis remontent à la surface en rugissant.

Un bruissement dans les arbres nous ramène à la réalité.

« Un puma ? »

Son rire est hésitant. Elle observe le mausolée.

« Je crois que c'est un sacrilège.

— Je m'en fiche. »

J'embrasse ses lèvres, son nez, sa joue, son menton, mais ensuite, elle pose une main sur ma poitrine pour que j'arrête. Nous sommes trempés par la pluie à présent. Des gouttes brillent sur ses cils lorsqu'elle lève les yeux vers moi. Du maquillage noir est étalé dessous, mais elle ne m'a jamais semblé aussi lumineuse.

« Ton cœur », murmure-t-elle.

Sa main est encore posée sur ma poitrine.

« Il... bat si fort. »

J'enroule ma main autour de la sienne et la tiens sur mon cœur.

« Comment tu m'as trouvé ?

— J'ai appris pour ton père. Je suis désolée. Je suis passée à l'hôpital et Victor m'a expliqué que tu venais de partir. Je me suis dit que tu allais venir ici.

— Même moi, je ne savais pas que j'allais venir ici. »

Elle m'adresse un sourire en coin.

« Tu en as parlé ce matin. »

Elle redevient sérieuse.

« Comment tu te sens ? »

Ma main se resserre sur la sienne.

« J'ai l'impression de regarder une photo dans l'obscurité. Tout ce que je vois, ce sont des ombres et des formes. Mais le soleil commence à se lever.

— Je le sens aussi.

— Tu as vu ta photo sur Instagram ?

— Oui, au festival de la Lune ! D'où sort-elle ?

— Tu ne vas peut-être pas y croire, mais c'est moi qui l'ai prise. Il y a des années.

— C'était le festival de la Lune auquel je suis allée avec mon père. »

Elle a l'air émerveillée.

« Il devait y avoir des centaines de personnes, et tu m'as vue ? Et tu m'as prise en photo ? »

Elle secoue légèrement la tête.

« J'ai acheté une photo là-bas. »

Elle me montre le fond d'écran de son téléphone : les lanternes blanches et illuminées qui s'élèvent dans le ciel.

« Attends, c'est toi qui as acheté ça ?

— Au kiosque. Il y avait des cartes postales en promotion partout, mais cette photo… Je trouvais qu'elle capturait la magie de Taipei. »

Elle la touche du doigt.

« Encore maintenant, quand je la regarde, je me sens…

— Plus légère ? » dis-je en même temps qu'elle.

Nous rions.

« Alors, tu ne vas pas y croire, mais… C'est la mienne, dis-je. Je veux dire, je l'ai prise à Pingxi pendant le festival des lanternes et je l'ai exposée dans le kiosque de ma famille. Victor a dit que je n'avais vendu qu'une seule photo, et c'était celle-là. »

Il y a des années.

« Je me suis toujours demandé qui était le naze qui l'avait achetée. »

Elle serre le cliché contre sa poitrine.

« C'est moi qui ai acheté *ta* photo ? Nous avions sept ans.

— Qu'est-ce qui ne va pas ? demandé-je. Je t'ai fait de la peine ?

— Je t'ai vu, murmure-t-elle. Avant d'avoir conscience de qui tu étais. »

Avant qu'elle ne sache que j'avais un fonds fiduciaire et un empire, voilà ce qu'elle veut dire.

« Ça n'a pas d'importance.

— Pour moi, si.

— Si ce que tu désirais, c'était mon argent, je dépenserais tout pour que tu restes avec moi. »

Elle rit.

« C'est ça, le truc. C'est *moi* qui avais besoin de le savoir. »

Sa peau est fraîche et soyeuse sous mes doigts. Couleur pêche et dorée. Je suis du pouce le contour de sa pommette, de sa mâchoire et de son cou. Elle frémit et ferme les yeux. On ne peut jamais complètement saisir les couleurs du monde réel avec une caméra ou sur une peinture. Je ne pourrai jamais saisir les siennes.

Mais je m'imagine en train d'essayer pendant tout le reste de ma vie.

Je penche ma tête vers la sienne… puis elle ouvre brusquement les yeux.

« Et Emma ? » demande-t-elle.

Je la regarde droit dans les yeux.

« Je crois que tu me connais mieux que ça, non ? »

Elle déglutit.

« C'est juste que… Je suis une tornade. »

J'écarte les cheveux de son visage.

« Tu ne te rends pas compte de ta valeur, dis-je. Et je veux que tu le voies. Je veux que tu saches à quel point tu es importante. Pour tout le monde. Pour moi. »

Elle tremble.

« Pourquoi moi…

— Il n'y a que toi. »

Nos bouches s'unissent à nouveau. Ses lèvres s'écartent sous les miennes et mon corps se colle au sien contre le mur en marbre. Ses mains sont fébriles. Le son profond qu'elle émet déclenche quelque chose en moi. Je veux qu'elle libère sa tempête sur moi et qu'elle ne se retienne plus.

Mais nous devons reprendre notre respiration.

« Ouah », dit-elle et je ris.

Nous haletons. Ses lèvres sont aussi brillantes que ses yeux. J'ai envie d'elle, comme je n'ai jamais eu envie de personne. Mon corps me trahit et son regard m'indique qu'elle le sent.

Puis je m'oblige à retrouver le contrôle.

« Il se passe quelque chose de bien entre nous, dis-je. Ne gâchons pas tout. »

Je souris.

« Ce serait dommage. »

Elle lisse ses cheveux, que j'ai décoiffés.

« Ce voyage… il nous est peut-être monté à la tête. »

Non. Ce n'est pas mon cas. Mais je dois faire attention avec elle. Je ne peux pas me permettre de faire n'importe quoi.

« Rentrons. Et, euh, si tu veux… si tu veux encore… de moi…

— Si *toi*, tu en as envie…

— On peut décider plus tard… la manière d'être ensemble. »

Elle incline la tête sur le côté.

« Je crois qu'on vient de décider de ne pas coucher ensemble. Pour le moment. »

Mon corps se rebelle.

« Encore un pacte brillant.

— La tornade Sophie est domptée.

— La tornade Xavier est domptée. »

Après une courte pause, elle rit.

« Peut-être que la tornade n'est pas toujours si terrible ?

— Certainement pas. »

Elle tire sur les revers de ma veste pour m'attirer contre elle et quelques minutes plus tard, nous sommes sur le point de revenir sur notre parole.

Puis mon téléphone sonne. Son regard est malicieux lorsque nous nous séparons de nouveau.

« Oh, mince, c'est le... Victor, dis-je. Allô ?

— Retrouve-moi à côté de la scène avant mon discours. J'ai trouvé un moyen de te donner la parole. »

Je soupire, luttant pour contrôler mon corps.

« Alors, maintenant, tu penses que je sais ce que je fais ? »

Il rit sans joie.

« Non. Mais je sais que mon père a merdé et que le monde entier sait que tu es l'héritier. Nous devons sauver Dragon Leaf. Alors, si nous allons tenter quelque chose, allons-y à fond. Et que les relations publiques aillent se faire voir. »

Sa voix devient plus forte dans mon autre oreille. Les doigts de Sophie pianotent sur les boutons défaits de sa robe. Puis mon cousin passe par la porte et essuie la pluie de son visage.

« Les parts de mon père et celles du tien ne sont pas suffisantes pour donner les cinquante et un pour cent aux Croisés. »

Victor baisse son téléphone. Il nous regarde d'un air curieux.

« Désolé. Sophie m'a dit que tu serais sans doute ici. Est-ce que j'interromps quelque chose ? »

Je soupire. Sophie prononce :

« Continue.

— Si nous arrivons à convaincre les jumeaux et un autre investisseur de ne pas vendre, nous pourrons sauver Dragon Leaf.

— Et Magic Mirror, dit Sophie. Tante Trois mérite d'avoir une chance.

— Oui », dis-je.

Victor lève le poignet, laissant la lumière se refléter sur son Apple Watch.

« J'ai appelé Ye-Ye et je lui ai dit la vérité. Je te dois… des excuses. »

Après tant d'années sanglantes entre nous, j'ai l'impression d'avoir remporté une victoire impossible.

Le troglodyte incline la tête en nous regardant. Peut-être qu'il trouve étrange que trois êtres humains fassent autant de bruit dans un caveau réservé aux morts. Je me demande depuis combien de temps il est là, si ses ancêtres sont venus aussi pour accompagner les Yeh au fil des ans. Je me demande si ses descendants resteront un jour auprès de la tombe de Victor et de la mienne, un autre maillon de la longue chaîne des Yeh.

Car c'est exactement ça. Même si j'ai essayé d'y échapper, je suis un Yeh.

Et je ne suis pas prêt à être enterré.

Je prends la main de mon cousin, de la même taille et de la même forme que la mienne. Je suis satisfait de pouvoir la serrer.

« Nous allons sauver Dragon Leaf, dis-je. S'il y a bien une chose que j'ai apprise en étant le fils de Ba, c'est que personne ne peut dire à un Yeh ce qu'il doit faire. »

Victor me rend mon sourire.

« Amen. »

Une dernière chose. Je me retourne vers la dernière demeure de mes ancêtres.

« S'il vous faut quelque chose pour vous souvenir de moi… » dis-je.

Je souris à Sophie et sors le cadenas à combinaison de ma poche.

Et je le pose sur l'autel pour qu'ils se débrouillent avec.

38

SOPHIE

Xavier et moi arrivons chez Tante Claire après minuit. La journée a été incroyablement longue. Je ressens encore les effets de l'adrénaline, et le décalage horaire ne nous rattrape que maintenant. À cause des horaires de sommeil irréguliers de Finn, nous arrivons juste à temps pour voir ma tante, qui est éblouie par le cadeau d'anniversaire d'Oncle Ted. Elle n'arrête pas d'embrasser son visage et mon oncle sourit honteusement tandis qu'elle essaie ses robes plus amples devant le miroir de sa chambre.

« Tu es ravissante », dis-je.

Son sourire est taquin.

« La prochaine fois, Sophiling, nous utiliserons ton miroir spécial pour faire ça. »

Je ris et me penche sur le berceau de mon cousin pour l'embrasser sur la tête dans son sommeil.

« Oui, rendons la tâche plus facile pour Oncle Ted. »

✣

Je suis profondément endormie dans la chambre d'amis, et aucun rêve ne vient me perturber. Le lendemain matin, Xavier et moi nous rendons à Magic Silk pour travailler sur le film qui sera projeté au cours de la cérémonie de ce soir. Le ciel devient rose tandis que nous dépassons des hommes et des femmes qui lavent des seaux remplis de poulet cru, de gingembre, de pousses de bambou, d'oignons verts et de concombres. Mais Dihua Street est barricadée et dort encore lorsque nous approchons du siège social.

Lulu nous retrouve à l'intérieur de l'entrepôt avec un plateau de gâteaux à l'ananas.

« Merci pour tout ce que tu as fait pour ma mère, dit-elle. Je n'aurais jamais cru qu'une chose pareille puisse arriver.

— C'est pour nous tous, répond Xavier. Y compris Sophie. »

Il me sourit et ses yeux se plissent. Ce qu'il y a de bien, chez les mecs qui ne disent jamais de conneries, c'est que je sais qu'il n'est pas en train d'en dire.

« Je croyais que Xavier essayait juste d'impressionner une fille. »

Lulu remplit des tasses avec de l'eau chaude d'une théière en porcelaine et m'en donne une.

« Ça a marché. Je suis impressionnée. »

Elle tend une autre tasse à Xavier. Son sourire est sans joie.

« C'est beaucoup mieux que le Club Pub. »

Il rit.

« On ne boira plus de punch ? »

Elle rit aussi.

« Non, plus de punch. »

❖

Nous œuvrons pendant plusieurs heures avec Tante Trois et son personnel pour remplacer les écrans brisés du miroir et filmons d'autres moments clés dans l'entrepôt. Xavier s'allonge sur un canapé orange avec son ordinateur portable connecté à plusieurs grands écrans. Il a l'air férocement concentré, joignant fiévreusement des séquences les unes aux autres.

Il s'avère que Victor a accès aux archives de Dragon Leaf, dans lesquelles existent certains clichés en noir et blanc de l'arrière-grand-père maternel de Xavier avec un chapeau de paille sur la tête alors qu'il travaille dans les champs là où se trouve le quartier de Zhongshan.

« Pas étonnant que Ba voulait que tu m'aides. »

Xavier se frotte les yeux. Victor lève les siens des crédits qu'il est en train de modifier. Il fronce les sourcils.

« Mon père ne va pas perdre gracieusement, tu sais. Si l'offre des Croisés tombe à l'eau, il va faire en sorte que d'autres investisseurs le soutiennent.

— Tante Trois, et si vous faisiez en sorte qu'un tas d'investisseurs achètent Dragon Leaf ? » proposé-je.

Elle étend un mètre de couturière le long du bord du miroir pour le mesurer.

« Merci pour ta confiance, Sophie, mais je ne suis personne. Aucun investisseur ne voudra me soutenir.

— Est-ce que tu as eu des nouvelles de Horvath ? me demande Victor.

— Je me retire de la liste d'attente, dis-je.

— Quoi ? Pourquoi ?

— Je me suis rendu compte que je n'arriverai jamais à le convaincre. Mais je veux travailler sur ce projet. Alors, je vais trouver mon propre moyen de le faire. Il a évoqué un cours sur les start-ups.

— Ne jette pas encore l'éponge. Laisse-moi lui parler. Parfois, il faut juste que quelqu'un prenne ta défense. »

D'une certaine manière, il serait plus facile de me retirer et de ne pas essayer de nouveau d'impressionner Horvath. Mais Victor a raison.

« D'accord », dis-je.

Il s'empare de son téléphone et sort de la pièce.

« Sophie, ça, c'est une partie sur le miroir. Il me faut ta permission, dit Xavier.

— Ma permission ? »

Je le rejoins à son poste de travail.

« Pourquoi…

— La clé, c'est de bien étaler », dit ma voix sur son ordinateur.

Un gros plan familier d'un pinceau en train d'étirer du fard bleu sur ma paupière.

« Prends ton temps. Tu dois être patiente pour bien appliquer la couleur.

— Mais quel est le rapport avec… »

L'image montre maintenant ma brosse à mascara sur mes cils recourbés. Puis, un zoom arrière révèle mes yeux, mon nez, ma bouche, tout mon visage. Puis il refait un zoom arrière pour présenter tout mon reflet dans ma combinaison violette, à l'intérieur du cadre en acier de Magic Mirror. Ensuite, il affiche mon triple reflet avant de me cadrer, moi, debout devant le miroir, les mains sur les hanches. La transition entre les séquences est tellement bien réalisée que même en sachant d'où elles viennent, je n'arrive pas à croire qu'elles aient été filmées à différents endroits et à différents moments.

Je n'arrive pas à respirer. Je pose une main sur mon ventre. Les tenues de Magic Mirror défilent les unes après les autres sur les reflets de mon corps, si vite que les couleurs se fondent entre elles, puis la machine s'arrête sur la robe turquoise avec des motifs de dragon.

La robe est sur mon corps, face à trois reflets de moi identiques.

Sur la vidéo, Sophie prend une pose sexy.

« Je ne savais pas que tu étais en train de me regarder à ce moment-là », murmuré-je.

Puis on passe à un autre gros plan de mon visage : un clin d'œil et un baiser.

« Ils ne pourront pas te résister. »

Mais cette fois, dans le film qu'il a créé, je le dis à Magic Mirror.

Quinze secondes de perfection.

Je croise le regard de Xavier, qui sourit.

« Comment est-ce que tu as eu cette idée ?

— Est-ce que tu approuves ?

— C'est du *génie*, mais tu ne peux pas me glisser dans ton film !

— Pourquoi pas ? »

Honnêtement, il ne comprend vraiment rien, parfois.

« Ce film parle de ta famille.

— Ce film parle de ce que je veux. En plus, le Magic Mirror appartient à ma famille, et c'est toi qui le mets en valeur. Ou plutôt devrais-je dire : c'est toi qui le rends *irrésistible*.

— La ferme ! »

Je frappe son épaule, mais un sourire rayonnant illumine mon visage.

Puis Victor revient tout en replaçant son téléphone dans sa poche.

« Mauvaise nouvelle, Sophie. Je viens de parler à l'ATER principal. Horvath a accepté une personne de la liste d'attente. Oliver Brooks.

— Oliver ? Il était assis à côté de moi. Il a raté sa proposition. Il allait abandonner. »

Victor fronce davantage les sourcils.

« Son père travaille à Microsoft et vient d'accepter de financer le laboratoire de Horvath à Yale. »

Il me faut un moment pour digérer la nouvelle.

« Je n'ai jamais eu la moindre chance, pas vrai ? »

C'est la sensation que j'ai ressentie quand j'ai découvert qu'Emma était la fille d'un ancien élève.

Mais je ne me sens plus impuissante. Quoi qu'il arrive, je pourrai quand même miser sur moi-même.

« Je crois qu'il voulait te donner une chance, mais qu'il ne pouvait pas refuser la possibilité de construire le prochain laboratoire privé d'intelligence artificielle à un milliard de dollars, dit Victor. Mais ce n'est pas juste. On est dessus. Je te tiens au courant. »

Emma passe vers midi avec une bouteille noire de plantes médicinales à la main. Xavier et moi sommes dos à dos sur le canapé et travaillons sur nos ordinateurs portables.

« Salut, Emma. »

Je tends les jambes et me lève.

« Salut », dit Xavier.

Je regarde sa bouteille d'un air interrogateur.

« C'est pour mes allergies, explique-t-elle. Je n'éternuerai plus jamais. »

Je laisse Xavier sur le canapé et me dirige vers le fond de l'entrepôt avec elle pour que nous soyons seules.

« Alors, Xavier et toi êtes ensemble de nouveau ? »

Inutile de le nier.

« Oui. Je voulais croire que c'était fini. *C'était* fini. Mais il s'est passé quelque chose de spécial ce week-end. La magie de Taipei. »

Je lui prends la main.

« Je suis désolée.

— Tu n'as pas à t'excuser. »

Elle me serre contre elle.

« J'étais en colère au début, mais c'est moi qui ai insisté pour que tu nous arranges un coup. Et ce week-end... même si les choses ne se sont pas déroulées comme je l'espérais, c'était ce dont j'avais besoin. Parler de Miles avec Xavier, être avec lui, ça m'a aidée à comprendre que j'ai le droit d'aller de l'avant. Mais aussi… que ce n'est pas grave si je ne sors avec personne.

— Moi, j'ai compris tout le contraire. Jurer que je ne vais plus sortir avec qui que ce soit, ce n'est pas la solution non plus. »

Je la serre dans mes bras.

« Je suis ravie que tu ailles bien. Et je suis ravie que nous soyons amies. »

J'affiche le fil d'actualité de la croisière de l'amour et publie une photo du nouveau Magic Mirror.

Sophie : Salut, tout le monde ! Vous avez dit que vous alliez parler du projet.

Sophie : Nous allons diffuser un film spécial pendant le festival du gâteau de lune.

Sophie : Ça aidera le Magic Mirror et la famille de Xavier.

Sophie : Et nous avons besoin de votre aide

Sophie : Dans le monde entier

Priscilla : Qui a décidé que c'était toi qui commandais ?

Sophie : C'est moi qui l'ai décidé, mais merci de poser la question

Joella : Oh, ouah

Joella : #TuGères

Je souris. Je ne vais pas convaincre le monde entier. Mais ce n'est pas le but.

Sophie : Bon. Voilà le plan ; on est une équipe.

Je leur explique. J'ignore la pique suivante de Priscilla. Et je signe : #bossgirl

Le festival de nourriture internationale est installé sur le gazon devant le centre d'exposition Nangang de Taipei. Une rangée de tentes carrées et blanches sont illuminées et remplies de denrées et d'articles fabriqués à la main. Elles hébergent aussi des démonstrations technologiques de douzaines de pays. Des familles se rassemblent autour des tables en bois brut, font des nœuds chinois avec des cordons en soie, et des origamis.

Tout un village de caméras sur des tripodes sont pointées vers la lueur pâle dans le ciel nocturne, attendant que la lune coopère.

« J'espère qu'on la verra avant de quitter Taipei, dit Xavier. Ce n'est pas le festival de la Lune sans la lune.

— Je suis d'accord. »

Xavier passe ses doigts entre les miens. D'une certaine façon, c'est un geste inattendu.

« Sophie, dit-il en souriant. Est-ce que je peux t'appeler par ton prénom ? »

Je souris.

« Vas-y.

— Sophie Ha. Qu'est-ce qu'il te faut pour savoir que je suis là pour toi ? »

Il parle de la vie après Taipei. Il n'y a que Xavier pour penser à poser la question.

« Si tu me le dis, je te croirai pendant un jour ou deux. Ensuite, mes angoisses reviendront et je pourrais commencer à en douter.

— Comment est-ce que je peux te le prouver ?

— Je ne sais pas, avoué-je. Ne te contente pas de le dire. Fais-le. »

Il a l'air pensif.

« Et toi ? » demandé-je.

Ses doigts caressent ma mâchoire, mais ses lèvres effleurent les miennes.

« Je le sais déjà », dit-il.

❖

Une longue file d'attente s'est formée devant le pavillon de Dragon Leaf pour recevoir un gâteau de lune gratuit des Yeh. La pile dorée et géométrique de pyramides couvre quatre tables. Non loin de là, des arbres sont illuminés par des globes blancs et tout rappelle une ambiance festive.

Mais par-dessus la foule, je vois des pancartes en carton représentant le visage du père de Xavier barré.

Nous nous dirigeons vers la scène, où des danseurs finissent un numéro moderne. La foule est assise en demi-cercle sur l'herbe et d'autres personnes sont debout et mangent des brochettes de fruits. Deux écrans immenses de chaque côté diffusent des danseurs, trois fois plus grands que nature.

Victor est déjà à côté de la scène. Il ne porte pas de smoking. Juste une chemise rouge et un pantalon blanc. Moins tiré par quatre épingles. Plus authentique. Il est séduisant.

« Prêt ? demande-t-il à Xavier.

— Non, mais je n'ai pas le choix. »

Xavier est nerveux. Le Magic Mirror est sur scène, couvert d'un drap. Le discours de Victor aura lieu dans quinze minutes, mais ça fait partie du plan : le faire avant qu'Oncle Edward ou Ye-Ye n'arrivent. Les tantes et les grands-tantes de Xavier sont protégées par le service de sécurité et déjà assises avec Lulu de l'autre côté.

Xavier pose un pied sur les marches de la scène.

« Xiang-Ping ! »

Derrière moi, Jane m'écarte brusquement de son chemin. Elle lui prend le bras.

« Qu'est-ce que tu fais ? s'exclame-t-elle à voix basse. C'est le discours de Victor.

— Je contrôle la situation, dis-je.

— Jane, attends », dit Victor.

Elle se retourne, lâche Xavier, et il s'écrit :

« Xavier, vas-y ! Maintenant ! »

Mais Xavier reste sur les marches. Puis il se tourne vers Jane, qui a l'air prise de panique.

« Jane, Ba est dans le coma et notre famille est sur le point de perdre l'entreprise. Je ne sais pas ce que vous savez à ce sujet. Mais je suis là maintenant parce que je ne veux pas que ça arrive. J'ai travaillé là-dessus avec Victor et Sophie, et mes tantes. Alors j'aimerais continuer avec votre bénédiction, mais je le ferai sans s'il le faut. »

Jane prend une inspiration tremblante. Puis, elle penche la tête.

« Tu es son héritier.

— Merci, Jane, mais ne vous inclinez pas devant moi. Sérieusement. »

Xavier soutient mon regard un moment.

« Je vais le faire. Et ça va changer les choses. Pas vrai ?

— Quel est le mot qu'on utilise pour parler du contraire de la destruction ? demandé-je. Le concept d'infliger, de *déchaîner* le bien sur le monde dans une grande explosion d'énergie. »

Xavier sourit.

« C'est à *moi* que tu demandes de trouver un mot ?

— Je ne crois pas qu'il y en ait un, mais c'est ce que tu es sur le point de faire. »

Je lui rends son sourire avec fierté. Je pense au conte sur le pinceau magique.

« Il est temps de mettre la dernière goutte de peinture sur le coq. »

Xavier monte sur scène et prend le micro.

« Bonsoir. Je suis Xiang-Ping Yeh, le fils du président de Dragon Leaf, Ja-Ben Yeh. »

Sa voix résonne dans l'espace dans un mandarin parfait.

D'autres personnes commencent à se rapprocher de la scène.

« C'est le fils, dit un homme.

— On n'entend jamais parler de lui, dit une femme.

— Beaucoup de choses horribles ont été dites sur ma famille récemment, poursuit Xavier. Certaines sont vraies. Mon père est dans le coma, à l'hôpital. Dragon Leaf a renvoyé cinq cents personnes la semaine dernière et les Croisés essaient d'acheter l'entreprise. »

Des voix s'élèvent dans la foule.

« En ce qui me concerne… »

Les épaules de Xavier se raidissent.

« Je suis aux États-Unis et je redouble ma terminale. Je ne sais pas bien lire, et c'est parce que je suis dyslexique. Un cas plutôt grave, apparemment. »

Le public se tait. Xavier essuie sa paume sur son pantalon et me regarde, puis se tourne vers la foule de nouveau. Il sourit.

« J'essaie encore de comprendre tout ce qui se passe, mais même si je n'ai jamais été doué pour écrire des mots sur une feuille, je suis plutôt doué pour faire des films. »

Il retire le drap qui recouvre Magic Mirror. Il est comme neuf, mis à part une bosse sur le côté. Les caméras projettent le miroir sur deux grands écrans de chaque côté de Xavier et mon téléphone est posé sur un support pour le diffuser en direct au monde entier.

« Mon professeur d'arts a écrit une citation sur son mur : *Une image vaut mille mots et une vidéo en vaut un million.* Avec ce film, j'ai essayé de vous dire quelques centaines de milliers de mots. »

Le public se tait lorsque le logo de Dragon Leaf apparaît sur le panneau central du miroir : d'abord, le caractère doré de Yeh, puis le dragon violet, de la tête jusqu'au bout de la queue, qui s'enroule autour du caractère. Xavier redescend les escaliers, le micro à la main.

« Ça… Ce sont les Yeh. »

39
XAVIER

Le film démarre avec des taches de couleur, tel un mirage, qui bougent comme dans un rêve. Les couleurs sont de plus en plus définies et prennent la forme d'une main, ma vraie main qui tient un crayon pastel. Il dessine sur une page couleur crème en avance rapide. Un gâteau de lune doré apparaît. Il ressemble à celui qui se trouve dans les doigts de beaucoup de gens sur cette place.

Il représente les Yeh. La famille Yeh, parfaite, dorée. Comme la carte postale des Rockefeller : élégante, riche et de bon goût. Les Yeh que Jane et Ba, et même mon professeur, veulent montrer au monde. Mais ce n'est qu'une façade.

Ma main peint le caractère des Yeh par-dessus. Un coup de pinceau après l'autre. C'est le pinceau magique. Avec un dernier coup vers le bas…

Tout prend vie.

Le gâteau de lune danse sur la page et flotte dans un ciel violet foncé. Il brille d'une couleur orange dorée. Violet, doré et lumineux ; les couleurs des Yeh.

Un couteau aiguisé coupe le gâteau de lune en deux. Lorsqu'il s'ouvre, il révèle deux lunes et une petite feuille verte s'envole. Elle tournoie sur l'écran, puis se précipite sur le côté. C'est une animation que Sophie a demandée à Bert et sur laquelle il a travaillé toute la journée, pour se faire pardonner après avoir brisé le miroir.

Il est plus terrifiant de montrer mon travail que de parler. J'ai l'impression d'ouvrir mon âme aux flèches d'une armée en approche. Faire un film, c'est difficile. Il ne s'agit pas juste de capturer des séquences incroyables ou de choisir les meilleures. Il faut en faire une histoire cohérente avec un début, un milieu et une fin. Il faut faire en sorte que les gens s'y intéressent. Je ne sais pas si je vais y arriver. Mais ce que je sais, c'est que toutes ces cases que j'ai dessinées au début de l'année scolaire ne représentent plus du vide dans du vide ; elles sont remplies de choses qui comptent pour moi. Et j'ai mis toutes ces choses dans le grand rectangle de ce film.

La feuille volette sur une page noire couverte de mots blancs que la voix de Sophie lit à voix haute :

Faites connaissance avec les Yeh.

La musique commence. La feuille vole au-dessus d'une photo en noir et blanc de deux jeunes sœurs qui grandissent sur l'écran. Elles sont élégantes, à l'aise. Deux filles qui pourraient être amies avec n'importe qui : riches, jeunes, vieux, pauvres.

La voix de Sophie narre :

« Il y a deux cents ans, la famille Yeh a ouvert une petite boutique de tissu près du port. »

Le film montre d'autres images en noir et blanc : les quais de Dadaocheng et un chemin de terre. L'intérieur d'un bâtiment en bois, une petite pièce qui contient deux vieilles machines à coudre anciennes et du tissu accroché un peu partout.

« Au cours du siècle suivant, cette entreprise de tissu est devenue une boutique de mode. »

Tante Une à une table, en train d'esquisser le logo des Yeh avec un fusain. Tante Deux qui dessine le miroir de poche qui est devenu le symbole emblématique de Magic Silk.

La vidéo montre de nouveau Sophie devant l'entrepôt tel qu'il est aujourd'hui.

« Ces femmes ont transformé un vieil entrepôt pour héberger la ligne de vêtements qui a fait la couverture de grands magazines de mode grâce à leur amour pour le tissu, les couleurs et le style. Et par-dessus tout, l'amour qu'elles ont l'une pour l'autre. »

Sophie bouge à côté de moi.

« Des dizaines de milliers de personnes sont en train de regarder », murmure-t-elle.

C'est incroyable. Tout ce qui était dans ma tête est désormais affiché dans la nuit de Taipei.

Le film passe à Grand-tante Deux, aujourd'hui, qui enveloppe sa sœur en train de dormir avec une couverture blanche. Il n'y a que de la douceur dans cette scène. Le public soupire.

« Ces femmes sont les créatrices de tendance silencieuses derrière tous les grands designs de Dragon Leaf. Et quand Dragon Leaf est devenu l'empire que tout le monde connaît aujourd'hui, ces femmes ont continué de créer elles-mêmes. »

La vidéo passe à une séquence reconstituée de Sophie dans la boîte en chrome tandis que les scanners infrarouges mesurent son corps. Son avatar déconseillé aux moins de douze ans, puis le clip avec sa vidéo de maquillage, sa silhouette dans le miroir alors qu'une série de tenues de Magic Silk défile sur son corps.

Puis les longues files d'attente à la réunion d'anciens élèves, tous nos amis qui posent avec leurs avatars et qui essaient des vêtements du miroir.

Un soupir envieux s'élève de la foule.

« Incroyable. Est-ce qu'on peut essayer ?

— C'est l'avenir du shopping. Et nous avons de grands projets ! déclare Tante Trois.

— Vous n'aurez pas besoin de chercher des vêtements, dit Sophie. Ce sont les vêtements qui vous trouveront. »

La feuille voyage au-delà de l'intersection historique de Dihua.

Ma voix dit :

« Ma famille travaille sur ce port depuis deux cents ans et a l'intention d'y rester pendant au moins deux cents de plus. J'espère que ce film vous donne un aperçu des belles choses qui nous attendent. Et maintenant, j'aimerais vous présenter la partie la plus importante de Dragon Leaf. À mon humble avis. »

La feuille vole au-dessus d'un montage d'images. Des choses trop humbles pour attirer l'attention de Jane et de l'équipe des relations publiques.

Tante Quatre qui malaxe de la pâte pour les gâteaux de lune, avec une trace de farine sur le nez.

La barre de chocolat de commerce équitable de Lulu.

La petite fille de Kai-Fong qui fait un signe de la main dans une salle de classe de Kyoto.

Bernard à Disneyland avec Alison sur ses épaules.

La tombe de Ma et celles de mes ancêtres sous le ciel brumeux et sans lune.

Puis le miroir vide. Peu à peu, il remplit tout l'écran. Une image apparaît sur chacun des panneaux : Grand-tante Une, Grand-tante Deux et Tante Trois. Les trois segments se doublent, l'un au-dessus de l'autre, puis se triplent, se quadruplent, et une femme de la famille Yeh se révèle sur chaque panneau : Tante Quatre et mes cousines Gloria et Lulu.

Les hommes de la famille Yeh émergent ensuite un rang en dessous, avec l'image publique impeccable qu'ils sont obligés de montrer.

Puis, tous les clichés se retournent comme des pièces de monnaie, comme si le Magic Mirror avait agi sur toute la grille de photos.

À présent, ils apparaissent comme personne ne les a jamais vus auparavant. Grand-tante Une avec des cheveux blancs en train de se pomponner devant un miroir. Grand-tante Deux qui rit si fort que son visage rouge se contracte telle une pomme. Lulu, avec sa ceinture noire, dont le pied nu vole vers le menton de son adversaire.

Ba devant la tombe de Ma, avec sa main sur sa tempe, la tête baissée, en train de pleurer.

Victor qui panique en voyant son avatar, qui a été créé accidentellement sur l'écran derrière lui. Le vrai Victor, à côté de moi, se tortille, mal à l'aise. Mais un rire encourageant s'élève dans le public et un sourire apparaît sur son visage.

Une séquence de Victor dans la salle d'exposition où il lève deux doigts.

« Je reviendrai ici après avoir obtenu mon diplôme à Dartmouth en juin. J'ai hâte de travailler avec vous. »

Une séquence de Ye-Ye, qui tapote ma main avec ses doigts noueux.

« *Yeh* signifie *feuille*. C'est un bon nom pour notre famille… Les feuilles sont nombreuses. Toujours en train de pousser. Elles sont dans le monde entier. Comme les Yeh.

— Pourquoi est-ce que tu fais ça ? demande Jane d'une voix étranglée à côté de moi.

— Ce sont les meilleures parties de ma famille, dis-je. Même s'ils ne le savent pas. »

Je comprends mieux les armoiries de la famille à présent. Des feuilles frêles. Des dragons puissants. Même dans la faiblesse, il y a de la force. Moi, j'ai dû affronter le fait de ne pas savoir lire et de toujours avoir l'impression de ne pas être à ma place, mais cela me permet aussi de voir les autres.

Ma voix s'élève dans le film :

« Les feuilles d'un arbre… Elles sont si nombreuses parce qu'elles doivent travailler pour soutenir une grande entreprise. Comme un arbre. »

Sur l'écran, des images de toutes les personnes qui constituent notre monde apparaissent : Kai-Fong qui s'amuse au marché nocturne, Bernard et Alison, Haru, Angie, les agents de sécurité, et même Jane, qui prend une inspiration à côté de moi. Puis les centaines d'employés qui, jusqu'à la semaine passée, faisaient partie de Magic Silk. Le public bouge tandis que les gens se reconnaissent. Enfin, des photos des milliers de couturières dans le monde entier. Certaines sont accompagnées de chèvres ou de métiers à tisser. Elles les ont envoyées à la demande de Tante Trois.

Dragon Leaf n'est pas juste constituée de Ba, d'Oncle Edward ou de Ye-Ye. C'est une communauté vivante de personnes qui ont travaillé dur et qui ont beaucoup aimé l'entreprise.

« Tous ces gens forment la famille Yeh. »

Les images se fondent en une mosaïque qui plonge dans le gâteau de lune du début. Les pixels des photographies se transforment en garniture de haricots mungos et de graines de lotus. Puis le gâteau de lune se referme. Un rayon de lumière brille plus fort, puis disparaît, laissant le gâteau de lune parfait orné des armoiries des Yeh à sa place.

« C'est la famille Yeh telle que vous ne l'avez jamais vue, dit ma voix off. Mais c'est ce que nous sommes. C'est ce qui compte le plus. Et c'est l'avenir de Dragon Leaf. »

L'image devient noire.

Un silence s'abat sur le public, qui s'étend désormais jusqu'aux limites du gazon. Je me rends compte que je serre l'album de Ma contre ma poitrine.

Tout ce que j'entends et tout ce que je ressens, c'est le battement frénétique de mon propre cœur.

40

XAVIER

Tandis que les applaudissements retentissent, Oncle Edward se fraie un chemin vers nous dans la foule. Une veine bleue palpite sur son front. Tout son visage rond est rouge foncé.

« Qu'est-ce que tu crois que tu es en train de faire ? grogne-t-il. Tout le monde se fiche de voir tes grands-tantes. Tout le monde se fiche de ce vieux majordome ou du pilote ! En vacances, en plus ! Tu as fait perdre le temps de tout le monde et tu donnes l'impression que nous avons gaspillé les ressources de l'entreprise. Comment oses-tu ! »

Il recule son bras pour me frapper. Mais Victor agrippe son poignet avec ce que je reconnais maintenant comme les réflexes des Yeh.

« En fait, Ba, c'est moi qui lui ai donné mon créneau. »

Oncle Edward écarquille les yeux, l'air choqué.

« Pourquoi est-ce que tu ferais une chose pareille ?

— Je pouvais en faire ce que je voulais. »

Victor le lâche.

« J'ai pensé que ce que Xavier avait à dire était le bon message.

— Tu avais raison. »

Sophie désigne le public, qui est encore en train d'applaudir. Comme prévu, Lulu mène mes tantes et grands-tantes sur scène. Leurs beaux visages brillent sous les lumières.

« Et c'est ce que je veux pour Dragon Leaf, dis-je. Voilà l'avenir de Dragon Leaf.

— *Báichī* ! »

Les veines sur le front d'oncle Edward sont sur le point d'exploser.

« Nous avons toujours su que tu n'avais aucun sens commun. C'est exactement pour ça que je devais sauver l'entreprise de ton imbécillité. Vous deux, *dégagez de ce pavillon* ! À partir de ce soir, je prends le contrôle de Dragon Leaf. Je ne veux plus vous revoir sur cette propriété.

— Désolé, Tonton. Mais ce n'est pas ce que je veux pour Dragon Leaf.

— Tu n'en as pas le droit. »

Une sombre satisfaction s'installe sur les rides de son front.

« Je viens d'acheter la participation majoritaire. J'ai sauvé Dragon Leaf des Croisés.

— Non, c'est faux. C'est moi qui l'ai fait. »

Tante Trois se joint à nous.

« Et l'entreprise n'a jamais eu besoin d'être sauvée avant que tu la mines de l'intérieur.

— Mes avocats sont en train de conclure le marché en ce moment même. Les jumeaux ne veulent plus en faire partie. Ils vendent.

— Ils ont vendu. »

Tante Trois lui montre son téléphone.

« À moi.

— À toi ? »

Pour la première fois, l'incertitude scintille dans les yeux de mon oncle.

« Tu mens ! »

Il saisit son téléphone et son visage s'assombrit.

« Tu ne peux pas te permettre d'acheter leurs parts. Ton affaire, ce n'est qu'un passe-temps.

— Je t'ai déjà dit que c'était faux, dit-elle. Mais tu as raison, je ne pouvais pas me le permettre. Xiang-Ping a participé.

— Xiang-Ping ? »

Oncle Edward se tourne vers moi. Je souris.

« Il a apporté une grosse participation, en fait, déclare Tante Trois. Maintenant, il possède une plus grande partie de Dragon Leaf que toi, sans compter les parts de son père, bien entendu. Alors, il était plus que quiconque en droit de faire le discours ce soir, et si tu veux avoir mon avis, il... Comment vous dites ça, vous les jeunes ? Il a géré.

— Mais c'est... Tu es... »

Oncle Edward semble paniqué, comme s'il avait baissé les yeux et vu qu'il n'y avait que de l'air sous ses pieds.

« Un idiot ? dis-je. C'est vrai qu'il y a beaucoup de choses que je ne comprends pas. Mais j'apprendrai avec le temps. Et ce que je sais, c'est que Ba fait confiance à Tante Trois. Et moi aussi.

— Merci, Xiang-Ping. »

Tante Trois arrache son téléphone des mains d'Oncle Edward.

« Nous allons intégrer l'avatar numérique de Tante Trois au reste de Dragon Leaf, dis-je.

— Le service de santé peut l'utiliser pour la remise en forme et la chirurgie à distance, dit Victor. Le service électronique peut l'exploiter pour les jeux de réalité virtuelle.

— Et ce n'est qu'un début », renchérit Sophie.

Tante Trois sourit.

« Donc, comme tu le vois, nous avons de grands projets et j'aurai besoin que tout mon personnel revienne, et plus encore. »

Son sourire s'estompe.

« Maintenant, sors de notre pavillon. Je ne veux plus te voir après ce que tu as fait à notre famille. »

Oncle Edward fusille Victor du regard.

« Il faut qu'on parle. »

Victor tressaille. Il n'avait jamais cherché ses mots auparavant. Mais il lève le menton.

« Il n'y a rien à dire. »

À présent, c'est Oncle Edward qui tressaille. Une ombre passe dans son regard : le choc, l'incertitude, la défaite. Puis il crache par terre et s'éloigne à grands pas.

Tante Quatre affiche un grand sourire.

« Je crois que ton film a été la déclaration au monde la plus mémorable que Dragon Leaf ait jamais faite. Notre machine des relations publiques, ces articles édulcorés, ces heures de blog impeccables... Rien de tout ça n'a pu faire ce que tu as fait ce soir en six minutes. Tu nous as donné un cœur. »

Je souris à Sophie et lui prends la main.

« Nous l'avons fait ensemble. »

Ma avait raison. Personne ne peut s'en sortir seul. Et je ne veux pas le faire non plus.

« Xiang-Ping... Viens avec nous », dit Grand-tante Une, sur la scène.

Mes deux grands-tantes me font signe en souriant. Derrière elles, dans le public, assis à côté de leurs chaises, Ye-Ye lève sa main et me fait signe aussi.

Et derrière lui, les nuages lumineux et vaporeux s'ouvrent pour révéler la plus grosse lune de l'automne qui a jamais veillé Taipei.

« Enfin ! » soupire Sophie.

La foule applaudit en rythme. Ils disent quelque chose de différent à présent.

« Yeh Xiang-Ping. Yeh Xiang-Ping. Yeh Xiang-Ping.

— Vas-y. »

Sophie me pousse.

« C'est toi, le réalisateur.

— Viens avec moi. »

Je lui prends la main.

« Je n'aurais pas pu le faire sans toi. Je ne l'aurais *pas* fait sans toi.

— Je suis le cerveau derrière les opérations technologiques. Ou du moins, je le serai. Ce moment, il est à toi. »

Elle lâche ma main en souriant.

« Yeh Xiang-Ping. Yeh Xiang-Ping. Yeh Xiang-Ping. »

C'était censé être mon dernier voyage. Mes derniers moments sur les terres des Yeh. Mais pour la première fois, je me sens fier de ce que ma famille a fait de sa petite partie de l'Histoire. Et pour la première fois, j'ai ma place parmi eux. Ce soir, au lieu de nuire à la réputation de ma famille, j'ai fait tout le contraire.

Les gens aiment ma famille… grâce à moi.

Je donne mon album à Sophie, monte sur la scène avec elles, et me positionne sous les feux des projecteurs.

41
SOPHIE

UNIVERSITÉ DE DARTMOUTH, 1er DÉCEMBRE

L’employé de Jones’s Mail Stop glisse une grosse enveloppe matelassée vers moi. C’est le même homme qui aplatissait des boîtes la dernière fois que je suis venue, quand je ressemblais à un rat noyé et que j’ai échoué à l’entretien d’embauche. Le même gérant voûté vêtu d’un polo passe la serpillière derrière lui. Je me demande si l’un d’eux me reconnaît.

Je me reconnais à peine.

Je lui tends ma carte bancaire et écris l’adresse de ma famille sur l’enveloppe. Puis j’y insère un exemplaire de *Vogue* et un autre de *Dartmouth*, le journal de l’université. Une rafale d’air froid ébouriffe mes cheveux lorsque la porte d’entrée s’ouvre derrière moi.

« Sophie ? Sophie Ha ? »

Je me retourne.

« Oh, bonjour, Professeur Horvath. »

Il époussette la neige de son écharpe à motif écossais. Son manteau bleu marine est superbe, avec un col montant et des boutons dorés et brillants. Très élégant. Mon manteau est déboutonné et je porte un gilet à rayures rouge avec une jupe à volants satinée et mes bottes en peau de serpent trop cools, parce que c’est ce que j’avais envie d’enfiler aujourd’hui.

« J'ai vu ton profil dans le journal du campus, dit Horvath. Félicitations, tu méritais cette reconnaissance. »

Je souris.

« Merci. D'ailleurs, je suis là pour envoyer un exemplaire à mes frères et à ma mère. Elle me l'a demandé. »

Je sors le *Dartmouth* de l'enveloppe et le lui montre.

« Je suis désolé que tu n'aies pas pu entrer dans mon cours. »

C'est un euphémisme. L'affaire a été plutôt délicate. L'ATER principal a dit à Horvath que son intégrité pourrait être remise en question s'il acceptait Oliver à ma place, sans parler du fait que son laboratoire à un milliard de dollars serait en péril si cette histoire venait à se savoir. Et puis, Victor connaît la doyenne. Alors, j'ai été prise. C'était bon de ne pas être seule dans ce combat, car il y aura toujours d'autres Horvath et Oncle Edward.

Mais après y avoir bien réfléchi, j'ai refusé de me joindre au cours de Horvath et j'ai préféré un cours sur l'entrepreneuriat. Le professeur Grieg était ravi que je travaille sur *Miroir, Miroir*. Ce cher professeur porte un maillot de corps blanc sur son gros ventre d'Hagrid. La plupart du temps, il y a une tache du petit déjeuner ou du dîner de la veille dessus. Ce n'est pas du tout l'enseignant le plus populaire de Dartmouth, mais après avoir assisté à un cours et lui avoir parlé, j'ai décidé de le faire, et il a fini par se réunir avec moi une fois par semaine pour me conseiller.

« Vous aviez raison, ce cours d'entrepreneuriat me convient, dis-je à Horvath.

— J'ai parlé au professeur Grieg, dit-il. Il t'a couverte d'éloges et m'a montré une partie de ton travail. Je voulais te dire en personne que je suis impressionné. Obtenir les étiquettes des vêtements grâce à ton réseau de… quoi ? Ton programme d'été, c'est ça ?

— Oui, c'est ça.

— Très ingénieux. Et tes idées pour que l'outil soit utilisé dans plusieurs secteurs, c'est le genre de réflexion originale qui peut permettre à une invention de réussir ou d'échouer.

— Merci. Je vais suivre le cours d'intelligence artificielle appliquée au printemps et continuerai de travailler sur l'application.

— C'est un très bon cours. Et pour cet été, j'ai déjà dit à mes amis de la Silicon Valley que la stagiaire de leurs rêves est ici, à Dartmouth. Certains d'entre eux seront là le mois prochain. »

Il sourit.

« J'organise un dîner privé avec eux pour mes dix meilleurs étudiants, et j'aimerais t'inviter. »

Son sourire s'élargit.

« Mes étudiants sont mes plus grands atouts. Ils gardent le contact avec moi parce que je leur permets d'accéder à leur talent.

— Merci. Je serai là pour le dîner. Je veux rencontrer toutes les personnes importantes du secteur. Mais pour cet été, j'ai déjà accepté un stage.

— Déjà ? »

Horvath sourcille.

« Et j'ai trouvé des stages pour certains des élèves de votre cours sur l'intelligence artificielle. Owen, Trinity et Natalie. »

Ce sont ses trois meilleurs étudiants, et je les ai recrutés pour créer un club d'intelligence artificielle avec moi à mon retour de Taipei.

« Trois étudiants ! »

Il fronce les sourcils. Ses plus grands atouts... mais je ne les ai pas volés. Ce sont eux qui sont venus me voir.

« Est-ce que je peux te demander où vous allez faire votre stage ?

— À Magic Silk. »

Je sors l'exemplaire de *Vogue* que j'envoie à ma mère et lui montre une double page représentant la tante et les grands-tantes de Xavier assises autour du miroir. La légende indique : *Magie du vingt et unième siècle*.

« Nous allons perfectionner l'algorithme et travailler sur de nouvelles capacités. Nous allons chercher le Saint Graal. »

Le professeur Horvath croise les bras.

« J'avais espéré vous recommander à mes collègues de la Silicon Valley.

— Essayez avec Oliver, dis-je. Je sais qu'il est encore en train de chercher du travail. Vous pourrez peut-être lui trouver quelque chose. »

Je souris et donne mon paquet à l'employé avant de sortir de la boutique.

42

XAVIER

21 DÉCEMBRE

Lorsque je m'assois devant le doyen, monsieur Ramchandran, je ne ressens pas le gouffre entre nous comme au premier jour. Son bureau semble plus petit. Le doyen lui-même semble plus petit. Plus gentil, avec des joues plus colorées, mises en valeur par sa chemise bleue à carreaux. Ou peut-être que c'est mon regard qui a changé, et maintenant, je suis capable de voir les nuances de gris et les ombres qui forment un être humain complexe.

« Comment ça va ? demande-t-il.

— Très bien, dis-je. J'ai eu un A dans les trois matières pour mon projet de film alors j'ai une base solide. Merci pour votre soutien. »

Même monsieur Abadi, le seul que je n'étais pas sûr de pouvoir satisfaire, a adoré ce qu'il a appelé : *l'Histoire selon les femmes*. Il essaie de faire en sorte que mon film soit projeté dans le cadre d'un festival local, et étant donné que je l'ai déjà montré sur le pavillon des gâteaux de lune des Yeh, Jane s'est résignée à me laisser faire, du moins pour ce projet.

« Je suis ravi de l'entendre. C'était un projet très ambitieux. »

Il s'éclaircit la gorge.

« Nous, euh, nous avons eu les résultats des tests de diagnostic supplémentaires que ton spécialiste a recommandés. Je crois que nous étions tous surpris par ton diagnostic de dysgraphie… même si c'est quelque chose qui est moins connu et moins compris. Le fait que tu souffres de dyslexie et de dysgraphie nous aide à expliquer les problèmes que tu as rencontrés au fil des ans. »

Oui, c'était une grande surprise, tout comme la courbe en zigzag de mes capacités. Je n'avais jamais entendu parler de la dysgraphie, et je suis sûr que Ba non plus. C'est pour ça que j'avais tant de mal à écrire. Et à apprendre le chinois. Les enfants qui souffrent de dysgraphie ne distinguent pas toujours les points supplémentaires et les traits qui différencient un caractère compliqué d'un autre. Les musiciens peuvent ne pas voir les notations de leurs partitions.

Mais d'un autre côté, d'une certaine manière, ma vision du monde est amplifiée par rapport aux autres personnes. C'est mon cerveau qui crée mes peintures et mes dessins. Il capte les images que je saisis avec mon appareil photo. Alors, si j'avais l'occasion d'échanger mon cerveau pour un autre qui me permette de lire comme tout le monde… comme Sophie et sa tornade… je ne le ferais pas.

Le doyen me montre un graphique en forme de cloche.

« En ce qui concerne les tests de QI, voici la courbe normale des résultats. Et voici le tien. »

Il dessine une croix bien à droite, là où la courbe s'aplatit.

« Tu es au niveau de l'extrémité supérieure. C'est ce qu'on appelle la double exceptionnalité.

— Double exceptionnalité ?

— Oui, 2e. Une aptitude hors du commun et une particularité en matière d'apprentissage. Les élèves comme toi ne sont pas remarqués parce qu'ils compensent extrêmement bien. Mais tu travailles trois fois plus dur que les autres pour arriver au même résultat. »

C'est exactement ce que j'ai ressenti toute ma vie. Et cela a un nom.

« Alors, qu'est-ce qu'il faudra que je fasse ?

— De quoi veux-tu parler ?

— Du bac. Je veux dire, pour vraiment l'avoir. Tout apprendre pour l'obtenir en toute légitimité. Je ne veux pas faire semblant d'être qualifié pour être en terminale. »

Monsieur Ramchandran croise les mains sur son bureau.

« Tu es brillant. Tu n'aurais pas pu en arriver là, sinon. Mais tu as du retard sur le programme. C'est vrai que ce n'est plus aussi important aujourd'hui, étant donné que les informations se trouvent sur Internet, mais le lycée te donne une base essentielle. Si on prend en compte ton rythme actuel, je dirais… dans trois ans, tu auras le niveau pour obtenir ton diplôme.

— Et je pourrai lire ? »

Je m'appuie contre le dossier de ma chaise.

« Soyez sincère, s'il vous plaît.

— Il y a un courant de pensée sur la tranche d'âge critique en ce qui concerne la neuroplasticité. C'est pareil que pour l'acquisition du langage : c'est plus difficile pour un adulte que pour un enfant. Il pourrait en être de même pour la lecture. Il y a des études, mais rien de concluant pour l'instant, admet-il.

— Alors, dans trois ans, il est possible que je ne sache toujours pas lire ?

— Je crois que la détermination et la ténacité permettent de tout conquérir. »

Je m'y attendais, mais c'est quand même décevant. Un mélange de *et si ?* me traverse l'esprit. *Et si* j'avais compris le problème plus tôt ? *Et si* j'avais eu les bons professeurs particuliers depuis le début ? *Et si* je n'avais pas dissimulé moi-même ce qui m'arrivait ? *Et si* j'étais venu dans cette école et que j'avais rencontré ces personnes plus tôt ? Peut-être que j'aurais aussi cette capacité magique que tant de gens possèdent.

Je me lève et lui tends la main. La diplomatie, version Xavier.

« Merci, monsieur Ramchandran. Pour votre sincérité. »

Le 24 décembre, Tante Trois m'appelle pour me dire que Ba s'est réveillé. Bernard vient me chercher et je monte dans le *Lynn* pour retourner à Taipei.

Quand j'entre dans la chambre d'hôpital, Ba est éveillé et redressé sur son lit, bizarrement mince dans sa chemise d'hôpital bleue. Ses cheveux gris argenté sont soigneusement coiffés avec une raie bien nette, comme toujours, luttant contre les boucles, et il m'observe alors que j'approche. Si son médecin ne m'avait pas dit la vérité, ou si je n'avais pas passé ma vie à cacher qui j'étais moi-même, je n'aurais pas pu deviner ce qui lui arrive.

Après l'opération et le coma, mon père peut à peine voir quoi que ce soit. Son monde est désormais fait d'eaux troubles, de taches colorées et de flou.

« Xiang-Ping, que se passe-t-il ? me demande Ba. Je ne parviens pas à obtenir une réponse claire sur quoi que ce soit. Tu as embobiné mes banquiers et pris ton fonds fiduciaire. Mon frère a quitté le continent en disgrâce. Qu'as-tu fait ? Qu'as-tu fait à la réputation de notre famille ? »

Je m'assois sur la chaise à côté de son lit. La photo de Ma est plus proche de lui que la dernière fois que je suis venu. En d'autres circonstances, je n'aurais pas voulu être la personne qui doit dire à Ba ce que son propre frère a fait. Mais même si je ne serai peut-être jamais prêt pour ce rôle, je suis son fils, alors je ferai ce qu'il faut.

« Oncle Edward a essayé de t'évincer de Dragon Leaf. »

Ba baisse les yeux vers ses mains tandis que je lui explique qu'Oncle Edward était l'instigateur des manifestations et qu'il a conspiré avec les Croisés. L'expression du visage de Ba reste la même, mais au fur et à mesure que je parle, il semble se ratatiner.

« En ce qui concerne mon fonds fiduciaire, je n'ai pris que ce que Ma m'a donné. Et la réputation de notre famille... Je l'ai sauvée. »

Il demeure silencieux. J'entends un *bip* dans le couloir, derrière la porte fermée, là où se trouvent les gardes du corps.

« J'ai couvert mon frère trop longtemps, dit-il enfin. C'était peut-être une erreur. »

C'est le moment de lui rendre la pareille. Je pourrais souligner ses défauts. La manière dont il m'a blessé. Dont il a blessé mon corps et mon cœur. Il l'accepterait. Parce qu'il sait qu'il n'a aucun droit sur moi et qu'il ne mérite pas ma loyauté.

Mais cela signifierait que je suis comme lui.

Alors, je prends sa main, qui est plus chaude que d'habitude. Sa peau est plus rêche que je ne le pensais pour un homme qui a des domestiques pour porter les bagages de ses domestiques.

« Je suis content que tu te sois réveillé », dis-je avec sincérité.

La main de Ba serre la mienne d'un geste hésitant. Son regard se tourne vers sa couverture, mais il ne retire pas sa main.

« Je serai de retour au bureau la semaine prochaine. J'ai beaucoup de choses à rattraper. »

Je mets un stylo de lecture tout neuf dans ses doigts et mon portable sur ses genoux.

« Je vais te montrer comment faire.

— Faire quoi ? »

La voix de Ba devient plus cassante.

« Je n'ai besoin de rien.

— Je vais te montrer comment t'en sortir sans pouvoir lire. »

Pendant une demi-heure, je lui explique comment utiliser le stylo de lecture. Je lui indique comment configurer son téléphone pour que l'appareil lise les messages et les e-mails en un seul clic. Puis je mets le stylo dans sa poche. J'ai fait don de mille stylos de lecture à Harvard-Westlake, pour qu'ils les offrent à d'autres écoles, et j'ai promis d'en donner mille de plus tous les ans, comme les mille gâteaux de lune. J'espère qu'ils aideront des élèves tels que moi.

« C'est le siècle idéal pour souffrir de dyslexie et de dysgraphie. »

Je le dis sur le ton de la plaisanterie, mais je suis surpris de voir que Ba a les larmes aux yeux.

« J'ai été dur avec toi, pas vrai ? » demande-t-il.

Ce serait un euphémisme pour n'importe qui d'autre, mais pour Ba, c'est une avancée incroyable. Ma gorge se serre. Je hoche la tête, mais il ne peut pas me voir, alors j'articule :

« Oui. »

Sa main tremble lorsqu'il la tend vers sa table de chevet, et il rate la photo de Ma de plusieurs centimètres. Je la mets dans ses mains. Il tressaille en comprenant que je l'ai vu. Mais il s'accroche au cadre comme à une bouée de sauvetage.

« Je détestais ça quand les gens te critiquaient, alors j'ai fait en sorte d'être le plus bruyant. Je pensais que je te faisais une faveur. »

Les secondes chances... Je n'y croyais pas, mais maintenant, si. Car parfois, il faut faire preuve de ténacité pour traverser les moments difficiles.

De plus, ce n'est pas pour lui que je le pardonne. C'est pour moi.

« Je comprends, Ba.

— On m'a dit qu'Edward avait essayé d'acheter Dragon Leaf. Même après l'échec des Croisés.

— C'est Tante Trois qui l'a achetée.

— On me l'a dit aussi, mais je ne m'étais pas rendu compte qu'elle avait autant d'argent.

— Je lui ai prêté mon fonds fiduciaire. »

Il tremble.

« Il n'y a pas de meilleur moyen de nous rejoindre. »

C'est faux, mais il a raison, c'était un grand geste. Ce fonds fiduciaire était censé me libérer de lui et de ma famille. À la place, j'ai pris en charge leurs problèmes de tout mon cœur.

« Ma savait que j'allais faire ce qu'il fallait avec les fonds. Alors, c'est ce que j'ai fait. »

Et, comme je l'avais prévu, j'ai engagé mes propres gardes du corps, qui sont devant la porte. Ba et les siens ne me toucheront plus jamais.

Mais j'espère qu'avec le temps, je n'aurai plus besoin d'eux pour me protéger de lui.

Ba se tourne vers la fenêtre, vers la lumière qu'il voit à peine.

Je prends une inspiration.

« Alors, plus de petits jeux entre nous, d'accord ? Je ne vais pas faire semblant de finir le lycée. Et tu ne vas plus faire semblant de ne pas connaître la valeur de mes œuvres, qui rattrapent le coup.

— Tante Quatre m'a montré ton film. Tu as une capacité que nous n'avons pas. Ni Victor, ni Edward, ni moi. »

Ba fixe ses mains jointes du regard.

« J'aurais dû être plus ouvert depuis le début en ce qui concerne les écoles. J'aurais dû leur faire confiance pour qu'elles fassent ce qu'il fallait.

— Je n'ai plus honte du fonctionnement de mon cerveau, Ba. J'en suis fier. »

Une larme coule de son œil et s'écrase sur ses mains.

« J'avais raison à propos d'une chose. Ton avenir n'est pas lié à Dragon Leaf. Ton avenir n'a pas de limites.

— Merci, Ba. »

Je serre ses mains dans les miennes.

« Je l'espère. »

Deux jours plus tard, j'entre dans le vestibule de notre appartement. Ba tient mon bras. Presque toute la famille Yeh de Taipei est là pour lui souhaiter la bienvenue : Tante Trois, Tante Quatre, Ye-Ye et ses sœurs, et bien entendu, Haru, Kai-Fong et Jessica, qui est arrivée de l'université de Kyoto, Bernard et Alison. Ils ne viennent pas vers nous pour le serrer dans leurs bras. Ils n'ont pas apporté de ballons. Mais ils sont là.

Dans le couloir qui mène au bureau de Ba, Haru et Kai-Fong m'aident à retirer la murale du dragon de son cadre. C'était mon idée, et Ba ne s'y oppose pas. Je lui tends son sceau, qu'il pose sur la murale pour y imprimer le symbole rouge indiquant qu'elle lui appartient.

Au-dessus, en tant qu'artiste, j'appose mon propre sceau : le dragon, de la couleur violette des Yeh.

ÉPILOGUE

SOPHIE

4 AVRIL

« La Nouvelle-Angleterre ressemble à Taïwan, dit Xavier. Tout est vert.

— Avec des clochers d'église blancs à la place des pagodes », réponds-je.

Des montagnes boisées nous entourent : le New Hampshire d'un côté et le Vermont de l'autre. Nous sommes allongés sur une couverture bleue sur le gazon, unis par le petit doigt, contemplant les nuages. Notre cocon n'est interrompu que par les oiseaux et les insectes autour de nous.

« Nous allons passer un été merveilleux à Taipei.

— Le reste de nos vies va être merveilleux », dit-il.

Je me tourne vers lui et le regarde dans les yeux.

« Finalement, l'été à Chien Tan n'était pas un désastre. Parce que je t'ai rencontré.

— C'est ce qui m'est arrivé de mieux. »

Mon téléphone sonne, indiquant que j'ai reçu un message d'Ever sur le groupe de discussion. Je lis les messages à Xavier.

Ever : Les gars, je suis prise à Tisch, de nouveau !

Rick : HOURA !!! Elle vient dans l'Est !

Debra : C'est super, Ever !

Emma : Félicitations !

Sophie : Félicitations de Xavier et moi !

Marc : Xavier et toi ?

Sophie : Nous sommes à la frontière entre le Vermont et le New Hampshire.

« Dis-leur pourquoi. »

Xavier écarte une mèche de mon visage. Ses doigts s'attardent sur mon bras.

Sophie : Xavier a été pris dans la faculté de ciné à l'université du Vermont

Sophie : À une heure de chez moi !!!

Debra : C'est super, Xavier ! Bisous de Spencer et moi. #retrouvailles #réussite !

Sophie : LOL c'est génial ! Qui l'aurait imaginé ?

Debra : 💖

Sophie : Bon, les amis. Allez de l'avant pour conquérir le monde !

Ever : Vous aussi !

« La croisière de l'amour, pour toujours », dit Xavier.

Sophie : LA CROISIÈRE DE L'AMOUR POUR TOUJOURS

Ever : LA CROISIÈRE DE L'AMOUR POUR TOUJOURS !

Xavier me prend le téléphone des mains, se hisse sur un coude et me regarde.

« Je te vois.

— Je te vois aussi.

— Déclenchons une tornade ensemble », dit-il.

Puis, il m'embrasse sur la bouche. Je ris et enroule mes bras autour de son cou pour l'attirer contre moi.

OUTILS D'AIDE POUR LA DYSLEXIE ET LA DYSGRAPHIE

Étant donné que la technologie change rapidement, les exemples suivants peuvent vous aider à trouver des outils semblables, mais ne sont peut-être plus sur le marché.

Écriture : Logiciels de transcription et de dictée (par exemple : Dragon NaturallySpeaking, iPhone)

Calligraphie : Applications qui minimisent le besoin d'écrire à la main (par exemple : SnapType, Notability)

Lecture : Polices adaptées aux dyslexiques, fichiers de dictée (par exemple : Voice Dream Reader, Audible)

Mathématiques : Applications qui permettent de réduire le besoin d'écrire à la main (par exemple : ModMath, EquatIO, GeoGebra)

Prise de notes : Stylos numériques avec enregistrement (par exemple : Livescribe ECHO), applications pour la prise de notes (par exemple : GoodNotes, Notability)

Organisation : Outils pour la création de cartes mentales visuelles (par exemple : Ayoa)

REMERCIEMENTS

Merci à toutes les personnes qui m'ont aidée à donner vie à ce roman. Vous m'avez tous marquée d'une manière ou d'une autre et je vous remercie pour votre générosité, votre expertise et votre passion. Toutes les erreurs sont ma faute.

À mon agente, Joanna Volpe, et à son équipe incroyable à New Leaf. À mon éditrice, Kristen Pettit, ce livre ne serait pas ce qu'il est sans tes commentaires brillants. À ma famille chez HarperCollins. À la talentueuse Janice Sung et Jennet Liaw, pour la couverture splendide.

À ma communauté d'écriture et à mes lecteurs bêta : Sabaa Tahir, Stacey Lee, IW Gregorio, Kelly Loy Gilbert, Sonya Mukherjee, Stephanie Garber, Chienlan Hsu, Amanda Jenkins, Judy Hung Liang, Anne Ursu, Noa Wheeler, Lyn Miller-Lachmann, Lianna McSwain, Suma Subramanian, Sam Marsden. À Charlie Oh, pour me parler des personnages que tu connais aussi bien que moi. À Stephanie Sher, Lisha Li, Clare Chi et Jen Rankine. À mes compagnons de route : Adam Silvera et Farah Naz Rishi.

Pour toute l'aide au cours de mon voyage de recherches à Taipei pendant la pandémie mondiale : Shannon Shiau à TECO, Elisa Chiu, JD Chang. Dave Tsai, Randy Tsai, de Tsar and Tsai (fiducies et successions, fusions et acquisitions), Joan/Hungry in Taipai, Anita Guo. Phoebe Chen et Natalie Scheidel de l'école américaine de Taipei. Gabriel Ellsworth, Rick Yu et Jessica Chen à TG3D Studio Inc., pour partager leur technologie incroyable avec moi. Vous êtes en avance sur votre temps !

Pour parler de ce roman dès le début : Carey Lai, Dave Lu, Hanlin Tang, Amir Khosrowshahi, Kelvin Au. Sam Liu, pour les cheveux de Xavier. Boba Guys.

Pour leur sagesse, leur soutien et leur appui : Kavitha Ramchandran, Jennifer Wu, Tony Wang. Les Harman, Itoi/Voth, Hessler/Sunwoo, Kim.

À ma famille : Ray et Barbara Hing, Byron and Liza Hing, mes merveilleux cousins, mes tantes, mes oncles et ceux qui resteront incognito.

À mes enfants, qui font partie de tout ce que je suis et de tout ce que je fais. À mon meilleur ami et partenaire de vie : Andy.

Et à Celui qui me guide le long du chemin.